Zum Buch:

Als das queere Magazin, für das Liz arbeitet, eingestellt werden soll, müsste sie eigentlich hauptsächlich besorgt sein, ihren Job zu verlieren – doch ein wenig erleichtert fühlt sie sich auch, denn sie hat schon lange vor, ihr Herzensprojekt zu verwirklichen und einen eigenen Roman zu schreiben. Nur war bis jetzt bei einem Vollzeitjob einfach nicht genug Energie dafür da. Die Rettung des Magazins ist deswegen nicht gerade ideal – und dass Liz eine der neuen Investorinnen extrem attraktiv findet, kommt ihr auch ziemlich ungelegen. Daria wirkt in ihren teuren maßgeschneiderten Anzügen auf eine mühelose Art maskulin, die Liz selbst nie gelingen wollte. Doch abgesehen davon ist Daria auf den ersten Blick alles, was Liz nicht mag: arrogant, gefühlskalt, reich und ein wahrer Snob. Warum nur schlägt ihr Herz trotzdem schneller, wenn sie in der Nähe ist …?

Zur Autorin:

Camille Kellogg arbeitet als Kinderbuchlektorin für Bloomsbury, wo sie Young Adult-Bücher betreut. Derzeit lebt sie in New York und begeistert sich für queere Geschichten, gute Bücher und schlechte Wortwitze. »So, wie du bist« ist ihr erster Roman.

CAMILLE KELLOGG

SO, WIE DU BIST

ROMAN

Aus dem amerikanischen Englisch von
Sophia Lindsey

HarperCollins

Die Originalausgabe erschien 2023 unter dem Titel
Just as You Are bei The Dial Press, an imprint of Random House,
a division of Penguin Random House LLC, New York.

1. Auflage 2023

Deutsche Erstausgabe

Umschlaggestaltung von Favoritbüro unter Verwendung des
Originalcoverdesigns und der Illustration von Sandra Chiu
Gesetzt aus der Bembo
von GGP Media GmbH, Pößneck
Druck und Bindung von GGP Media GmbH, Pößneck
Printed in Germany
ISBN 978-3-365-00443-2
www.harpercollins.de

Klimaneutral
Druckprodukt
ClimatePartner.com/15109-2009-1001

FSC
MIX
Papier
FSC® C014496

Für alle, die jemals daran gezweifelt haben,
dass es da draußen für sie ein Happy End gibt

1

Es ist allgemein bekannt, dass, wenn man eine Dinnerparty für einen Haufen Lesben schmeißt, mindestens die Hälfte von ihnen garantiert vegan ist. Das war leider auch der Grund, warum Liz' Mitbewohnerin sie gleich ermorden würde.

Vor der Wohnungstür blieb Liz, die gerade quer durch Crown Heights bis zu ihrem Apartment im zweiten Stock ohne Aufzug gesprintet war, keuchend stehen. Nach einer quälend langsamen Metrofahrt aus Manhattan hatte sie sich auch noch durch die Massen auf der Franklin Avenue boxen müssen: Eltern, die vor dem Karatestudio auf ihren Nachwuchs warteten, Pärchen, die vor dem hippen Pop-up-Restaurant Schlange standen, eine Großfamilie, die mitten auf dem Gehweg grillte, und Dutzende von Menschen, die sehr kleine, sehr langsame Hunde spazieren führten.

Liz sprach ein stummes Stoßgebet, dass Jane heute versöhnlich gestimmt war. Die Party würde auch ohne Streit eine verkrampfte Nummer werden. Dann warf sie mit möglichst dramatischer Geste die Tür auf.

»Ich bin echt das Allerletzte«, stieß sie vornübergebeugt zwischen Atemzügen hervor und stützte die Hände auf die Knie. »Ich weiß es selbst. Spar's dir einfach. Du bekommst mein Erstgeborenes als Entschädigung.«

Jane, eine Schwarze Frau mit dunkler Haut und langen, dünnen Braids, ließ ein lautes »Hmpf« aus der Küche hören, wo sie eine Pfanne schwenkte, in der allem Anschein nach Zwiebeln brutzelten.

»Du hättest vor zwei Stunden hier sein sollen.« Ohne aufzusehen, ließ Jane die Pfanne los und riss unsanft die Ofenklappe auf.

»Stimmt doch gar nicht.« Liz schnürte ihre Doc Martens auf und ließ sie im Schuhkuddelmuddel neben der Tür liegen. »Ich hätte vor einer Stunde hier sein sollen. Nicht zwei. Du siehst übrigens fa-bel-haft aus. Und wie das duftet! Ist das Risotto?«

»Wir hatten vier Uhr ausgemacht.« Jane zog ein Blech mit Miniquiches aus dem Ofen und stellte es auf dem Herd ab. Noch immer würdigte sie Liz keines Blickes. »Es ist sechs.«

»Ja, aber wir wissen doch beide, dass du vier Uhr gesagt hast, weil du genau wusstest, dass ich mich um eine Stunde verspäte und erst um fünf komme. Also bin ich nur eine Stunde zu spät.« Liz hievte sich auf einen der Barhocker auf der anderen Seite des Küchentresens, der mit einer beachtlichen Anzahl Zwiebelschalen übersät war.

»Hat ja richtig gut geklappt.« Jane war kurz angebunden. »Jetzt bleibt keine Zeit mehr, die Rote Bete zu dämpfen.«

»Zum Glück habe ich für dieses besondere Problem die ultimative Lösung parat«, sagte Liz betont optimistisch. »Ich hab nämlich gar keine Rote Bete geholt.« Sie klaubte ein paar Zwiebelschalen auf im Versuch, so auszusehen, als machte sie sich nützlich.

Da endlich drehte Jane sich um. »Ist das dein Ernst?«

Liz setzte ihren allerbesten Dackelblick auf. »Der Laden hatte schon zu, als ich ankam.«

Heftiger als nötig knallte Jane den Deckel auf einen der Töpfe. »Dann erzähle ich eben allen, dass es deine Schuld ist, dass wir nichts Veganes haben.«

»Nein!« Liz ließ die Zwiebelschalen fallen und faltete bettelnd die Hände. »Bitte nicht! Charlotte zwingt mich sonst wieder, Videos über Massentierhaltung anzuschauen, und das pack ich heute echt nicht. Ich bin eine zarte Seele, schon vergessen?«

Jane fixierte die mittlerweile karamellisierten Zwiebeln, die sie nun auf einen Teller beförderte. Liz musterte ihre Mitbewohnerin und fürchtete schon, sie könnte wirklich sauer sein.

»Tut mir echt leid, Jane.« Liz wurde ernst. »Du hast ja recht. Ich hätte früher da sein sollen, ich hätte die Rote Bete mitbringen sollen, aber …«

In dem Moment prustete Jane los. Sie hob einen der Deckel an und hielt den Topf schräg, sodass Liz die perfekt gedämpfte Rote Bete darin sehen konnte.

»Katie!«, brüllte Jane. »Ich schulde dir zehn Kröten.«

Hinter ihnen ertönte ein triumphierendes Kreischen. Eine der vom Wohnzimmer abgehenden Türen ging auf, und ihre Mitbewohnerin Katie steckte den Kopf aus ihrem Zimmer.

»Ich hab's gewusst!« Nur mit einem limettengrünen Handtuch bedeckt, kam Katie in die Küche geflitzt. »Lizzie ist die Königin der Fünf-Stunden-Dates! Ich wusste, dass sie es nie im Leben schafft, noch Rote Bete zu holen.«

»Ich bin überhaupt nicht …«

»Halt, halt, halt!«, unterbrach sie Jane. »Wo hast du sie kennengelernt? Auf Tinder, Her oder Lex?«

Liz brach mitten im Satz ab und kniff die Augen zusammen. »Wieso?«

»Ach, nur so«, sagte Jane mit Unschuldsmiene. Katie kicherte.

Liz verschränkte die Arme und sah argwöhnisch zwischen den beiden hin und her. »Her«, gab sie schließlich zu.

»Ha!« Jane ballte die Siegerfaust.

»Buuuh!«, rief Katie. »Na gut, das macht dann fünf weniger für dich. Aber ich krieg immer noch fünfzehn von neulich im

Scissors, als du behauptet hast, Liz lässt sich von dem Dragking abschleppen, und ich gewettet hab, dass sie kneift.«

»Könnt ihr mal aufhören, aus allem in meinem Leben eine Wette zu machen?« Liz widmete sich wieder den Zwiebelschalen. »Außerdem hab ich überhaupt nicht gekniffen.«

»Hast du wohl.« Jane tätschelte ihr die Schulter. »Der war echt heiß, und du hast's voll verkackt.«

»Wie war überhaupt dein Date?« Katie setzte sich auf einen der Barhocker, was ihrer spärlichen Handtuchbedeckung alles abverlangte. Katie war eher kurvig und somit die einzige Mitbewohnerin, in deren Hosen Liz hineinpasste. Ihr Hautton war ein warmes Braun, und wenn ihr lockiges Haar nicht gerade tropfnass vom Duschen war, trug sie es meist hochgesteckt, damit der Undercut zur Geltung kam.

Liz tigerte stöhnend zum Kühlschrank. »Furchtbar.« Sie griff nach einer Dose White Claw mit Ananasgeschmack und reichte Brombeere an Katie und Mango an Jane weiter.

»Warum sind alle deine Dates furchtbar?«, fragte Jane. »Du musst mal lernen, die Freaks auszusortieren.«

»Was ist denn passiert?«, wollte Katie wissen.

Liz öffnete die Dose mit der Alkohol-Sprudel-Mischung und nahm einen tiefen Schluck. »Ich dachte eigentlich, es läuft ganz gut. Doch dann sagt sie mir am Ende plötzlich, dass es ihr leidtut, aber sie datet gerade keine Löwen.«

Jane und Katie setzten den haargleichen mitfühlenden Blick auf, was nur den Verdacht erhärtete, der Liz schon nach etwa der Hälfte der U-Bahn-Fahrt beschlichen hatte: Ihr Date hatte sie bloß schonend abblitzen lassen.

»Also ich finde, du bist noch mal davongekommen.« Jane machte den Herd aus und trat zu ihnen an den Küchentresen. »Wer zu viel auf Astrologie gibt, hat sie doch nicht mehr alle.

Weißt du noch, die eine, die dir ernsthaft verklickern wollte, eure Seelen seien sich in einem früheren Leben schon mal begegnet?«

Liz verzog das Gesicht. »Stimmt. Das war übel.«

»Kommt schon«, sagte Katie. »Das war doch irgendwie romantisch.«

»Warum? Hast du das Gefühl, deine und Lydias Seelen sind sich in einem früheren Leben schon mal begegnet?«

Katie senkte den Blick, drehte die Ziehlasche ihrer Dose ab und schwieg. Liz wünschte, sie hätte einfach die Klappe gehalten – Witze über Katies unerwiderte Liebe zu Lydia gingen zu weit.

»Tut mir leid, Katie«, sagte Liz. »War blöd von mir. Ich hab bloß schlechte Laune, weil ich dieses Jahr schon ungefähr vierzig beschissene Dates hatte. Verzeihst du mir?«

»Schon okay. Wenigstens hast du überhaupt irgendwelche Dates! Seit mir dieser Typ geschrieben hat, Dominikanerinnen ›schmecken einfach besser‹, hab ich Tinder nicht mehr angefasst.« Katie verdrehte die Augen und lachte. Liz lachte mit und war froh, dass Katie nicht nachtragend war. Zum wohl hundertsten Mal nahm sie sich vor, erst zu denken und dann zu reden.

»Und, wie schlimm, meint ihr, wird die Party heute?«, wechselte sie schnell das Thema.

»Am Essen wird sie jedenfalls nicht scheitern.« Jane deutete über ihre Schulter Richtung Herd. »Aber ich schätze, erst sind alle total depri, bevor sie dann stockbesoffen und selbstzerstörerisch werden.«

»Wie es sich eben für eine gute Hurra-nächste-Woche-sind-wir-arbeitslos-Party gehört«, sagte Liz. Jane, Liz, Katie und Lydia wohnten nicht nur zusammen, sondern arbeiteten auch alle für die *Nether Fields*, ein Onlinemagazin für queere Frauen sowie nichtbinäre und trans* Personen. Was ihr immer wie der perfekte Plan vorgekommen war, hatte, das musste Liz nun zugeben, durchaus seine Schwächen. Zum Beispiel, dass sie kurz davorstanden, alle auf einen Schlag ihr Einkommen zu verlieren.

Jane seufzte. »Ich kann einfach nicht glauben, dass wir wirklich dichtgemacht werden«, sagte sie kopfschüttelnd. »Wenn es nach mir ginge, würde ich nie woandershin. Ich meine, mich ganz in trans* Themen zu vertiefen bei einem durch und durch queeren Magazin mit einer Person of Color als Chefredakteurin? Besser geht's doch nicht.«

»Du bist eine sensationelle Journalistin, Jane«, sagte Katie. »*BuzzFeed* und *Autostraddle* werden sich nur so um dich reißen, und dann wird alles gut.«

»Ja, aber nicht mehr so wie vorher.« Jane sah aus, als würde sie gleich weinen.

Schuldbewusst nippte Liz an ihrem Getränk – einerseits, weil sie das Thema überhaupt erst angeschnitten hatte, und andererseits, weil sie nicht alles sagte: Auch wenn sie natürlich todtraurig war, dass die *Nether Fields* vor dem Aus standen, war sie insgeheim auch ein bisschen froh. Im Gegensatz zu Jane, die auf ernste Themen angesetzt war, war Liz für die Ratgeberkolumne zuständig und schrieb über Sex und Beziehungen – Dildobewertungen, Dos und Don'ts beim queeren Dating und alle Jahre wieder den obligatorischen Artikel: »Bringt es die Schere wirklich?« (Antwort: Klar, wenn du irre gelenkig bist.) Als sie gleich nach dem College beim Magazin angefangen hatte, war das noch schön und gut gewesen, doch vier Jahre später war irgendwie die Luft raus. Liz wollte mehr aus ihrem Leben machen. Und nun, da das Magazin eingestellt wurde, hatte sie auch einen Plan. Nur hatte sie diesen Plan ihren Freund*innen noch nicht eröffnet.

Zum Glück flog in dem Moment die Tür auf, und Lydia platzte in das betretene Schweigen, schwer bepackt mit zwei

Sixpacks Hard Seltzer und mehreren Tüten, aus denen längliche Flaschenhalse ragten.

»Wir müssen in eine Wohnung mit weniger Stufen ziehen«, schnaufte Lydia. »Ich schwitze mein ganzes heißes Outfit voll.« Dey zeigte an sich herunter: Über den hautengen silbernen Elastanshorts wallte eine Hemdbluse zum Zuknöpfen, die aber vor allem aufgeknöpft war. Lydia war gertenschlank, weiß und androgyn mit kahl rasiertem Kopf und einem so selbstbewussten Auftreten, dass selbst die unterirdischste Klamotte an demm noch irgendwie gut aussah. Katie stand auf, um Lydia zu helfen.

»Ist das etwa Schnaps?«, fragte Jane. »Willst du uns umbringen?«

»Vielleicht«, sagte Lydia fröhlich. »Leute, das ist unsere letzte Chance auf eine heiße Büroaffäre. Da müssen wir uns doch Mut antrinken.«

Katie, die gerade dabei war, die Dosen noch irgendwie in den Kühlschrank zu stopfen, schaute hoch.

»Aber keine Sorge. Für uns hab ich was Besonderes.« Lydia wühlte in einer der Tüten und zog vier Fläschchen hervor. Unter dem Schriftzug FIREBALL spuckte ein roter Drache Feuer. *Schmeckt wie der Himmel, brennt wie die Hölle*, versprach das Etikett. Sofort brach allgemeiner Protest aus: Jane behauptete, sie sei zu alt, Liz beteuerte, von Whiskeylikör werde ihr schlecht, und Katie erklärte, Fireball sei einfach widerlich. »Keine Widerrede!«, würgte Lydia sie alle ab. »Unser Leben steht vor dem Wendepunkt. Wer weiß schon, was wir übernächste Woche machen? Also feiern wir diesen Moment – als Arbeitskolleg*innen, als Mitbewohner*innen und als beste Freund*innen.«

Lydia zog die anderen dicht zu sich heran und verteilte mit ernster Miene die Fireball-Fläschchen.

»Wir verlieren nächste Woche nicht bloß irgendeinen Job.« Lydia sah sich im Kreis um. »Wir verlieren eine Freundin. Die

Nether Fields sind vielleicht nur ein kleines Onlinemagazin, das keine Kohle bringt, aber auch ein saucooler queerer Space, der schon zig Leuten geholfen hat. Und heute Abend lassen wir es hochleben!«

»Hört, hört!«, riefen alle.

»Dieses Magazin hat so vielen so viel bedeutet«, fügte Jane mit einem leichten Zittern in der Stimme hinzu. »Es hat queeren Menschen gezeigt, dass sie gesehen werden. Darauf sollten wir stolz sein.«

Katies Augen füllten sich mit Tränen. Lydia räusperte sich. Liz' Magen war ein einziger Knoten. Lydia und Jane hatten recht – die *Nether Fields* waren eine der wenigen Publikationen, die queere Menschen sichtbar machten. Sie nach fast zwei Jahrzehnten zu verlieren, war ein herber Schlag für die Community. Wie egoistisch war Liz bitte, dass sie in so einem Moment Erleichterung, ja, sogar so was wie Vorfreude empfand?

»Auf uns, die wir so viel Mühe und Herzblut in dieses Magazin gesteckt haben.« Katie hob ihr Fläschchen.

»Auf unsere Leser*innen«, ergänzte Lydia und tat es ihr gleich.

Alle blickten Liz erwartungsvoll an. Doch sie wusste nicht, was sie sagen sollte. Plötzlich hatte sie das Gefühl, den Untergang des Magazins eigenhändig heraufbeschworen zu haben, als sie mal wieder spätabends in letzter Minute einen verhassten Artikel runtergetippt hatte und überall lieber gewesen wäre als am Schreibtisch.

Katie legte eine Hand auf Liz' Arm. Die anderen warfen ihr mitfühlende Blicke zu. Offenbar dachten sie, Liz sei von ihren Gefühlen überwältigt.

Jane hob ihren Shot. »Und auf jedes einzelne queere oder trans* Kid, das unsere Website gefunden und sich dadurch auch nur ein kleines bisschen weniger allein gefühlt hat.«

Katie schluchzte auf. Lydia ballte die freie Hand zur Faust, um die Fassung zu bewahren.

»Auf die *Nether Fields*!«, riefen sie einstimmig. Dann stießen sie an und tranken die Fläschchen auf ex. Die anderen verzogen das Gesicht, doch Liz spürte den Whiskey kaum. Sein Brennen war rein gar nichts gegen die Schuldgefühle, die tief in ihrer Magengrube loderten.

***

Jane nötigte Liz dazu, als Strafe für ihr Zuspätkommen das Wohnzimmer aufzuräumen. Vorher schlüpfte Liz in ihrem Zimmer rasch in eine schwarze Jeans und ein petrolfarbenes T-Shirt mit V-Ausschnitt, das sie von Katie geklaut hatte. Sie blieb kurz stehen und warf ihrem Spiegelbild einen verzweifelten Blick zu. Ihr braunes Haar war auf einer Seite kurz geschoren und reichte auf der anderen bis zur Schulter, wo es in einer großen Welle auf die blasse Haut fiel. Am Anfang hatte ihr die Frisur noch gefallen, aber jetzt erschien ihr die Länge übertrieben feminin. Irgendwie passte kein Schnitt je so richtig. Mit einer maskulinen Frisur kam sie sich vor wie ein kleines Kind, das Verkleiden spielte und einen auf harter Kerl machte. Aber wenn sie sich für die femininere Variante entschied, fühlte sie sich unwohl und irgendwie eingegrenzt, als verschwände sie hinter einer Rolle, die sie nie hatte haben wollen. Hinzu kam, dass sie sich selten einen Friseurbesuch leisten konnte, sodass die Qualität ihres Haarschnitts stark davon abhing, welche*r ihrer Mitbewohner*innen ihn ihr verpasst hatte und wie deren Nüchternheitsgrad zu dem Zeitpunkt gewesen war.

Zum Glück war die Zeit zu knapp für Identitätskrisen. Jane rief aus der Küche, dass die Gäste bald da seien, und Liz wandte sich schulterzuckend von ihrem Spiegelbild ab.

Das Wohnzimmer und die Küche bildeten einen großen Raum, der nur durch den Küchentresen geteilt wurde. Im Wohnbereich standen zwei Sofas, ein bequemer Sessel und ein Sitzsack. Die Möbel hatten knallige, kontrastierende Farben, und es wäre eine echt gemütliche Sitzecke gewesen, wenn die vier sie nicht ständig als kollektive Rumpelkammer zweckentfremdet hätten.

Auf der anderen Seite des Küchentresens verpasste Jane dem Dinner den letzten Schliff. Sie hatte ihre langen Zöpfe zu einem Pferdeschwanz gebunden und trug mehrere lange Halsketten übereinander zu einem lockeren roten Kleid, in dem sie noch umwerfender aussah als sonst.

Als Jane, die zwei Jahre älter war, Liz damals beim Magazin eingearbeitet hatte, war sie ihr unendlich cool und weise vorgekommen. Doch echte Freundinnen waren sie erst am darauffolgenden Weihnachtsfest geworden, das Jane eigentlich in Upstate New York bei der Familie ihrer damaligen Partnerin verbringen wollte. Als die Beziehung ausgerechnet an Heiligabend mit einem Riesenstreit in die Brüche ging, fragte Jane im Arbeitsgruppenchat, ob jemand eine Idee habe, wie man ohne Auto in die Stadt zurückkomme. Liz nahm drei Stunden Fahrt in Kauf, um sie abzuholen und zu ihren eigenen Eltern nach Massachusetts zu bringen. Jane blieb über die Feiertage, half ihrer Mom beim Backen und zog ihren Dad beim Scrabble ab. Als sechs Monate später in Janes und Katies WG ein Zimmer frei wurde, bot Jane es Liz an. Und hatte seitdem jedes Weihnachten mit Liz' Familie verbracht.

Jane und Katie dagegen hatten sich auf einer Konferenz für junge Journalist*innen of Color kennengelernt und sich sofort gut verstanden. Katie arbeitete damals noch bei *BuzzFeed*, doch Jane stiftete Charlotte, die *Nether Fields*-Gründerin, kurzerhand dazu an, Katie fürs Medienressort abzuwerben. Bald darauf entschied Katie, dass sie es auf keinen Fall ein weiteres Jahr bei ihren Eltern in Jackson Heights aushalten würde, und so mieteten sie zusammen mit zwei anderen Journalist*innen das Apartment in Crown Heights, einem Viertel, in das sie sich verliebt hatten, weil es sowohl gut angebunden als auch nicht mehrheitlich weiß war. Die beiden anderen Mitbewohner*innen wollten irgendwann raus aus der Stadt, und Liz und Lydia zogen ein. Liz lebte jetzt seit drei Jahren hier und war glücklich – auch wenn das Wohnzimmer immer aussah wie Sau.

Liz fand einige Tiegel Body Glitter in verschiedenen Farben (von Lydia), ein verheddertes Knäuel Strickgarn (von Katie), ein vegetarisches Kochbuch (von Jane), einen Schlüpfer der Marke TomboyX (von Liz) und eine zerdrückte Dose White Claw, die sie in den Müll warf, bevor sie den Rest in die Abstellkammer stopfte.

»Hast du die Scheißservierplatte gesehen?« Jane knallte Schubladen auf und zu.

»Auf dem Kühlschrank«, sagte Liz, ohne aufzusehen. »Da hast du sie letzte Woche abgestellt, als du Kekse gebacken hast.«

Jane war eine begnadete Journalistin und eine ausgezeichnete Köchin, aber definitiv kein Organisationstalent – sie hatte einfach zu viele kluge Gedanken, um sich auch noch damit aufzuhalten, wo sie ihr Handy oder ihren Schlüssel hingelegt hatte. Zum Glück hatte Liz die seltsame Fähigkeit, den Überblick zu behalten.

Sie war gerade dabei, die letzten Spuren des Chaos zu beseitigen (eine Handvoll Bananagrams-Buchstaben und eine kleine Sukkulente, die in ihrem Topf verkümmert war), als das Schrillen der Türklingel sie zusammenzucken ließ. Es klingelte noch dreimal, und jedes Mal wurde das Klingeln länger.

»Was soll der Scheiß«, murmelte Liz und drückte den Summer. Wer so penetrant klingelte, konnte nur ein*e Arbeitskolleg*in sein. Kurz darauf hämmerte es gegen die Tür. Liz öffnete sie und stand Charlotte Liu gegenüber, der Gründerin der *Nether Fields*. Charlotte war eine kleine, stämmige Frau Mitte vierzig mit chinesischen Wurzeln und raspelkurzen Haaren. Wie üblich trug sie ein schwarzes T-Shirt und schwarze Jeans.

»Du bist aber früh dran«, sagte Liz überrascht. »Habt ihr heute kein Die-in vor der City Hall? Kein Orgatreffen für den Dyke March?«

Ohne Liz Beachtung zu schenken, marschierte Charlotte einmal quer durch den Raum und trommelte gegen Katies Zimmertür.

»Katie!«, brüllte sie. »Komm da gefälligst raus! Und wo ist Lydia?«

Die Tür ging auf. »Ähm, wie wär's mit Hallo?« Katie hatte ihr Handtuch gegen eine weiße kurzärmelige Hemdbluse getauscht und hielt einen Eyeliner in der Hand.

Lydia kam aus dem Badezimmer. »Was machst du denn hier? Du bist ja … pünktlich.«

Charlotte zog ihre Kunstlederjacke aus und warf sie nach Lydia. »Ich habe wichtige Neuigkeiten«, sagte sie, »die den Verlauf dieses Abends erheblich beeinflussen werden.«

»Kommt nicht in die Tüte! Untersteh dich, diese Party abzublasen!« Jane legte eine Rolle Alufolie ab und eilte zu ihnen. »Mir doch egal, wie traurig du bist. Ich steh schon den ganzen Nachmittag in der Küche.«

»Glaub mir«, sagte Charlotte. »Diese Neuigkeiten willst du hören.« Sie grinste leicht manisch. »Ich sollte wahrscheinlich warten, bis alle da sind. Aber euch mag ich sowieso am liebsten, also …« Sie machte eine dramatische Pause, wie um sich an ihren verwirrten Blicken zu weiden, bevor sie sich plötzlich an Lydias Schulter abstützte und auf den Couchtisch stieg.

»Was zur Hölle machst du da?«, fragte Liz. »Zieh sofort deine Schuhe aus und komm da runter.« Sie versuchte Charlotte vom Tisch zu schieben, doch die entzog sich ihrem Griff trotz Springerstiefeln mit erstaunlicher Leichtfüßigkeit. Lydia kicherte.

»Ladys und Gentlethems!« Charlotte breitete die Arme aus wie eine Priesterin. »Wir sind gerettet.«

»Ohne Scheiß, Charlotte«, sagte Jane. »Wenn du nicht sofort von unserem Tisch runterkommst, hast du ab sofort Hausverbot.«

»Bist du besoffen oder was?«, fragte Liz.

»Nö.« Charlotte wedelte mit dem Zeigefinger vor Liz' Gesicht herum. »Aber wir alle werden es bald sein. Denn die *Nether Fields* werden nicht eingestellt.«

»Bitte was?«, fragte Liz.

Lydia schlug die Hände vors Gesicht wie Kevin aus *Kevin – Allein zu Haus*. Jane hielt sich den Mund zu, als traute sie sich nicht zu sprechen.

»Wie denn das?«, fragte Katie.

Charlotte streckte ihr Handy in die Höhe und schwenkte es triumphierend hin und her. »Hab heute Morgen eine Mail bekommen. Wir sind gekauft worden.«

Alle starrten sie wie versteinert an, Jane immer noch mit der Hand vor dem Mund, während Charlotte ganz in einer dramatischen Darbietung des Tagesgeschehens aufging: wie sie die Mail bekommen hatte. Wie sie die Mail nicht hatte fassen können. Wie sie auf die Mail hin nachgehakt hatte. Dann ging sie dazu über, ihnen den gesamten E-Mail-Verlauf laut vorzulesen, obwohl darin exakt das Gleiche stand, was sie gerade erzählt hatte: Heather Media, ihr Mutterkonzern, hatte das Kaufangebot einer Privatperson angenommen.

»Ich wusste gar nicht, dass irgendeine Person einfach ein Magazin kaufen kann«, sagte Liz. »Das ist doch abgefahren.«

»Wer hat es denn gekauft?« Jane hatte ihre Sprache wiedergefunden.

»Bestimmt eine Promilesbe!«, platzte es aus Katie heraus. »Zum Beispiel Kristen Stewart!«

»Kristen *Stewart*?« Lydia grinste abschätzig. »Warum sollte ausgerechnet sie ein Magazin kaufen?«

»Es ist niemand Berühmtes.« Charlotte benutzte Lydias Kopf als Stütze, um vom Couchtisch zu klettern. »Irgendeine reiche Lesbe, von der ich noch nie etwas gehört habe.«

»Aber vielleicht hat sie es ja *für* Kristen gekauft, weil Kristen es geheim halten wollte«, rätselte Katie. Sie führte auf Instagram einen überraschend erfolgreichen queeren Meme-Account und postete mindestens zweimal im Jahr eine aktualisierte Liste namens »Queere Promis, für die ich sterben und/oder morden würde«. Kristen ergatterte fast immer den ersten Platz.

»Jetzt mach dich doch nicht lächerlich«, gab Lydia zurück. »Warum sollte Kristen das geheim halten wollen?«

»Wer ist es denn jetzt?«, unterbrach Jane die beiden. »Hast du einen Namen?«

Charlotte setzte sich aufs Sofa und rückte betont langsam die Kissen zurecht. Es bereitete ihr sichtlich Vergnügen, die anderen auf die Folter zu spannen. »Ihr Name«, sagte sie schließlich, »ist Bailey Cox.«

Lydia zog sofort deren Handy hervor. »Hab sie!«, rief dey binnen Sekunden und ließ den Daumen in schwindelerregender Geschwindigkeit übers Display gleiten. Lydia behauptete immer, das viele Getippe auf dem Smartphone sei der Grund, warum dey im Bett so fingerfertig sei. »Bailey Cox. War auf dem Smith College – wo sonst. Aufgewachsen in New York. Lebt in

Manhattan. In der Immobilienbranche tätig. Im Vorstand bei zig Wohltätigkeitsorganisationen und all so 'nem Zeug. Uuuuund da haben wir's. Ein Foto.«

Alle drängten sich um Lydia, um einen Blick aufs Display zu erhaschen. Zu sehen war eine Porträtaufnahme neben einer Kurzbiografie auf einer Firmenwebsite. Das Foto zeigte eine weiße Frau Anfang dreißig mit rotbraunem Haar und einem fröhlichen Lächeln. Sie trug eine Bluse und hatte schulterlange Haare. Die meisten hätten sie wohl für hetero gehalten, doch irgendwas an ihrem Gesicht schrie förmlich »lesbisch«. Vielleicht die ausgeprägte Kinnpartie oder die selbstbewusst zurückgeworfenen Schultern.

»Hm«, sagte Jane. »Sie sieht nett aus.«

»Sie sieht aus wie eine Person, der man auf einer Hochzeit begegnet und über die man sich dann den restlichen Abend den Kopf zerbricht, ob sie wohl lesbisch ist«, sagte Liz.

»Sie ist süß«, sagte Lydia.

»Also ich würde sie vögeln«, sagte Katie.

»Irgendwer muss es wohl tun.« Lydia wackelte vielsagend mit den Augenbrauen.

»Wovon redest du?« Jane nahm Lydia das Handy aus der Hand, um das Bild genauer zu betrachten.

»Denkt mal drüber nach.« Lydia lehnte sich mit dem Rücken gegen Katie, die sofort den Arm um demm legte. »Warum sonst sollte eine reiche Lesbe in ihren Dreißigern ein queeres Magazin kaufen?«

»Um Journalismus zu fördern?«, warf Jane ein. »Zumal bei einem queeren Magazin, dessen Chefredakteurin auch noch eine Frau of Color ist?« Sie warf Charlotte einen bedeutungsvollen Blick zu, die fröhlich zurückzwinkerte.

»Pustekuchen«, sagte Lydia. »Sie hatte offensichtlich viele

schlechte Dates, und sie hat das Magazin gekauft, um auf einen Schlag um die zwanzig Singles kennenzulernen. Wo sonst tummeln sich so viele Queers auf einem Haufen?«

»Lesbenbar, Kreuzfahrt, Tinder«, zählte Liz an den Fingern ab und setzte sich auf die Kante des Couchtisches.

»Echt mal, sorry, Lydia, aber das ist doch durchgeknallt«, sagte Charlotte. »Niemand würde ein ganzes Magazin kaufen, nur um Frauen kennenzulernen.«

»Wieso nicht, wenn man Milliarden von Dollar rumliegen hat?«

»Milliarden?«, wiederholte Liz.

Lydia nahm Jane das Handy wieder ab und scrollte weiter durch die Suchergebnisse.

»Oh, wohl doch nur ein paar Millionen«, sagte dey enttäuscht und ließ sich neben Charlotte aufs Sofa sinken. »Definitiv keine Milliarden.«

»Oh mein Gott, *nur* Millionen?«, fragte Liz. »Reicht dir das etwa nicht?«

»Sei doch mal realistisch, Liz.« Lydia schüttelte abfällig den Kopf. »Wenn sie Milliarden hätte, wären die *Nether Fields* ein netter Zeitvertreib. Aber wenn sie bloß ein paar Millionen hat, muss das Magazin Geld bringen. Also wird sie entweder lauter Sachen verändern, bis es Gewinn macht, oder es wieder verkaufen wollen, wenn es das nicht tut. Und dann, wenn sie einsehen muss, dass es keinen Markt für gescheiterte Lesbenmagazine gibt, wird sie endgültig den Stecker ziehen.«

Alle starrten Lydia schweigend an.

Dey zuckte mit den Schultern. »Ist doch so.«

Katie ließ sich mit einem lauten Seufzer in den Sessel plumpsen. Jane, die neben ihr stand, legte ihr tröstend eine Hand auf die Schulter.

In dem Moment verpasste Charlotte Lydia einen Schlag mit einem Zierkissen. »Versau mir das bloß nicht! Das ist der Oberhammer. Wir machen nicht dicht. Wir sind nicht alle arbeitslos. Und *Nether Fields* ist jetzt in queerer Hand und hat mit Heather Media nichts mehr am Hut. Aber …« Sie holte tief Luft. »In einem Punkt hast du recht. Irgendwer wird mit ihr schlafen müssen.«

Liz lachte.

»Ich mein's ernst, das ist die einzige Möglichkeit, ihr das Magazin für immer ans Bein zu binden. Irgendwer muss sie verführen, um unsere Jobs zu sichern.«

»Ich mach's«, sagte Lydia beiläufig. Katies Kopf schnellte hoch, als befürchtete sie ernsthaft, Lydia könnte mit einer millionenschweren Magazinbesitzerin durchbrennen.

»Das Wichtigste ist doch, dass wir uns noch ein kleines bisschen über Wasser halten«, sagte Charlotte. »Und das heißt, dass aus der Abschlussparty eine Abschussparty wird!«

»Aber so was von!« Lydia sprang auf und rannte in die Küche. »Das schreit nach Shots.«

Alle protestierten. Widerwillig stellte Lydia den Wodka zurück und verteilte stattdessen Hard-Seltzer-Dosen.

»Wir sollten in die Gruppe schreiben«, sagte Jane und öffnete ihr Getränk. »Damit alle Bescheid wissen.«

»Ich mach's!« Katie klemmte sich die Dose in die Armbeuge und zückte ihr Handy.

Jane schüttelte ungläubig den Kopf, während sich langsam ein Lächeln auf ihrem Gesicht ausbreitete. »Oh mein Gott«, sagte sie. »Oh. Mein. Gott. Das ist *der absolute Wahnsinn.*« Sie durchquerte den Raum und warf die Arme um Liz. »Ist das nicht der absolute Wahnsinn?«

»Ja!« Liz versuchte ebenso begeistert zu klingen. »Mega! Ich bin gleich wieder da.«

Sie stand auf und ging ins Badezimmer. Mit dem Hard Seltzer in der Hand sperrte sie hinter sich ab, zog den Pride-Duschvorhang zur Seite und stieg in die Wanne, wo sie, dicht ans winzige Fenster gepresst, die frische Luft einsog. Auf der anderen Seite der Tür begann laut »Stayin' Alive« zu spielen. Sie spürte, wie ihr Handy in der Hosentasche brummte – Katies Nachricht an alle –, gefolgt von noch mehr Vibrieren, als die Antworten der restlichen Belegschaft eintrudelten.

Liz stellte ihr Handy auf stumm und starrte in die dunkle Gasse zwischen den Wohnhäusern.

Nether Fields stand nicht mehr vor dem Aus. Liz sollte glücklich sein. Sie war nicht arbeitslos. Ihre Freund*innen waren nicht arbeitslos. Charlotte musste nicht das Onlinemagazin aufgeben, das sie seit fast zwei Jahrzehnten führte. Es hatte noch mal eine Chance bekommen.

Doch das hieß auch, dass Liz' Plan dahin war. Jener Plan, den sie in der Sekunde gefasst hatte, als Charlotte die Schließung verkündet hatte. Mit der Kombination aus Abfindung und Arbeitslosengeld hätte Liz es sich leisten können, mindestens drei Monate lang nicht zu arbeiten. Was ihr wiederum die Zeit und Muße verschafft hätte, um sich auf das zu konzentrieren, was sie schon immer hatte machen wollen – einen Roman zu schreiben.

Als Liz nach dem College die Stelle bei den *Nether Fields* ergattert hatte, war sie völlig aus dem Häuschen gewesen, dass sie tatsächlich fürs Schreiben bezahlt werden sollte. Sie hatte sich ausgemalt, wie sie tagsüber im Büro und nach Feierabend an ihrem bewegenden, preiswürdigen Roman sitzen würde, der davon handelte, queer in der Kleinstadt aufzuwachsen. Die Art von Buch, die Liz auf der Highschool so dringend gebraucht hätte, als sie gerade erst angefangen hatte, auf ihre Sexualität klarzukommen, und überfordert und einsam gewesen war.

Doch daraus war nichts geworden. Tagsüber saßen ihr ständig irgendwelche Deadlines im Nacken, sodass sie abends weder Zeit noch Energie übrig hatte, um etwas Tiefsinniges zu Papier zu bringen. Das einzig Nennenswerte, was sie in den letzten Jahren geschrieben hatte, war ein Blog namens *Geständnisse einer New Yorker Lesbe*, der von der fiktiven Lesbe Colby handelte. Er basierte lose auf Liz' Leben (Colby trieb sich verdächtig oft dort herum, wo Liz selbst gerne abhing), doch das meiste war reines Wunschdenken: Colby war sexy und selbstsicher; die Art von Frau, die homophobe Fremde in der U-Bahn zur Rede stellte und keine Lesbenbar betreten konnte, ohne eine Serviette mit einer Telefonnummer zugeschoben zu bekommen. Als Liz frisch nach New York gezogen war, hatte sie fast wöchentlich gepostet und es auf eine beachtliche Followerzahl gebracht, doch dann war es ihr immer erbärmlicher vorgekommen, über Colbys aufregendes Liebesleben zu schreiben, während Liz selbst keines vorzuweisen hatte.

In den letzten vier Jahren hatte Liz' Begeisterung immer weiter nachgelassen – sowohl für ihren Job als auch für den Blog. Sie hatte immer seltener und unregelmäßiger Beiträge hochgeladen. Mittlerweile dachte Liz nur noch an Colby, wenn ein neuer Kommentar reinkam, in dem um ein Update gebettelt wurde. Doch schon bei der Vorstellung, einen neuen Post zu schreiben, fühlte sie sich genauso wie jedes Mal, wenn sie den x-ten Artikel mit den »Top-10-Anzeichen, dass deine hetero Freundin in dich verknallt ist« einreichte: frustriert und festgefahren.

Das Aus des Magazins hätte ihr goldenes Ticket sein sollen. Die einmalige Gelegenheit, ihren Träumen nachzugehen. Ohne die Abfindung würde Liz es sich niemals leisten können, in Vollzeit zu schreiben.

Sie hatte niemanden in ihren Plan eingeweiht. Ihren Eltern

davon zu erzählen, kam nicht infrage – ihr Vater war Schreiner und ihre Mutter Grundschullehrerin für die erste Klasse, und auch wenn es ihr als Kind an fast nichts gefehlt hatte, war das Geld immer knapp gewesen. Das Letzte, was sie wollte, war, dass ihre Eltern sich Sorgen um ihre finanzielle Zukunft machten. Sie hatte sich nicht mal Jane oder Katie anvertraut. Zu groß war die Angst, dass ihre Freund*innen insgeheim dachten, mehr als irgendwelche Listen und Sexkolumnen habe sie nicht drauf – und noch viel größer die Angst, dass sie vielleicht recht haben könnten.

Doch jetzt würde sie nie die Möglichkeit bekommen, das herauszufinden.

Das Schrillen der Türklingel kündigte weitere Gäste an. Liz holte tief Luft, öffnete die Hard-Seltzer-Dose, leerte sie in einem Zug und zerdrückte sie. Dann zupfte sie den vergilbten Regenbogenvorhang zurecht und ging zurück zur Party.

2

Obwohl Liz mit drei ihrer Arbeitskolleg*innen zusammenwohnte, fuhr sie fast immer allein ins Büro. Jane war gerne eine Stunde vor allen anderen da, um eingehüllt in ihren bunten Strickschal (ein stümperhaftes DIY-Weihnachtsgeschenk von Liz von vor zwei Jahren) Tee zu trinken und sich durch fünf verschiedene Zeitungen zu lesen. Katie und Lydia stolperten meist erst gegen zehn durch die Tür, mit Glitzer im Gesicht und Klubstempeln auf dem Handrücken. Damit war Liz auf sich allein gestellt, wenn sie morgens den Massen von Midtown trotzte, die sich aus grimmigen Anzugträgern und arglosen Touris zusammensetzten.

Der Montag nach der Party hatte es in sich. Kaffee war alle, Liz hatte seit Wochen keine Waschmaschine angeschmissen, und dann leuchtete auch noch eine typische Nachricht ihrer Mom auf dem Handydisplay: *Na, irgendwelche neuen Ladys in deinem Leben? Dein Dad und ich hätten ja nichts gegen ein Enkelkind oder zwei!* Die einzigen sauberen Klamotten in ihrem Schrank waren eine Cargohose und ein knallblaues T-Shirt aus dem College mit der Aufschrift ALLES, WAS ICH ÜBER RUGBY WEISS, HAT MIR DEINE FREUNDIN BEIGEBRACHT. Liz betrachtete sich im Spiegel und seufzte. Sie wusste genau, wie unpassend ihr Outfit war, brachte aber nicht die Energie auf, etwas darauf zu geben. Dies hätte ihre letzte Arbeitswoche sein sollen. Doch so wie es aussah, war heute ein stinknormaler Montag, auf den noch unendlich viele stinknormale, langweilige, frustrierende Montage folgen würden.

Eigentlich hatte sie vorgehabt, die ersten Stunden damit zu verbringen, Kaffee zu trinken und mit niemandem zu sprechen. Doch schon nach ein paar Minuten tauchte Charlotte auf und setzte sich mitten auf ihren Schreibtisch.

»Du verdeckst meinen Bildschirm«, grummelte Liz nur halb im Spaß. »Wie sollen deine Angestellten unter diesen Bedingungen produktiv sein?«

»Oh bitte.« Charlotte stellte die Füße auf einer der Armlehnen von Liz' Drehstuhl ab und begann, Liz vor- und zurückzurollen. »Als ob du die nächste Stunde irgendwas anderes machst außer *BuzzFeed*-Quizze.«

Liz rollte sich außer Reichweite. »Entschuldige mal. Konkurrenzanalyse ist ein wichtiger Teil meiner Arbeit. Was machst du überhaupt schon hier?«

Charlotte steckte viel Herzblut ins Magazin, fing aber selten vor elf Uhr an, weil sie meist bis spätnachts unterwegs war – entweder als Aktivistin für eine der vielen Organisationen, der sie angehörte, oder auf der Art exklusiver queerer Party, zu der Liz nicht mal im Traum eingeladen wurde.

»Bin gar nicht erst ins Bett.« Charlotte zwinkerte. »Ich war bei der Undergroundpremiere eines Burlesqueballetts in Bushwick und bin danach noch im House of Yes gelandet. Hab neue Bekanntschaften geknüpft.« Sie zwinkerte noch mal.

»Wusstest du eigentlich, dass die meisten Menschen Schlaf brauchen, um durch den Tag zu kommen?« Liz hoffte, dass ihr Tonfall auf einer Skala von frotzelnd bis neidzerfressen am unteren Ende lag. Als sie damals beim Magazin angefangen hatte, hätte sie sich ohne Charlotte, die in Flushing aufgewachsen war, niemals zurechtgefunden. Charlotte hatte für sie das U-Bahn-

Netz entwirrt und ihr einen Crashkurs gegeben, wie man jung und arm in New York überlebte: wie das Geld bis zum Monatsende reichte, wo man zur Happy Hour zwei Drinks zum Preis von einem bekam und welche Newsletter die coolsten Gratisevents bewarben. Liz war sich nicht sicher, ob sie es ohne Charlottes Ratschläge in der Stadt ausgehalten hätte. Doch jetzt, vier Jahre später, fühlte es sich manchmal so an, als müsste sie ihr immer noch beweisen, dass sie tatsächlich erwachsen war. Liz wollte nicht mehr Charlottes Schützling sein. Sie wollte, dass Charlotte sie ins geheime Burlesqueballett mitnahm.

»Klingt langweilig. Was zur Hölle hast du da eigentlich an?« Charlotte fuhr sich durch die Haarstoppeln. »Du siehst aus, als wolltest du gleich auf den Appalachian Trail.«

Liz rieb sich die Augen. »Alles andere war schmutzig. Ich kann mich seit Wochen nicht aufraffen, in den Waschsalon zu gehen.«

»Müsste dir da nicht schon längst die Unterwäsche ausgegangen sein?«

Liz sah Charlotte über die Fingerspitzen hinweg an. »Doch.«

»Igitt.« Charlotte hob abwehrend die Hand. »So genau will ich das gar nicht wissen. Aber es könnte sein, dass du deine Kleiderwahl in zwei Stunden ernsthaft bereust.«

»Wieso?«

Charlotte legte mit den Händen einen kleinen Trommelwirbel auf der Schreibtischplatte hin. »Die neuen Eigentümerinnen kommen rein, um ihre Ware zu begutachten.«

Liz stöhnte. »Sag das doch nicht so. Das ist creepy. Und was meinst du überhaupt mit Eigentümerinnen? Ich dachte, es gibt nur eine.«

»Anscheinend gibt es noch eine Minderheitsinvestorin. Irgendeine Daria.«

»Yippie. Noch mehr Superreiche.«

Charlotte lachte und stieß sich vom Schreibtisch ab. Sie warf einen vielsagenden Blick auf Liz' T-Shirt, bevor sie in Richtung ihres Büros ging. »Du machst sicher einen tollen ersten Eindruck.«

Keine Minute später landete mit einem Ping eine Termineinladung in ihrem Postfach, die Charlotte allen Angestellten geschickt hatte. Betreff: *Zeit zu kuschen, ihr Luschen.* Die Mail selbst war ein Einzeiler: *Reißt euch ausnahmsweise mal am Riemen.* Liz blickte auf ihr zusammengeschustertes Outfit herab und schloss die Augen.

»Scheiße«, murmelte sie. Ausgerechnet heute.

***

Um zwölf hatte sich die gesamte *Nether Fields*-Belegschaft im größten Besprechungsraum versammelt, dem Rosie (benannt nach Rosie O'Donnell, wem auch sonst).

Um Viertel nach zwölf waren Charlotte und die neuen Eigentümerinnen immer noch nicht aufgetaucht, und latente Panik hatte sich breitgemacht. Auf dem Stuhl neben Liz strich Jane wieder und wieder über die Falten ihres geblümten Rocks, bis Liz unvermittelt ihre Hand packte. Erschrocken blickte Jane auf. »Alle, aber auch wirklich alle lieben dich«, sagte Liz. »Ich kann dir keine einzige Person auf dieser Welt nennen, die dich kennt und nicht leiden kann. Wenn sich hier jemand keine Gedanken um den ersten Eindruck machen muss, dann du.«

Jane lächelte. Sie strich noch mal ihren Rock glatt, erwischte sich dabei und setzte sich auf ihre Hände. »Ich kann nicht anders. Wie kannst du nur so ruhig bleiben?«

»Zum Glück muss ich mir auch keine Gedanken um den ersten Eindruck machen. Meine Chancen, einen guten zu hinterlassen, stehen nämlich bei null Prozent.«

»Wovon redest du?«, fragte Jane. »Du kommst doch immer super an.«

»Jane«, sagte Liz gedehnt. »Schau mich mal an. Ich trage eine *Cargohose.*«

Jane warf einen Blick auf Liz' Hose und verzog das Gesicht. Da blieben sogar ihr die Argumente aus.

Liz hatte ernsthaft in Betracht gezogen, vor dem Meeting noch schnell eine neue Hose kaufen zu gehen, doch ein kurzer Check ihres Kontostands hatte diese Idee im Keim erstickt. Dann hatte sie überlegt, nach Hause zu fahren und Katies Kleiderschrank zu plündern, doch nach zwei Stunden U-Bahn-Fahrt hätte sie ihre Ratgeberkolumne nie im Leben zur Deadline fertig bekommen. In ihrer Not hatte sie sich einen alten Cardigan von der Finanzchefin geliehen. Sie hatte gehofft, damit professioneller zu wirken, doch vermutlich verstärkte das Jäckchen nur den Eindruck, sie hätte ihre Klamotten aus der Fundkiste einer achten Klasse gefischt.

Jane versuchte immer noch krampfhaft, sich irgendwas Aufmunterndes aus den Rippen zu leiern, als sie dank Lydias Kreischen davon verschont wurde: »Da sind sie!«

Alle brachten sich in Position. Kurz darauf betrat Charlotte den Besprechungsraum, dicht gefolgt von den beiden neuen Eigentümerinnen. Die erste, die durch die Tür preschte, als könnte sie ihre Begeisterung kaum zurückhalten, war offensichtlich Bailey Cox. Sie trug dunkle Jeans und einen blauen Blazer über einem cremeweißen Shirt mit U-Ausschnitt, dazu zweckmäßige Halbschuhe und eine filigrane Goldkette. Sie lächelte in die Runde, doch Liz' Blick wanderte auf der Stelle an ihr vorbei zur zweiten Person, die im Türrahmen stehen geblieben war. Das war also die andere Reiche, die Charlotte erwähnt hatte. Die Minderheitsinvestorin. Im Gegensatz zu Bailey wirkte sie weder freundlich noch begeistert. Sondern … sexy.

Sie war weiß und masc, mit schlankem Körperbau und ausgeprägten Wangenknochen. Ein Hauch von Wachs hielt ihr kurzes dunkles Haar in Form, das akkurat gescheitelt war. Sie trug einen maßgeschneiderten marineblauen Anzug sowie eine schmale hellblaue Krawatte und ein passendes Einstecktuch. Sie sah aus wie einer Brooks-Brothers-Werbung entsprungen – wenn Brooks Brothers plötzlich einen queeren Imagewandel vollzogen hätte.

Liz spürte, wie ihr die Röte ins Gesicht schoss, und obwohl ihr auf einmal viel zu warm war, zog sie den Cardigan enger um den Körper. Warum hatte sie ausgerechnet heute diese oberhässlichen Klamotten an?

»Hallo zusammen«, sagte Charlotte, als alle drei vorne standen. »Das sind Bailey Cox und Daria Fitzgerald. Die neuen Eigentümerinnen der *Nether Fields*.«

Bailey strahlte. Daria reagierte mit einem kaum merklichen Kopfnicken.

»Tja, äh.« Charlotte wandte sich leicht verlegen an Bailey. »Wie geht's jetzt weiter?«

Bailey lächelte wieder und zog sich einen Stuhl heran.

»Ich denke, wir können es kurzhalten.« Sie setzte sich und legte die Ellbogen auf der Tischplatte ab. »Wir möchten uns einfach kurz vorstellen und euch versichern, wie sehr wir uns freuen. Ich hoffe, duzen geht für alle klar.«

Charlotte drehte sich um und bot Daria den anderen freien Platz am Konferenztisch an, doch die winkte ab und lehnte sich mit verschränkten Armen gegen die Wand. Das kam Liz sehr gelegen, denn so konnte sie ungehindert Daria anstarren und ihre eng geschneiderten Hosen und langen, beweglich aussehenden Finger bewundern, während es so wirkte, als wären ihre Augen auf Charlotte und Bailey gerichtet.

»Ich heiße Bailey Cox«, sagte Bailey gerade und sah sich im Raum um. »Ich bin seit Jahren ein riesengroßer *Nether Fields*-Fan, und als ich gehört habe, dass es eingestellt werden soll, musste ich einfach etwas tun. Es gibt sowieso viel zu wenige Plattformen für Menschen wie uns. Zum Glück konnte ich meine Freundin Daria mit ins Boot holen.«

Aus dem Augenwinkel bemerkte Liz, wie Lydia mit den Lippen das Wort »Freundin« formte und Katie mit dem Ellbogen einen Knuff in die Seite verpasste. Waren sie wirklich bloß Freundinnen? Würden »bloß Freundinnen« sich zusammentun, um ein ganzes Magazin zu kaufen?

»Wir sind nicht hier, um alles Mögliche zu verändern«, fuhr Bailey fort. »Charlotte ist eine unglaubliche Führungskraft, und ihr kennt dieses Magazin viel besser als wir. Wir bemühen uns, euch nicht im Weg zu sein. Aber wir wollen euch tatkräftiger unterstützen und enger eingebunden sein als Heather Media vor uns.«

Daria Fitzgerald räusperte sich. »Ein *paar* Sachen werden sich schon verändern«, sagte sie. Ihre Stimme war tief und weich und beunruhigend heiß. Liz verschränkte die Beine. Sie fühlte sich auf einmal wie auf dem Präsentierteller, als stünde es ihr ins Gesicht geschrieben, dass sie nur noch Augen für Daria hatte.

»Ja klar.« Bailey machte eine abwiegelnde Handbewegung. »In den nächsten Monaten werden wir Finanzen und Prozesse genau unter die Lupe nehmen und herausfinden, wie wir uns am besten von Heather Media abnabeln.«

Bailey sprach schon jetzt von »wir«. Liz sah sich forschend um, ob das nur ihr merkwürdig vorkam. Noch vor fünf Minuten hatte keine Person hier je mit Bailey zu tun gehabt, und jetzt sollten sie plötzlich eine verschworene Einheit sein, die gemeinsam ums Überleben kämpfte?

»Wir sind hier, um euch zu helfen«, sagte Bailey, »und gemeinsam Abläufe zu entwickeln, die es uns bestenfalls ermöglichen, noch jahrelang weiter zu bestehen. Daria, willst du etwas ergänzen?«

»Nein danke.« Daria verlagerte ihr Gewicht, sodass sie noch mehr gegen die Wand sackte.

»Na gut«, sagte Bailey mit einem weiteren Lächeln. Liz hatte erwartet, dass sie etwas von einem schmierigen Autoverkäufer haben würde, doch sie musste zugeben, dass ihre Begeisterung echt wirkte.

»Dann würden wir jetzt gerne die Runde machen und euch persönlich kennenlernen.«

Damit streckte sie der Person neben sich die Hand entgegen. Erst herrschte ungemütliches Schweigen, während alle zuhörten, wie Bailey fragte, was sie beim Magazin mache. Dann brachen allmählich im Raum verteilt leise Gespräche aus.

Liz wandte sich Jane zu und zog die Augenbrauen hoch. Jane erwiderte die hochgezogenen Brauen, doch Liz war sich nicht sicher, ob sich das auf Baileys Ansprache oder Darias Aussehen bezog. Liz schielte zu Daria. Sie und Charlotte folgten Bailey, die händeschüttelnd von einer Person zur nächsten ging. Oh Gott. Liz würde Daria die Hand geben müssen. Schwitzte sie? So unauffällig wie möglich wischte sie sich die Handflächen an ihrer abscheulichen Hose ab.

»Da kommen sie«, flüsterte Jane und strich schon wieder über ihren Rock. Liz versuchte tief durchzuatmen, wusste aber plötzlich nicht mehr, wie atmen eigentlich geht.

»Das ist Jane Wilson, unsere leitende Redakteurin«, sagte Charlotte, als sie, Bailey und Daria näher kamen. »Sie ist fürs Politikressort zuständig.«

Jane stand auf, um Bailey die Hand zu geben. »Freut mich.«

»Ich bin übrigens ein großer Fan«, sagte Bailey, als sie die Hand entgegennahm. »Deine Artikel sind einer der Gründe, warum ich dieses Magazin so liebe. Allein die Reportage letzten Monat über obdachlose trans* Jugendliche! Die war unglaublich. Meine ganze Timeline war voll davon. Sie war einfach … wunderschön, bewegend und wichtig.«

»Oh! Vielen Dank.« Jane sah erfreut und verlegen aus. »Danke, echt.« Sie senkte den Blick, schien zu bemerken, dass sie immer noch Baileys Hand hielt, und ließ sie hastig los.

»Und das ist Liz Baker. Sie schreibt über Sex, Beziehungen und die Ratgeberkolumne«, sagte Charlotte.

»Freut mich.« Bailey streckte Liz lächelnd die Hand entgegen. Über Baileys Schulter hinweg bemerkte Liz, wie Daria stirnrunzelnd ihr Outfit musterte. Ihr Magen verkrampfte sich.

»Ich bekomme wohl kein Kompliment für meinen wunderschönen, bewegenden und wichtigen Artikel zu Analplugs von letzter Woche«, sagte Liz und bereute den Witz schon, bevor er ihr vollständig über die Lippen gekommen war.

Alle starrten sie ausdruckslos an. Liz hätte schwören können, dass ihr Herz einen Aussetzer machte. Sie vermied es, Daria anzusehen.

Bailey fing sich als Erste und lachte kurz auf. »Der muss wohl an mir vorbeigegangen sein. Aber das hole ich gerne nach.«

Liz tat ihr Bestes, um wie ein normales, funktionsfähiges Mitglied der Gesellschaft zu wirken, doch in dem Moment löste sich ihr Cardigan aus ihrem Klammergriff und gab den Blick auf ihr anstößiges T-Shirt frei. »Mach das. Da sind echt gute Tipps dabei, falls Bedarf besteht.«

Eine weitere, längere Pause entstand, bis Bailey schließlich sagte: »Und das ist Daria, meine Businesspartnerin.«

»Freut mich«, murmelte Liz und klappte den Mund zu, bevor

sie noch etwas sagen konnte. Daria nickte ihr zu, machte aber keine Anstalten, ihr die Hand zu geben.

»Es hat mich jedenfalls sehr gefreut, dich kennenzulernen«, wandte Bailey sich wieder an Jane. »Wir sollten diese Woche Mittagessen gehen. Mich würde interessieren, was dir für den Reportagebereich des Magazins so vorschwebt.«

»Sehr gern«, sagte Jane.

»Und das ist Mary St. James, unsere Finanzchefin«, führte Charlotte das Grüppchen weiter.

Liz beugte sich zu Jane und flüsterte: »Gehen wir.« Kaum waren sie auf halber Höhe des Flurs, zog sie Jane in den Laverne, einen der kleineren Besprechungsräume (benannt nach Laverne Cox, wem auch sonst).

»Bitte sag mir, dass ich mich nicht gerade vor unserer neuen Chefin komplett blamiert habe.«

Jane zog eine Grimasse und machte die Tür zu. »Also den aller*besten* Eindruck hast du nicht gerade gemacht.«

»Ich habe ihr quasi gesagt, sie soll sich einen Analplug kaufen. Sekunden nachdem wir uns kennengelernt haben.«

»Ja.« Jane nickte langsam. »Hast du echt.«

Liz setzte sich an den Tisch und vergrub das Gesicht in den Händen. »Ich weiß nicht, was los war. Ich war nervös, und oh mein Gott, wie hot ist Daria bitte, und dann hatte sie auch noch diesen umwerfenden Anzug an, und das hat mich alles so überfordert, dass mir das einfach so rausgerutscht ist.«

Jane streichelte Liz' Rücken. »Ist doch nicht so schlimm. Du wirst noch zig Gelegenheiten haben, die beiden zu beeindrucken.«

»Wenn ich nicht fristlos entlassen werde, weil ich ein kleiner Perversling bin.«

»Du wirst nicht entlassen«, sagte Jane sanft. »Erst recht nicht, wenn sie deinen Artikel lesen und sich den besten Analplug ihres Lebens holen.«

Liz hob den Kopf lange genug, um die Augen zu verdrehen.

»Im Ernst«, sagte Jane. »Du machst deine Sache super, und deine Artikel sind für ungefähr die Hälfte unserer Seitenaufrufe verantwortlich. Du wirst nicht entlassen. Du warst eben nervös!«

Liz stöhnte. »Na ja, immerhin du hast einen guten Eindruck gemacht.«

»Meinst du wirklich?« Jane senkte den Blick und drehte den goldenen Armreif, den sie immer am Handgelenk trug.

»Ähm, ja-ha. Sie hat quasi gesagt, dass sie deinetwegen das ganze Magazin gekauft hat.«

»Hat sie gar nicht.« Jane konnte sich ein kleines Lächeln nicht verkneifen.

»Und zum Essen seid ihr auch schon verabredet. Du bist drin, Jane.«

»Ich mag sie.« Jane fummelte schon wieder an ihrem Armreif herum. »Sie wirkt echt nett.«

»Ich weiß nicht«, sagte Liz. »Das alles ist einfach so … komisch. Die tauchen aus dem Nichts hier auf und haben plötzlich das Sagen, und wir müssen uns bei ihnen einschleimen.«

»Gib ihnen einfach eine Chance, Lizzie.«

Liz seufzte.

»Ich versuch's.« Sie stand auf. »Jetzt muss ich aber meine Kolumne schreiben, sonst wird das nichts mehr mit der Deadline.«

»Du kannst ja darüber schreiben, wie man einen guten ersten Eindruck macht.« Jane öffnete die Tür.

»*Viel* zu früh, Jane.«

Jane lachte, und Liz folgte ihr zu dem Bereich, wo die Redaktion saß. Die anderen waren schon wieder an ihren durch

Trennwände voneinander abgeschirmten Schreibtischen, also war die Vorstellungsrunde wohl zu Ende.

Liz wollte sich gerade hinsetzen, als ihr mit einem Stöhnen auffiel, dass sie ihre Wasserflasche im Besprechungsraum vergessen hatte. Sie lief den Flur hinunter Richtung Rosie, blieb aber ungefähr einen Meter vor der Tür stehen, als Baileys Stimme an ihr Ohr drang. Offenbar war ihr nicht klar, wie hellhörig die Türen hier waren.

»… glaube, es lief ganz gut. Es ist natürlich für alle eine Umstellung, aber die wirken doch nett, und es sind echte Talente darunter.«

Liz holte tief Luft und wollte gerade anklopfen. Vielleicht war das die Gelegenheit, ihren furchtbaren ersten Eindruck wieder wettzumachen.

»Es ist noch nicht zu spät, Bailey«, hörte sie da eine zweite Stimme – Darias. »Jetzt kannst du noch alles abblasen.«

Liz machte einen Schritt rückwärts.

»Das mache ich ganz sicher nicht.« Bailey klang verärgert. »Das habe ich dir doch schon hundertmal gesagt. Die Welt braucht Magazine wie dieses.«

»Schon, aber wieso braucht sie die von *dir?*«, fragte Daria. »Du hast mit Journalismus nichts am Hut und bisher null Interesse daran gezeigt, ein Onlinemagazin zu führen.«

Dies war definitiv nicht die Art von Unterhaltung, in die Liz hineinplatzen wollte. Sie sollte auf dem Absatz kehrtmachen. Sie sollte an ihren Schreibtisch zurückgehen und ihre Wasserflasche einfach später holen. Doch stattdessen lehnte sie sich gegen die Wand, holte ihr Handy hervor und tat so, als tippte sie eine Nachricht.

»Weil ich das Geld habe, dieses Magazin vor dem Aus zu bewahren, was nicht gerade viele von sich behaupten können, vor allem in der lesbischen Community. Ich habe hier die Möglichkeit, wirklich was zu reißen.«

»Die hast du aber nicht mehr lange«, sagte Daria. Sie sprach leise, und Liz machte zögerlich einen Schritt Richtung Tür. Sie würde so was von in die Hölle kommen. »Wenn dir das Geld ausgeht, macht der Laden dicht. Und du verlierst die Gelegenheit, das Geld irgendwo anders anzulegen, wo es echt was bewegen könnte.«

»Aber hier *kann* es was bewegen«, sagte Bailey. »Wir reden hier von einem queeren Magazin, das von einer Person of Color gegründet wurde und seit fast zwei Jahrzehnten besteht. Wir können nicht einfach zusehen, wie es in der Versenkung verschwindet.«

»Mag sein.« Ein Stuhl wurde zurechtgerückt. »Aber wenn dieses Magazin den Leuten einen echten Mehrwert bieten würde, würde es Geld bringen. Und nicht jeden Monat Leser*innen verlieren.«

»Dann sind sie eben nicht ganz up to date«, sagte Bailey leichthin. »Sie sind ja auch Journalist*innen. Wir sind dafür unternehmensorientiert. Wir können ihnen helfen, Prozesse zu optimieren, Einnahmen zu steigern, Datenanalyse wirksam einzusetzen und die Anzahl der Leser*innen zu maximieren.«

Daria schnaubte verächtlich. »Du kannst nichts davon, Bailey.«

»Dann lernen wir es halt«, sagte Bailey. »Oder wir holen uns eine Expertin. Man muss nur hier und da ein bisschen herumschrauben.«

»*Herumschrauben* ist ein toller Euphemismus für Entlassungen.«

Liz machte noch einen Schritt Richtung Tür. Ihr Herz schlug so laut, dass sie fürchtete, bald könnte es das Gespräch der beiden übertönen.

»Daria.« Baileys Stimme wurde hart. »Wir marschieren hier nicht rein und fallen sofort mit Entlassungen ins Haus. Das hab ich dir doch gesagt. Ich will der queeren Community *helfen* und sie nicht ihres Einkommens berauben. Wir nehmen uns ein paar Monate, um die Abläufe kennenzulernen. Dann entscheiden wir, wie wir am besten Kosten einsparen.«

»Du weißt selbst, wie man am besten Kosten einspart«, sagte Daria. »Und das wird nicht gerade einfacher, wenn du in ein paar Monaten mit allen befreundet bist.«

»Hier arbeiten echt talentierte Leute«, sagte Bailey. »Im ganzen Land berichtet niemand besser über trans* Rechte als Jane Wilson.«

»Und wenn schon«, sagte Daria wegwerfend. »Eine einzige gute Journalistin macht das hier noch lange nicht zu einem lohnenden Investment. Hast du dir die Homepage in letzter Zeit mal angeschaut? ›25 Vibratoren, die dir Frühlingsgefühle bescheren‹ oder ›Ein umfassendes Ranking aller queeren Küsse dieses Serienjahrs‹. Mehr ist da nicht. Das ist doch absurd.«

Liz stieß ein Schnauben aus und erstarrte. Hoffentlich hatten sie nichts gehört. Sie sollte hier nicht stehen und lauschen. Aber wie konnten sie es wagen, so über ihre Kolleg*innen, ihr Magazin, ja, ihre eigenen Artikel zu reden? Liz war sich zwar nicht sicher, ob sie überhaupt noch hier arbeiten wollte, aber trotzdem. Die beiden hatten nicht mal eine halbe Stunde mit dem Team verbracht.

Bailey lachte. »Wenn dich das alles so ankotzt, warum investierst du dann überhaupt?«

Eine Pause entstand. »Du weißt genau, warum.«

»Ich bin durchaus in der Lage, das hier alleine durchzuziehen, Daria.« Die Geduld war aus Baileys Stimme gewichen. Daria antwortete nicht. Ein paar Sekunden später seufzte Bailey.

»Ich weiß, dass das hier kein typisches Unternehmen ist. Es ist eben eine kreative Branche. Gib den Leuten eine Chance.«

»Ich gebe dir einen Monat«, sagte Daria. »Dann entlassen wir so viele Leute wie nötig. Als Allererstes diese hirnverbrannte Wohlfühljournalistin, die die ganze Zeit irgendwas von Analplugs gefaselt hat.«

Liz fühlte sich, als hätte sie einen Schlag in die Magengrube verpasst bekommen. Bevor sie sich zurückhalten konnte, warf sie die Tür zum Rosie so schwungvoll auf, dass sie mit einem lauten, im ganzen Raum widerhallenden Knall gegen einen Stuhl in der Nähe flog.

Bailey, die offenbar zurückgelehnt gesessen und die Füße auf dem Tisch abgelegt hatte, kippte fast um. Daria rappelte sich auf und schaute Liz empört an.

»Oh«, sagte Liz mit schlecht gespielter Überraschung. »Das *tut* mir aber leid. Ich wusste gar nicht, dass hier noch besetzt ist. Hab meine Wasserflasche vergessen.«

So kalt und würdevoll wie möglich stolzierte sie an ihnen vorbei und schnappte sich ihre mit King-Princess-Stickern übersäte Trinkflasche.

»Na dann. Hat mich *echt* gefreut, euch kennenzulernen.« Sie wusste, dass ihr abgehackter, aggressiver Tonfall sie verriet, doch sie konnte nicht anders. »Ich kann es kaum erwarten, mit euch zusammenzuarbeiten.« Sie war wieder an der Tür angekommen. »Bis später.«

»Tschau«, sagte Bailey mit schwacher Stimme.

Liz knallte die Tür hinter sich zu. Dann ging sie schnurstracks zur Bechdel-Toilette (benannt nach Alison Bechdel, wem auch sonst) und knallte auch die Kabinentür zu. Sie war kurz davor, ihr einen Faustschlag zu verpassen, aber das kam ihr dann doch übertrieben vor.

Diese reichen Arschlöcher. Was fiel ihnen ein, aus dem Nichts hier aufzutauchen und ganz nebenbei über Entlassungen zu plaudern? Hatten sie gar kein Gewissen?

Diese hirnverbrannte Wohlfühljournalistin, die die ganze Zeit irgendwas von Analplugs gefaselt hat. Okay, sie hätte vielleicht weniger reden sollen. Aber ganz so schlimm war es nun wirklich nicht gewesen. Und Daria hatte bloß dagestanden und Liz herablassend angeschaut, als wollte sie sie absichtlich nervös machen. Warum war Daria überhaupt hier? Warum hatte sie Gott weiß wie viel Geld in ein Onlinemagazin gesteckt, das sie für Zeitverschwendung hielt?

In Liz' Kopf schwirrten bitterböse Antworten herum. Sie hätte Daria und Bailey gehörig die Meinung geigen sollen.

Nein, sie hätte den Raum gar nicht erst betreten sollen. Sie hätte in dem Moment umkehren sollen, als sie die ersten Sätze mit angehört hatte.

Sie versuchte an ihrer Wut festzuhalten, doch es nützte nichts – sie spürte, wie sie verpuffte und stattdessen Scham und Panik einsetzten. Was hatte sie sich nur gedacht? Natürlich würden sie darauf kommen, dass sie gelauscht hatte. Womit sie quasi ihr Schicksal als erste Angestellte, der man die Tür weisen würde, besiegelt hatte. Sie konnte von Glück reden, wenn ihr noch eine Woche blieb.

Na ja, vielleicht wäre das nicht das Schlimmste. Sie würde die Abfindung bekommen, die sie sich erhofft hatte, und könnte sich wie geplant aufs Schreiben konzentrieren. Aber *so* war das natürlich nicht gedacht gewesen. Es war das eine, wenn das ganze Magazin dichtmachte. Aber es war etwas völlig anderes, von zwei reichen Arschlöchern vor die Tür gesetzt zu werden, während ihre Freund*innen munter ohne sie weiterarbeiteten.

Liz sperrte die Kabinentür auf. Noch war sie nicht gefeuert worden. Und bis das passierte, würde sie weiter Wohlfühlstücke schreiben. Wohlfühlstücke, die so unfassbar wohlig waren, dass sie millionenfach geklickt wurden. Sie würde sich unverzichtbar machen. Professionell, selbstbewusst, unnahbar. Ihr wäre völlig egal, was irgendwer von ihr hielt. Vor allem Daria.

Liz trat ans Waschbecken und bespritzte ihr Gesicht mit Wasser. Ganz genau so würde sie es machen. Aber zuerst würde sie Jane suchen, ihr erzählen, was passiert war, und ausgiebig heulen.

3

Zwei Tage nach der Vorstellungsrunde bezogen Bailey und Daria ganz offiziell das *Nether Fields*-Büro. Sie saßen im Janelle (benannt nach Janelle Monáe, wem auch sonst) und ließen Charlotte wissen, dass sie jede Woche ein paar Tage reinkommen würden, um »die Abläufe kennenzulernen«.

Liz war davon ausgegangen, dass Bailey und Daria im Tagesgeschäft die Zügel eher locker lassen würden, so wie Heather Media vor ihnen. Doch leider stellte sich heraus, dass sie im Gegenteil selbst kaum zu zügeln waren. Anscheinend waren Reiche-Leute-Jobs sehr flexibel, denn bald war Bailey fast jeden Nachmittag da. Wie ein gesprächiger Dackel lief sie hinter Charlotte her und setzte sich in sämtliche Sitzungen, um zu »beobachten, ohne einzugreifen«. Wenn sie nicht gerade beobachtete, schlenderte sie durchs Büro, verwickelte in der Kiyoko-Küche (benannt nach Hayley Kiyoko, wem auch sonst) Leute in lange Gespräche oder beugte sich beiläufig über eine der Schreibtischtrennwände und fragte die Person dahinter über ihren Job aus. Kurz gesagt war sie eine extrem enthusiastische Nervensäge.

Doch Baileys Übereifer war immer noch besser als Daria Fitzgeralds Ansatz. Daria war genau drei Tage pro Woche exakt zwei Stunden lang anwesend. Am ersten Tag war sie um Punkt acht Uhr aufgetaucht, und Jane, die als Einzige so früh anfing, erzählte ihren Mitbewohner*innen später, Daria sei immer wieder im leeren Büro auf und ab gestampft und habe vernichtende Blicke auf die Armbanduhr geworfen. Als Charlotte schließlich kam, habe sich Daria bei ihr beschwert, dass es in der *Finanzbranche* ja üblich sei, sein Commitment durch frühes Eintreffen zu zeigen, worauf Charlotte sie daran erinnerte, dass es in der *Finanzbranche* auch üblich sei, ein üppiges Gehalt zu bekommen.

Nach diesem Zwischenfall ging Daria dazu über, sich im Janelle einzuigeln und E-Mails zu verschicken. Sie bat Mary, die Finanzchefin, um eine ganze Reihe sehr detaillierter Haushaltsberichte. Von Lydia, di*er für Anzeigen und Marketing zuständig war, verlangte sie eine Übersicht der Klickraten jeder einzelnen Anzeige der letzten drei Jahre. Und von Tara, die die Social-Media-Kanäle bespielte, wollte sie jede Woche eine aktualisierte Statistik über Interaktionsraten und Followerzuwachs.

Das war ja alles noch halbwegs vernünftig, doch dann bastelte Daria daraus ein Dokument mit lauter Tabellen und Diagrammen voller absteigender Linien, negativer Symbole und wutroter Schriftarten, das sie mit dem Betreff *Ein Zwischenbericht in aktuellen Zahlen* an die gesamte Belegschaft mailte. Worauf Lydia (ohnehin kolossal genervt von dem ganzen Aufwand) eine Vielzahl wenig schmeichelhafter Memes erstellte und sie unter dem Titel *Ein Arschgesicht in aktuellen Zahlen* in den privaten Arbeitschat schickte, was Katie wiederum einen solchen Lachflash bescherte, dass sie sich entschuldigen und eine Runde um den Block drehen musste. Doch als Daria begann, den Bericht jede Woche anzupassen und neu zu versenden, verging ihnen allmählich das Lachen.

Zudem war Daria offenbar nicht damit zufrieden, sich das große Ganze vorzuknöpfen. Drei Wochen nachdem Bailey und sie das Magazin gekauft hatten, wartete Liz eines Morgens in der Kiyoko-Küche darauf, dass der Kaffee brühte, und unterhielt sich mit Finn, einer zierlichen Schwarzen queeren Person mit kurzen

Haaren und einer Vorliebe für Anzugfliegen, die außerdem die Website am Laufen hielt. Eigentlich war Liz mit Jane in die Küche gekommen, doch dann hatte Bailey zufällig reingeschaut und sie in Beschlag genommen, um sie »zum Schreibprozess auszuquetschen«. Seit der ersten Woche war Jane entschieden Team Bailey. Nach ihrem gemeinsamen Mittagessen hatte sie davon geschwärmt, wie Bailey die Abläufe optimieren und die Systeme auf den neuesten Stand bringen würde. Ab und zu drang Gelächter aus dem Flur, wo die beiden sich immer noch unterhielten.

Finn erzählte Liz gerade von einem Streit mit deren Eltern, ob ein homophober Cousin weiterhin zu Familienfeiern eingeladen werden sollte. Je länger sie zuhörte, desto dankbarer war Liz für ihre eigene Familie. Sie hatte keine schrägen konservativen Cousins, und ihre Eltern hatten sie auch nach ihrem Coming-out immer unterstützt. Liz schob das auf ihr Einzelkinddasein; in den Augen ihrer Eltern konnte sie nichts falsch machen, auch wenn sie nicht ganz nachvollziehen konnten, warum Liz ausgerechnet in die teuerste Stadt der USA gezogen war, um Rezensionen über Sexspielzeug zu schreiben, die – das hatten sie ihr schwören müssen – sie niemals lesen durften.

Die Kaffeemaschine gab gerade die letzten blubbernden Ächzer von sich, als Daria mit einem Notizbuch in der Hand in die Küche kam. Sie trug einen schwarzen Anzug und eine schmale schwarze Krawatte. Liz wollte nicht glotzen, aber sie *musste* dieses Outfit haben. Vor ihrem inneren Auge sah sie sich damit auf irgendeiner glamourösen Künstlerparty, die Haare hoch toupiert, dazu ein knallpinkes Einstecktuch im Kontrast zur Krawatte und ihre Doc Martens für einen lässigeren Look. Sie würde aussehen wie das scharfe Mitglied einer queeren Boyband. Doch sie wollte sich gar nicht vorstellen, wie viel so ein maßgeschneiderter Anzug wohl kostete.

»Guten Morgen«, flötete Finn. »Deine Krawatte ist der Hammer.« Dey tippte an deren eigene grüne Fliege und zwinkerte.

Daria nickte Finn zu, ohne eine Miene zu verziehen, und warf einen flüchtigen Blick auf Liz, die sich Mühe gab, nicht rot anzulaufen – so nah waren sie einander seit Liz' kleinem Ausbruch am ersten Tag nicht gekommen.

Liz fixierte die Kaffeemaschine, während Finn weiter von den hemmungslosen Schimpftiraden erzählte, die deren Cousin andauernd auf Facebook postete. Sie konnte Darias Anwesenheit förmlich spüren. Daria sah sich stirnrunzelnd um, als hätte sie noch nie eine Küche von innen gesehen. Sie machte ein paar Schritte Richtung Arbeitsfläche und beugte sich vor, um die Kaffeemaschine zu inspizieren. Hinter ihrem Rücken zog Finn an Liz gerichtet eine Augenbraue hoch.

Dann begann Daria, die Einwegbecher zu zählen – und zwar laut. Finn versuchte tapfer, bei deren Geschichte zu bleiben, doch als Nächstes zog Daria nacheinander alle Schubladen auf, untersuchte den Inhalt und kritzelte etwas in ihr Notizbuch. Mit jeder quietschend geöffneten Schublade wurden Finns Sätze langsamer und langsamer. Dey warf einen hilflosen Blick zu Liz, die mit den Schultern zuckte. Die Kaffeemaschine war so gut wie fertig, doch weder Liz noch Finn rührten sie an. Sie waren wie gebannt. Als Daria schließlich in die Hocke ging und ihren Kopf in das Schränkchen unter der Spüle steckte, hielt Liz es nicht mehr aus.

»Was zur Hölle machst du da?«, rief sie wohl etwas entsetzter als nötig, denn Daria zuckte zusammen und stieß sich den Kopf an der Oberseite des Schränkchens. Liz sog zischend Luft durch die Zähne, als Daria herumfuhr und sie anfunkelte.

»Eine Bestandsaufnahme der Vorräte.« Daria rieb sich den Kopf und wandte sich wieder dem Schrankinhalt zu.

»Ist ein Hurrikan im Anmarsch, von dem wir nichts mitbekommen haben?«, fragte Liz. »Oder droht vielleicht ein Atomkrieg, auf den wir uns vorbereiten müssen?«

Finn erstickte deren Prusten mit vorgehaltener Faust. Daria kramte noch ein bisschen unter dem Waschbecken herum und stand dann auf. Sie öffnete eine Schublade und deutete auf die Schachteln mit den Plastikgabeln und -messern.

»Wisst ihr, was das ist?«

Finn und Liz tauschten einen Blick aus.

»Besteck?«, fragte Liz.

»Nein.« Daria warf die Schublade zu. »Eine unnötige Ausgabe. Und wisst ihr auch, was das Budget dieses Magazins gerade absolut nicht hergibt?« Sie machte eine dramatische Pause. »Unnötige Ausgaben.«

Daria musterte die beiden finster, als wäre diese dreißigsekündige Konversation eine riesengroße Zeitverschwendung gewesen, und trat dann in den Flur, wo Liz sie noch »Bailey! Komm mal!« rufen hörte. Sekunden später trippelte Bailey ihr an der Küche vorbei hinterher.

Liz und Finn sahen sich an.

»Wow«, sagte Finn. »Was für ein Kotzbrocken.«

Liz lachte und boxte demm in die Seite. »Finn! So was Gemeines hab ich dich noch nie über irgendwen sagen hören!«

Finn lachte auch, schüttelte aber den Kopf. »Sie hat's verdient.«

Liz fühlte sich bestärkt, als sie sich eine Tasse Kaffee einschenkte und an ihren Schreibtisch zurückging. Selbst Finn fand, dass Daria ein Kotzbrocken war. Also musste Liz überhaupt kein schlechtes Gewissen haben, dass sie dem ganzen Büro brühwarm von dem Gespräch erzählt hatte, das sie am ersten Tag im Besprechungsraum mit angehört hatte.

Eigentlich hatte Liz sich nur Jane anvertrauen wollen, um keine büroweite Panik vor Entlassungen auszulösen. Doch sie hatte es nicht über sich gebracht, die Sache vor Charlotte geheim zu halten. Dann hatte sie sich auch noch vor Lydia verplappert, di*er sie so lange belagert hatte, bis sie mit der ganzen Story rausgerückt war. Ab da wussten so viele davon, dass es auch keinen Sinn mehr hatte, irgendwas zu verschweigen, und so ließ sie es sich nicht nehmen, die Geschichte genussvoll vor jeder Person auszubreiten, die bereit war, ihr zuzuhören. Was dazu führte, dass nun alle wussten, dass Daria Fitzgerald nur darauf aus war, Kosten zu senken und so viele Leute wie möglich zu feuern, wenn sie Bailey schon nicht davon überzeugen konnte, gleich das ganze Magazin dichtzumachen. Und als wären die Sache mit den Diagrammen und die Art, wie Daria grußlos und grimmig durchs Büro stolzierte, nicht schon genug, hielt nun die gesamte Belegschaft Daria endgültig für eine arrogante Kuh, die das Schlimmste war, was *Nether Fields* hätte passieren können.

Lydia hatte Daria online gestalkt und herausgefunden, dass sie – Überraschung – als Investmentbankerin arbeitete. Ein aufgeblasener Arschlochjob für ein aufgeblasenes Arschloch. Sie war in Boston aufgewachsen, mit einer Lokalpolitikerin als Mutter und einem renommierten Immobilienmakler als Vater. Wie Bailey hatte sie ihren Abschluss am Smith College gemacht. Aufgrund ihrer Herkunft und Laufbahn vermutete Lydia, dass sie noch reicher war als Bailey.

Liz setzte sich an ihren Schreibtisch. Dann mochte Daria sie eben nicht, na und? Daria war kontrollsüchtig, herablassend und mochte sowieso überhaupt niemanden.

Zwei Minuten später kündigte ein Ping eine E-Mail von Daria an, in der stand, dass kein Einweggeschirr mehr bereitgestellt werde und Tassen und Besteck ab sofort von zu Hause mitzubringen seien. Angereichert war das Ganze mit einer detaillierten Hochrechnung, wie viel Geld jährlich gespart worden wäre, hätte man von Anfang an auf Plastikbecher und -geschirr verzichtet, und abgerundet wurde es durch den Vorschlag, Angestellte sollten doch bitte an ihren Platz zurückgehen, während der Kaffee kochte, um effizienter zu arbeiten und »nicht unnötig Zeit zu vergeuden«.

4

Liz entwickelte langsam, aber sicher einen Hass auf Kurzarmhemden. Vor allem auf die mit Muster.

Liz, Katie und Lydia hatten wie fast jeden Freitag um halb fünf Schluss gemacht, um die Happy Hour im Scissors mitzunehmen, einer winzigen Lesbenbar im East Village, in der jeder Zentimeter mit Regenbogenflaggen zugekleistert war. Charlotte und Jane waren normalerweise mit von der Partie, aber diese Woche hatte Charlotte ein Date, und Jane war bei *Trans* Frauen, die Han schauen*, ihrer Dungeons-and-Dragons-Gruppe mit *Star Wars*-Motto für trans* Frauen of Color, die außerdem unfassbare Nerds waren.

Kaum hielten alle einen Drink in der Hand, gingen Lydia und Katie ihrer Lieblingsbeschäftigung nach: über Daria lästern. Die hatte mittlerweile nicht nur das Plastikgeschirr auf dem Gewissen. Um »unnötige Kosten« einzusparen, hatte Daria alle Abos auf digital umgestellt, strenge neue Ausgabenrichtlinien herumgemailt und sogar den Farbdrucker mit einem Passwort geschützt, um »unüberlegter Benutzung« vorzubeugen (wobei Lydia felsenfest schwor, dabei handele es sich um eine persönliche Rachemaßnahme, weil irgendwer eins von Lydias Memes im Klo aufgehängt hatte).

Liz, die nicht mehr über Daria nachdenken wollte als unbedingt nötig, versuchte sie auszublenden und ließ ihren Blick über die Menge schweifen. Normalerweise war Liz zu Beginn jeden

Abends im Scissors voller Hoffnung, dass sie vielleicht, ganz vielleicht, endlich jemanden kennenlernen würde. Doch heute fühlte es sich aussichtslos an. Nun, da es draußen warm war, schien die Bar in genau zwei Lager gespalten zu sein: Sommerkleid oder Kurzarmhemd. Liz selbst trug eine Baggyjeans und ein Poloshirt aus der Männerabteilung, das sie im Secondhandshop ergattert hatte. Als sie auf dem Weg zur Arbeit in Schaufenstern Blicke auf ihr Spiegelbild erhascht hatte, war ihr der Look noch irgendwie mühelos und lässig vorgekommen, aber jetzt fragte sie sich, ob die weite Kleidung vielleicht einfach nur schlecht saß. Wenn sie etwas Feminineres anhätte, würde eines der Kurzarmhemden sie vielleicht ansprechen. Wenn sie zu ihrem Shirt neckische, bubenhafte Shorts trüge, würde sie vielleicht gerade einem Sommerkleid einen Drink ausgeben.

Liz träumte davon, androgyn auszusehen und auf anziehende, atemberaubende Weise zwischen den Geschlechtern zu oszillieren. Doch leider kosteten solche Klamotten einen Haufen Geld und schienen obendrein nur für spindeldürre, flachbrüstige Menschen gemacht zu sein. Mit Kurven androgyn auszusehen, war schwierig, vor allem da ihr Budget für neue Klamotten grob überschlagen null Dollar betrug.

Es gab Tage, da wollte Liz am liebsten all ihre Kleider und Röcke in den Müll werfen. Doch keine Woche später sehnte sie sich danach, sich feminin und fabelhaft zu fühlen, ihren Körper zu zeigen. Dann wieder schlug das Pendel in die andere Richtung aus, und sie trug zwei Sport-BHs übereinander, um ihre Brüste unter einem Anzughemd zu verstecken. Das Ergebnis waren viel zu viele Klamotten für ihren viel zu kleinen Kleiderschrank und ein Hass auf Datingseiten, bei denen man sich einem Label zuordnen musste. War sie eine Soft-Butch? Eine Futch? Ein Tomboy? Eine Chapstick Lesbian?

»Na, auf Beuteschau?« Lydia schlang den Arm um Liz' Hals. Liz schüttelte demm ab, damit niemand sie für ein Paar hielt.

»Vielleicht.«

»Was ist mit der Person da hinten in der Ecke?« Liz spürte Lydias warmen Atem an ihrem Ohr. »Die in dem blauen Overall. Sieht aus wie dein Typ.«

Liz folgte unauffällig Lydias Blick. Dey hatte recht: Der blaue Overall war tatsächlich ihr Typ. Die Person, die darin steckte, war groß und eher androgyn mit kahl rasiertem Kopf, schaute auf ihr Handy und schien allein zu sein.

»Geh doch hin und sag Hallo«, schlug Lydia vor.

»Auf gar keinen Fall«, widersprach Katie. »Einfach aufzukreuzen und Hallo zu sagen, kommt voll komisch. Guck erst mal, ob sie guckt.«

Liz fand die Idee nicht schlecht. Zugegeben, sie hätte jede Idee nicht schlecht gefunden, die nicht gerade beinhaltete, eine völlig fremde, außerordentlich attraktive Person anzuquatschen und sich womöglich einen Korb zu holen. Während Katie und Lydia sich also über die neuesten Skandale der L-Prominenz unterhielten, behielt Liz die Person im Auge und hoffte, sie würde hochsehen.

Was sie auch tat. Sie ließ das Handy sinken und sah sich um. Liz gab sich Mühe, so zu tun, als hätte sie genau in dem Moment rein zufällig von ihrem Drink hochgeschaut, doch der blaue Overall musste ihren Blick bemerkt haben, denn seine Augen wanderten fast sofort zu Liz. Ein Adrenalinstoß durchfuhr Liz' Brustkorb, und sie versuchte sich an einem aufreizenden Lächeln.

Die fremde Person lächelte nicht zurück. Stattdessen ließ sie den Blick demonstrativ weiter schweifen, als hätte sie sich einfach nur mal umgucken wollen, und heftete ihn dann wieder aufs Handy.

»Autsch.« Lydia brach in Lachen aus. »Das war fies.«

Katie verzog mitfühlend das Gesicht. Liz spürte, wie ihr die Hitze ins Gesicht stieg.

»Ach, Klappe.« Sie leerte ihr Bier und ging, um die Flasche auf der Bar abzustellen.

Was hatte sie erwartet? Liz wusste gar nicht, warum sie sich das immer wieder antat. Sich immer wieder Hoffnungen machte. Hier in der Bar oder auf Dates, die sie über irgendeine App ausgemacht hatte. Aber sie konnte nicht anders. Sie wollte sich endlich verlieben. Sie wollte diesen einen Menschen finden, mit dem sie langfristig zusammenbleiben würde.

Doch in letzter Zeit hatte sie das Gefühl, das würde sowieso nie passieren. Falls sie doch mal jemanden kennenlernte, den sie gut fand, wurde sie entweder nach dem ersten Date geghostet oder bekam eine Nachricht, in der so was Vages stand wie »Es hat einfach nicht gefunkt« oder »Bin doch nicht bereit für eine Beziehung«. Für eine Nacht war Liz anscheinend gut genug, aber fürs zweite Date reichte es irgendwie nie.

»Lizzie.« Katie packte sie am Arm und zog sie wieder zu Lydia, di*er sich gerade mit einer fremden Person unterhielt. »Hör auf zu schmollen und hol dir noch was zu trinken.«

»Ich will mich nicht abschießen«, jammerte Liz.

»Klar willst du das«, sagte die Person, die gerade mit Lydia sprach. »Warum bist du sonst an einem Freitagabend in einer knallvollen Bar?«

»Vielleicht will ich bloß unter Leute«, gab Liz zurück.

»Ich bin Weston. Sie/ihr.« Die Fremde hielt Liz die Hand hin. Liz schüttelte sie. Weston war weiß, vermutlich ein oder zwei Jahre älter als Liz und hatte dunkles, schulterlanges Haar. Sie trug eine schwarze Jeansjacke über einem kunstvoll zerrissenen schwarz-weißen T-Shirt und mehrere lange Metallketten übereinander. Das Outfit war modisch, wenn auch etwas bemüht, und sie war auf jeden Fall süß. Mit maskulinen Langhaarlesbenvibes.

»Liz. Sie/ihr.«

Weston zog eine Augenbraue hoch und wandte sich wieder an Lydia. »Ich glaube, deine grummelige Freundin braucht einen Shot.«

»Yesss«, sagten Lydia und Katie wie aus einem Mund. Liz konnte sich ein Lächeln nicht verkneifen.

»Na gut«, sagte sie. »Aber nur einen. Und auf keinen Fall Fireball.«

Weston beugte sich über den Tresen und versuchte die Aufmerksamkeit der Barkeeperin zu gewinnen, die in der Ecke ins Gespräch mit einer Butch vertieft war. Hinter Westons Rücken wackelte Lydia an Liz gerichtet mit den Augenbrauen und formte mit den Lippen die Worte *Süß, oder?* Katie sah weg.

»So.« Weston drehte sich um und verteilte winzige Plastik-Shotgläser. »Cheers, Queers.«

Der Tequila schwappte über den Rand, als sie anstießen. Katie und Lydia kippten den Shot hinunter. Liz zögerte und trank dann auch. Es schmeckte furchtbar. Sie verzog das Gesicht und unterdrückte ein Husten.

»Wie ich Shots hasse«, sagte sie. Weston zwinkerte ihr zu und leerte ihren in einem Zug.

»Angeberin«, sagte Liz vorwurfsvoll, musste aber unwillkürlich lächeln.

»Woher kennt ihr euch eigentlich alle?« Liz nahm an, dass Weston unauffällig herauszufinden versuchte, ob unter ihnen ein Pärchen war.

»Wir arbeiten zusammen.« Lydia legte Liz und Katie je einen Arm um die Schulter. »Bei *Nether Fields*. Wir schmeißen den Laden quasi.«

»Ach, echt?«, fragte Weston. »Und was soll das sein?«

Lydia sackte zusammen. Liz konnte demm gut verstehen – man würde meinen, dass ihr Magazin zumindest Leuten in einer Lesbenbar ein Begriff wäre. Vielleicht stand es wirklich schlimm um ihre Leser*innenschaft.

»Bloß das fünftgrößte queere Onlinemagazin in den ganzen USA«, sagte Lydia.

»Ach so, cool.« Weston nahm ihr Bier vom Tresen und nippte daran. »So wie *Autostraddle*?«

»Ja«, sagte Liz missmutig. »Wie *Autostraddle*. Nur kleiner. Und weniger profitabel. Sorry, ich brauch noch 'nen Drink.«

Sie löste sich aus Lydias Umklammerung (auf deren anderer Seite machte Katie keine Anstalten, loszulassen) und versuchte die Barkeeperin auf sich aufmerksam zu machen, wodurch sie direkt neben Weston landete, die am Tresen lehnte.

Liz konnte mit der Nähe ganz gut leben, und weil es laut und voll war, hatte sie allen Grund, ihre Lippen dicht an Westons Ohr zu legen, um zu fragen, was sie beruflich mache. Danach ging sie wieder auf Abstand, aber nicht allzu sehr.

Weston lächelte sie an, und diesmal war es kein Flirtgrinsen, sondern ein aufrichtiges Lächeln. Es sah leicht verschmitzt aus und machte sie Liz noch sympathischer. »Ich mache Social Media für BYond.«

»Der Laden für genderneutrale Klamotten?« Katie beugte sich zu ihnen. Weston nickte.

»Da war ich schon ein paarmal drin, aber alle Teile kosten irgendwie hundert Dollar und passen eh nur klapperdürren Twinks ohne Hüften«, sagte Liz und bereute es sofort. Hoffentlich war Weston jetzt nicht beleidigt. Warum konnte sie bloß nie die Klappe halten?

Zum Glück lachte Weston. »Ist echt so. Außerdem gibt's nur

Sachen mit Regenbogen und Croptops, auf denen BE GAY DO CRIME steht.«

»Ich muss mal«, sagte Lydia abrupt. Dey zog Katie hinter sich her und warf Liz über die Schulter einen vielsagenden Blick zu. Liz drehte sich zur Bar, um ihr Lächeln zu verstecken.

»Arbeitest du gerne da?«, fragte Liz. Nun, da sie nur noch zu zweit waren, machte Weston unter dem Vorwand, sie so besser hören zu können, einen Schritt auf sie zu. Auf dem Tresen presste sich ihr Arm gegen den von Liz.

»Nicht wirklich.« Weston lachte. »Ist echt langweilig.«

Die Barkeeperin kam, und Liz bestellte zwei Rum-Cola. Sie spürte, wie der Shot von vorhin zu wirken begann und den Lärmpegel in der Bar erträglicher machte.

»Wie lange wohnst du schon in New York?«, fragte Liz, während sie ein paar zerknitterte Scheine aus ihrer Hosentasche holte und abzählte.

»Schon länger«, sagte Weston. »Seit nach dem College.«

»Auf welchem College warst du denn?«

»Smith natürlich«, sagte Weston. »Wie es sich für eine brave Lesbe gehört.«

»Oh Gott.« Die Drinks kamen, und Liz nahm einen großen Schluck, dem Betrunkensein nicht mehr abgeneigt.

»Was hast du gegen Smith?«

Liz verdrehte die Augen. »Ach, ich schlage mich in letzter Zeit mit so einigen Smithies herum.«

»Das mag an der Gesellschaft liegen, die du pflegst.« Weston grinste. »Wo genau wohnst du denn?«

Liz erzählte Weston von ihrem Apartment in Crown Heights und wie sie direkt nach dem College in den Stadtteil gezogen war, ohne vorher von seiner Existenz gewusst oder überhaupt geahnt zu haben, dass es in Brooklyn mehr gab als Williamsburg.

Weston war eine aufmerksame Zuhörerin – sie war lustig, interessiert und ergänzte hier und da etwas, ohne sie zu unterbrechen. Während sie sich unterhielten, flatterte Liz' Bauch vor Freude über diesen neuen Flirt. Es war lange her, dass sie sich so gefühlt hatte – auf Augenhöhe mit einer Person, die ihr die Witze zuspielte wie Pingpongbälle. Sie fühlte sich sexy, als würde sie mit jeder schlagfertigen Antwort und mit jedem Schluck aus ihrem Glas größer und klüger und selbstbewusster werden. Weston sprach mit *ihr*, hatte sich von allen Leuten hier ausgerechnet Liz ausgesucht.

Über Westons Schulter hinweg bemerkte Liz, wie Lydia sie aus einiger Entfernung beobachtete. Offenbar hatte dey heute keinen Treffer gelandet, denn dey war auf Tuchfühlung mit Katie, die deren Hals küsste. Liz wünschte, Lydia würde das sein lassen – mit Katie rumzumachen, wenn demm langweilig war, und ihr falsche Hoffnungen zu machen. Lydia deutete auf Weston, reckte den Daumen und zeigte Liz dann den Mittelfinger. Liz verdrehte die Augen.

Sie wandte sich wieder Weston zu und beugte sich weiter vor als nötig, sodass ihre Lippen beim Reden beinahe Haut berührten, was ihrem Magen einen wohligen Hüpfer entlockte. »Lydia wird mir noch ewig vorhalten, dass ich dich von demm gestohlen habe.«

Weston setzte ein schiefes Lächeln auf; ein typisches Lesbenlächeln, wie Liz es schon oft vor dem Spiegel geübt, aber nie richtig hingekriegt hatte. »Falls es dich beruhigt, lasse ich mich nur zu gerne stehlen.«

»Gut zu wissen.« Liz nippte an ihrem Getränk, ohne den Blickkontakt abbrechen zu lassen (noch so was, was sie mindestens einmal vor dem Spiegel geübt hatte, allerdings mit deutlich mehr Erfolg, sodass sie es jetzt, ohne zu kleckern, durchzog).

»Und wohin stehlen wir uns?«, fragte Weston. »Bis nach Crown Heights?«

Konnte sie mal jemand kneifen? Weston war attraktiv. Sie war lustig. Sie hatte noch keinen einzigen unangebrachten Witz gemacht. Sie hatte ihre Drinks ohne Strohhalm bestellt, der Umwelt zuliebe. Vielleicht wurde nicht mehr als ein One-Night-Stand daraus, aber … und wenn schon. Warum zur Hölle auch nicht?

»Bis nach Crown Heights«, sagte Liz.

Sie legte Weston die Arme um die Schultern. Sie ließ ihren Körper langsam gegen Westons sinken, zog den Moment genussvoll in die Länge, denn die Vorfreude war ja bekanntlich meistens besser als die Sache an sich. Dann endlich beugte sie sich vor und zögerte, bis Weston das letzte Stück zwischen ihnen überwand. Ein paar Augenblicke Lippen, eine Sekunde lang Zunge und dann …

»Komm schon«, sagte Liz und zog Weston Richtung Tür. »Stehlen wir uns davon.«

5

Am Montagmorgen strahlte Liz immer noch. Sie war selten so aufgekratzt, aber das hier war eine Ausnahme. Weston war klug und sexy *und* witzig. Mit ihr konnte Liz sich vorstellen, abends zu Hause zu bleiben, zu kochen und Serien zu gucken. Sie sah sich schon gemeinsam im Zug zu ihren Eltern sitzen, die Weston mit ihren geistreichen Bemerkungen und ihrem Angebot, in der Küche zu helfen, sofort für sich einnehmen würde. Sie konnte die Salzluft ihrer Flitterwochen am Meer förmlich riechen.

Doch zuerst musste Liz herausfinden, was als Nächstes kam. Als Weston am Samstagmorgen aus der Wohnung gegangen war, hatte sie sich Liz' Nummer geben lassen und schon kurze Zeit später geschrieben: *hat spaß gemacht lass mal wiederholen*. Keine Großbuchstaben, keine Satzzeichen, aber immerhin zum Schluss ein Zwinkersmiley.

Liz hatte dreißig Minuten damit verbracht, zu überlegen, ob es wohl ein gutes Zeichen war, dass sie sich so schnell gemeldet hatte (sie konnte es kaum erwarten, wieder mit Liz zu reden, und wollte sichergehen, dass Liz wusste, wie schön es für sie gewesen war) oder ein schlechtes (ihr war piepegal, ob die Nachricht irgendwie verzweifelt rüberkam, und sie langweilte sich einfach in der U-Bahn). Schließlich entschied sie sich für gut und tippte *Ja bitte*. Freches Zwinkeremoji.

Der einzige Haken an ihrer Langzeitbeziehungsfantasie war, dass Weston immer noch nicht zurückgeschrieben hatte. Liz wünschte, sie hätte konkreter und selbstbewusster geantwortet, zum Beispiel *Ja bitte. Donnerstag?* Aber jetzt konnte sie schlecht eine Nachricht hinterherschicken, ohne wie ein Loser rüberzukommen. Oder sollte sie erst recht eine Nachricht hinterherschicken, um zu zeigen, dass es sie überhaupt nicht juckte, ob sie wie ein Loser rüberkam?

Liz hatte sich mit Jane fünfzehn Minuten vor der wöchentlichen Redaktionssitzung im Laverne verabredetet, um ihr in Ruhe ihr Dilemma zu schildern, bevor die anderen eintrafen. Doch Jane wirkte irgendwie abwesend, als Liz ihr ungefähr ein Dutzend verschiedener Handlungsstrategien vortrug – was möglicherweise daran lag, dass sie genau die gleiche Unterhaltung schon am Vorabend geführt hatten. Jane saß seitlich in ihrem Stuhl und ließ ein Bein baumeln, während sie ihre Braids abwechselnd zu einem Pferdeschwanz zusammennahm und wieder fallen ließ, offenbar unentschieden, was besser aussah.

»Jane?«, unterbrach Liz den Pferdeschwanzprozess. »Hörst du mir überhaupt zu? Ich brauche unbedingt Soforthilfe bei meinem Sexleben.«

»Warte doch noch bis Freitag.« Jane überprüfte ihr Spiegelbild in der Handyfrontkamera. »Dann frag sie, ob sie sich treffen will. Ganz beiläufig.«

»Aber was, wenn sie bis dahin schon Pläne fürs Wochenende hat?«

Jane zuckte mit den Achseln. Die zusammengebundenen Haare hatten das Rennen gemacht, und sie legte das Handy weg. »Dann verabredet ihr euch eben fürs Wochenende drauf. Sag mal, hast du zufällig meine goldene Kette mit dem d20-Anhänger gesehen? Ich hab sie heute Morgen nirgendwo gefunden.«

»Die hat sich Katie letzte Woche geliehen. Bestimmt hat sie sie noch«, sagte Liz. »Aber ich kann unmöglich so lange warten! Ich will sie heute sehen!«

»Also *das* würde ich ihr auf keinen Fall sagen«, meinte Jane. »Muss ich dir das Handy wegnehmen?«

»Mach ich schon nicht«, stöhnte Liz. Sie ließ sich so tief in den Stuhl sinken, dass ihr Kinn unter der Tischkante verschwand. »Es ist einfach … aufregend, wegen einer Person so aufgeregt zu sein, verstehst du?«

»Ja.« Jane drehte den goldenen Armreif an ihrem Handgelenk. »Versteh ich.«

In dem Moment ging die Tür auf, und Bailey Cox kam rein. Liz richtete sich schnell zu Normalgröße auf.

»Oh, hi! Ihr seid aber früh dran.« Bailey setzte sich neben Jane. »Jane, dein letzter Artikel hat mich umgehauen. Du hast vollkommen recht damit, dass wir im Streben nach ökologischer Nachhaltigkeit dem Beispiel queerer People of Color folgen sollten.«

Jane strahlte und fragte Bailey, ob sie irgendeinen aktuellen Artikel im *Wall Street Journal* gelesen habe. Hatte Bailey natürlich, und sie fingen sofort an zu diskutieren. Liz, die nie das *Wall Street Journal* las, blickte überhaupt nicht durch. Bailey und Jane schien das nicht weiter zu stören – sie steckten die Köpfe zusammen und gestikulierten eifrig, um ihre Argumente zu untermalen.

Liz starrte sie an. Jane lächelte die ganze Zeit. Sie stieß ein hohes, melodisches Lachen aus. Als Bailey noch mal ihren Artikel lobte, senkte Jane den Blick auf ihre Hände und blinzelte dann wieder zu Bailey hoch.

Ach du Scheiße.

Wie hatte Liz das entgehen können? Sie hatte Jane und Bailey doch dauernd zusammen in der Kiyoko-Küche gesehen und wusste genau, wie hin und weg Jane nach dem Lunch mit Bailey gewesen war. Doch sie hatte nicht eins und eins zusammengezählt.

Warum hatte Jane ihr bloß nichts davon erzählt? Liz war eine Sekunde lang sauer, doch dann wurde ihr klar, warum. Weil Liz es ihr auszureden versucht hätte.

Sie fixierte Jane und versuchte gerade, sie telepathisch vom Flirten abzuhalten, als Daria den Raum betrat.

Liz blickte überrascht auf. Daria hatte noch nie an einer Redaktionssitzung teilgenommen.

Wie immer war ihr Anzug eindrucksvoll. Dieses Exemplar war grau, und dazu trug sie ein hellblaues Hemd ohne Krawatte. Er war etwas enger geschnitten als sonst und bettelte förmlich darum, dass Liz sich vorstellte, wie wohl der Körper darunter aussah. Dann pfefferte Daria ihre Aktentasche auf einen der freien Stühle und holte sie in die Realität zurück. Es war geradezu ungerecht, dass jemand so heiß und gleichzeitig so arschig war. Doch vielleicht war es besser so. Wenn Daria gut ausgesehen *und* eine einnehmende Persönlichkeit gehabt hätte, wäre Liz jetzt vielleicht in der gleichen Zwickmühle wie Jane.

Daria ließ sich auf den Stuhl neben ihrer Aktentasche sinken. Liz funkelte sie an – wollte sie ernsthaft einen ganzen Stuhl nur für ihre Tasche beanspruchen? War ihr nicht bewusst, dass auch noch andere Leute zum Meeting kommen würden?

Liz' stummes Geschimpfe wurde von Charlotte unterbrochen, die mit dem Rest der Redaktion im Schlepptau hereinkam. Als alle Platz genommen hatten, fragte Charlotte sie reihum nach ihren Artikelideen für die kommende Woche. Was früher eine lockere Runde gewesen war, lief deutlich weniger entspannt ab, seit Bailey dabei war. Diese Woche tat Darias Anwesenheit ihr Übriges, und die Redakteur*innen trugen ihre Ideen in verkrampftem, übertrieben förmlichem Tonfall vor. Bailey schaltete sich hier und da ein, meist mit Zuspruch und manchmal auch mit überraschend sachkundigen Einfällen, die die jeweilige

Person gewissenhaft notierte. Daria sagte nichts. Ihr Gesichtsausdruck war leicht angewidert, als hätte sie den Geruch von etwas Vergammeltem in der Nase. Immer wieder warf sie Blicke aufs Handy. In die Stimmen der Redakteur*innen mischte sich zunehmend Verzweiflung, während sie versuchten, doch noch ihr Interesse zu wecken.

Als Katie an der Reihe war, schlug sie ein Interview mit einer Aktivistin in Astoria vor, deren Pop-up-Lesbenbar zugleich als Tafel für Bedürftige diente. Charlotte, Jane und Bailey waren sofort Feuer und Flamme. Eigentlich schrieb Katie fürs Medienressort, doch mit ihren breit gefächerten Artikelideen mauserte sie sich allmählich zum heimlichen Star des Magazins. Auch auf Social Media wuchs ihre Reichweite, was ihrem Meme-Account und einem Podcast namens *¡Pussy Putas!* zu verdanken war, den sie co-moderierte. Falls Katie den *Nether Fields* mal den Rücken kehren sollte, hätte sie jedenfalls keine Probleme, einen neuen Job zu finden.

Liz starrte ihre Liste an und wünschte, sie hätte etwas Aufregenderes beizutragen. Sie hätte diese Woche echt mehr Mühe in ihre Artikelvorschläge stecken sollen. Vielleicht hätte sie sogar irgendein Thema so drehen können, dass ein tiefgründiger Artikel dabei herausgekommen wäre. Dann wäre Daria ihr geringschätziges Grinsen gründlich vergangen, und sie hätte allen beweisen können, dass sie mehr draufhatte als Wohlfühlstücke.

»Liz?«, hörte sie Charlotte sagen. »Deine Ideen?«

Liz schaute auf. Alle Augen waren auf sie gerichtet. Daria hatte eine Braue hochgezogen, als erfüllte Liz gerade ihre lächerlich niedrigen Erwartungen. *Mist.*

»Ähm. Klar. Mal sehen.« Liz überflog ihre Liste. »Eine Ratgeberkolumne, wie man weiter mit seiner Ex zusammenwohnt. Ein Spanking-Leitfaden für Blümchenqueers.«

Liz blickte sich um. Daria starrte sie an und sah entschieden unbeeindruckt aus. Liz stieg die Hitze ins Gesicht.

»Drei Quizze«, fuhr sie fort. »Welches *L-Word*-Logikloch bist du? Wie viele lesbische Ikonen kannst du benennen? Zu welchem queeren Song solltest du vögeln? Und, ähm, ein Listicle, wie verdammt gut Kristen Stewart in letzter Zeit aussieht.«

Daria schnaubte. Ein winziges, kaum hörbares, aber ausgesprochen abschätziges Schnauben. Liz' Kopf schnellte herum.

»Ja, bitte?«, entfuhr es ihr. »Daria? Gibt es Feedback?«

»Nein, keineswegs.« Daria lehnte sich in ihrem Stuhl zurück. »Das Stück über Kristen Stewart hat das Zeug, die Welt zu verändern, da bin ich mir sicher.« Stille befiel den Raum. Liz zwang sich, Jane und Charlotte nicht anzusehen.

»Es soll überhaupt nicht die Welt verändern«, blaffte sie zurück. »Es soll Menschen, die sich auf einem zugrunde gehenden Planeten in einem ausbeuterischen Wirtschaftssystem halb zu Tode schuften, einen flüchtigen Moment der Freude bereiten.«

»Ach sooo«, sagte Daria. »Dann handelt es sich bei der Liste mit Kristen Stewarts Vorzügen in Wahrheit um eine humanitäre Mission. Mein Fehler.«

Liz machte gerade den Mund auf, um zurückzuschießen, als Charlotte sich einschaltete. »Das sind handfeste Ideen, Liz«, sagte sie. »Daria, Liz' Artikel bescheren unserer Website mit die meisten Aufrufe. Ihre Quizze werden geklickt wie verrückt.«

»Dann bin ich ja gespannt, welches Logikloch ich bin«, sagte Daria, den Blick wieder aufs Smartphone gerichtet. Unter dem Tisch grub Liz die Fingernägel in die Handflächen. Sie hatte nicht den geringsten Zweifel daran, was für ein Loch Daria war.

Dann war Amy an der Reihe, die in ihren Artikeln alle popkulturellen Ereignisse der vergangenen Woche kommentierte, denen auch nur im Entferntesten irgendwas Queeres anhaftete.

Liz biss die Zähne zusammen. Sie versuchte die betroffenen bis neugierigen Blicke an sich abprallen zu lassen, aber das war gar nicht so einfach. Dachte Daria wirklich, Liz wisse nicht, dass ihre Artikel etwas albern waren? Was glaubte sie denn, wie das Magazin seine Stromrechnungen bezahlte? Die Leute wollten Sextipps und nicht die hundertste deprimierende politische Analyse. Wenn überhaupt, hatte Daria gerade bewiesen, dass sie keinen blassen Schimmer hatte, wie die *Nether Fields* zu retten waren.

»So, Leute, das war's«, sagte Charlotte schließlich, und alle trotteten hinaus. Im Flur sah Jane so aus, als versuchte sie Baileys Aufmerksamkeit zu erregen, doch Liz packte sie am Arm.

»Jane? Kann ich mal kurz mit dir reden?« Ohne ihre Antwort abzuwarten, zog Liz sie in die Lena Lounge (benannt nach Lena Waithe, wem auch sonst).

»Ich weiß, das war unangenehm«, sagte Jane, als sie die Tür hinter sich zuzogen. »Aber du darfst so was nicht persönlich nehmen. Daria versteht einfach noch nicht, wie das Magazin funktioniert.«

»Wehe, du entschuldigst sie auch noch«, sagte Liz. »Hast du ihr überhaupt zugehört? Sie hat so getan, als würden nur Minderbemittelte meine Artikel lesen! Sie hat unsere Fans beleidigt.«

»Liz, du beschwerst dich in einer Tour über deine Listicles.«

Liz verschränkte die Arme und schnaubte. »Ich darf mich ja wohl beschweren. Ich muss die dämlichen Dinger nämlich schreiben. Kapiert sie denn nicht, dass solche Artikel die Kohle reinbringen?«

»Hör mal, Liz …«

Liz schnitt ihr das Wort ab. »Darüber wollte ich aber gar nicht mit dir reden. Sondern darüber, dass du total in Bailey verknallt bist.«

Jetzt war Jane diejenige, die auf dem Sofa die Arme verschränkte. »Ich bin überhaupt nicht total in Bailey verknallt.«

»Aber du findest sie gut.«

Janes Augen verengten sich zu Schlitzen.

»Sie ist nett, ja«, sagte sie schließlich. »Und klug. Und an Journalismus interessiert. Und witzig.«

»Dir ist aber schon klar, dass du gerade lauter Gründe aufzählst, warum du sie gut findest.«

Jane schwieg einen Moment, bevor sie einlenkte. »Sie … tickt einfach wie ich. Und du weißt doch, dass ich eine Schwäche für ältere weiße Frauen à la Aubrey Plaza habe! Ich wünschte, sie wäre einfach eine Frau, die ich irgendwo kennengelernt hätte.«

Liz verspürte einen Anflug von Mitleid. »Das verstehe ich. Ist sie aber nicht.«

Jane fummelte an ihrem Armreif herum. »Wäre es wirklich so schlimm? Sie zu daten, meine ich?«

»Na jaaaaa«, sagte Liz mit Betonung auf der letzten Silbe. Sie wollte Janes Hoffnungen nicht komplett zerstören, fand aber gleichzeitig, dass sie einen Dämpfer vertragen konnten. »Erstens arbeitet ihr zusammen. Das kann ja nur schiefgehen. Und was ist mit Daria und ihr? Läuft da was? Die kleben ja förmlich aneinander.«

»Zwischen den beiden ist nichts. Das hat Bailey mir selbst gesagt«, erwiderte Jane. »Sie verbringen so viel Zeit miteinander, weil ihnen zusammen das Magazin gehört.«

»Wenn du das sagst.« Liz klang skeptisch. »Aber Daria ist total ätzend, was mich ernsthaft an Baileys Geschmack zweifeln lässt.«

Jane ließ den Armreif los und betrachtete stattdessen ihre Fingernägel, die im Moment goldfarben waren. »Es ist einfach … Ich mag sie wirklich, Lizzie«, sagte sie schließlich. »Sehr.«

Liz' Herz wurde schwer. Jane hatte schon lange nicht mehr so für jemanden empfunden. Sie ließ sich neben Jane auf das Sofa plumpsen.

»Das tut mir echt leid.«

»Ich glaube, sie mag mich auch.«

»Ach nee, so 'ne Überraschung«, sagte Liz. »Sie will die ganze Zeit mit dir reden, hat nur Augen für dich und kriegt sich gar nicht mehr ein, wie gut deine Artikel doch sind. Außerdem bist du verdammt hot.«

Jane lächelte, sagte aber nichts. »Übrigens«, setzte sie irgendwann an. »Heute ist Margaritamontag.«

Liz stöhnte. »Ich geh ganz sicher nicht zum Margaritamontag. Ich brauche meine Leber noch.«

Jane drehte sich so, dass sie Liz in die Augen schauen konnte. Sie holte tief Luft. »Es ist nur … Das wäre die perfekte Gelegenheit, sie zu fragen, ob sie mit uns was trinken gehen will«, sagte sie zögernd. »Ich habe viel zu hart gearbeitet, um alles wegen ein bisschen Verknalltheit aufs Spiel zu setzen. Aber … ich glaube, das könnte was werden. Und ich will's herausfinden. Wie es ist, mit ihr Zeit zu verbringen, wenn wir nicht im Büro sind. Irgendwo, wo sie nicht meine Chefin ist. Ob es dann immer noch funkt.«

»Auch wenn ihr nicht im Büro seid, ist sie immer noch deine Chefin.«

Jane streckte ihr die Zunge raus. Liz machte das Gleiche.

Sie war sich ziemlich sicher, dass Jane nach einem gemeinsamen Abend in einer spärlich beleuchteten Bar noch mehr in Bailey verschossen sein würde und nicht weniger. Sie war sich außerdem ziemlich sicher, dass es nur in einer Katastrophe enden konnte, wenn man sich mit seiner Chefin einließ.

Doch hatte Liz nicht selbst schon unzählige schlechte Datingentscheidungen getroffen, obwohl Jane sie davor gewarnt hatte?

Es war schön, für jemanden zu schwärmen, auch wenn es nirgendwohin führte. Außerdem war die Kneipe, die den Margaritamontag ausrichtete, im selben Viertel wie Westons Büro. Sie hätte also die perfekte Ausrede, um ihr zu schreiben und sie ganz beiläufig zu fragen, ob sie auf einen Drink vorbeikommen wollte.

»Na guuuut«, stöhnte Liz. »Dann gehen wir halt zum Margaritamontag.«

6

Liz, Jane, Katie und Lydia verließen das Büro um fünf, um sich mit Bailey im Board Room zu treffen. Sonst hatten sie niemanden überreden können mitzukommen – offenbar wollten alle ihre Kräfte für den Pride-Auftakt in zwei Wochen schonen. Liz hatte Weston eine (wie sie hoffte) spontan und beiläufig klingende Nachricht geschrieben, dass sie vorbeischauen solle, falls sie zufällig in der Nähe sei. Ihr Magen hatte sich lustvoll zusammengezogen, als Weston nur wenig später geantwortet hatte, dass sie es versuchen würde.

Das Board Room war eine jener Kneipen, um die sie normalerweise einen großen Bogen machten: ein düsterer, im Souterrain gelegener Schuppen in Midtown, der vor allem vormalige Verbindungsbrüder aus den umliegenden Bürogebäuden anzog. Aus einem unerfindlichen Grund war das Motto Brettspiele: Bilder von Monopoly-Figuren und Candy-Land-Monstern bedeckten die schmutzigen Wände, und ganz hinten stand ein Regal voll klebriger Spiele, die zu spielen allerdings unmöglich war, weil die Bar ausnahmslos mit roten Glühbirnen beleuchtet wurde. Aber das Board Room hatte einen entscheidenden Vorteil: Montags gab es Margaritas für zwei Dollar.

Als sie ankamen, war es bereits rappelvoll. Liz, die vorausging, musste sich seitwärts durch die Menge quetschen, um zur hinteren Ecke zu gelangen, wo Bailey stand und misstrauisch ein Wandbild beäugte, das eine lüsterne Fräulein Gloria aus Cluedo zeigte. Erst als sie nahe genug dran war, um Hallo zu rufen, bemerkte Liz, dass Daria an Baileys Ellbogen klebte.

»Was machst du denn hier?«, fragte Liz und bereute nur so halb, wie angriffslustig sie geklungen hatte.

»Das hier ist ein Socializing-Umtrunk«, sagte Daria grimmig. »Ich bin zum Socializen hier.« Sie hatte die Hände in den Hosentaschen vergraben und die Schultern bis zu den Ohren hochgezogen. Liz verdrehte die Augen.

Bailey wollte die erste Runde holen, und Jane war rasch zur Stelle, um ihr beim Tragen zu helfen. Darias Blick folgte Bailey durch die Bar; es war offensichtlich, dass sie Lydias Story, wie dey hier mal ein Beerpong-Turnier gewonnen hatte, nicht zuhörte. Liz beschlich das Gefühl, dass sie nur mitgekommen war, um aufzupassen, dass Bailey sich nicht allzu gut mit den Angestellten verstand, die Daria entlassen wollte.

Wenig später schoben sich Bailey und Jane mit Plastikbechern in der Hand zurück durchs Gedränge. Als alle verteilt waren, hielt Jane ihren hoch. Liz fiel auf, dass Bailey sich statt einer Margarita eine Cola geholt hatte – vielleicht hatte Jane sie vorgewarnt.

»Prost!«, sagte Jane. »Auf den Margaritamontag!«

Sie stießen an und tranken. Liz sah erwartungsvoll zu, wie Daria den ersten Schluck nahm. Ihre Augen weiteten sich, und sie verzog angewidert das Gesicht. Liz kicherte.

»Oh mein Gott. Das ist das Grässlichste, was ich jemals im Mund hatte.« Daria blickte in die Runde, als wäre sie gerade auf einen ausgeklügelten Streich reingefallen. »Warum trinkt ihr die?«

»Weil sie zwei Dollar kosten«, sagte Liz.

»Eigentlich brennen bloß die ersten beiden so«, fügte Katie hinzu. »Danach gehen sie runter wie Saft.«

Daria betrachtete Katie mit schief gelegtem Kopf, als versuchte sie herauszufinden, ob sie es ernst meinte.

Bailey lachte. »Prost«, sagte sie und hob ihren Becher. »Auf die *Nether Fields*. Danke, dass ihr uns so freundlich aufgenommen habt.«

Sie prosteten sich noch mal zu, Liz mit deutlich mehr Enthusiasmus in der Stimme, als sie eigentlich empfand. Sie trank schweigend, während die anderen über das Magazin plauderten. Ihr fiel auf, dass auch Daria nichts sagte. Außerdem wich sie Bailey keinen Millimeter von der Seite. Jedes Mal, wenn Jane sich an Bailey wandte, stand Daria dicht daneben und hörte zu. Jane warf Liz einen flehenden Blick zu.

Och nö. Liz suchte die Bar nach Weston ab, doch die war noch nicht da. Vielleicht würde sie auch gar nicht kommen. Wenigstens war Liz es gewohnt, geghostet zu werden.

»Ich hole die nächste Runde«, sagte sie, um sich auf andere Gedanken zu bringen. »Daria, kannst du mir beim Tragen helfen?« Sie sah Jane vielsagend an, die ein stummes *Danke* mit den Lippen formte.

Erschrocken drehte sich Daria zu ihr um. Liz kehrte ihr den Rücken und bahnte sich einen Weg durch die Menge, ohne darauf zu achten, ob Daria hinter ihr war. Als sie sich über den Tresen beugte, bemerkte sie, wie der Mann neben ihr ihre Brüste musterte. Sie hatte sich an diesem Morgen für eine schwarze weite Bluse entschieden, die tiefer ausgeschnitten war als das, was sie sonst so trug. Den ganzen Tag über hatte Liz sich darin stark und sexy gefühlt, als verkörperte sie die Rolle einer beinharten Businessfrau, doch jetzt zupfte sie am Dekolleté und wünschte, sie hätte etwas Butchiges an. In maskuliner Kleidung war sie für hetero Männer so gut wie unsichtbar – was ihr aus anderen Gründen gegen den Strich ging, aber auf jeden Fall die angenehmere Alternative war. Es wäre um einiges einfacher gewesen, herauszufinden, wie sie sich präsentieren wollte, hätte Liz nur an sich selbst denken müssen. Doch je nachdem, was sie anhatte, wurde sie auch anders behandelt, und das machte die Sache so verworren, dass Liz überhaupt nicht mehr wusste, ob sie gerade auf ihr eigenes Gefühl hörte oder auf die Reaktionen der anderen reagierte.

Liz bestellte, und die Barkeeperin stellte sechs Drinks vor ihr ab. Sie bezahlte, drehte sich um und stand Daria gegenüber, die sich hinter ihr herumdrückte und sichtlich unwohl fühlte.

»Hier.« Liz reichte drei der Becher an Daria weiter. Ihre Hände streiften sich, und Liz schoss die Hitze in die Wangen. Sie war sich nicht sicher, ob es am Hautkontakt oder an den kränkenden Worten lag, die ihr jedes Mal durch den Kopf schossen, wenn sie Daria sah: *diese hirnverbrannte Wohlfühljournalistin, die die ganze Zeit irgendwas von Analplugs gefaselt hat.*

Liz wandte den Blick ab. Sie wollte Daria nicht die Genugtuung geben, sie erröten zu sehen.

Sie schob sich zurück durchs Gewühl zu ihrem kleinen Grüppchen, gab Jane und Bailey je einen Becher und stellte sich dann leicht vor sie, sodass sie wie zufällig vom Gespräch ausgeschlossen wurden. Mehr Einladung brauchte es nicht; sie zogen sich zurück und unterhielten sich mit zueinander gebeugten Köpfen. Da konnte Liz noch so ihre Bedenken haben – sie war immer noch Janes Freundin.

Endlich tauchte auch Daria auf, die offenbar mehr Schwierigkeiten gehabt hatte, durch die Menschenmasse zu manövrieren, und reichte Drinks an Lydia und Katie weiter. Ohne sich zu bedanken, zog Lydia Katie in die Menge, damit sie demm dabei half, möglichst viele Menschen dazu zu nötigen, zum nächsten »Sock Hop« zu kommen – ein wanderndes Klub-Event, für das Lydia die Promo machte. Es fand jeden Samstag ab Mitternacht in einer anderen Bar statt, und die meisten Leute dort waren voll auf Drogen. Lydia hatte immer visitenkartengroße Flyer dabei und die nervige Angewohnheit, sie jedem aufzuschwatzen, dem sie begegneten.

Liz war so damit beschäftigt gewesen, Janes Wingwoman zu spielen, dass es einen Moment dauerte, bis sie realisierte, dass sie mit Daria allein war, die neben ihr an der Eiswürfelmaschine lehnte und schwieg. Sie hatte den Blazer ausgezogen und an den Garderobenhaken hinter sich gehängt, die Ärmel ihres hellblauen Hemds bis zu den Ellbogen hochgekrempelt und die ersten zwei Knöpfe geöffnet. Liz gab sich Mühe, nicht auf das kleine Dreieck bloßer Haut unterhalb des Schlüsselbeins zu starren.

Sie beschloss, nicht zuerst zu sprechen. Wenn Daria schweigend in der Ecke rumlungern wollte, sollte sie doch. Aber dann fiel ihr auf, dass Darias Blick auf Bailey und Jane ruhte und genau verfolgte, wie Jane sich vorbeugte und Bailey am Arm berührte.

Mist. Was auch immer Daria gerade durch den Kopf ging, es konnte nichts Gutes sein.

»Warst du schon mal hier?«, fragte Liz und machte einen strategischen Schritt auf Daria zu, sodass sie ihr die Sicht auf Jane und Bailey versperrte.

»Nein«, sagte sie. »Noch nie.« Sie warf einen vielsagenden Blick auf die Gruppe von Männern, die an einem Tisch in der Nähe Flip Cup spielten.

»Ist schon übel hier.« Liz versuchte sich irgendwas aus den Fingern zu saugen, das Darias Aufmerksamkeit von Jane fernhalten würde. »Wir sind normalerweise im Scissors, aber zwei Dollar pro Cocktail sind einfach nicht zu schlagen. Gehst du oft ins Scissors?«

»War noch nie dort.«

»*Was*?« Liz vergaß, ihr Desinteresse raushängen zu lassen. Eine queere Frau, die noch nie im Scissors war? Das war eine Sensation. »Das war ohne Witz mein allererstes Ziel, als ich hergezogen bin. Ich war so geflasht, dass es so was wie 'ne Lesbenbar überhaupt gibt.«

Daria zuckte mit den Achseln. Ihr ganzer Körper war von Liz abgewandt. »Ich hab mich in Bars noch nie sonderlich wohlgefühlt.«

Betretenes Schweigen breitete sich aus. Liz hätte am liebsten die Flucht ergriffen und wünschte, Weston würde diesen Moment wählen, um aufzutauchen, doch sie ließ sich nicht blicken. Sie holte ihr Handy raus, hielt es so, dass Daria das Display nicht sehen konnte, und tippte *Kommt zurück!!!!* an Katie und Lydia.

»Wie lange arbeitest du schon beim Magazin?«, fragte Daria.

Überrascht sah Liz von ihrem Smartphone hoch. Daria hatte ihr tatsächlich eine höfliche – oder zumindest neutrale – Frage gestellt. »Vier Jahre.«

»Und, gefällt's dir?«

»Ja«, sagte Liz, »sehr.«

»Aber wird es nicht irgendwann langweilig, wieder und wieder dieselbe Art von Artikel zu schreiben?«

Zack, da war sie wieder, die überhebliche Daria, an die Liz sich schon gewöhnt hatte. Sie zwang sich, tief durchzuatmen, bevor sie antwortete. »Und was für eine Art von Artikel wäre das?«

Daria nippte an ihrem Getränk und antwortete nicht. Liz fiel auf, dass sie den Plastikbecher so fest umklammerte, dass der Rand bereits nachgab.

»Warum hast du überhaupt ins Magazin investiert?«, fragte Liz ein bisschen zu pampig. »Du kannst offensichtlich nichts damit anfangen und scheinst jede Minute zu hassen, die du im Büro verbringen musst.«

»Weil Bailey darauf bestanden hat, ihr ganzes Geld in diesen Schlund zu schmeißen, den ihr Journalismus nennt, und die einzige Möglichkeit, sicherzugehen, dass sie sich nicht komplett ruiniert, war, zumindest ein bisschen die Kontrolle zu haben«, sagte Daria rasch.

Liz schnaubte laut. »Und wenn schon. Ist Bailey nicht steinreich?«

»Nicht reich genug, um im Alleingang ein scheiterndes Magazin zu schultern.« Daria funkelte Liz an. »Euer Magazin verliert seit Jahren Geld, und Heather Media hat einfach immer die Rechnung bezahlt. Vermutlich um schlechte Publicity zu vermeiden.«

Liz spürte, wie ihr letzter Rest Selbstbeherrschung flöten ging. »Unser Magazin bringt vielleicht kein Geld, aber das heißt nicht, dass es wertlos ist«, sagte sie mit lauter werdender Stimme. »Es geht nicht immer um Kapitalismus. Manches hat eben ideellen Wert. Zum Beispiel eine Website, auf der irgendeine Studentin, die keinen blassen Schimmer hat, wie man lesbisch ist und sich für einen Scheiß*freak* hält, nachlesen kann, wie man mit Frauen Sex hat, anstatt vor dem ersten Date eine Panikattacke zu bekommen, weil's im Aufklärungsunterricht nur Vater-Mutter-Kind gab. Oder irgendwelche dämlichen Quizze, die ihr zeigen, dass queer sein auch einfach Spaß machen darf ohne die ganzen beschissenen Schamgefühle. Oder Artikel, die ihr versichern, dass sie sich tatsächlich in eine Frau verlieben und ein glückliches Leben führen kann, anstatt an einer mysteriösen Krankheit zu verrecken oder auf dem Scheiterhaufen zu verbrennen wie in so ziemlich jedem Lesbenfilm.«

Daria zog die Augenbrauen hoch. Liz wurde rot. Sie hatte sich in Rage geredet. Aber sie hatte verdammt noch mal recht. Sogar die Ratgeberkolumnen und Dildobewertungen waren wichtig. Wo sonst sollte ihre Zielgruppe zuverlässige, vertrauenswürdige Tipps zu diesen Themen herbekommen? Die *Nether Fields* waren für queere Menschen von Bedeutung, das wusste Liz, die die Artikel als einsame Studentin nur so verschlungen hatte, aus eigener Erfahrung. Und überhaupt, den Großteil der letzten vier Jahre hatte sie es geliebt, dort zu arbeiten – sie hatte so viel über Journalismus gelernt und Freund*innen fürs Leben gefunden, die sie sonst wahrscheinlich nie kennengelernt hätte. Das Magazin war wichtig, für die Leser*innen und für Liz.

Auch wenn sie das in letzter Zeit ein bisschen vergessen hatte.

Daria nippte betreten an ihrem Getränk.

»Woher nimmst du überhaupt die ganze Zeit fürs Magazin?«, fragte Liz. »Hast du keinen richtigen Job?«

»Doch«, sagte Daria und schwenkte die Eiswürfel in ihrem Becher. »Bald ist Sommer, da ist es immer etwas ruhiger, aber ich hänge trotzdem ganz schön hinterher. Doch das bin ich Bailey schuldig.«

Liz unterdrückte den Impuls, die Augen zu verdrehen. »Warum ist es deine Aufgabe, Bailey zu beschützen? Sie ist erwachsen.«

Daria seufzte kopfschüttelnd und verlagerte ihr Gewicht, als wollte sie sich Liz und dem Gespräch entziehen. »Bailey und ich haben schon viel zusammen durchgemacht. Wir passen aufeinander auf.«

Alles klar. Die beiden *mussten* irgendwann ein Paar gewesen sein. Zwei Lesben, die »schon viel zusammen durchgemacht« hatten und »aufeinander aufpassten«? Liz nahm sich fest vor, Jane die Sache mit Bailey auszureden. Hier spielte sich doch irgendein scheißshakespeareskes Liebesdings ab, in das hineinzugeraten nur böse für Jane enden konnte.

»Am Arsch, Junge!« Unter Gebrüll machte einer der Männer vom Flip-Cup-Spiel einen unkoordinierten Satz rückwärts. Dabei rempelte er Daria an, sodass sie zwischen ihm und der

Eiswürfelmaschine eingeklemmt wurde und ihr der halb volle Becher aus der Hand flog.

»Hey, pass doch auf!« Daria schob ihn beiseite.

Der Mann drehte sich um, musterte sie von oben bis unten und rollte mit den Augen.

»Boah, nerv nicht, Scheißlesbe«, murmelte er und drehte sich wieder zu seinem Tisch um. Seine Freunde lachten dreckig.

»Alles okay?«, fragte Liz, während Daria sich die Margaritaspritzer von der Hose wischte.

»Klar. Nichts passiert«, sagte sie, doch ihre Stimme klang angespannt, und sie presste die Lippen zusammen. »Ich denke, ich pack's einfach.«

»Was? Du kannst dich doch nicht von diesem Arschloch vertreiben lassen.« Daria war vielleicht unsympathisch, aber das hieß noch lange nicht, dass dieser Typ einfach so davonkommen durfte. Daria schüttelte den Kopf und wich Liz' Blick aus.

In einer einzigen fließenden Bewegung machte Liz einen Schritt auf den Kerl zu, hob ihre Margarita und leerte den Becher in seinem Nacken aus.

»Was zur Hölle?«, rief er und patschte sich hektisch auf den Rücken.

Mit der Hand vorm Mund wirbelte Liz herum. »Uuuups«, quietschte sie. »Das *tut* mir aber leid! Da sind mir wohl meine kleinen Lesbenhände ausgerutscht.«

»Willst du mich verarschen?«, brüllte der Typ. »Das hast du mit Absicht gemacht.«

Liz griff sich an die Brust, als wäre sie von der Anschuldigung völlig schockiert.

»Das würde ich niemals tun!« Wie um ihn herauszufordern, starrte sie dem Typen direkt in die Augen. *Mach doch*, schien ihr Blick zu sagen. *Mach doch, fang mitten in der Bar eine Prügelei mit einer Frau an. Mach ruhig 'ne Riesenszene, sodass alle mitbekommen, wie du uns genannt hast.* Das Herz schlug ihr bis zum Hals, und ihr Gehirn brüllte sie an, davonzurennen, doch sie zwang sich, nicht von der Stelle zu weichen.

»Fick dich doch«, zischte der Typ schließlich, ließ sich aber von seinen Freunden wegzerren.

Liz atmete auf. Ihre Beine fingen an, vor Adrenalin zu schlottern, doch sie fühlte sich fantastisch. Geradezu unverwundbar.

»Willst du dich umbringen oder was? Was war das denn gerade?«

Liz drehte sich um und stand Daria gegenüber, die sie mit offenem Mund anstarrte. »Ich dachte, wir gehen gleich *drauf*«, sagte sie. »Ich glaub's nicht, dass die sich einfach verzogen haben. Wie hast du das gemacht?«

»Tja, ich bin wohl ziemlich furchteinflößend«, prahlte Liz um einiges großspuriger, als es ihrer Gefühlswelt entsprach.

»Das war unverantwortlich«, sagte Daria. »Das war …« Kopfschüttelnd rang sie nach Worten, bis sich ihre Blicke trafen. »Das war der Wahnsinn.«

Liz lachte. Ihre Hände zitterten, aber sie war wie berauscht von ihrem Erfolg. Das war unvernünftig gewesen, klar, aber Gott, hatte es sich gut angefühlt – dieses Kribbeln in den Nervenenden, und der schnelle Puls erst, der bis in die Fingerspitzen zu spüren war.

Zu Liz' Überraschung fing auch Daria an zu lachen. Sie fuhr sich mit den Händen durchs Haar, was den akkuraten Scheitel durcheinanderbrachte. Dann schüttelte sie noch mal den Kopf, und ein paar der losen Strähnen fielen ihr in die Augen.

»Im Ernst.« Sie holte tief Luft und sah Liz direkt ins Gesicht. »Danke.«

»Ach.« Liz war noch nie aufgefallen, wie grün Darias Augen waren. »Das war doch keine große Sache.«

Daria lachte wieder. »Legst du dich etwa öfter in Bars mit hetero Typen an?«

Liz grinste. »Nur, wenn sie es nötig haben.«

»Komm, ich geb dir noch einen Drink aus«, sagte Daria. »Als Dankeschön dafür, dass du deinen geopfert hast, um meine Ehre zu verteidigen.« Sie lächelte Liz an. Nach der Aufregung wirkte sie gelöst. Mit den zerzausten Haaren und den Alkoholflecken auf dem Hemd sah sie beinahe wie ausgewechselt aus. Als Liz ihr zur Bar folgte, fiel ihr auf, dass sie sich sogar freier bewegte als vorher und sich mit dem Arm am Tresen abstützte, anstatt die Hände in den Hosentaschen zu vergraben.

Liz lehnte neben Daria, während sie warteten. Ihre Fingerspitzen kribbelten noch vom Adrenalin, und in ihrer Brust toste es, als könnte sie alles schaffen.

Daria gab der Barkeeperin ein Zeichen und drehte sich dann zu Liz, der mit einem Mal klar wurde, wie nah sie sich eigentlich waren. Wenn sie jetzt ihr Gewicht verlagerte, würden sich ihre Arme berühren.

»Du arbeitest doch in der Finanzbranche«, sagte Liz. »Müsstest du da solche Vollpfosten nicht gewohnt sein?«

Daria senkte den Blick auf den Tresen. »Sollte ich eigentlich, ja«, sagte sie so leise, dass Liz sich vorbeugen musste, um sie zu verstehen. »Aber immer wenn mir jemand so kommt, im Büro oder in 'ner öffentlichen Toilette oder wo auch immer, bin ich wie gelähmt.« Sie verzog leicht den Mund. »Natürlich verbringe ich dann den Rest des Tages damit, mir vernichtende Antworten zu überlegen. Aber in dem Moment? Nichts.«

Die Barkeeperin stellte zwei Becher ab, und Daria bezahlte. Sie reichte einen an Liz weiter, und wieder berührten sich ihre Hände. Diesmal machte Liz sich nicht die Mühe, ihre geröteten Wangen zu verstecken.

»Vielleicht denkst du zu viel.« Liz rückte näher. Es waren nur noch Zentimeter zwischen ihnen, und Liz fiel es zunehmend schwer zu atmen.

»Da ist auf jeden Fall was dran.« Daria hob ihren Becher. »Prost. Aufs Nichtdenken.«

»Aufs Nichtdenken«, wiederholte Liz. Sie stießen an, ohne den Blickkontakt zu unterbrechen. Warum war Daria ihr noch mal unsympathisch gewesen? Ihr Erinnerungsvermögen wurde etwas von der Tatsache getrübt, dass Daria nur einen kleinen Schritt entfernt war und sie ansah, als hätte sie gerade mit bloßen Händen einen entgleisten Zug gestoppt.

Daria öffnete den Mund, um noch was zu sagen, doch in dem Moment wurde Liz von hinten an der Taille gepackt. Sie fuhr kampflustig herum, aber es war bloß Weston.

»Da bist du ja!«

»Oh mein Gott«, quietschte Liz um einige Oktaven höher als beabsichtigt. »Du hast mich mit Absicht erschreckt!«

»Erwischt.« Weston legte den Arm um Liz.

»Sorry«, wandte sich Liz an Daria. »Das ist …« Sie brach ab, als sie Darias Gesicht sah. Sie war wie erstarrt und funkelte Weston mit wutverzerrter Miene an. Liz spürte, wie Weston sich versteifte.

»Daria.« Weston nickte kaum merklich. »Schön, dich zu sehen.«

»Weston«, sagte Daria knapp. Ihr Blick flackerte zu Westons Arm, der immer noch um Liz' Taille geschlungen war, bevor sie sich abrupt abwandte.

»Viel Spaß noch«, sagte sie im Weggehen zu Liz.

Liz sah ihr nach, als sie sich durch die Menge schob. Sie nahm ihren Blazer vom Haken, legte ihn ordentlich über den Arm, ging zu Bailey und flüsterte ihr etwas ins Ohr, worauf Baileys Kopf in Liz' Richtung schnellte. Sie sagte irgendwas zu Jane, und binnen Sekunden bahnten sich Bailey und Daria einen Weg durchs Gedränge und waren aus der Tür. Durchs Fenster konnte Liz sehen, wie sie im Stechschritt den Gehweg entlangpreschten, ohne sich noch mal umzusehen. Jane blickte ihnen mit halb offenem Mund nach, worauf Katie zu ihr eilte.

»O-kay.« Liz nahm Westons Arm von ihrer Taille. »Was war das denn gerade?«

Weston biss sich auf die Lippe und sah Richtung Tür. »Woher kennst du Daria?«

»Sie ist meine Chefin. Woher kennst *du* Daria?«

»Sie ist deine *Chefin*? Ich dachte, sie macht was mit Finanzen?«

»Schon, aber sie und Bailey schwimmen im Geld, also haben sie aus Spaß an der Freude unser Magazin gekauft.«

»Fuck.« Weston drehte sich zum Tresen. »Ich brauch 'nen Drink.«

Irgendetwas in Liz' Gedächtnis machte Klick. »Warte mal. Smith College. Wart ihr etwa gleichzeitig da?«

»Jap. Daria und ich haben uns in den ersten zwei Semestern ein Zimmer geteilt.« Weston schaffte es, die Aufmerksamkeit der Barkeeperin zu erregen. »Zwei Margaritas, bitte.«

»Ohne Scheiß?« Liz musterte Weston. Sie war davon ausgegangen, dass sie in etwa gleich alt waren – von Westons Ausstrahlung her, ihrer Art zu reden, ihrem Skaterstyle –, aber wenn sie im selben Jahr ihren Abschluss gemacht hatte wie Daria, musste sie um die zweiunddreißig sein.

»Ohne Scheiß. Hier.« Weston gab ihr einen der Becher.

»Danke.« Liz nahm einen Schluck. »Na gut, spuck's aus. Hattet ihr was miteinander? Wart ihr erbitterte Rugbyrivalinnen? Was ist passiert?«

»Das ist eine längere Geschichte«, sagte Weston. »Und ich will deine Chefin nicht vor dir schlechtreden.«

Liz' Neugier war geweckt. »Na ja, wir hatten sowieso nicht gerade den besten Start.«

Weston schaute sie an und dann wieder auf ihren Drink hinunter. Sie schien zu zögern.

»Natürlich *musst* du's mir nicht erzählen, wenn's was Persönliches ist«, fügte Liz hinzu, obwohl sie sich schon auf intensives Onlinestalking einstellte, falls Weston nicht damit rausrückte.

»Na ja, am Anfang haben wir uns noch ganz gut verstanden«, sagte Weston, an den Tresen gelehnt. »Aber als Daria klar geworden ist, dass ich auf dem Campus jobbe und mir keine teuren Restaurants leisten kann, hat sie beschlossen, dass sie etwas Besseres ist und sich lieber reiche Freunde zum Abhängen gesucht. So wie Bailey.«

»Das ist ja furchtbar!« Dabei hatte Daria gerade noch so nett gewirkt. Aber Westons Beschreibung passte jedenfalls zum Eindruck, den sie im Büro auf Liz gemacht hatte.

»Eigentlich hätte ich froh sein sollen.« Weston schwenkte ihren Becher und ließ die Eiswürfel darin klirren. »Bailey war total in Daria verknallt. Und Daria hat Bailey die ganze Zeit hingehalten und ihr immer wieder Hoffnungen gemacht, sodass sie sofort angelaufen kam, sobald Daria gepfiffen hat.«

»Wusst ich's doch!« Liz fühlte sich bestätigt. »Ich hab Jane gesagt, dass zwischen den beiden irgendwas Komisches läuft.« Während sie redeten, spürte Liz förmlich, wie sich ihre Körpersprache veränderte. Sie drückte die Brust raus, verlagerte das Gewicht auf eine Hüfte, senkte die Stimme, sah augenklimpernd zu Weston auf. Benahm sich femininer, wie um Westons Maskulinität zu schmeicheln. Als es ihr auffiel, versuchte sie damit aufzuhören und ganz normal dazustehen, doch auf einmal wusste sie nicht mehr, wie man überhaupt normal stand.

Weston machte einen Schritt auf Liz zu und leerte ihren

Becher in einem Zug. »Boah, hab ich lange nicht mehr an Daria gedacht«, sagte sie. »Sie hat mein ganzes Leben ruiniert.«

»Indem sie eine schlechte Mitbewohnerin war?« Liz machte einen Schritt zurück, einen kleinen nur, um sich etwas Raum zum Atmen zu verschaffen. Sie ärgerte sich darüber, wie mädchenhaft sie sich benahm. Es fühlte sich falsch an. Aufgesetzt. Sie wünschte, sie wäre in der Lage, zu flirten, ohne sich wie die Karikatur eines hetero Girls aufzuführen, das einen Footballspieler anschmachtete.

Weston seufzte und raufte sich die Haare. »Ich rede nicht so gern darüber, weil ich nicht gerade stolz darauf bin, aber ich hab nie meinen Abschluss gemacht. Daria hat dafür gesorgt, dass ich vom College geflogen bin.«

»Sie hat *was*?«

Weston fuhr mit dem Finger am Rand ihres Bechers entlang. »Im zweiten Jahr hab ich angefangen, mit Bailey rumzumachen.« Sie hob den Kopf und sah Liz entschuldigend an. »Nur ein paarmal, aber Daria hat's irgendwie spitzgekriegt. Sie stand plötzlich in meinem Zimmer und hat mich angebrüllt, dass ich Bailey in Ruhe lassen soll, sonst würde ich's noch bereuen. Ich hab gesagt, dass sie mich mal am Arsch lecken kann.«

»Gut gemacht«, sagte Liz. Sie schob den Gedanken beiseite, dass sie und Bailey Cox was mit derselben Person gehabt hatten. »Ich fass es nicht, dass sie dich so angebrüllt hat.«

»Hm, na ja. Hätte ich mal auf sie gehört. Am nächsten Tag stand nämlich die Campuspolizei auf der Matte und hat mein Zimmer durchsucht.«

»Nee, oder? Nach was denn?«

»Daria wusste, dass ich kiffe. Was normalerweise eine Abmahnung gewesen wäre. Nur hab ich das Zeug damals in rauen Mengen gekauft, weil es billiger war, und ich hatte mir gerade was geholt. Mein Dealer hatte mir auch ein bisschen Koks angeboten, also hab ich mir gedacht, hey, warum nicht? Ich bin auf dem College, probier ich's halt. Als der Sicherheitsdienst dann mein Zimmer durchsucht hat, haben sie einen Haufen Gras und eine Minimenge Koks gefunden.« Weston warf die Hände in die Luft. »Und das war's. Ich wurde rausgeworfen.«

»Oh mein Gott«, sagte Liz. »Einfach so?«

»Jap«, sagte Weston. »Das College hat eine Menge Spendengelder von Darias Familie kassiert, die Beweislage war eindeutig, und sie wollten hart gegen Drogen durchgreifen. Also bin ich geflogen.«

»Krass. Das tut mir echt leid.«

Weston nickte mit geschürzten Lippen. »Ich hab eine Weile bei meinen Eltern gewohnt und bin aufs Community College, aber sie waren stocksauer auf mich. Da hab ich's irgendwann aufgegeben. Bin nach New York gezogen, wollte ganz von vorn anfangen. Aber es war schwer, ohne Abschluss eine Stelle zu finden.«

Ein Anflug von Wut packte sie um Westons willen. Wie verkorkst musste man sein, aus Eifersucht ein ganzes Leben zu ruinieren, und das alles wegen einer Frau, mit der man nicht mal zusammen war? Sie wusste nicht, was sie sagen sollte, also legte sie auf hoffentlich tröstliche Weise eine Hand auf Westons Arm. Weston erwiderte die Berührung mit Gegendruck, ihre Haut ganz warm unter Liz' Fingern.

Weston stellte ihren Becher ab und legte wie nebenbei die Hand auf Liz' Taille, fast als merkte sie gar nicht, was sie da tat. Liz' Herz schlug schneller. »Das Schlimmste daran ist, dass ich nicht mal weiß, ob das ihre Absicht war. Vielleicht dachte sie, ich bekomm eine Abmahnung und das war's. Aber sie hat sich jedenfalls nie bei mir entschuldigt.«

Westons Finger schlossen sich um eine der Gürtelschlaufen an Liz' Jeans und zogen sie näher heran.

»Hat Bailey jemals was dazu gesagt?«

Weston schüttelte den Kopf, verlagerte ihren Körper nach vorn und ließ eine Hand auf Liz' Rücken wandern. Liz spürte ihre Körperwärme durch die Bluse hindurch.

»Ich hab seitdem nicht mit ihr geredet«, sagte Weston. »Ich hab versucht sie anzurufen, aber sie hat meine Nummer blockiert. Dahinter steckte bestimmt auch Daria.« Sie verstärkte den Druck auf Liz' Rücken, schob sie zu sich heran, sodass ihre Gesichter nur noch Zentimeter voneinander entfernt waren.

»Oha. Das ist echt krass. Dann wusste sie auf jeden Fall Bescheid.« Liz' Stimme war wie belegt. Sie hoffte, dass sie irgendwas halbwegs Sinnvolles von sich gab.

»Jap.« Weston neigte den Kopf zur Seite und warf ihr dieses gekonnte schiefe Grinsen zu. »Und, findest du mich immer noch sexy, obwohl ich das College geschmissen hab?« Liz lächelte. In qualvollen Halbzentimeterschritten kamen sich ihre Gesichter näher.

»Woher willst du wissen, ob ich dich jemals sexy fand?«

Weston lachte und war ihr jetzt so nah, dass ihre Lippen die von Liz streiften, als sie antwortete: »Hast du doch. Gib's zu.«

Bevor Liz ihr zustimmen konnte, schloss Weston die letzten Millimeter zwischen ihnen, presste ihren Mund sanft auf den von Liz und strich ihr mit der Hand über den Rücken, sodass Liz' Arme von Gänsehaut überzogen wurden.

Fuck. Das war mal ein Kuss.

7

Liz Baker hatte ein Date. Ein *drittes* Date, wenn man es jeweils als Date zählte, dass sie und Weston sich schon zweimal in Bars getroffen hatten, was Liz natürlich tat. Sie würden zwar bloß nach der Arbeit was trinken gehen, aber diesmal war der Vorschlag von Weston gekommen. Und zwar nicht mal spontan! Weston hatte zwei Tage vorher geschrieben. Ganze zwei Tage! Zwei Tage Vorlauf bedeutete, dass Weston sie offiziell gut fand.

Liz lächelte in sich hinein, während sie sich auf der Bürotoilette zurechtmachte. Sie wusste nicht mal mehr, wann sie zuletzt ein drittes Date gehabt hatte, geschweige denn eins mit einer Person, von der sie dermaßen hin und weg war. Sie strich sich die Haare glatt, trug Deo auf und tupfte Abdeckcreme auf die roten Flecken an ihrem Kinn. Dann studierte sie ihr Spiegelbild und überlegte, ob sie Eyeliner verwenden sollte. In letzter Zeit hatte sie sich eher maskulin gefühlt und ihre Augen bestimmt ein oder zwei Monate nicht geschminkt. Allerdings wirkte Weston so, als könnte ihr eine Frau mit Eyeliner gefallen. Doch wenn sie jetzt welchen auftrug, machte sie das dann für Weston oder für sich selbst?

Liz schüttelte den Kopf. Als ob sie es für sich selbst machte. Sobald Liz jemanden datete, der maskulin auftrat, gab sie sich unwillkürlich femininer – indem sie sich unterhakte, wenn sie die Straße entlangliefen, oder sich die Tür aufhalten ließ. War umgekehrt sie die Maskulinere, richtete sie sich plötzlich zu voller Größe auf und bot an, irgendwelche Gläser zu öffnen. Eigentlich mochte sie beide Seiten von sich. Sie wünschte nur, sie hätte nicht dauernd das Gefühl, sich zwischen ihnen entscheiden zu müssen.

Scheiß drauf. Liz trug Eyeliner auf. Heute ging es schließlich nicht darum, ihr Seeleninnerstes zu ergründen. Sie wollte einfach nur auf ihr erstes drittes Date seit Jahren gehen.

Liz blickte aufs Handy. Sie musste noch zwanzig Minuten totschlagen, wenn sie lässige vier Minuten zu spät kommen wollte.

Normalerweise hätte sie diese zwanzig Minuten damit verbracht, mit Jane mögliche Strategien zu entwickeln, wie sie Weston dazu bringen könnte, sich in sie zu verlieben, doch Jane war anderweitig beschäftigt. Auf dem Weg zur Toilette hatte Liz sie im Flur mit Bailey gesehen, wo die beiden so ins Gespräch vertieft gewesen waren, dass sie Liz nicht mal bemerkt hatten.

Liz hatte gehofft, das Margaritamontag-Fiasko würde Jane davon überzeugen, die Sache mit Bailey aufzugeben. Gleich am nächsten Tag hatte sie Jane in die Lena Lounge gezogen und Westons Story bis ins kleinste Detail wiedergegeben, doch als Liz behauptete, dass es eine schlechte Idee sei, zwischen die Fronten von Baileys und Darias toxischem Abhängigkeitsverhältnis zu geraten, hatte Jane ihr das Wort abgeschnitten. Das mit Smith sei ja wohl zehn Jahre her. Jetzt seien alle erwachsen, und Jane sei es auch. Selbst wenn Daria ein Arschloch war, sei sich Jane sicher, dass Bailey keines war. Und Liz solle sich da raushalten, weil es sie nichts angehe.

Also hielt Liz sich da raus.

Sie betrachtete ein letztes Mal prüfend ihr Spiegelbild: Der Lidstrich war gerade, die Haare zurechtgegelt, und ihre Jeansjacke passte super zu dem schwarzen T-Shirt mit V-Ausschnitt, auch wenn es definitiv zu warm dafür war. Weston sah immer so stylish aus. Aber in dieser Jeansjacke, die sie über die Jahre mit einer Vielzahl von queeren Aufnähern und Ansteckern verziert hatte – angefangen mit der Regenbogenflaggenbrosche, die ihre Eltern ihr nach dem Coming-out geschenkt hatten –, fühlte sich auch Liz ziemlich cool.

Sie verließ die Toilette, bevor sie anfangen konnte, an ihrem Outfit zu zweifeln. Sie musste sich unbedingt irgendwie ablenken. Denn wenn sie jetzt begann, darüber nachzudenken, wie lange ihr letztes drittes Date her war, würde sie supernervös werden. Und wenn sie in dem Zustand zu ihrer Verabredung mit Weston aufkreuzte, würde sie unkontrolliert losplappern, irgendwas Merkwürdiges von sich geben und damit alles vermasseln.

Liz durfte es auf keinen Fall vermasseln.

Sie trottete zu Charlottes Büro und spähte durch die Glastür, aber Charlotte war am Telefon und machte eine verscheuchende Handbewegung. Liz ließ den Blick über die Schreibtische mit Trennwänden wandern und stellte enttäuscht fest, dass Katie und Lydia schon zu der queeren Modenschau aufgebrochen waren, die sie heute besuchen wollten. Also änderte Liz ihre Taktik und tigerte in Richtung Kiyoko-Küche, um was zu essen. Das würde zumindest die Chance verringern, betrunken zu werden und sich deshalb zu blamieren.

Liz gratulierte sich zu dieser vorausschauenden Entscheidung und holte ein Biofertiggericht aus dem Gefrierfach. Gerade wollte sie mit einer Gabel in die Plastikfolie piksen, als sie jemanden kommen hörte. Sie drehte sich um und stand Daria gegenüber.

»Was machst du denn hier?«, fragten beide gleichzeitig.

»Ich arbeite hier«, sagte Liz.

»Ich auch, wenn man es genau nimmt.« Daria trug ein fliederfarbenes Hemd, dessen Ärmel bis zu den Ellbogen hochgekrempelt waren, und eine graue Anzughose. Sie stellte ihre

Aktentasche auf dem Küchentisch ab, öffnete sie und holte eine Tupperdose heraus.

»Warum bist du um diese Zeit noch hier?«, fragte Liz. Sie merkte, dass sie ziemlich pampig klang. Seit Montagabend waren sie sich nicht mehr über den Weg gelaufen, und Liz konnte an nichts anderes denken als daran, was Daria Weston angetan hatte.

»Ich dachte, ich nutze die Ruhe, um den Ausgabenbericht von diesem Monat durchzugehen.« Daria öffnete den Deckel ihres Behälters. Verstohlen warf Liz einen Blick auf den Inhalt: Hähnchenbrust mit Reis und irgendwelchem Gemüse. Langweilerfraß für eine Langweilerin. Liz stocherte mit der Gabel in der Folie ihres Fertiggerichts und drehte sich dann zur Mikrowelle um – wo sie fast mit Daria kollidiert wäre, die ihr Essen bereits hineingestellt hatte.

Einfach nur dreist!

»Wie wär's mit abdecken?«, raunzte Liz.

»Was?« Daria warf einen Blick über die Schulter, während ihr Finger schon über der Starttaste schwebte.

»Dein Essen. Wenn du's nicht abdeckst, spritzt es die ganze Mikrowelle voll, was dann richtig eklig für die nächste Person wird. Also in diesem Fall für mich.«

Daria ging zum Waschbecken, riss demonstrativ ein Blatt Küchenrolle ab, bedeckte damit ihr Essen und schloss die Mikrowellentür.

»Zufrieden?« Daria drückte auf Start.

»Sehr.« Liz verschränkte die Arme, ohne den Timer aus den Augen zu lassen.

»Warum bist *du* um diese Zeit noch hier?« Daria lehnte sich gegen die Arbeitsplatte.

»Muss noch ein Wohlfühlstück fertig schreiben«, log Liz.

»Irgendwas Gutes?«

»Tu doch nicht so, als wärst du der Meinung, dass es so was wie ein gutes Wohlfühlstück überhaupt gibt.« Ihr Versuch, leichthin zu klingen, scheiterte.

Daria wurde rot. »Hör mal«, sagte sie. »Wegen neulich …«

Liz' Brustkorb zog sich zusammen. Sie wollte auf keinen Fall über Weston reden. Weder hatte sie Lust, gefeuert zu werden, weil sie ihre Chefin anschrie, noch wollte sie sich die wohlig kribbelnde Vorfreude auf ihr Date vermiesen, indem sie sich jetzt mit Spaßbremsen-Daria unterhielt.

»Ich wollte das Magazin nicht runtermachen. Ich war einfach frustriert, weil ich hier so eingebunden bin, dass ich mit meinem eigentlichen Job kaum hinterherkomme. Aber das war kein Grund, unhöflich zu sein.«

Liz brauchte eine Sekunde, um zu kapieren, dass das eine Entschuldigung sein sollte. Oder zumindest so was Ähnliches wie eine Entschuldigung, denn ein »Es tut mir leid« war ihr nicht über die Lippen gekommen.

Zum Glück piepste in dem Moment die Mikrowelle, und Liz blieb die Antwort erspart. Sie sah zu, wie Daria die Tür öffnete und ihr Essen inspizierte. Daria sah wirklich müde aus. Das Hemd war nach einem langen Arbeitstag zerknittert, und ein paar lose Strähnen ihres sonst so sorgsam zurückgegelten Haars fielen ihr in die Augen. Liz verübelte es ihr sehr, dass sie das wie ein vorsätzlich verstrubbeltes Model aussehen ließ anstatt wie eine verschwitzte Vollkatastrophe.

Daria nahm ihre Tupperdose, legte den Deckel auf und griff mit der anderen Hand nach ihrer Aktentasche.

»Guten Appetit«, sagte sie im Weggehen. Liz sah ihr nach, bis ihr einfiel, dass sie ja ihr eigenes Essen aufwärmen wollte.

Als es fertig war, ging sie zu ihrem Schreibtisch zurück, um zu essen und sinnlos durch Instagram zu scrollen. Die Posts waren alle langweilig – Schnappschüsse ihrer New Yorker Freunde aus irgendwelchen Bars, Aufnahmen ihrer Highschoolbekanntschaften mit Verlobungsringen und Babys.

Bei einem Schwarz-Weiß-Foto blieb sie hängen. Drei offensichtlich queere Frauen saßen mit Bierflaschen in der Hand auf einer Feuertreppe. Eine war mitten im Lachen, eine schaute woandershin, und die dritte musterte die Fotografin mit festem, fast herausforderndem Blick. Alle hatten kurzes Haar, sahen aber nicht butchig aus. Sie trugen androgyne Kleidung – enge Hosen und weite T-Shirts. Auf dem Genderspektrum waren sie wohl irgendwo in der Mitte. Sie sahen aus wie Liz.

Sie las die Caption. Es war ein Post der Lesbian Herstory Archives, der mehrere Aufnahmen einer Fotografin namens Moira Campbell zeigte, die in den Sechziger- und Siebzigerjahren die Gay-Rights-Bewegung dokumentiert hatte. Liz wischte durch die anderen Bilder: eine Gruppe von Freund*innen auf einer Gay-Rights-Demo; eine Liebhaberin, die nackt auf dem Bett lag; dieselbe Frau, die, nun bekleidet, an einem Motorrad herumschraubte.

Liz googelte Moira Campbell und fand noch mehr Fotos. Die Menschen darauf sahen aus wie Liz und ihre Freund*innen, nur in Schwarz-Weiß und im Stil der Sixties. Manche schauten direkt in die Kamera: stark, verletzlich, unerschrocken. Liz überkam ein Gefühl, das sie nicht ganz zuordnen konnte. Sie hörte auf zu scrollen, um nachzudenken. Die Fotos gaben ihr das Gefühl … eine Geschichte zu haben.

Auch wenn Liz wusste, dass queere Menschen es damals nicht leicht hatten, sehnte sie sich danach, mit dem Foto zu verschmelzen und Teil dieser Clique zu werden. Sie wollte ihren Lebensgeschichten lauschen. Ihre Ratschläge hören. Sie wollte, dass sie ihr verrieten, wie sie den Mut finden konnte, sie selbst zu sein.

Anfreunden konnte sie sich mit den Menschen auf den Fotos schlecht, aber sie wollte sie zumindest bei sich haben, um daran erinnert zu werden, dass es okay war, sein eigenes Ding durchzuziehen. Liz speicherte das Foto der Frauen auf der Feuertreppe ab und legte es als Hintergrund ihres Sperrbildschirms fest. Als sie ihr Handy hob, um es zu bewundern, fiel ihr Blick auf die Uhrzeit – sie hätte schon vor zehn Minuten losgemusst.

Liz hetzte zur Bar und riskierte, verschwitzt aufzutauchen, um sich nicht zu verspäten. Als sie ankam, war es zehn nach, doch ein schneller Rundumblick verriet ihr, dass Weston noch nicht da war. Umso besser, so konnte sie kurz verschnaufen. Sie ergatterte zwei Barhocker und versuchte sich zu entspannen. Die Barkeeperin hatte gerade ihren Wodka-Cranberry vor ihr abgestellt, als Weston hereinkam.

»Hey!« Weston hievte sich auf den Hocker neben Liz und umarmte sie von der Seite. In der Hand hielt sie eine große Papiertüte, auf der BYOND stand. »Ich hab ein Geschenk für dich.«

»Ein Geschenk?« Liz sah Weston perplex an und war leicht überfordert von ihrer plötzlichen Anwesenheit. Sie trug eine enge schwarze Jeans und einen schwarzen Blazer über einem weißen T-Shirt. Um ihren Hals baumelten mehrere lange Goldketten, die perfekt zu ihren Ringen passten. Sie wirkte elegant und sexy, und oh mein Gott, war Liz nervös.

Sie holte tief Luft, während Weston einen Drink bestellte. Unter dem Tresen berührten sich ihre Knie, was nicht gerade dazu beitrug, Liz' Nerven zu beruhigen.

»Als wir letzte Woche zu mir sind, hast du doch gesagt, dass du gerne mehr maskuline Klamotten hättest, aber alles immer so teuer ist, oder?«, fragte Weston.

»Ja, schon …«

Weston grinste sie an. »Tja, wir bekommen gerade die Sommermode rein, und manche der alten Teile können nicht zurückgeschickt werden, weil sie leicht beschädigt sind. Also« – sie machte eine dramatische Pause und griff nach der Papiertüte – »hab ich dir das hier mitgebracht.«

Verdattert nahm Liz die Tüte entgegen. »Warum?«

Sie bereute die Frage sofort. Liz hätte einfach cool bleiben und die Tüte annehmen sollen, als bekäme sie andauernd Geschenke von hotten Frauen. Jetzt hatte sie durchblicken lassen, dass sie keinerlei Selbstbewusstsein hatte, ihr so was noch nie passiert war, sie null Komma null begehrenswert war und es überhaupt nicht wert, Geschenke zu bekommen, und dass …

»Weil du süß bist«, sagte Weston. »Und weil ich dich mag.« Sie zwinkerte.

Liz hätte fast die Tüte fallen lassen. Um Weston nicht in die Augen schauen zu müssen, machte sie sich daran, sie zu öffnen.

Darin war ein geblümter Blazer. Er war hellblau und glänzte, mit einem Muster aus großen rosa und weißen Blumen. Liz hielt ihn hoch. Er war vom Stil her wie ein Smoking, aber enger geschnitten und an der Taille betont, anstatt gerade herunterzuhängen wie ein klassisches Männerjackett. Der Stoff fühlte sich seidig und wertig an. Liz merkte sofort, dass das Teil teurer war als alles, was sie besaß.

Liz war sprachlos. Doch ihr Gesicht musste Bände gesprochen haben, denn Weston lachte.

»Probier ihn mal an«, forderte sie Liz auf.

Liz zog die Jeansjacke aus und den Blazer über. Die Ärmel fühlten sich kühl und glatt an, als sie hineinschlüpfte. Der Blazer hatte in etwa ihre Größe. Ein bisschen zu groß vielleicht, aber das war immer noch besser als zu klein. Liz betrachtete sich im Spiegel über der Bar.

Er war perfekt: frech, auffällig, stylish und irgendwie maskulin und feminin zugleich. Liz erkannte sich kaum wieder.

»Ich …«, setzte Liz an, brach dann ab und nahm Westons Gesicht in beide Hände. Sie gab ihr einen langen, innigen Kuss. »Danke.«

Weston lächelte sie an. »Du siehst toll aus.«

Als Weston begann, von ihrem Tag zu erzählen, nickte Liz eifrig, konnte aber nicht anders, als immer wieder verstohlene Blicke in den Spiegel zu werfen – ihre Wangen waren gerötet, und sie grinste wie ein Honigkuchenpferd. Sie verlor den Faden von Westons Geschichte, weil ihr Gehirn unaufhörlich denselben Singsang schmetterte: *Sie mag mich, sie mag mich, sie mag mich.*

8

Eine Woche später war Pride. Oder, wie hetero Leute dazu sagten, Juni.

Leider sträubte sich alles in Liz gegen das erste Pride-Event: Bailey hatte die Angestellten der *Nether Fields* zu einem Grillfest in ihrem Haus in den Rockaways eingeladen. Liz hätte auf einen Schlag vierzig Ideen gehabt, was sie mit ihrem Samstag lieber angestellt hätte, doch der Rest der Belegschaft, allen voran Jane, konnte es kaum erwarten.

Liz' eigene Stimmung war deutlich gedämpfter. Seit ihrem Date in der Woche zuvor hatte Weston kein Lebenszeichen von sich gegeben. Dabei war es so gut gelaufen, und jetzt herrschte plötzlich Funkstille. Liz hatte ihr vor ein paar Tagen geschrieben, ob sie am Freitag was trinken gehen wollten, aber Weston hatte sich nicht gemeldet.

Liz war das Date zigmal im Kopf durchgegangen, aber ihr war nichts eingefallen, was sie gesagt oder getan haben könnte, um die Sache in den Sand zu setzen. Sie versuchte sich einzureden, dass Weston sicher bloß beschäftigt war. Jetzt, am Wochenende, hätte sie wieder mehr Luft und würde sich spontan auf einen Drink treffen wollen. Was aber natürlich nicht möglich war, wenn Liz irgendwo am Arsch der Welt aka den Rockaways festsäße und es nie im Leben rechtzeitig zurück in die Stadt schaffen würde.

Leider hatte Jane sich geweigert, Liz die Party schwänzen zu lassen, bloß weil Weston sich *vielleicht* melden könnte. Und so wurden Liz und ihre Mitbewohner*innen am Samstagnachmittag von einem von Bailey organisierten Fahrdienst von der U-Bahn abgeholt und vor einem ultrahässlichen Strandhaus abgesetzt: ein kantiger moderner Klotz, der vor allem aus glänzendem Metall und riesigen Fensterfronten bestand. Er sah aus wie drei übereinandergestapelte Glaskästen.

Im Garten gab es eine große Terrasse mit riesigem Pool, der von Liegestühlen umgeben war. Der Großteil der Belegschaft war bereits eingetroffen, planschte im Wasser, unterhielt sich oder spielte auf dem Rasen Volleyball. Liz entdeckte einige unbekannte Gesichter – Bailey hatte wohl auch andere Freund*innen eingeladen.

Die vier luden ihre Sachen auf einem freien Liegestuhl ab. Lydia schlüpfte sofort aus deren Shirt und zog Katie Richtung Pool. Liz behielt ihre Jeansshorts und ihr Tegan-and-Sara-T-Shirt lieber an. Normalerweise freute sie sich über jede Gelegenheit, ihren TomboyX-Zweiteiler zu zeigen: Das knallblaue Bustier und die passenden eng anliegenden Elastanshorts hatte sie sich letzten Sommer in einem Anflug von Übermut gegönnt. Doch auf dieser schicken Party war sie plötzlich verunsichert. War er zu maskulin? Oder betonte er die Hüften zu sehr?

Sie sah sich um und stellte beruhigt fest, dass zwar einige klassische Bikinis und Badeanzüge vertreten waren, viele aber auch Boardshorts zu ihrem Bikinioberteil oder einfach nur einen Sport-BH trugen – ein typisch queerer, wilder Badebekleidungsmix eben. Liz hielt nach Charlotte Ausschau, konnte sie aber nirgends entdecken. Auch Jane ließ den Blick durch den Garten schweifen, während sie am Riemen ihrer Strandtasche herumfummelte.

»Suchst du jemand Bestimmtes?« Liz machte einen Schritt vor sie und versperrte ihr die Sicht. »Eine reiche Rothaarige vielleicht?«

»Nicht so laut«, zischte Jane. »Ich will mich bloß bei Bailey für die Einladung bedanken.«

»Mit sexuellen Gefälligkeiten?« Liz sprang gerade noch rechtzeitig zur Seite, bevor Jane ihr auf den Fuß treten konnte.

»Ich dachte einfach, heute wäre eine gute Gelegenheit, um … sie ein bisschen besser kennenzulernen.«

»Im biblischen Sinne?«, fragte Liz, und diesmal sauste Janes Fuß tatsächlich auf ihren nieder. »Au! Ey! Wo ist sie überhaupt?«

Doch als Liz sich umdrehte, entdeckte sie bloß Daria, die in schwarzen Badeshorts und einem weißen Kurzarmhemd mit zwei großen Schüsseln Chips in den Händen rückwärts aus einer der Glastüren trat. Sie blinzelte in die Sonne und warf den Kopf leicht zurück, um den Pony aus den Augen zu bekommen, bevor sie einen Picknicktisch in der Nähe des Volleyballspiels ansteuerte.

So entschlossen sie auch war, Daria um Westons willen zu hassen, ertappte Liz sich dabei, wie ihr Blick an Darias nackten Beinen entlangwanderte, als sie die Schüsseln abstellte. Schade eigentlich – in der Bar hatte sie einen Moment lang gedacht, sie habe sich vielleicht in Daria getäuscht. Doch nichts da. Weston hatte bestätigt, dass Daria genauso arschig war wie anfangs angenommen.

»Jane! Liz!« Bailey tauchte so urplötzlich vor ihnen auf, dass Liz vor Schreck zusammenzuckte. Sie trug ein schwarzes Tanktop, weiße Leinenshorts und eine goldene Fliegersonnenbrille. »Schön, dass ihr da seid!«

»Oh mein Gott, hi!« Janes Stimme klang auf einmal wie eine seltsame Mischung aus Helium und High Society. »Ich freu mich *voll*, dich zu sehen.«

Jane und Bailey sahen sich einen Tick zu lange lächelnd in die Augen. Nach ein paar Sekunden sagte Liz: »Das ist ja mal ein Haus.«

»Oh, danke.« Bailey strahlte. »Es tut echt gut, am Wochenende aus der Stadt rauszukommen. Habt ihr die Aussicht schon gesehen?«

Sie lotste die beiden an den Rand der Wiese zu einem Hügel mit Blick aufs Meer. Bailey begann, Jane über ihren letzten Artikel auszufragen, während Liz nickend so tat, als folgte sie dem Gespräch. Ihr fiel keine elegante Ausrede ein, um sich auszuklinken. Ihre Augen wanderten zur Party in der Hoffnung, jemand würde sie herüberwinken, doch zu ihrem Entsetzen traf ihr Blick den von Daria, die gerade dabei war, die Knöpfe eines monströsen Metallgrills zu justieren.

»Hey, Liz!«, rief Daria ihr über die Wiese zu. »Kannst du mir helfen, ein paar Sachen rauszutragen?«

Liz suchte fieberhaft nach einer Möglichkeit, Nein zu sagen, ohne unhöflich zu wirken. »Ähmmmm«, sagte sie und warf Jane einen letzten verzweifelten Blick zu, bevor sie etwas verloren in Darias Richtung trabte.

»Ich hoffe, es ist okay, dass ich dich in Beschlag nehme«, sagte Daria, als Liz sie eingeholt hatte. »Du hast so ausgesehen, als suchst du nach einem Fluchtweg.« Sie ging Richtung Haus, und Liz folgte ihr.

»Hier lang.« Daria hielt Liz die Tür auf und führte sie den Flur hinunter in eine strahlende Küche, wo mehrere abgedeckte Servierplatten mit Veggieburgern und Hotdogs auf der Arbeitsplatte standen.

»Kannst du mir helfen, die rauszutragen?«, fragte Daria. »Ich fang bald an zu grillen.«

»Klar«, sagte Liz knapp und schnappte sich eine Platte.

Eine von der Arbeit gesponserte Poolparty war echt eine Schnapsidee. Das schrie doch förmlich danach, dass Grenzen verwischten. Und zwar offenbar nicht nur zwischen Bailey und Jane, denn als Liz Daria wieder nach draußen folgte, bemerkte sie unwillkürlich das Sehnenspiel ihrer Waden und den leicht gewölbten Bizeps, sobald sie die Platte ein Stück höher hielt.

Als sie zur Tür kamen, drückte Daria mit der Schulter dagegen und hielt sie auf. Liz' Oberarm streifte im Vorbeigehen den von Daria, und schlagartig breitete sich Gänsehaut darauf aus.

»Die kann einfach neben den Grill«, sagte Daria. »Danke für deine Hilfe.«

Liz war gerade dabei, die Platte abzustellen, als eine Frau auf sie zukam und Darias Namen rief.

»Daria, du hast doch nicht wirklich vor, dich den ganzen Nachmittag am Grill herumzudrücken und mich hier ganz alleine zu lassen.«

»Caroline«, sagte Daria in warnendem Tonfall. »Das ist Liz Baker. Sie ist eine Journalistin beim Magazin. Liz, das ist Caroline Hillier. Sie ist aus Boston zu Besuch.«

»Oh.« Mit einem aufgesetzten Lächeln wandte Caroline sich an Liz. »Hi. Freut mich.«

Caroline war weiß, hatte langes, perfekt geföhntes blondes Haar und manikürte French Nails. Sie trug ein Bikinioberteil mit passendem Sarong um die Hüfte und war so hübsch, dass es schon wieder gemein war.

»Mich auch«, sagte Liz. »Woher kennst du Bailey?«

»Daria und ich waren zusammen auf der Highschool«, antwortete Caroline, ohne sich die Mühe zu machen, Liz dabei anzusehen. Sie legte eine Hand auf Darias Rücken. »Daria, Schatz, du musst doch jetzt noch nicht den Grill anzünden. Komm und unterhalt dich mit mir.«

Liz' Blick blieb an Carolines Hand hängen. *Ach so.*

Natürlich war Daria nicht Single. Sie hatte vielleicht eine schreckliche Persönlichkeit, aber sie sah immer noch aus wie ein Butch-Model für die GQ.

Liz unterdrückte ein Grinsen. Caroline entsprach *exakt* dem Klischee der Frau, von der Liz vermutet hätte, dass Daria sie daten würde: umwerfend schön, hyperfeminin und mit einem gigantischen Stock im Arsch.

»Das hier ist eine *Grill*party.« Daria schüttelte Carolines Hand ab und griff nach der Platte, die Liz getragen hatte. »Da gehört das mit dem Grillen irgendwie dazu.«

Caroline schürzte die Lippen, und es sah so aus, als würden sich die beiden gleich streiten. Liz hustete. »Ich werd dann mal …« Sie machte eine vage Handbewegung Richtung Pool und drehte sich mit hochgezogenen Augenbrauen um. Daria behandelte ihre Freundin also genauso kalt wie ihre Angestellten.

Jane stand immer noch mit Bailey am Rand der Wiese. Jetzt entdeckte Liz auch Charlotte, aber die unterhielt sich an der Bar mit einer Gruppe von Leuten, die Liz nicht kannte. Weil sie keine Lust auf Small Talk hatte, zog Liz ihr T-Shirt aus und stieg in den Pool, wo sich der Großteil der *NF*-Belegschaft versammelt hatte.

Liz planschte im Wasser, plauderte mit Finn über deren Date von letzter Woche und hörte lachend zu, wie Amy, die Popkulturredakteurin, den neuesten Lesbengossip zum Besten gab. Seit Bailey und Daria das Magazin übernommen hatten, waren ihre Kolleg*innen sichtlich besser gelaunt. Ihre Jobs waren so sicher, wie Jobs bei einem erfolglosen queeren Magazin in einer angeschlagenen Branche eben sein konnten. Es war Sommer, es war Pride, und das Wetter war gut. Alle – von der Finanzchefin, die mit Lydia auf dem Rasen eine Dose Bier aufstach, bis hin zu Katie, die es sich mit einem zufriedenen Lächeln auf einem aufblasbaren Flamingo bequem gemacht hatte – schienen Spaß zu haben.

Alle außer Liz, die nicht aufhören konnte, beleidigt zu sein, weil Weston sich immer noch nicht gemeldet hatte.

Mit einem Seufzer stieg Liz aus dem Pool und rubbelte sich mit einem Handtuch trocken. Sie kreuzte die Finger, bevor sie ihr Handy aus der Tasche holte. Fehlanzeige. Nicht mal irgendeine lästige Social-Media-Benachrichtigung oder eine Nachricht ihrer Mom, dass sie auch ja Sonnencreme auftragen solle (sie schaute täglich aufs New Yorker Wetter und meldete sich immer dann, wenn sie fürchtete, Liz könnte unvorbereitet sein).

Liz zog sich die Klamotten über den feuchten Badeanzug und beschloss, Jane zu suchen. Sie hatte sie seit ihrer Ankunft nicht mehr gesehen.

Sie suchte die ganze Party nach ihr ab, konnte sie aber nirgends entdecken. Jane war weder auf dem Hügel mit Blick auf den Strand noch in einem der Liegestühle noch am Picknicktisch. Liz schlenderte bis ans Ende des Gartens. Hinter der Hausseite versteckt war eine kleine Grünfläche, die ihr bisher nicht aufgefallen war. In der Hängematte, die dort zwischen zwei Bäumen aufgespannt war, konnte Liz eine Person ausmachen. Sie schlich sich auf Zehenspitzen näher in der Hoffnung, dass es vielleicht Jane war.

War es auch. Doch sie war nicht allein. Sie lag eng umschlungen mit Bailey in der Hängematte, Baileys Arm unter Janes Hals, Janes Kopf auf Baileys Brust. Liz hörte, wie sie sich mit leiser Stimme unterhielten. Sie sah zu, wie Bailey nach Janes Kinn griff und es zu sich neigte. Wie sie sich hinunterbeugte. Wie sich ihre Lippen trafen.

Jane küsste Bailey Cox.

Liz machte auf dem Absatz kehrt und eilte möglichst unbemerkt davon. Mit gesenktem Kopf, damit niemandem ihr Gesichtsausdruck auffiel, ging sie ins Haus, um das Badezimmer zu suchen, und hinterließ eine Spur aus nassen Fußabdrücken auf dem kalten Fliesenboden.

Was hat sich Jane nur dabei gedacht?, wetterte Liz gedanklich, als sie die Badtür hinter sich abgesperrt hatte. Ihre *Chefin* zu küssen.

Sie spritzte sich Wasser ins Gesicht und versuchte tief durchzuatmen. Letztlich ging es nur Jane was an. Letztlich war es *ihr* Fehler.

Liz zog ihr Handy hervor (keine neuen Mitteilungen) und beschloss, dass sie genauso gut selbst einen Fehler machen konnte. *Hi, wie ist dein Wochenende so?*, tippte sie an Weston. Jetzt hatte sie zweimal hintereinander geschrieben, aber hey, was hatte sie schon zu verlieren außer ihrer Würde und ihrer Zurechnungsfähigkeit?

Am liebsten hätte Liz sich einfach aus dem Staub gemacht, doch sie würde ganz sicher kein Geld für ein Uber zur U-Bahn ausgeben. Zur Party zurück wollte sie aber auch nicht. Sie brauchte einen Moment, um allein zu sein und sich selbst zu bemitleiden.

Sie ging nach draußen und lief über die Wiese zur Holztreppe, die runter zum Strand führte. Sie würde am Meer entlangspazieren, ein bisschen schmollen und zurückkommen, wenn sie wieder gesellschaftsfähig wäre.

Der Strand war so gut wie leer. Liz ging auf die Wellen zu und atmete mit geschlossenen Augen ein, spürte die Meeresbrise auf der Haut. Schon beunruhigend, wie anders die Luft hier im Vergleich zur Stadt schmeckte. Wie war es möglich, die ganze Zeit scheinbar ganz normale Luft einzuatmen, nur um dann woanders festzustellen, wie verschmutzt sie eigentlich gewesen war?

»Na, genug von der Party?«

Liz machte einen peinlichen Halbhopser und wirbelte so schnell herum, dass sie fast mit dem Hintern zuerst in den Sand geplumpst wäre. »Oh mein Gott! Was zum …«

Daria Fitzgerald saß im Schneidersitz unter der Holztreppe im Sand.

»Was soll *der* Scheiß denn?«, rief Liz. »Hast du dich da mit Absicht versteckt, um nichts ahnende Leute zu Tode zu erschrecken?«

»Ich bin hier nicht zu übersehen«, sagte Daria. »Ich kann nichts dafür, dass du dich da hinstellst und die Augen zumachst.«

»Was machst du überhaupt hier unten?«

»Das hier ist ein Strand.« Daria stand auf und klopfte sich den Sand von den Beinen. »Was machst du hier unten?«

»Na gut.« Liz warf einen Blick in beide Richtungen des Strands, konnte keinen großartigen Unterschied feststellen (Wellen, Sand, große Häuser) und schlug dann die ein, wo weniger los war. »Viel Spaß noch beim Lauern.«

»Der Strand ist da hinten übrigens schon nach einer halben Meile zu Ende. Er sieht nur wegen der Kurve so lang aus.« Daria begann neben ihr herzulaufen.

»Alles klar. Danke.« Liz legte einen Zahn zu und hoffte, dass Daria den Wink verstehen würde. »Ich brauche keine Begleitung.«

»Kein Problem«, sagte Daria. »Ich könnte einen Spaziergang gebrauchen. Ich will gerade gar nicht am Haus sein.«

»Warum nicht?«, fragte Liz überrascht. »Versteckst du dich vor deiner Freundin?«

Daria schwieg ein paar Sekunden lang. »Sie ist nicht mehr meine Freundin. Wir haben uns letztes Jahr getrennt.«

Liz hob die Augenbrauen; ihr Wunsch nach Alleinsein rang mit ihrer Neugier auf potenziellen Gossip, den sie nachher Jane erzählen könnte.

»Weiß sie das auch?«

»Ja.« Daria seufzte und trat nach einem Klumpen Seetang. »Sie hat's nur noch nicht richtig akzeptiert.«

»Wenn ihr euch getrennt habt, wieso ist sie dann hier?«

»Es ist kompliziert«, sagte Daria. »Wir sind immer noch befreundet.«

Liz lachte. »Typisch. Queere Frauen haben keine Grenzen.«

Daria presste die Lippen aufeinander.

Dann war sie also doch Single. Nicht dass das von Bedeutung war.

»Der Strand hier ist überraschend schön«, sagte Daria nach einer Weile, und Liz, die erwartet hatte, dass sie den Rest der Zeit schweigend nebeneinanderher stapfen würden, zuckte erschrocken zusammen. »Als Bailey ein Haus in den Rockaways statt in den Hamptons gekauft hat, haben ihr alle einen Vogel gezeigt. Aber zur Hochsaison ist es hier nicht so überfüllt, und leichter erreichbar ist es auch.«

Liz schnaubte. »Dazu kann ich nichts sagen.«

»Warst du noch nie dort?«, fragte Daria.

»Die Hamptons stehen für Geld. Du weißt doch, was ich beim Magazin verdiene. Glaubst du, ich kann mir leisten, da ein Haus zu mieten?«

Daria wich ihrem Blick aus, und ihre Stimme rutschte höher. »Keine Ahnung. Hätte ja sein können, dass du mal eingeladen wurdest oder so.«

Liz schnaubte wieder. »Ich hänge normalerweise nicht mit der Art von Leuten rum, die in die Hamptons fahren.«

»Ich wollte dir nicht zu nahe treten«, sagte Daria. »Ich hab damit nicht sagen wollen, dass … Das war nur so dahingesagt.«

Ihr entschuldigender Tonfall überraschte Liz. Doch sie wollte vermeiden, dass ihr Gespräch in ernstere Gefilde vordrang. Wenn sie jetzt Klartext miteinander redeten, würde ihr am Ende nur was zu Weston rausrutschen. Und ihre Chefin wegen einer zehn Jahre alten Rivalität anzugehen, erschien ihr nicht gerade wie die beste Strategie, ihren Job zu behalten.

»Ach, du bist mir nicht zu nahe getreten«, log Liz deshalb und schaute auf ihre Füße. »Ich bin wie so ein aufblasbarer Boxsack, der immer wieder hochploppt, wenn man ihm eine reinhaut.«

»Ein *was*?«

»Du weißt schon, diese Boxsäcke für Kinder, die wie Clowns aussehen? Und egal wie oft du versuchst, sie niederzukloppen, es klappt einfach nicht, weil die so ein Gewicht unten drin haben? Am Anfang ist es noch ganz lustig, weil man endlich mal was schubsen darf, aber dann wird es allmählich frustrierend, bis es sich irgendwann so anfühlt, als ob die Fratze einen auslacht, und man sich plötzlich fragt, ob sie vielleicht lebendig ist, sodass man am Ende schreiend aus dem Zimmer läuft und ab sofort mit einer lebenslangen Angst vor Clowns geschlagen ist?«

»Das Vergnügen hatte ich nie«, sagte Daria. »Diese Art von Spielzeug entsprach nicht der Überzeugung meiner Eltern.«

»Gewalttätiges Spielzeug?«

»Nein, geschmackloses Spielzeug.« Sie blickte auf. »Ich wollte nicht … Sorry. Das war nicht so gemeint.«

Liz' erster Impuls war, irgendwas Schnippisches oder Sarkastisches zu antworten, aber sie war müde und hatte zum ersten Mal das Wort »sorry« aus Darias Mund gehört. Sie beschloss, darüber hinwegzugehen.

»Gibt es überhaupt Kinderspielzeug, das nicht geschmacklos ist? Fällt dir irgendwas ein, was nicht grellbunt und grässlich ist?«

Daria schwieg ein paar Sekunden lang, und Liz dachte schon, das Thema habe sich für sie erledigt, als sie sagte: »American-Girl-Puppen.«

»Was?«

»American-Girl-Puppen sind nicht geschmacklos. Sie sind sogar richtig schick.«

»Also bitte. Hast du dir Samanthas Partyoutfit mal angeguckt?« Liz hatte nie eine der beliebten, umfangreich ausgestatteten Puppen mit den elaborierten Lebensgeschichten besessen, aber sie hatte alle in der Bücherei vorhandenen Bücher darüber gelesen und jedes Mal den neuen Katalog gewälzt und für ihre Eltern Eselsohren in die Seiten gemacht, sollten sie doch mal auf die Idee kommen, ihr eine Puppe zu schenken, die mehr kostete als ihr Fahrrad. »Geschmacklos hoch zehn.«

Daria schnaubte. »Du hast recht. Samantha war schon immer eine eingebildete Ziege. Molly war ihr in jeder Hinsicht überlegen.«

»Ich bin so froh, dass ihr Vater heil aus dem Krieg zurückgekommen ist.«

Da musste Daria lächeln, und ihr ehrliches, offenes Grinsen katapultierte Liz zu dem aufgekratzten Moment in der Bar zurück. Das Lächeln ließ sie jünger wirken. Eigentlich war Daria gar nicht so viel älter als sie. Unwillkürlich lächelte sie zurück. Ihre Blicke trafen sich, und Liz' Magen sank ihr in die Kniekehle.

Das war gefährlich. Sie war offenbar nicht in der Lage, in Darias Gegenwart objektiv zu bleiben. »Drehen wir um«, sagte sie.

Auf dem Rückweg war die Luft zwischen ihr und Daria wie elektrisiert. Ab und zu hätten sich ihre Hände beinahe berührt, doch Liz zog den Arm jedes Mal gerade noch rechtzeitig zurück. Ihr Gang fühlte sich seltsam steif an, weil sie krampfhaft darauf achtete, wo sich Darias Gliedmaßen gerade befanden.

»Wie bist du eigentlich zum Magazin gekommen?«, nahm Daria das Gespräch abrupt wieder auf.

»Ohne die *Nether Fields* hätte ich quasi das College nicht überstanden«, sagte Liz. »Dadurch konnte ich mir überhaupt erst die Art von Zukunft vorstellen, die ich später mal haben wollte: in der Stadt wohnen, einen Haufen queerer Freund*innen haben, mich verlieben. Also hab ich Charlotte nach meinem Abschluss mit herzerweichenden Mails zugespammt und sie am Telefon so lange um einen Job angebettelt, bis sie irgendwann Ja gesagt hat.«

»Oh, wow.« Daria machte eine Pause und fügte dann hinzu: »Wolltest du jemals irgendwas anderes machen?«

Liz schaute Daria verstohlen von der Seite an. Daria blickte stur geradeaus auf den Strand und vermied es, Liz in die Augen zu sehen.

»Warum?« Liz gelang es nicht, den Argwohn aus ihrer Stimme herauszuhalten. Wollte Daria etwa andeuten, dass sie bald entlassen werden könnte?

»Oh!«, sagte Daria. »Nein, es ist nicht … Ich meinte nur … Also, ich hab ein bisschen was von dir gelesen.«

»Hast du dir endlich den perfekten Analplug für deinen Bodytype zugelegt?«

»Nein, deinen Blog«, sagte Daria. »*Geständnisse einer New Yorker Lesbe.*«

Liz hätte fast eine Vollbremsung gemacht. »Wie hast du den denn gefunden?«

»Ich hab dich gegoogelt.« Zumindest hatte Daria Anstand genug, um peinlich berührt auszusehen.

»Warum?«

»Ach, ich war einfach neugierig, wer … beim Magazin so alles arbeitet.«

Liz' Herz machte einen Hüpfer. Hatte sie die ganze Redaktion gegoogelt? Oder nur Liz? Schweiß bildete sich in ihrem Nacken. War Daria … an ihr interessiert? Spazierte sie deshalb mit ihr diesen Strand entlang und benahm sich so nett und normal?

Dann fiel Liz wieder Caroline mit ihrer Föhnfrisur und der perfekt aufeinander abgestimmten Bikini-Sarong-Kombi ein.

Wenn das die Art von Mensch war, auf die Daria stand, war Liz bestimmt nicht ihr Typ. Liz war weder feminin noch in Form. Weder schlank noch stylish. Sie war einfach … Liz. Sobald sie versuchte, sich eine so maskulin präsentierende und aufgeräumte Person wie Daria mit einem so chaotischen Mitteldingmenschen wie ihr vorzustellen, versagte ihre Fantasie. So funktionierte das einfach nicht. Es hieß immer »Butch sucht Femme« oder »Butch sucht Butch«. Und niemals »Butch sucht menschliches Äquivalent eines Fragezeichens«.

Liz sah Daria vor sich, wie sie *Geständnisse einer New Yorker Lesbe* las. Ihr Gesicht brannte. Der Blog war eher als leichte, lustige Fingerübung gedacht gewesen und nicht als ernsthaftes Projekt. Das Tiefschürfendste, was in Colbys Leben passierte, war, dass sie mit ihrer Mitbewohnerin stritt oder ungeplant mit ihrer Ex im Bett landete. Er hatte jedenfalls kaum das Zeug dazu, Daria davon zu überzeugen, dass Liz mehr draufhatte als seichte Wohlfühlstücke.

»Er macht irgendwie süchtig«, sagte Daria. »Ich hab mir alle Posts auf einmal reingezogen. Die waren saukomisch.«

»Oh. Danke.« Liz rieb sich verlegen den Nacken. Sie hatte ihre allerersten Beiträge schon sehr lange nicht mehr angeschaut und konnte nur vermuten, wie schlecht sie geschrieben waren.

»Warum hast du aufgehört zu posten?«, fragte Daria.

Liz schaute aufs Wasser. »Weiß auch nicht. Der Blog hat 'ne Weile echt Spaß gemacht, aber eigentlich will ich was Bedeutungsvolles schreiben. Etwas, was Menschen dabei hilft, die queere Erfahrung zu verarbeiten.«

»Und das macht dein Blog nicht?«

Liz machte eine wegwerfende Handbewegung. »Ach, da geht's doch nur um Cliquenzoff, Trennungen und Bettgeschichten. Das ist ganz witzig, aber ich will etwas … Größeres schreiben.«

Daria schwieg nachdenklich und schaute den Wellen zu. Nach einer Weile sagte sie: »Vielleicht. Aber ist es nicht auch bedeutungsvoll, den ganz normalen queeren Alltag festzuhalten?«

Liz zuckte mit den Schultern und unterdrückte den Impuls, die Augen zu verdrehen. Sie musste sich doch nicht von *Daria* Mut zusprechen lassen – sie wusste, wie Daria zu Wohlfühltexten stand.

»Ich finde schon, dass der Blog Szenen beschreibt, die ich so noch nie gelesen habe«, sagte Daria. »Zum Beispiel, als Colby zum ersten Mal in der Männerabteilung einkauft und die ganze Zeit Angst hat, aus dem Laden zu fliegen. Und obwohl niemand was sagt, ist sie in der Umkleidekabine dann so nervös, dass ihr kein einziges Kleidungsstück gefällt. Oder als sie über Weihnachten nach Hause fährt und es sie irgendwie traurig macht, ihre alten Freund*innen aus der Highschool wiederzusehen. Weil sie so unterschiedliche Leben führen und Colby das Gefühl hat, dass sie sich nie zu hundert Prozent verstehen werden, obwohl sie mal Freund*innen waren. Das hab ich auch schon erlebt.«

Daria räusperte sich verlegen. »Es hat mich sogar irgendwie bestärkt, davon zu lesen. Ich dachte mir plötzlich, hey, vielleicht bin ich gar nicht so seltsam, vielleicht geht es vielen so.«

Liz starrte Daria an. Sie wusste nicht, was sie sagen sollte. So hatte sie noch nie jemanden über ihre Texte sprechen hören. Ihre Mitbewohner*innen wussten zwar, dass sie einen Blog hatte, aber Liz hatte ihn immer kleingeredet, sodass sie ihm nie sonderlich viel Beachtung geschenkt hatten. Ihren Eltern gegenüber hatte Liz ihn gar nicht erst erwähnt – dafür gab es viel zu viele Sexszenen. Sie hatte zwar schon überschwängliche Kommentare von anonymen Leser*innen bekommen, doch es war etwas anderes, von einer Person ins Gesicht gesagt zu bekommen, dass die eigenen Worte bei ihr etwas ausgelöst hatten.

»Wow«, brachte sie schließlich hervor. »Das ist ... Wow. Danke.«

Daria zuckte mit den Achseln, doch sie sah Liz dabei an und warf ihr ein kleines, unsicheres Lächeln zu. Liz lächelte zurück.

Als sie die Treppe zu Baileys Haus erreichten, stellte Liz überrascht fest, dass sie enttäuscht war. Der Spaziergang mit Daria hatte tatsächlich Spaß gemacht. Ihre Laune war um einiges besser als vorher. Sie machten sich auf den Weg nach oben.

»Hast du …«, setzte Daria an und verstummte abrupt, als sie am oberen Treppenabsatz ankamen. Caroline versperrte ihnen mit verschränkten Armen den Weg.

»Na, wie war euer Spaziergang?«

»Wir haben nur …« Daria klang seltsam nervös. »Wir haben uns bloß über das, ähm, Magazin unterhalten.«

»Oh, ich wollte euch *echt* nicht unterbrechen«, sagte Caroline. »Aber das hier ist nun mal eine *Grill*party, und da gehört das mit dem Grillen irgendwie dazu. Hey, ich kann gerne übernehmen, wenn du zu … beschäftigt bist.« Sie warf Liz einen vernichtenden Blick zu.

»Nein, natürlich nicht.« Daria stützte sich am Geländer ab, um ihre Füße vom Sand zu befreien. »Ich komme gleich.«

»Sicher?«, fragte Caroline. »Ich will euch wirklich auf gar keinen Fall stören. Mir ist bereits aufgefallen, dass Bailey sich mit einer Angestellten vergnügt, aber ich hatte ja keine Ahnung, dass ihr beide auch …« Sie machte eine Pause. »… intime Beziehungen pflegt.«

Liz' Gesicht brannte. Sie öffnete den Mund, um klarzustellen, dass sie sich bloß zufällig am Strand getroffen hatten, als Daria ihr zuvorkam.

»Jetzt mach dich nicht lächerlich, Caroline«, zischte sie. »Das ist völlig ausgeschlossen.«

Mit diesen Worten marschierte sie, ohne sich noch mal umzudrehen, über die Wiese davon Richtung Grill.

Caroline warf Liz ein aufgesetztes, mitleidiges Lächeln zu. Dann drehte sie sich um und ging Daria hinterher.

Liz blieb wie angewurzelt auf dem Treppenabsatz stehen und sah ihnen nach. Es sollte sie nicht so verletzen, dass Daria offenbar schon bei der bloßen Andeutung, dass zwischen ihr und Liz irgendwas gelaufen sein könnte, am liebsten im Erdboden versunken wäre. Aber bis eben hatte sie gedacht, dass es gerade eigentlich ganz schön gewesen war, wenn auch etwas unbeholfen.

Na ja, wahrscheinlich war es besser so. Eigentlich konnte sie froh sein, dass Daria erneut ihr wahres Gesicht gezeigt hatte. Denn immerhin wusste sie nun wieder genau, woran sie war: Daria Fitzgerald war ein Arschloch von astronomischem Ausmaß.

9

Es war offiziell: Das mit Jane Wilson und Bailey Cox war was Ernstes. Die Umzugskisten waren quasi schon gepackt.

Seit Jahren hatte der Flurfunk der *Nether Fields* keine so heißen News erlebt: Die gesamte Belegschaft tuschelte darüber, dass Bailey und Jane eine Woche nach der Pride-Party eine feste Beziehung eingegangen waren und schon jetzt einen Kurztrip nach Paris im Herbst planten. Im Büro blieben sie professionell, aber privat waren sie wie verliebte Teenies: Sie überraschten sich gegenseitig mit entzückenden Dates, tauschten Playlists aus und verbrachten fast jede Nacht in Baileys Apartment in der Upper West Side.

»Jane hat wohl vergessen, dass es uns auch noch gibt«, maulte Liz. Sie saß mit Blick zum Spiegel auf einem Klappstuhl im Bad und wartete darauf, dass Katie ihr die Haare schnitt. Von all ihren Mitbewohner*innen konnte Katie am besten Haare schneiden, musste aber gleichzeitig am längsten dazu überredet werden. Sie behauptete immer, so viel Verantwortung mache sie nervös – am Ende sei sie noch schuld, wenn Liz einen Monat lang niemanden rumkriege. »Sie ist ja überhaupt nicht mehr da.«

»Das geht vorbei«, sagte Katie und fuhr Liz mit den Fingern durchs Haar. Diesmal wollte Liz beide Seiten rasiert haben und die Haare in der Mitte lang lassen, wovon sie sich einen androgynen Look erhoffte. »Sie ist eben verliebt. Wenn du frisch in einer Beziehung wärst, würdest du es doch genauso machen, oder?«

Liz seufzte. Sie wünschte, sie könnte die Frage mit Sicherheit beantworten. Weston hatte zwar irgendwann auf Liz' Nachrichten geantwortet, als sie längst von der Poolparty zurück war, und sie hatten sich in der Woche darauf in Westons Wohnung getroffen. Es war gut gelaufen – Weston war charmant und *wirklich* gut im Bett. Aber das war drei Wochen her, und seitdem hatten sie sich nur zweimal gesehen. Liz war sich nicht sicher, ob es daran lag, dass ihre Terminkalender nicht zusammenpassten, oder ob Weston es langsam angehen wollte oder, und davor hatte Liz am meisten Angst, ob das mit Liz für sie nur eine x-beliebige Affäre war. Aber würde man einer x-beliebigen Affäre ein aufmerksames Geschenk machen, das förmlich »Ich sehe, wer du bist, und respektiere dich dafür« schrie? Sie gab sich Mühe, eine dieser coolen, gechillten Frauen zu sein, für die das alles irgendwie kein Ding war, doch die Menge an Zeit, die mit zwanghaftem Nachdenken über Weston draufging, bewies das Gegenteil.

»Und wie läuft dein Liebesleben so?«, wechselte Liz das Thema.

»Na ja, Lydia hat heute ein Date, mit dem dey vermutlich gerade rummacht.« Katie wich Liz' Blick im Spiegel aus.

Liz verzog das Gesicht. »Tut mir leid, Katie. Das ist echt kacke.«

Katie zuckte mit den Schultern. »Ich bin's gewöhnt«, sagte sie, ohne den Kopf zu heben. »Dafür hat mich so ein Typ, den ich bei der Recherche zu einem Artikel getroffen hab, heute gefragt, ob ich mit ihm ausgehen will.«

»Katie! Du geile Sau! Und machst du's?«

»Weiß nicht. Er ist ganz süß, aber so toll finde ich ihn jetzt auch wieder nicht.« Sie konzentrierte sich darauf, einzelne Strähnen von Liz' Haar glatt zu ziehen, um ihre Länge zu prüfen.

»Vielleicht täte es dir gut, dich mal mit wem anders zu treffen«, sagte Liz mitfühlend.

Katie zuckte noch mal mit den Schultern und knipste die Haarschneidemaschine an. »Schon. Aber es wäre irgendwie unfair, jemandem Hoffnungen zu machen, wenn ich mit meinem Kopf noch so bei Lydia bin.«

Liz griff über die Schulter nach Katies freier Hand und drückte sie.

»Weißt du, was?« Liz hatte plötzlich eine Eingebung. »Wenn Lydia gerade ein Date hat, benutzt dey garantiert kein Spotify.«

Katie knipste die Maschine wieder aus. »Lassen wir Luke laufen?«

»Lassen wir Luke laufen!«

Katie jubelte, und Liz flitzte in Lydias Zimmer, um deren Laptop zu holen. Letzten Dezember hatte Lydia alle mit deren Spotify-Jahresrückblick fast zu Tode genervt. Dey hatte jetzt noch einen Screenshot mit deren fünf meistgehörten Künstler*innen im Tinder-Profil, um mit deren obercoolen und superspeziellen Musikgeschmack anzugeben. Irgendwann hatten sie die Nase voll von Lydias Wichtigtuerei gehabt, und Katie war auf die geniale Idee gekommen, das Übel an der Wurzel zu packen: dem Spotify-Algorithmus. Schon seit sechs Monaten hörten Liz und Katie nun immer, wenn Lydia irgendwo unterwegs war, wo dey vermutlich kein Spotify benutzen würde, das bizarrste und peinlichste Lied in Endlosschleife, das sie finden konnten: »Huntin', Fishin' and Lovin' Every Day« von Luke Bryan. Mittlerweile war es völlig unmöglich, dass das Lied nicht als meistgehörter Titel des Jahres in Lydias Rückblick auftauchen würde.

Natürlich hätten sie den Computer beim Abspielen auch stumm schalten können, aber das hätte nicht halb so viel Spaß gemacht. Denn wenn sie mal ehrlich waren, gingen sie mittlerweile beide insgeheim auf den Countrysong ab.

Liz stellte Lydias Laptop auf dem zugeklappten Toilettensitz ab und ließ die Finger über der Tastatur schweben. »Was ist noch mal Lydias Passwort?«

»Karabiner69.«

»Dein Passwortgedächtnis ist furchteinflößend«, sagte Liz, während sie tippte.

»Ich kann nichts dafür, dass euch Datenschutz am Arsch vorbeigeht«, sagte Katie. »Ich meine, du nimmst einfach für alles ›ilovejanellemonae9‹. Weißt du eigentlich, wie leicht es wäre, deine Identität zu klauen?«

Liz stöhnte. »Sollen sie doch. Ich wäre froh, wenn mir jemand mal meine Identität klauen würde. Ich könnte eine Pause davon gebrauchen, ich zu sein.« Sie stellte den Song in Lydias Spotify auf Repeat und ließ sich wieder auf den Klappstuhl sinken.

»Hey, so viel Selbstmitleid ist sogar für deine Verhältnisse übertrieben.« Katie machte die Maschine wieder an. »Ist es nur wegen Jane?«

Liz schüttelte den Kopf und hörte dann sofort damit auf, als ihr einfiel, wie dicht der Haarschneider gerade an ihren Ohren vorbeischrammte.

»Nein. In letzter Zeit bin ich einfach … irgendwie festgefahren.«

Katie gab einen mitfühlenden Laut von sich und ließ die Maschine über Liz' Hinterkopf gleiten.

»Langweilst du dich manchmal bei den *NF*?«, fragte Liz.

»Ganz ehrlich? Nein«, sagte Katie. »Ich wünschte, wir hätten mehr Mittel, klar. Aber ich liebe es, jede Woche über etwas anderes schreiben zu dürfen. Und wenn es nur das Recap einer schlechten Serie ist. Ich mag es einfach, mit diesem Geschichtenblick auf die Welt zu gucken. Mich zu fragen, wie sich dies oder jenes so drehen lässt, dass es die Leute abholt und einnimmt. Wie ich es so erzählen kann, dass meine Zielgruppe unterhalten wird und sich wiedererkennt.« Katie wirkte leicht verlegen, als sich ihre Blicke im Spiegel trafen. »Mir macht einfach der ganze Prozess Spaß, verstehst du?«

Liz schloss die Augen und lauschte dem Surren der Maschine und Lukes übertriebenem Countrygenäsel. Die Leidenschaft in Katies Stimme machte Liz nur umso stärker bewusst, dass sie das Gegenteil empfand. Der ganze Prozess machte ihr *keinen* Spaß. Artikel innerhalb weniger Stunden herunterzutippen und in die Welt zu schicken … Liz wollte ihre Ideen reifen lassen, wollte etwas erschaffen, was länger vorhalten würde als eine Woche oder zwei.

»Ich bin zurzeit einfach irgendwie lost. In jeder Hinsicht.« Liz öffnete wieder die Augen. »Karrieremäßig. Beziehungsmäßig. Bin-ich-jetzt-Masc-oder-Femme-mäßig. Ich hab einfach keine Ahnung, wie meine Zukunft aussehen soll.«

Im Spiegel legte Katie die Haarschneidemaschine beiseite und nahm eine Nagelschere zur Hand. Ihre Zungenspitze linste zwischen den Lippen hervor, als sie die längeren oberen Haare zu kürzen begann.

»Ach, ich weiß doch auch nicht.« Liz seufzte. »Ich wäre ja gern zufrieden mit dem, was ich habe. Ich kann froh sein, überhaupt einen Job zu haben.«

Um sich abzulenken, holte sie ihr Handy hervor und sah nach, ob Weston geschrieben hatte. Hatte sie nicht.

»Was ist das für ein Hintergrundbild?« Katie beugte sich über ihre Schulter.

Liz hielt das Foto so, dass Katie es besser sehen konnte. »Hab ich neulich auf Instagram gefunden.« Sie erzählte ihr von Moira Campbell und wie toll sie ihre Fotos fand.

Katie legte die Schere beiseite. »Gibt es noch mehr?«

Liz öffnete einige der Fotos auf ihrem Handy: eine butchige Mechanikerin mit langem, wehendem Haar; eine trans* Frau, die mit entspannter Miene und halb offenem Mund auf einer geblümten Couch schläft; die Fotografin mit androgynem Wuschelhaar, wie sie sich mit der Kamera in der Hand im Spiegel zuwinkert.

»Die sind ja mega.« Katie fuhr mit Daumen und Zeigefinger über den Bildschirm, um reinzuzoomen.

»Find ich auch«, sagte Liz. »Ich hab versucht, im Internet noch mehr aufzutreiben, aber man findet fast nichts. Als wäre sie von der Geschichte übersehen worden.«

Katie wischte noch mal durch die Fotos. »Lebt sie noch? Du solltest sie interviewen.«

»Fürs Magazin?«

»Klar!« Katie gab ihr das Handy zurück. »Warum nicht? Bestimmt führt sie ein total spannendes Leben.«

Liz überlegte kurz. Vielleicht hatte Katie recht. Liz hatte schließlich Zugang zu einer Plattform. Wenn der Artikel ankam und geklickt wurde, könnte Moira endlich die Anerkennung bekommen, die sie verdient hatte, und ihr Werk würde vielleicht sogar in Galerien oder Museen ausgestellt. Und wenn Liz diejenige wäre, die das Ganze ins Rollen brachte und quasi eine unerkannte queere Heldin zutage förderte … Tja, das würde ihrem Ruf als ernst zu nehmende Journalistin sicher nicht schaden.

»Katie, du bist ein Genie.«

Katie lachte. »Ich weiß. Und das, obwohl ich den ganzen Tag am liebsten nur jagen und fischen und lieben würde«, sagte sie, während Luke den Huntin'-Fishin'-Lovin'-Refrain anstimmte.

Liz griff nach dem Laptop und drehte die Lautstärke auf. Übertriebenes Banjogedudel schallte durchs Bad und leitete den Teil des Lieds ein, in dem Luke voller Inbrunst darüber spricht, wie sehr er es liebe, durch den Matsch zu waten.

Während sie lauthals mitsangen, fühlte Liz sich unweigerlich besser. Sie hatte ein Ziel, auf das sie hinarbeiten konnte. Vielleicht war dieses Interview genau das, was sie brauchte, um sich nicht mehr so festgefahren zu fühlen.

10

Vier Tage später hatte Liz ein Meeting mit Charlotte, Jane, Bailey und Daria, um ihre Artikelidee zu besprechen. Vor der Tür zum Laverne blieb Liz kurz stehen, warf die Schultern zurück und versuchte, so auszusehen, als hätte sie ihr Leben im Griff. Sie trug eine enge schwarze Hose und eine Knopfbluse. Das Outfit fühlte sich unangenehm feminin an. Liz zupfte schon den ganzen Tag am Ausschnitt herum und hätte lieber etwas Maskulineres angehabt, aber die Auswahl an Anzügen oder dergleichen in ihrem Kleiderschrank war begrenzt – mal abgesehen von dem Blazer, den Weston ihr geschenkt hatte, und der passte besser auf eine Hochzeit als ins Büro.

»Liz! Wie geht's dir?«, fragte Bailey fröhlich, als Liz in den Raum kam. Sie saß neben Jane, die Liz breit anlächelte. So abgeneigt sie der Jane-Bailey-Kombi am Anfang gewesen war, musste sie zugeben, dass Jane in letzter Zeit geradezu unverschämt glücklich wirkte.

»Gut, und selbst?« Liz setzte sich auf den freien Stuhl neben Charlotte. Daria, die am anderen Ende des Konferenztisches in die Tasten ihres Laptops hämmerte, blickte nicht mal auf.

»Ach, alles bestens.« Bailey beugte sich über den Tisch zu ihr. »Na dann, erzähl uns doch mal von deiner Idee.«

Liz berichtete, was sie bisher über Moira Campbell wusste, wie viel mehr es ihrer Meinung nach über Moiras Rolle in der frühen Gay-Rights-Bewegung in Erfahrung zu bringen gab und warum sie glaubte, dass ihre Lebensgeschichte für *Nether Fields*-Leser*innen interessant war. Daria blieb die ganze Zeit in ihren Bildschirm vertieft. Sie war erst nachträglich zum Meeting eingeladen worden, als Charlotte gehört hatte, dass vielleicht Reisekosten anfallen könnten.

Liz hatte mit Begeisterung festgestellt, dass die Fotografin in Boston lebte. Hätte sie nach Kalifornien, Montana oder sonst wohin fliegen müssen, hätte sie das niemals durchgekriegt. Aber sie wusste, dass Jane mindestens einmal zur Recherche nach Boston gefahren war. Außerdem kannte Liz Boston. Die Kleinstadt, in der ihre Eltern wohnten, lag weniger als drei Stunden Fahrt entfernt, und als Liz klein war, hatten sie manchmal einen Tagesausflug gemacht, um die Stadt zu erkunden und in der obersten Sitzreihe des Fenway Parks Hotdogs zu futtern.

»Ich habe mit Moira gemailt, und sie würde mir ein Interview geben und noch mehr Fotos zeigen«, schloss Liz. »Und sie wohnt nur eine Zugfahrt entfernt.«

Bailey und Charlotte tauschten einen grimmigen Blick aus.

»Kannst du sie nicht telefonisch interviewen?«, fragte Charlotte.

Liz schüttelte den Kopf. »Sie meinte, sie sei schwerhörig, also ginge es nur, wenn ich persönlich vorbeikomme. Außerdem hat sie die Originalabzüge daheim.«

»Moira klingt großartig. Und ich weiß, wie sehr du an der Geschichte hängst«, sagte Charlotte vorsichtig. »Aber du weißt doch, dass wir den Gürtel in letzter Zeit enger schnallen mussten. Es ist im Budget gerade einfach nicht drin, dich nach Boston zu schicken.«

»Ich habe auch nach Bustickets geschaut«, sagte Liz. Jane nickte ihr aufmunternd zu. »Die kosten nur fünfzig Dollar hin und zurück, und ich müsste nicht mal über Nacht bleiben.«

»Tut mir leid«, sagte Bailey. »Das wird ab jetzt die Regel sein.

Keine Reisen mehr.« Es klang, als verlangten ihr die Worte alles an Mut und Führungskraft ab, was sie aufbringen konnte. Wäre Liz nicht so entmutigt gewesen, hätte Bailey ihr vielleicht sogar leidgetan. Neben ihr runzelte Jane überrascht die Stirn. »Ich weiß, dass fünfzig Dollar vielleicht nicht nach viel klingt«, fuhr Bailey fort, »aber wir können es uns nicht erlauben, von der Regel abzuweichen, zumindest nicht in absehbarer Zukunft.«

»Das verstehe ich«, sagte Liz. Sie holte tief Luft. »Aber Moira verdient Anerkennung. Sie war eine der wenigen, die in den Sechzigern und Siebzigern das Leben von queeren und trans* Menschen dokumentiert hat. Ohne sie wären diese Leute völlig untergegangen. Und sie gehen vielleicht wirklich noch unter, wenn Moira keine Chance bekommt, ihre Geschichten zu erzählen.«

»Du hast recht.« Bailey machte ein bedrücktes Gesicht. »Natürlich hat sie Anerkennung verdient. Aber wir können einfach keine Ausnahme machen.«

»Dann zahl ich die Reisekosten halt selbst«, sagte Liz rasch, auch wenn es nicht gerade so war, dass sie irgendwo fünfzig Dollar rumliegen hatte. Sie wünschte, sie hätte Moira Campbell Ende letzten Jahres entdeckt, als ihre Eltern ihr Amtrak-Tickets geschenkt hatten, damit sie über Weihnachten nach Hause kommen konnte. Dann hätte sie sich das Auto ihrer Eltern leihen und damit nach Boston fahren können.

»Liz.« Charlotte schüttelte den Kopf. »Ich weiß deinen Enthusiasmus zu schätzen, aber ich lasse nicht zu, dass du die Recherchereise aus eigener Tasche bezahlst. So was sollte man gar nicht erst anfangen, und es wirft auch kein gutes Licht auf uns, weder intern noch extern.«

Liz spürte, wie sie auf dem Stuhl zusammensackte, und machte sich nicht die Mühe, ihre Enttäuschung zu verbergen. Das war's dann wohl. Moira Campbell würde in Vergessenheit geraten, und Liz würde den Rest ihrer Laufbahn in der Listicle-Hölle schmoren.

»Tut mir wirklich leid, Liz«, sagte Bailey. Liz starrte auf die Tischplatte und biss sich auf die Wangeninnenseite, um zu verhindern, dass ihr die Tränen kamen.

Sie wollte gerade aufstehen, als Daria sich vom anderen Ende des Raums zu Wort meldete. »Ich kann dich fahren.« Alle Köpfe schnellten in ihre Richtung. Sie tippte nicht mehr, blickte aber auch nicht von ihrem Laptop auf.

»Wie bitte?«, fragte Charlotte.

»Ich muss dieses Wochenende zum Geburtstag meiner Tante nach Boston«, sagte Daria. »Also kann ich Liz mitnehmen.«

Liz' Gehirn machte einen Aussetzer, als es die Info zu verarbeiten versuchte.

»Die neue Regel wird doch erst nächste Woche verkündet, oder?«, fuhr Daria fort und hob endlich den Kopf, um Bailey in die Augen zu schauen. »Wenn sich eine Journalistin selbst eine Mitfahrgelegenheit organisiert, die dem Magazin keinerlei Kosten verursacht, bevor die neue Linie überhaupt offiziell verkündet wurde, verstößt das genau genommen gegen keine Regel.«

»Nein.« Bailey wirkte überrumpelt. »Genau genommen nicht.«

Jane warf Liz einen fragenden Blick zu. Liz zuckte leicht mit den Schultern.

»Na also.« Charlotte klatschte in die Hände, als hätte sich alles in Wohlgefallen aufgelöst. »Dann wäre das ja geklärt.«

»Halt mal«, sagte Liz. »Ich kann nicht … Ich möchte nicht …« Jane trat ihr unter dem Tisch gegens Schienbein, worauf Liz mit einem Zucken verstummte.

»Unsinn.« Charlotte stand bereits auf. »Du willst dieses Interview führen, und jetzt hast du eine Mitfahrgelegenheit.«

»Ich ... Wann fährst du überhaupt?«

»Am Samstag«, sagte Daria. »Nur für eine Nacht.«

Liz war am Samstag lose mit Weston verabredet. »Über Nacht?«, fragte sie. »Ich wüsste nicht, wo ich schlafen sollte. Also hat es wohl wenig Sinn.« Liz wollte das Interview, aber sie konnte sich nicht vorstellen, über mehrere Stunden mit Daria in einem Auto eingesperrt zu sein. Ihre Hände begannen schon beim bloßen Gedanken daran zu schwitzen.

Daria zuckte mit den Schultern. »Du kannst auch bei meiner Tante übernachten. Sie hat genug Platz.«

Bevor sich Liz einen wichtigen Termin oder eine plötzlich aufgetretene Krankheit aus den Fingern saugen konnte, schaltete sich Charlotte wieder ein und nahm ihr Notizbuch in die Hand. »Das ist doch prima. Liz, dieser Artikel ist eine super Gelegenheit für deine Karriere.«

»Bin ich froh, dass das geklärt ist.« Bailey klang erleichtert, nicht mehr die Überbringerin schlechter Nachrichten zu sein.

»Ich schick dir dann eine Mail«, sagte Daria.

Liz wollte noch protestieren, doch die Entscheidung schien getroffen. Langsam stand sie auf und machte sich daran, Charlotte aus dem Laverne zu folgen. »Ähm, danke, Daria«, sagte sie im Rausgehen.

Daria starrte auf den Bildschirm und nickte.

11

Daria holte Liz zu unmöglicher Stunde ab. Sie war geradezu so unmöglich, dass Liz vorher nicht mit Sicherheit hätte sagen können, ob diese Stunde an einem Samstag überhaupt existierte. Draußen war es so gut wie dunkel. Immerhin konnte Liz sich so der Illusion hingeben, sie schlafe eigentlich noch und bei diesem ganzen Roadtrip handele es sich in Wahrheit bloß um einen ausgeklügelten Albtraum.

Vor dem Gebäude wartete ein glänzendes schwarzes Auto. Es sah teuer aus. Daria öffnete die Fahrertür und stieg aus. Sie trug Jeans und einen schwarzen Pullover, unter dem ein weißes Hemd hervorschaute. Von der Poolparty mal abgesehen, hatte Liz sie noch nie so leger erlebt. Natürlich sah sie trotzdem fantastisch aus, als wäre die Kleidung für sie maßgeschneidert worden. War sie vielleicht sogar auch. Liz hatte keine Ahnung, wie Klamotten für Reiche funktionierten.

»Guten Morgen«, sagte Daria.

Liz machte ein Geräusch, das hoffentlich als Begrüßung durchging.

»Ich sehe, du bist vorbereitet.«

»Was?«, krächzte Liz. Es war das erste Wort, das seit dem Aufwachen ihren Mund verließ.

Daria deutete mit einem Kopfnicken auf Liz' prall gefüllte Reisetasche und den Rucksack. Am Abend vorher hatte Liz, anstatt sich mit den Wirrungen ihrer Identität auseinanderzusetzen, einfach alles doppelt eingepackt – jeweils eine Tomboy-Version und eine Femme-Version. Mit dem Ergebnis, dass es so aussah, als wollte sie einen Monat lang im Ausland leben.

»Ach so.« Liz hätte gern eine schlagfertige Antwort gegeben, aber weil ihr Gehirn keinerlei Anstalten machte, eine auszuspucken, beließ sie es dabei.

Daria nahm ihr die Reisetasche ab und verstaute sie im Kofferraum. »Rucksack?«, fragte sie mit ausgestreckter Hand.

»Nein«, sagte Liz und nahm ihn mit auf die Beifahrerseite. Der Rucksack war bis oben hin vollgestopft mit Sachen, die diesen Roadtrip ein klein wenig erträglicher machen sollten: ihr Laptop, Snacks, ein selbst gebasteltes *L-Word*-Quiz von einer von Lydias Partys letztes Jahr, Carmen Maria Machados neuestes Buch und sogar ein Malbuch, das ein*e trans* Künstler*in auf Etsy verkauft hatte. Alles, was ihr auch nur im Ansatz helfen würde, die nächsten fünf Stunden zu überstehen.

Daria schloss den Kofferraum, und sie stiegen ein, wobei es Liz gerade so gelang, den überfüllten Rucksack in den Fußraum zu quetschen. Das Wageninnere wirkte viel zu sauber. Jede einzelne Oberfläche glänzte wie neu, ohne den Hauch eines Kratzers. Nur im Getränkehalter standen zwei riesige Kaffeebecher.

»Kaffee«, sagte Liz.

»Und Tee, wenn man's genau nimmt.« Daria warf einen Blick über die Schulter, bevor sie vom Bordstein auf die Straße fuhr. »Der Kaffee ist für dich.«

»Oh Gott, du bist ein *Schatz*«, entfuhr es Liz. Sie nahm den Becher in beide Hände und sog den Geruch ein, während sie mit Erleichterung feststellte, dass sie wider Erwarten doch noch die Fähigkeit besaß, mehrere Worte aneinanderzureihen. »Du hast mich gerettet.«

Daria zuckte mit den Schultern. »Du wirkst wie jemand, der morgens Kaffee braucht.«

Liz nahm einen Schluck und fühlte sich sofort besser. »Das hier fällt nicht unter ›morgens‹. Die Sonne ist noch nicht mal aufgegangen.«

»Ist sie wohl.« Daria hielt an einer Ampel an und setzte den Blinker. »Die Sonne ist um fünf Uhr fünfundzwanzig aufgegangen, und es ist schon fast sechs.«

»Woher weißt du das so genau?«

»Ich treffe mich dreimal die Woche mit meiner queeren Laufgruppe, den Pride Runners. Manchmal um neun und manchmal um sechs.«

Die Ampel schaltete um, und Daria bog in den Kreisverkehr am Prospect Park ein. Die Verkäufer*innen stellten bereits ihre Buden für den Wochenmarkt auf.

»Wie ätzend.« Liz verzog das Gesicht.

»Hast du was gegen Joggen?«

»Ich hab was gegen Leute, die vor Sonnenaufgang aufstehen, um zu joggen.«

Daria lachte und schwieg, als sie auf den Highway auffuhr. Liz nutzte Darias Konzentration beim Einfädeln, um sie unauffällig zu mustern. Vielleicht war es die Jeans, aber sie sah entspannter aus als sonst. Ihr Haar war etwas länger geworden, und der Pony fiel ihr in die Augen. Sie pustete ihn aus dem Gesicht, und die Morgensonne verfing sich in den Strähnen und ließ sie aufleuchten wie winzige Fäden pures Gold.

Auf so engem Raum mit Daria war Liz sich überdeutlich bewusst, sobald sie sich auf ihrem Sitz bewegte oder das kleinste Geräusch von sich gab. Dennoch lullte sie die vorbeiziehende Landschaft allmählich in einen Zustand schläfriger Benommenheit.

Als sie aufwachte, war ihr Hals in einem seltsamen Winkel zur Scheibe geneigt, und sie hatte Sabber am Kinn. Sie wischte ihn schnell ab in der Hoffnung, dass Daria nichts bemerkt hatte, und richtete sich auf.

»Fuck«, sagte sie. »Wie viel Uhr ist es?«

»Nach neun.«

Liz rieb sich die Augen. Der Gurt hatte offenbar einen Abdruck auf ihrer rechten Wange hinterlassen. Sie nahm einen Schluck kalten Kaffee. »Sorry, dass ich eingeschlafen bin.«

»Kein Problem«, sagte Daria. »Du musst ja ausgeruht sein für dein Interview.«

Darias freundlicher Tonfall trug nur zu ihrer Verwirrung bei, und Liz kramte nach ihrem Handy, um nachzusehen, ob Weston geschrieben hatte, doch ihre letzte Nachricht lautete noch immer *ok wenn du lieber mit daria abhängen willst*, gefolgt von Liz' ausführlichen Versuchen, sich zu erklären und entschuldigen. Liz glaubte Weston sofort, dass sie wenig begeistert davon war, dass Liz das Wochenende mit der Person verbringen würde, die ihr Leben ruiniert hatte. Aber ein bisschen frustrierend war es trotzdem, dass Weston nicht verstand, dass es hier um ihre Karriere ging. Es war ja nicht so, als wäre sie zum Spaß mit Daria unterwegs.

Liz' einzige neue Nachrichten waren ein Meme von Lydia und ein Foto von Jane: ein Selfie von ihr und Bailey in Outdoorkleidung auf dem Gipfel irgendeines Bergs. Die beiden verbrachten das Wochenende beim Wandern in Upstate New York. Liz schickte eine Flut von Herzemojis zurück. Sie und Bailey waren wirklich zum Brechen süß. An den wenigen Abenden, an denen Jane überhaupt noch zu Hause war, wandelte sie summend durch die Wohnung oder starrte verträumt aus dem Fenster wie irgendeine Disney-Prinzessin. Wenn Liz ehrlich war, freute sie sich für Jane. Und letztens, mit ein paar Drinks intus, hatte sie Jane gegenüber sogar zugegeben, dass sie und Bailey ein echt tolles Paar waren.

Liz las die Unterhaltung zwischen ihr und Weston noch einmal durch und zwang sich, das Handy wegzulegen. Sie beugte sich vor und durchwühlte ihren Rucksack. »Willst du auch Goldfish-Cracker?«

»Wow.« Daria sah aus dem Augenwinkel zu, wie sie die Tüte aufriss. »Ich glaube, die hatte ich zuletzt mit zwölf.«

»Sie schmecken noch viel besser als in deiner Erinnerung, versprochen.«

Daria streckte die flache Hand aus. Um die fischförmigen Cracker nicht überall im blitzblanken Auto zu verteilen, hielt Liz ihre Hand unter Darias und schüttete eine kleine Menge hinein. Wärme sammelte sich dort, wo sich ihre Haut fast berührte, und beim Zurückziehen streiften Darias Knöchel Liz' Handfläche. Daria warf ihr einen flüchtigen Blick zu, bevor sie die Cracker in den Mund kippte.

»Oh Gott, sind die geil.«

»Hab ich doch gesagt! Hier, nimm noch mehr.«

Daria hielt ihr wieder die Hand hin, und diesmal legte Liz ihre direkt darunter. Darias Hand war weich und warm. An ihrem Mundwinkel klebten Crackerkrümel; so unperfekt hatte Liz sie noch nie gesehen. Sie wirkte dadurch irgendwie niedlich. Liz war so damit beschäftigt, auf Darias Mund zu starren, dass sie die Tüte aus Versehen zu schräg hielt und sich eine kleine Goldfish-Lawine in den Fußraum ergoss.

»Scheiße!« Liz zog erschrocken die Hand zurück. »Tut mir echt leid.« Sie beugte sich nach unten und hob so viele auf, wie sie auf Anhieb entdeckte.

Daria räusperte sich. »Schon okay. Lass sie einfach liegen.«

»Und die guten Goldfish-Cracker verkommen lassen? Niemals!« Liz schob sich einige der Fußraumfische in den Mund.

»Das ist echt widerlich.«

»Ach komm«, sagte Liz mit vollem Mund. »Der Boden deines Autos könnte nicht sauberer sein.«

Daria sah kurz zu ihr rüber, und Liz wurde rot, als ihre Blicke sich eine Sekunde lang trafen. Das Auto kam ihr auf einmal sehr warm vor. Sie überlegte, wie sie das Thema wechseln konnte.

»Wie bist zu eigentlich zum Investmentbanking gekommen?«

Daria atmete hörbar aus. »Ach, ähm, das ist mir ein bisschen peinlich«, sagte sie. »Als ich auf dem College war und mir klar wurde, dass ich … so aussehen wollte, wie ich eben aussehe, hatte ich nicht so richtig einen Plan. Ich wusste zwar, dass *das hier*« – sie zeigte an sich herunter – »das Richtige war, aber ich war mir nicht sicher, wie ich in der echten Welt so leben soll. Im Nachhinein total lächerlich: Man lebt sein Leben natürlich einfach so, wie man will. Aber damals …« Sie machte eine Pause, als suchte sie nach den richtigen Worten. »Du weißt doch, wie auf einer Cocktailparty Begrüßungen ablaufen. Die Männer geben sich gegenseitig die Hand und umarmen die Frauen. Ich hatte vorher nie so richtig darauf geachtet, bis ich angefangen habe, mich so anzuziehen, und die Männer auf einmal keine Ahnung mehr hatten, wie sie mich begrüßen sollten.«

Liz unterdrückte den Impuls, zu antworten, dass sie nie auf Cocktailpartys gehe und schon gar nicht auf solche, auf denen viele Männer anwesend seien.

»Als ich jung war, wusste ich genau, wie ich mich zu verhalten hatte und welche Regeln für mich galten.« Daria hatte ihren Blick fest auf die Straße geheftet, als fiele ihr das Reden leichter, wenn sie Liz nicht dabei ansehen musste. »Aber dann ist mir aufgefallen, dass all diese Regeln nach Geschlechtern getrennt waren. Es gab keine Regeln für Menschen wie mich. Ich wusste, dass ich nicht die Laufbahn wollte, die meine Eltern für mich vorgesehen hatten. Also hab ich das einzig andere gemacht, was mir logisch schien. Wie eine Frau wollte ich mich nicht verhalten, also würde ich mich eben verhalten wie ein Mann.« Ihr Ausdruck hatte sich verhärtet, als hätte sie kein Mitleid mit ihrem jüngeren Ich, das diese Entscheidungen getroffen hatte. »Im Grunde habe ich meinem Vater nachgeeifert. Habe mir einen typischen Männerberuf gesucht. Ich wollte meinen Eltern beweisen, dass ich nach ihren Maßstäben erfolgreich sein konnte. Indem ich viel Geld verdiente.« Sie blickte zu Liz, dann auf die Straße, dann wieder zu Liz. »Bescheuert, oder?«

»Nein«, sagte Liz sanft. »Überhaupt nicht.«

Daria stieß ein hartes Lachen aus. »Doch«, sagte sie. »Ich war so darauf versessen, stark zu wirken, dass ich überhaupt nicht ich selbst war. Irgendwann hab ich dann verstanden, dass ich mich nicht maskulin verhalten muss, nur weil ich maskulin aussehen möchte. Dass ich trotzdem feminine Seiten haben kann und daran nichts falsch ist.« Sie ließ pustend Luft aus den Wangen entweichen. »Später ist mir klar geworden, dass ich im Nonprofitbereich wahrscheinlich glücklicher gewesen wäre. Aber da hatte ich schon mehrere Jahre in meine Karriere gesteckt. Und es macht mir ja Spaß. Es ist ein spannender Job. Außerdem dachte ich mir, dass ich vermutlich genauso viel bewirken kann, wenn ich bleibe, wo ich bin, und mein Geld spende, anstatt auf was Gemeinnütziges umzuschwenken. Also bin ich geblieben.« Daria zuckte mit den Schultern. Ihr Gesicht hatte sich dunkelrot verfärbt.

Liz musterte Daria, die stur geradeaus blickte. Gedanken dieser Art trug Liz schon seit Monaten mit sich herum, ohne sie in Worte fassen zu können. In abgewandelter Form, klar, aber das

Thema war das gleiche. Es war schwer zu erklären und auch ein bisschen peinlich, aber als sie Daria über Gefühle reden hörte, mit denen sie selbst schon so lange haderte, hätte sie am liebsten geweint.

»Ich weiß, was du meinst.« Liz sprach mit Absicht tiefer, damit ihre Stimme nicht so zitterte. »Keinen Plan zu haben, weil es keine Regeln gibt. Bei mir ist es eher so, dass ich die ganze Zeit hin- und hergerissen bin, wie ich mich nun kleiden und verhalten soll. Mal feminin, mal maskulin, aber es ist nie nur das eine oder andere. Was mir fast das Gefühl gibt, irgendwie eine Hochstaplerin zu sein. Wenn es sich immer wieder ändert, wenn es nicht gleichbleibend ist, woher weiß ich dann, dass es wirklich real ist?« Gedankenverloren rieb sich Liz über den Gurtabdruck im Gesicht. »Ist es nicht irgendwie traurig, dass ich Ratgeberkolumnen für queere Menschen schreibe und mich nicht mal selbst richtig kenne? Wenn ich in femininer Kleidung aus dem Haus gehe, fühle ich mich klein. Wenn ich Männerklamotten anziehe, hab ich das Gefühl, zu überkompensieren. Ich bin mir ziemlich sicher, dass ich mich als Frau identifiziere, aber ich weiß nicht genau, wie es aussehen soll, weder das eine noch das andere zu sein.«

»Ich mag dein Zwischending«, sagte Daria leise. »Es passt zu dir.«

Liz wurde am ganzen Körper warm. Sie hatte das Gefühl, als wären sie an der Grenze zu etwas Gefährlichem. Sie konnte nicht klar denken. Das Auto war zu klein, zu eng, zu heiß. Und Daria war ihr viel zu nah. Sie hatte die Ärmel bis zum Ellbogen hochgekrempelt, und die Muskeln ihrer Unterarme zuckten kaum merklich, als sie das Lenkrad justierte. Sie sahen stark und fähig aus. Liz konnte den Blick nicht von ihnen abwenden.

»Danke.«

»Ich wünschte … Manchmal würde ich mich auch gerne trauen, mehr in der Mitte zu sein.« Daria warf ihr einen flüchtigen Blick zu, als hätte sie Angst vor Liz' Reaktion.

Ihre Blicke trafen sich. Liz zwang sich, nicht wegzusehen. »Könntest du bestimmt.«

Daria lächelte.

»Das ist übrigens auch einer der Gründe, warum ich diese Fotografin interviewen will«, sagte Liz. »Mal abgesehen davon, dass sie Anerkennung verdient und so weiter. Ihr Coming-out ist bestimmt schon über fünfzig Jahre her! Da muss sie doch zumindest ein paar Tipps parat haben, wie man sein Leben leben soll, so ganz ohne Regeln.«

Daria schaute wieder zu Liz. »Klingt wie ein Artikel, den ich gut gebrauchen könnte«, sagte sie, und ihre Stimme klang dabei so tief und weich, dass es fast so wirkte, als würde sie … flirten?

Liz drehte sich zum Fenster und presste ihr Gesicht gegen die Scheibe, um ihre Wangen abzukühlen. Sie konnte Daria nicht mehr ansehen. Aber sie konnte sich auch ein Lächeln nicht verkneifen, während Boston allmählich in Sicht kam.

***

Das Haus von Darias Tante stellte sich als riesiges hellblaues viktorianisches Bauwerk im Herzen von Cambridge heraus. Liz war noch nie in dieser Gegend gewesen. Mit ihrer Familie war sie meistens in Boston geblieben, hatte Fenway, das Aquarium und die Museen besucht. In Cambridge waren sie nur ein einziges Mal gewesen, um durch Harvard Yard zu spazieren und Tourifotos zu machen. Auf jeden Fall waren sie nie in die Nähe dieses Labyrinths aus Straßen gekommen, in denen die Häuser so groß waren, dass sie quasi als Paläste durchgingen. Liz hatte ein klein wenig ein schlechtes Gewissen, dass sie im selben Bundesstaat wie ihre Eltern war, ohne ihnen Bescheid zu geben; aber sie wusste genau, dass sie sonst reingefahren wären, um sie zu sehen, und Liz wollte sich auf ihr Interview konzentrieren.

Daria schloss die Tür auf, und Liz hatte kaum Zeit, den Kronleuchter und die riesige gewundene Treppe zu bestaunen, weil Daria sie sofort den Flur hinunterbugsierte. Ihre Tante sei wahrscheinlich bei der Gartenarbeit, sagte sie, also werde sie ihr Liz nur kurz vorstellen und dann könne Liz die U-Bahn zur Wohnung der Fotografin in Boston nehmen. Daria hatte angeboten, sie dort abzusetzen, aber sie hatte abgelehnt – sie wollte einen Moment für sich, um vor dem Interview den Kopf freizubekommen.

Daria führte sie durch eine Küche, bei deren Anblick Jane ausgeflippt wäre, und hinaus auf eine gepflasterte Terrasse mit Blick auf einen kleinen Garten, der mit bunten Blumen umsäumt war. Liz hatte eine ältere Frau mit breitem Strohhut erwartet, die sich mit einer Gartenschere in der Hand über einen Rosenbusch beugte. Stattdessen saß Darias Tante mit verschränkten Armen unter einem riesigen Sonnenschirm am Terrassentisch und bellte einer zierlichen Frau Befehle zu, die vor einem Beet aus leuchtend lila Blumen kniete.

»Alles Gute zum Geburtstag, Tante Katherine.« Daria blieb am Rand des Tisches stehen. Tante Katherine bedeutete ihr mit erhobener Hand, still zu sein.

»Gütiger Himmel, Isabella, Sie sollen doch keinen Wein stampfen. Haben Sie Nachsicht mit meinen armen Reben.«

»Ja, Ma'am«, murmelte Isabella ungerührt. Sie legte die Gartenschere an eine Ranke an, hielt inne und sah Katherine erwartungsvoll an.

»Nicht die. Warum trachten Sie meinen Hortensien nach dem Leben? Die links davon.«

Isabella positionierte die Gartenschere neu, Katherine nickte, und die Ranke musste weichen. Erst dann drehte sich Katherine um. Sie sah aus wie Ende siebzig. Sie hatte helle Haut und graues Haar, das zu einem aufwendigen Dutt hochgesteckt war. Zu ihrer cremefarbenen, teuer wirkenden Bluse mit U-Ausschnitt trug sie eine Perlenkette und trotz der schwülen Sommerluft einen dunkelblauen Cardigan. Ihr Ausdruck war streng, und Liz erkannte Daria in ihren Gesichtszügen – in der Form ihrer Nase und der missbilligenden Falte auf ihrer Stirn.

»Alles Gute zum Geburtstag, Tante Katherine«, sagte Daria noch mal. »Dein Garten sieht toll aus.«

Tante Katherine rümpfte die Nase. »Er sieht entsetzlich aus. Isabella versucht mit allen Mitteln, ihn zu massakrieren, aber ich kann sie gerade noch zurückhalten.«

»Quatsch. Sie machen Ihren Job prima, Isabella.« Daria winkte ihr zu.

Isabella winkte zurück. »Schön, Sie wiederzusehen, Daria.«

»Der Garten sieht wirklich schön aus«, schaltete sich Liz ein, weil sie das Gefühl hatte, etwas sagen zu müssen, anstatt bloß hinter Daria herumzulungern, bis sie vorgestellt wurde.

»Wer sind Sie denn?« Tante Katherine lenkte ihre Aufmerksamkeit auf Liz.

»Das ist Liz Baker«, sagte Daria. »Die Journalistin, von der ich dir erzählt habe.«

»Alles Gute zum Geburtstag«, sagte Liz. »Vielen Dank, dass ich bei Ihnen übernachten darf.«

Tante Katherine musterte Liz von oben bis unten. »Ich bin sehr erleichtert, dass Sie sich nicht meinetwegen herausgeputzt haben«, sagte sie.

Liz' Gesicht brannte. Sie trug eine industriell angehauchte graue Arbeitshose, ein schwarzes T-Shirt und ihre schwarzen

Doc Martens. Ihr Outfit ging mehr in die Butch-Richtung als üblich, aber es verlieh ihr eine Portion Selbstbewusstsein, die sie bei ihrem Interview gut gebrauchen konnte. Sie hatte gar nicht darüber nachgedacht, dass sie darin auch Darias Tante kennenlernen würde.

»Dann arbeiten Sie also für Baileys Magazin?«, fragte Tante Katherine.

»Ja.« Liz verspürte den seltsamen Drang, ein »Ma'am« hinzuzufügen.

»Was für ein törichter Einfall«, sagte Tante Katherine. »Ich habe Bailey höchstpersönlich angerufen, um ihr von der Investition abzuraten. Ich habe ihr gesagt, sie solle sich auf Immobilien konzentrieren, anstatt Journalistin zu spielen und am Ende ohne Geld dazustehen. Aber hat sie auf mich gehört? Nein.«

»Oh«, sagte Liz. »Wir sind jedenfalls sehr froh, dass sie uns gekauft hat.«

»Das kann ich mir denken.« Tante Katherine beäugte Liz argwöhnisch. »Nun gut. Wir gehen heute Abend ins Rosings. Um neunzehn Uhr.«

»Oh, ich werde nicht …«, setzte Liz an, doch Katherine unterbrach sie.

»Aber ziehen Sie sich um Himmels willen vorher um, Liebes. Das Restaurant hat einen Michelin-Stern.«

Liz' Augen wanderten hilfesuchend zu Daria.

»Ich habe Liz gar nichts vom Abendessen erzählt, Tante Katherine. Bestimmt hat sie noch andere Sachen in der Stadt zu tun.«

»Unsinn«, sagte Tante Katherine. »Sie übernachten bei uns, also wäre es unhöflich von mir, Sie nicht einzuladen, und noch viel unhöflicher von Ihnen, die Einladung nicht anzunehmen.«

»Ich will mich wirklich nicht aufdrängen«, sagte Liz. »Es ist doch Ihr Geburtstag.«

»Neunzehn Uhr«, wiederholte Katherine mit Nachdruck. »In anderer Bekleidung. Wir brechen um achtzehn Uhr fünfundvierzig hier auf. Caroline kommt direkt dorthin.«

»Caroline?«, fragte Daria.

»Ja, Caroline. Ich habe sie eingeladen.«

»Warum?«, fragte Daria mit einem fast teeniehaften Quengeln in der Stimme.

»Nur weil ihr beide euch nicht einig werden könnt, muss ich nicht aufhören, mit ihr Zeit zu verbringen. Du weißt sehr wohl, dass sie mir Gesellschaft leistet, während du so weit weg wohnst. Isabella, *was* in Gottes Namen stellen Sie da mit meinen Petunien an?«

Daria sah kurz so aus, als wollte sie protestieren, doch dann ließ sie die Schultern hängen. »Tante Katherine, ich begleite Liz noch nach draußen, weil sie zu ihrem Interview muss, okay?«

Tante Katherine antwortete nicht. Daria hielt Liz die Terrassentür auf.

»Das mit dem Abendessen tut mir leid«, sagte sie drinnen. »Aber zumindest ist es ein gutes Restaurant.«

»Kannst du mich nicht irgendwie aus der Nummer rausholen?«, fragte Liz verzweifelt. »Es ist ja nett, dass ich hier übernachten darf, aber ich finde wirklich nicht, dass ich heute Abend dabei sein sollte.«

Vor allem wenn Caroline auch da war. Irgendwie konnte Liz sich nicht vorstellen, dass es der Feierlaune zuträglich wäre, wenn sie Darias Ex mit einer Salatgabel aufspießte.

»Ähm, eher nicht.« Daria rieb sich über den Hinterkopf. »Meine Tante ist ein bisschen … eigensinnig.«

»Na gut«, sagte Liz genervt. »Dann sehen wir uns wohl um achtzehn Uhr fünfundvierzig. In *anderer Bekleidung*.«

Daria verzog das Gesicht. »Tut mir echt leid. Meine Tante ist da etwas förmlich.« Sie öffnete die schwere Haustür für Liz. »Viel Glück bei deinem Interview.«

Ohne zu antworten, setzte Liz sich in Bewegung. Dann war sie wohl mit Daria, Darias Tante und Darias Ex zum Abendessen verabredet. Wenn sie diesen Abend überlebte, ohne sich mindestens einen Mord zuschulden kommen zu lassen, würde das an ein Wunder grenzen.

12

Nach dem Interview stieg Liz wie benommen in die U-Bahn zu Darias Tante, während ihre Gedanken unentwegt um das Gehörte kreisten.

Moira Campbell wohnte mit ihrer Frau in einem kleinen Apartment in Jamaica Plain. Ihr Zuhause war nichts Besonderes, aber es war gemütlich und einladend, inklusive zwei orangefarbener Katzen, die sich auf den Möbeln fläzten. Beim Anblick von Moira, die ihrer Frau, ebenfalls in den Siebzigern, beim Reden immer wieder die Hand drückte, wäre Liz' Herz vor Sehnsucht fast zersprungen. Rational betrachtet war ihr immer klar gewesen, dass queere Menschen lange, erfüllte Beziehungen bis ins hohe Alter führen konnten. Aber es war etwas völlig anderes, es mit eigenen Augen zu sehen. Es zu glauben.

Moira blätterte durch Dutzende von Fotoalben und erklärte Liz, die neben ihr auf dem Sofa saß, wo jede Aufnahme entstanden war: 1970 in der Christopher Street auf der Gay-Liberation-Demo, im Wohnungsflur ihrer Ex-Freundin im East Village, in einer Küche bei einem Treffen von Frauenrechtlerinnen. Es war offensichtlich, dass ihr manche Geschichten nur schwer über die Lippen kamen: Moiras Finger wanderte über die Seiten, als sie erzählte, wie viele ihrer Freund*innen viel zu früh gestorben waren.

»Darum wollte ich sie fotografieren«, sagte sie. »Weil die Welt uns vergessen wollte. Noch während wir lebten, wollte sie uns schon wieder vergessen. Ich wollte nicht, dass wir vergessen werden.«

»Wünschten Sie manchmal, Sie könnten die Fotos in größerem Stil zeigen, damit sie auch wirklich nicht vergessen werden?«, hatte Liz sie gespannt gefragt und sich so hingesetzt, dass sie Moira ins Gesicht blicken konnte. »Zum Beispiel online oder als Buch, oder vielleicht ist ja eine Sammlung daran interessiert, sie auszustellen?«

Moira hatte die Frage kurz sacken lassen und nachdenklich eine der Katzen hinter den Ohren gekrault. »Ich habe die Fotos nicht für irgendeine Galerie geschossen. Dann wären sie zum Skandal geworden, zum Spektakel. Im besten Fall hätte man sie kurios gefunden, im schlimmsten Fall entartet. Ich wollte unsere Welt nicht für die anderen festhalten.« Sie fuhr der Katze ein letztes Mal über den Kopf, bevor sie sich Liz zuwandte. »Ich habe versucht, unsere Welt für uns festzuhalten. Für meine Freunde. Meine Liebhaberinnen. Für die Fremden, die mit uns auf den Demos und Treffen waren, die für eine bessere Welt oder einfach nur ums Überleben gekämpft haben.Von den meisten Fotos habe ich zwei Abzüge gemacht, damit ich den Abgebildeten eins schenken konnte. Ich glaube, ich wollte uns allen zeigen, dass wir es wert sind, fotografiert zu werden. Dass wir wunderschön sind.« Sie lächelte Liz an. »Und ich hatte jede Menge Spaß dabei. Als Frau mit der Kamera bin ich mit Menschen ins Gespräch gekommen, die ich sonst nie kennengelernt hätte. Ich durfte das Schöne in dem sehen, was wir tun. In dem, was wir waren. Ich bin gerade so über die Runden gekommen, aber ich habe jede einzelne Sekunde genossen.«

Liz ließ sich die Worte durch den Kopf gehen, als sie auf den aufgeheizten Gehwegen von Cambridge zum Haus von Tante Katherine spazierte. In dem Moment hatte es sich angefühlt, als hätte sie einen Dämpfer verpasst bekommen. Liz hatte davon geträumt, Moira mit einer Ausstellung in irgendeiner Galerie groß rauszubringen, doch das hatte sie gar nicht nötig. Ihr ging es nicht darum, die Fotos aller Welt zu zeigen. Sie aufgenommen zu haben, genügte ihr.

Die Leidenschaft in Moiras Stimme, als sie übers Fotografieren gesprochen hatte, ließ Liz nicht los. Moira hatte genau gewusst, dass sie es mit ihrer Kunst nie zu Geld oder Ruhm bringen würde, aber sie hatte trotzdem immer weitergemacht. Es trotzdem *genossen.*

Liz machte sich beim Schreiben ständig Sorgen – dass sie nicht gut genug war, dass sie nie veröffentlicht werden würde, dass ihre Texte sowieso niemand lesen wollte, dass sie für immer erfolglos bleiben würde. Aber vielleicht hatte Moira recht. Vielleicht war das alles nebensächlich. Vielleicht reichte es völlig aus, es zu genießen.

Liz war voller Tatendrang, und es juckte sie in den Fingern, wieder zu schreiben. Sie war fest entschlossen, es durchzuziehen. Sie würde sich ganz dem Roman hingeben, den sie schon immer hatte verfassen wollen. Sie würde die queere Lebenswelt einfangen, wie Moira es getan hatte, und Kunst schaffen, ohne auch nur einen Gedanken darauf zu verschwenden, was die Welt davon hielt. Von jetzt an war sie Liz Baker, Romanautorin.

Am liebsten hätte sie sich sofort hingesetzt und angefangen, den Plot zu skizzieren. Doch leider musste sie stattdessen zum allernervigsten Geburtstagsessen überhaupt.

Nach der Autofahrt machte Liz die Aussicht, noch mehr Zeit mit Daria zu verbringen, latent nervös. Irgendwie war es immer das Gleiche. Sobald Liz mit Daria redete, waren all die guten Gründe, Daria zu hassen, auf einmal wie weggeblasen. Zumindest vorübergehend. Doch dann sagte oder machte Daria etwas,

was die Fassade zum Einsturz brachte und Liz wieder einmal darin bestätigte, dass sie von Anfang an recht gehabt hatte. Gut, dieses Wochenende hatte Daria sich noch nichts zuschulden kommen lassen, aber Liz war sich sicher, dass das nur eine Frage der Zeit war.

Um zwanzig vor sieben ging Liz nach unten. Sie trug das femininste Outfit, das sie eingepackt hatte – enge schwarze Jeans und eine Bluse. Sie hatte das Gefühl, dass Darias Tante ein Kleid besser gefallen hätte, aber die Auswahl an edler Abendgarderobe, die Liz in ihre Reisetasche gestopft hatte, war begrenzt.

Sie ging ins Wohnzimmer, um auf die anderen zu warten. Eine Wand war vom Boden bis zur Decke mit Bücherregalen verstellt, in denen eindrucksvolle Sammlungen ledergebundener Wälzer standen. Liz setzte sich auf ein Sofa und machte ein Hohlkreuz, um ja nicht die sorgfältig platzierten Zierkissen durcheinanderzubringen. Über dem Kamin hing das Porträt eines jungen Mädchens. Liz starrte es bestimmt eine Minute lang an, bevor sie kapierte, dass es Daria war.

Sie stand auf, um es aus der Nähe zu betrachten. Es war ein großes Ölgemälde. Daria musste darauf um die elf oder zwölf Jahre alt sein und trug ein aufwendiges weißes Spitzenkleid. Ihr glattes dunkles Haar fiel ihr über die Schulter. Sie lächelte nicht.

Liz hörte, wie jemand die Treppe herunterkam, und kurz darauf stand eine Daria vor ihr, die mit dem Porträt nur wenig gemeinsam hatte. Eine Daria, die einen grauen, eng anliegenden Anzug, ein weißes Hemd und eine rote Krawatte mit passendem Einstecktuch trug. Und sehr, sehr gut darin aussah.

»Hallo«, sagte Liz. »Ich habe gerade dein Gemälde bewundert.«

»Gott, wie ich das Ding hasse.« Daria setzte sich in einen Sessel, der in die andere Richtung zeigte.

»Keine Angst, du siehst trotzdem *sehr* maskulin aus. Der Blick macht's.« Liz ließ sich wieder aufs Sofa sinken.

»Ich sehe aus wie eine Kinderbraut«, sagte Daria. »Wie lief dein Interview?«

»Richtig gut!« Liz konnte ihre Begeisterung nicht zurückhalten. »Sie hat mir Wahnsinnsstorys erzählt. Wie ihre Community einfach immer weitergemacht hat, obwohl sie von allen Seiten verfolgt wurde. Sie haben angezogen, was sie wollten, geliebt, wen sie wollten, für ihre Rechte gekämpft und sich von nichts und niemandem unterkriegen lassen.«

»Wow. Klingt inspirierend. Ich hätte sie auch gerne kennengelernt.« Daria lächelte. »Und konnte sie dir Tipps geben, so als ältere queere Person?«

»Irgendwie schon.« Liz beugte sich auf dem Sofa nach vorn. »Ich hab sie gefragt, woher sie den Mut genommen hat, so zu leben, ganz ohne Vorbilder und mit allen Konsequenzen. Sie hat gesagt, sie sei damals gar nicht so mutig gewesen. Sie habe sich die ganze Zeit ausgemalt, was alles schieflaufen könnte – beim Coming-out, auf Demos oder einfach, wenn sie offen leben würde.«

Liz zögerte und versuchte sich die genauen Worte der Fotografin ins Gedächtnis zu rufen. Sie wollte unbedingt, dass Daria verstand, was an ihr so inspirierend gewesen war. »Und die ganzen Schreckensszenarien, die sie sich ausgemalt hat? Die sind alle eingetreten! Familienmitglieder wollten nichts mehr mit ihr zu tun haben. Freund*innen haben sich von ihr abgewandt. Menschen, die sie geliebt hat, wurden verletzt. Aber so furchtbar das alles auch war, sie meinte, das meiste sei trotzdem nicht so schlimm gewesen wie befürchtet. Es sei so … beglückend und befreiend gewesen, ganz sie selbst zu sein, dass sie dadurch stark genug wurde, das Schreckliche zu ertragen.« Liz schluckte. »Und wenn sie jungen Queers einen Rat geben müsste, dann, zu versuchen, die Ängste loszulassen. Man könne unendlich viel Zeit und Energie damit verschwenden, darauf zu warten, dass etwas Schlimmes passiert, und sich den Kopf darüber zu zerbrechen, was andere wohl denken. Es sei besser, den Blick nicht auf den Schmerz zu lenken, den es potenziell bringen könnte, man selbst zu sein. Sondern auf das Glück.«

»Wow.« Daria blinzelte ein paarmal rasch hintereinander. »Das ist … wow. Das tut gut zu hören.«

Liz lächelte ihr zu. Dieser Artikel würde der Knaller werden. Wenn Moiras Worte schon die sonst so beherrschte Daria aus der Fassung brachten, hatten sie das Zeug dazu, absolut jeden zu berühren.

Im Flur waren Schritte zu hören, und Katherine betrat in einem biederen türkisfarbenen Kleid und einem grauen Halstuch den Raum. Sie machte Daria ein Kompliment zu ihrem Aussehen und meinte dann an Liz gewandt, ihre Garderobe lasse »eine gewisse Verbesserung« erkennen. Daria bot Katherine ihren Arm an, und sie gingen nach draußen, wo sie in ein Uber Black stiegen.

Caroline erwartete sie im Eingangsbereich des Restaurants mit einem überdimensionierten Geschenk, das eine monströs anmutende Schleife zierte. Sie trug ein silberfarbenes Kleid, das so tief ausgeschnitten war, dass Liz sich aktiv davon abhalten musste, ihr nicht aufs Dekolleté zu starren. Ihr Haar war in Form geföhnt, das Make-up makellos und die Nägel perfekt auf ihr Kleid abgestimmt. Liz hasste sie.

»Alles Gute zum Geburtstag.« Caroline gab Tante Katherine Luftküsschen auf beide Wangen. »Du siehst umwerfend aus.«

»Ich hoffe doch sehr, das ist nicht für mich.« Tante Katherine deutete auf die Geschenkschachtel.

»Natürlich ist es für dich. Soll ich etwa an deinem Geburtstag ohne Geschenk antanzen?«

»Du weißt, dass ich Geschenke nicht ausstehen kann«, sagte Tante Katherine, sah aber sehr zufrieden aus. In dem Moment fiel Carolines Blick auf Liz, und ihr affektiertes Lächeln entgleiste. »Was machst du denn hier?«

»Liz recherchiert hier für einen Artikel«, sagte Daria.

»Ihr kennt euch?«, fragte Tante Katherine.

»Wir sind uns schon mal in Baileys Strandhaus begegnet«, sagte Caroline. Liz fiel auf, dass Caroline sie immer noch nicht begrüßt hatte.

»Ach, Sie waren schon bei Bailey zu Hause?«

»Ja«, sagte Liz. »War sehr nett.«

»Wie schön für Sie, dass Sie sich nicht scheuen, die Häuser Ihrer Arbeitgeberinnen in Anspruch zu nehmen«, sagte Tante Katherine. »Daria, sei so lieb und kümmere dich um unseren Tisch.«

Liz blieb der Mund offen stehen.

»Ja, Ma'am«, sagte Daria.

»Ich komme mit.« Liz hätte nie gedacht, dass sie Darias Gesellschaft mal aktiv vorziehen würde, aber alles war besser, als mit diesen beiden alleine gelassen zu werden. Sie eilte hinter Daria her zum Stehpult, wo sie ein hochgewachsener Herr in einem Dreiteiler in Empfang nahm.

»Guten Abend, Sir«, sagte er. »Haben Sie reserviert?«

»Fitzgerald. Sieben Uhr.« Daria war kurz angebunden.

»Oh! Entschuldigen Sie bitte, Ma'am«, sagte er, sichtlich aus der Fassung. Daria nickte, antwortete aber nicht. »Hier entlang, *Ma'am.*«

»Danke.« Daria winkte Caroline und ihre Tante heran, und sie folgten dem Mann in den Essbereich.

An ihrem Tisch blieb er stehen und zog Daria den Stuhl heran. Daria lächelte gequält, setzte sich aber. Er versuchte offensichtlich, seinen Fehler von vorhin wieder wettzumachen, aber irgendwie wirkte es auch so, als wollte er Daria auf ihren Platz verweisen. Liz ergriff rasch ihren eigenen Stuhl, bevor er ihn in die Finger kriegen konnte.

Als alle saßen, reichte ihnen ein Kellner winzige, auf wertiges Papier gedruckte Speisekarten. Liz unterdrückte einen Anflug von Panik. Sie hoffte schwer, dass dies nicht die Art von Dinner war, bei dem am Ende die Rechnung geteilt wurde.

»Caroline, was gibt es Neues aus der Kanzlei?«, fragte Darias Tante.

»Viel zu tun«, erwiderte Caroline. »Es stehen einige wichtige Prozesse an.«

»Was für eine Anwältin bist du denn?«, fragte Liz. »Für Unternehmensrecht?«

»Für Grund- und Menschenrechte«, entgegnete Caroline kühl, ohne Liz dabei anzusehen. »Wir vertreten gerade die Asylsuchenden aus Kolumbien in einem größeren Prozess. Er könnte bis vor den Supreme Court kommen.«

Liz runzelte die Stirn, fest entschlossen, Caroline weiterhin zu hassen.

Caroline wandte sich an Daria. »Daria, wollen wir uns den Rosenkohl-Granatapfel-Salat und das Thunfischtatar als Vorspeise teilen? Ich weiß, wie sehr du beides magst.«

»Ich wollte eigentlich die Krabbenpuffer nehmen«, sagte Daria, ohne ihren Blick zu erwidern.

»Wir nehmen das Degustationsmenü«, sagte Katherine. »Ich habe Geburtstag und möchte mir etwas gönnen.«

»Dann wäre das geklärt.« Daria legte die Speisekarte beiseite. »Und, wie fühlt es sich an, ein Jahr älter zu sein?«

»Als wäre ich dem Tod ein Jahr näher«, sagte Katherine. »Aber freu dich nicht zu früh. Ich habe nicht vor, in naher Zukunft das Zeitliche zu segnen.«

»Wieso sollte mich das freuen?«, fragte Daria. »Ich könnte es nicht ertragen, dich zu verlieren.«

»Nun, ich bin mir sicher, das Haus wird dir ein Trost sein.« Katherine faltete die Hände. »Elizabeth, Liebes, in edlen Restaurants ist es Usus, die Serviette auf dem Schoß zu platzieren.«

Liz sah von der Speisekarte auf. Sie warf einen Blick in die Runde und bemerkte, dass ihre Serviette als einzige noch vor ihr auf dem Tisch lag. Mit rotem Kopf faltete sie sie hastig auseinander und breitete sie über ihren Knien aus. Caroline grinste hämisch.

Ein Kellner kam vorbei. Katherine bestellte für alle das Degustationsmenü.

»Fünf oder sieben Gänge, Ma'am?«

Liz blickte erschrocken auf, als Katherine Letzteres wählte. *Sieben* Gänge? Dann wären sie ja noch Stunden hier. Sie hätte diesem Abendessen nie zustimmen dürfen. Sie hätte sich überhaupt nie darauf einlassen dürfen, bei Darias Tante zu übernachten. Bei einem Horrorfilm wäre das der Moment gewesen, in dem der ganze Kinosaal Liz angebrüllt hätte zu fliehen, solange es noch möglich war.

Der Kellner fragte nach ihren Getränkewünschen. Liz überflog die Liste mit den Cocktails und suchte sich den aus, der so klang, als hätte er den höchsten Alkoholgehalt.

»Mir kommt es vor, als hätten wir uns schon ewig nicht mehr gesehen, Caroline«, sagte Tante Katherine, als der Kellner gegangen war. »Als ihr Kinder wart, habe ich dich quasi jede Woche zu Gesicht bekommen. Du warst immer so lieb zu Daria, als ihr klein wart. Bist du nicht sogar einmal ihretwegen suspendiert worden?«

Daria lachte leise. »Sie hat Annie Curtis ins Gesicht geboxt, weil sie mich Freak genannt hat. Zum Glück war der Zahn, den sie ihr ausgeschlagen hat, bloß ein Milchzahn, sonst hätte ihre Mutter wahrscheinlich geklagt.«

Caroline zuckte mit den Schultern. »Ich hab sie gewarnt, dass ich ihr eine reinhaue, wenn sie dich nicht in Ruhe lässt, aber sie hat nicht auf mich gehört. Ich habe nur mein Versprechen eingelöst.«

Daria und Caroline tauschten ein Lächeln aus. Liz hätte sich am liebsten in Luft aufgelöst. Dieses Essen war offenbar darauf ausgelegt, Caroline und Daria wieder zusammenzubringen. Zum hundertsten Mal fragte sie sich, was sie hier eigentlich machte.

»Du warst Darias kleine Beschützerin«, sagte Tante Katherine. Daria senkte den Blick auf ihren Teller und rutschte auf ihrem Stuhl hin und her. »Ich habe ihr immer gesagt, wenn sie sich doch bloß ein bisschen anpassen würde, dann würden die anderen Kinder sie nicht immer ärgern. Aber hat sie auf mich gehört? Natürlich nicht.«

»Daria war schon immer individuell.« Caroline wandte sich zärtlich Daria zu, doch die studierte eingehend ihre Gabel.

Caroline musste bemerkt haben, dass Daria das Gespräch unangenehm war, und wechselte das Thema. »Katherine, ich kann es kaum erwarten, deinen Garten zu sehen. Wie geht es deinen Petunien?«

Katherine holte zu einer ausführlichen Erzählung aus, wie es ihrem Garten diesen Sommer bisher ergangen war. Liz schaltete auf Durchzug und ließ den Blick durchs Restaurant mit den schweren weißen Tischdecken und den Kellnern in einheitlichen Anzügen schweifen. Der Kontrast zur Geburtstagsfeier, die Liz' Familie ihrem Dad letztes Jahr geschmissen hatte, hätte größer nicht sein können: eine Gartenparty mit den Nachbarn, dem

Chili ihrer Mom und ein paar Kästen Bier. Nach dem Abendessen hatten sie so lange Spoons gespielt, bis es ausgeufert war und sie das Kartenspiel hatten abbrechen müssen, bevor sich noch jemand beim Löffelschnappen den Arm brach.

»Elizabeth«, sagte Katherine plötzlich, als der Kellner die Getränke abstellte. Liz setzte sich unwillkürlich gerader hin und kam sich sofort albern vor.

»Liz«, verbesserte sie.

»Sie sind also Journalistin?«

»Stoßen wir an«, unterbrach Caroline und hob ihren Cocktail, einen dunklen Whiskeydrink mit einer Orangenschale darin. »Auf ein weiteres Jahr, das wir mit deinem Witz und Verstand verbringen dürfen. Alles Gute zum Geburtstag.« Katherine nahm das Kompliment nickend hin, und sie hoben die Gläser. Katherine hatte Champagner bestellt, und Daria trank irgendwas Lavendelfarbenes mit einer hellen Schaumschicht darauf. Liz hatte den Namen ihres Cocktails schon vergessen und unterdrückte ein Husten, als sie daran nippte – er war wirklich sehr stark.

»Es ist bestimmt nicht leicht, Ihren Lebensunterhalt zu bestreiten«, sagte Tante Katherine an Liz gerichtet. »Ich kann mir vorstellen, dass Ihr Gehalt nicht gerade hoch ist.«

»Ist es auch nicht.« Liz warf Daria einen demonstrativen Blick zu. »Aber genug, um damit auszukommen.«

»Und dann auch noch in New York. Haben Sie Mitbewohnerinnen?«

»Ja. Drei.«

»Drei?« Tante Katherine klang entsetzt. »Dann haben Sie bestimmt keinerlei Privatsphäre.«

»Nicht wirklich.« Liz nahm einen großen Schluck ihres Cocktails. Warum war sie bloß so nervös? Es konnte ihr doch egal sein, was diese Leute von ihr hielten. »Ich find's aber ganz gut so. Wir haben viel Spaß.«

»Spaß«, wiederholte Tante Katherine, als hätte sie noch nie davon gehört. »Haben Sie Schulden? Vom College?«

»Äh«, sagte Liz. »Ja, habe ich.«

Tante Katherine schüttelte den Kopf. »Studienkredite sind grauenhaft. Unter den finanziellen Folgen leidet man noch Jahrzehnte. Zum Glück habe ich diese Tatsache ernster genommen als dein Vater, Daria.«

»Ich bin dir sehr dankbar«, sagte Daria. Es sah so aus, als kaute sie auf der Innenseite ihrer Wange herum. Liz warf ihr einen neugierigen Blick zu. Sie war davon ausgegangen, dass Darias ganze Familie superreich war. Galt das nur für Tante Katherine? Dann fiel ihr wieder ein, wie Daria im Auto gesagt hatte, dass sie sich ihren Eltern hatte beweisen wollen.

Hatten die sie zurückgewiesen, weil sie lesbisch war?

»Und was sind Ihre langfristigen Pläne?«, fragte Tante Katherine.

»Ähm«, sagte Liz. »Weiß nicht. Eigentlich wollte ich schon immer mal einen Roman schreiben.« Sie lief rot an. Mit Katherines Verhörfähigkeiten war nicht zu spaßen. Sie brachte Liz dazu, Dinge zuzugeben, die sie noch nicht mal ihren Eltern oder Jane erzählt hatte.

»Rentiert sich nicht.« Tante Katherine schürzte missbilligend die Lippen. »Als ich auf dem Radcliffe College war, wurden mehrere meiner Kurzgeschichten im Literaturmagazin abgedruckt. Meine Dozenten haben gesagt, ich sei ein Ausnahmetalent. Aber dann habe ich Richard geheiratet, und es erschien mir etwas banal, also habe ich damit aufgehört.«

»Ach so.« Liz wusste nicht, was sie sonst sagen sollte. Zum Glück nutzte Caroline die Pause, um Katherine zu fragen, ob sie noch Ausgaben des Magazins zu Hause habe, weil sie die Kurzgeschichten nur zu gerne lesen würde. Liz fand, dass Caroline etwas dick auftrug, aber Katherine schien diese Art von Lob als ihr zustehend zu betrachten.

Liz war erleichtert, als endlich das Essen serviert wurde. Eine krosse Süßkartoffel mit grüner Soße war das vermutlich beste Gemüse, das Liz in ihrem Leben jemals gegessen hatte, und vom Thunfischtatar hätte sie locker zehn Portionen verdrücken können. Die Gänge waren klein, da es sieben davon gab. Liz schwenkte auf Darias Drink um und trank schnell.

Nach einem kurzen Gespräch über Politik, in dessen Verlauf es Liz gelang, Tante Katherine innerhalb kürzester Zeit mehrmals in Folge vor den Kopf zu stoßen, bevor Daria das Thema wechselte, ging es nun darum, wann Daria wieder nach Cambridge ziehen würde.

»Ich weiß gar nicht, warum du darauf bestehst, in New York zu bleiben.« Wie zum Nachdruck legte Caroline ihre Hand auf Darias Arm. »Es ist so schmutzig dort.«

»Zum Beispiel, weil ich dort arbeite.« Daria streckte die Hand nach ihrem Cocktail aus, wodurch Carolines Griff sich löste. Liz fragte sich, ob das Absicht gewesen war.

»Hier gibt es jede Menge Investmentbanken«, sagte Tante Katherine. »Und dann könntest du mich jede Woche besuchen anstatt nur alle zwei Monate.«

»Ich war vor drei Wochen hier«, sagte Daria.

»Aber nur für zwei Nächte. Und diesmal sogar nur eine. Bleib doch wenigstens morgen noch zum Mittagessen«, sagte Katherine. Liz warf Daria einen beunruhigten Blick zu und flehte sie stumm an, Nein zu sagen.

»Wir müssen früh los, damit wir nicht im Stau stehen«, sagte Daria. Liz hätte vor Erleichterung fast laut aufgeatmet.

»Ich verstehe immer noch nicht, warum du gefahren bist«, sagte Tante Katherine. »Gib das Auto doch einfach hier ab und nimm am Nachmittag den Zug.«

»Du bist gefahren?« Caroline klang schockiert. »Wie, hast du ein Auto gemietet oder was?«

Daria zuckte beleidigt mit den Schultern, und Liz hatte schon wieder das Gefühl, einen kleinen Einblick in die Teenie-Daria zu bekommen. »Ich komme nie dazu, in der Stadt zu fahren. Ich wollte es nicht verlernen.«

Liz musterte Daria, doch die wich ihrem Blick aus. Warum hatte Daria ein Auto gemietet, wenn es einfacher und schneller war, den Zug zu nehmen? Fahren üben zu wollen, klang wie eine Ausrede. Hatte sie das Auto gemietet, um Liz zu helfen? Und wenn ja, hieß das …?

»Ich bin gleich zurück.« Liz stand auf, um die Toilette zu suchen. Sie brauchte einen Moment für sich, um sich das durch den Kopf gehen zu lassen.

In der spärlich beleuchteten Toilette gab es ein gigantisches Waschbecken aus Messing und einen Spiegel, der vom Boden bis zur Decke reichte. Liz betrachtete sich darin und versuchte sich durch Darias Augen zu sehen. Konnte sie wirklich an ihr interessiert sein?

Auf gar keinen Fall, wollte ein Teil von Liz' Gehirn brüllen. Sie hatte schließlich nicht vergessen, wie Daria auf Baileys Strandparty gesagt hatte, dass das »völlig ausgeschlossen« sei. Aber dann fiel ihr wieder ein, wie Daria sie im Auto angesehen hatte. Wie ihre Hand sanft auf der von Liz' gelegen hatte. Wie ihre Stimme geklungen hatte, als sie gesagt hatte, so einen Artikel könne sie gerade gut gebrauchen.

Vielleicht stand sie ja *doch* ein bisschen auf Liz. So abwegig war das nun auch wieder nicht, oder? Irgendwas war da doch zwischen ihnen. Klar, sie hatten fast nichts gemeinsam. Aber war es nicht auch ein bisschen heiß, mit jemandem rumzumachen, den man eigentlich nicht ausstehen konnte?

Zumindest der Gedanke daran war heiß. In Wahrheit wäre das eine Katastrophe. Daria gehörte das Magazin. Darias beste Freundin war mit Liz' bester Freundin zusammen. Sie hatte Westons Leben ruiniert, ohne auch nur mit der Wimper zu zucken. Und überhaupt war sie voll die Nervensäge. Nein, sie würde ganz sicher nichts mit Daria anfangen. Niemals.

Liz drehte sich vor dem Spiegel hin und her. Für dieses Restaurant war sie underdressed, aber eigentlich sah sie gar nicht schlecht aus. Hatte Daria das Auto wirklich nur gemietet, damit Liz in Boston ihr Interview führen konnte? Zugegeben, der Gedanke war schmeichelhaft. Sie grinste ihr Spiegelbild an. Sie war angetrunkener als gedacht.

Sie war gerade dabei, ihre Hände in dem riesigen Waschbecken zu waschen, als Caroline hereinkam.

»Oh, hallo«, sagte Liz, und ihr Lächeln erstarb.

Caroline holte einen Lippenstift aus ihrer Clutch und überprüfte ihr Make-up im Spiegel, indem sie das Kinn in beide Richtungen wandte. »Du scheinst ja seit Neuestem viel Zeit mit Daria zu verbringen.«

»Nur wegen der Arbeit.« Liz machte den Wasserhahn aus.

»Wirklich?« Caroline frischte ihren Lippenstift auf und tupfte die Lippen mit einem Taschentuch ab. »Dass du bei Tante Katherine übernachtest und mit zum Geburtstagsdinner kommst, ist also wegen der Arbeit?«

»Ich bin wegen eines Artikels hier.« Liz trocknete sich die Hände ab.

Caroline machte ihren Lippenstift zu. »Schon auffällig, dass du und deine beste Freundin auf einmal so dicke mit den Eigentümerinnen eures Magazins seid. Fast, als wäre das alles Teil irgendeines hinterhältigen Plans.«

»Ach komm.« Liz zog die Tür auf, doch bevor sie gehen konnte, sprach Caroline weiter.

»Lass Daria einfach in Ruhe.« Ihr Tonfall war schärfer geworden. »Sie hatte es in letzter Zeit echt nicht leicht und braucht es jetzt nicht auch noch, ausgenutzt zu werden, klar?«

»Meinst du nicht eher, ich soll Daria in Ruhe lassen, weil du sie unbedingt wiederhaben willst?«, giftete Liz zurück und blieb auf der Türschwelle stehen.

Als Caroline nicht antwortete, grinste Liz. »Bis gleich«, sagte sie und ließ die Toilettentür hinter sich zufallen.

13

Nach einer halben Ewigkeit und sieben endlosen Gängen war das Essen überstanden. Daria bezahlte die Rechnung und rief ein Uber. Noch eine Autofahrt, und Liz wäre frei.

Als das Auto kam, verabschiedete sich Caroline mit Wangenküsschen von Katherine und Daria und ging, ohne Liz eines Wortes zu würdigen. Das Auto war kleiner als auf der Hinfahrt und hatte nur eine Rückbank. Daria opferte sich und nahm den Platz in der Mitte. Liz zögerte, bevor sie sich neben Daria quetschte, so dicht, dass sie ihre Körperwärme spüren konnte. Sie griffen gleichzeitig nach ihren Anschnallgurten, und Liz' Finger stießen gegen Darias Handrücken. Sie zuckte zurück und ließ Daria den Vortritt.

»Ich wünschte, du würdest endlich zur Vernunft kommen und wieder mit Caroline zusammenkommen«, sagte Katherine, noch bevor das Auto überhaupt vom Bordstein runtergefahren war.

Daria seufzte. »Caroline und ich kommen nicht wieder zusammen«, sagte sie. »Ich wünschte, du würdest sie nicht die ganze Zeit anstacheln.«

»Sie himmelt dich an und ist in jeder Hinsicht perfekt. Warum also nicht?«

»Wir … Es passt einfach nicht zwischen uns.«

Liz sah aus dem Fenster und versuchte sich im Hintergrund zu halten. Es war erst zehn, aber sie war völlig durch. Außerdem war sie sich nicht mehr sicher, wie viele Cocktails sie sich eigentlich hinter die Binde gekippt hatte.

Das Auto bog nach links ab und Darias Körper rutschte gegen Liz. Als sie wieder geradeaus fuhren, machte Daria keine Anstalten, zurückzurutschen. Liz rührte sich nicht. Sie saßen Schulter an Schulter. Darias warmes, festes Bein presste sich vom Knie bis zur Hüfte gegen ihres. Wollte Daria einfach nur, dass ihre Tante auch ja genug Platz hatte? Oder lehnte sie sich mit Absicht an Liz?

Liz ließ ihr rechtes Bein probeweise gegen das von Daria sinken. Daria bewegte sich nicht.

Dann also Absicht.

Während Liz sich noch den Kopf zerbrach, ob sie lieber versuchen sollte, mit der Autotür zu verschmelzen oder noch näher an Daria ranzurutschen, hielt das Auto vor dem Haus. Liz war dankbar, dass ihr die Entscheidung erspart geblieben war, und stieg schnell aus. Es war besser so, redete Liz sich ein, als sie die Stufen zur Haustür nahm. Mit Daria zu flirten, war eine schlechte Idee, selbst wenn Daria zurückflirtete – nein, *vor allem* wenn Daria zurückflirtete.

Drinnen wollte Liz sich ein Glas Wasser holen. Sie hörte, wie Daria ihrer Tante im Flur Gute Nacht sagte. Während Liz das Glas unter den Hahn hielt, kam Daria in die Küche.

»Gute Idee«, sagte sie und nahm sich auch ein Glas. »Wenn ich mit meiner Tante zusammen bin, trinke ich immer viel zu viel.«

»Ich kann mir gar nicht vorstellen, warum.«

Daria trat ans Waschbecken und machte das Wasser an. »Das mit dem Essen tut mir leid«, sagte sie. »Tante Katherine ist manchmal etwas schwierig. Aber ich verdanke ihr viel.«

Daria lehnte an der Arbeitsplatte und starrte in ihr Glas. Sie sah müde aus. Ihre Frisur war leicht durcheinander, als wäre sie sich gerade mit den Händen durchs Haar gefahren.

Liz sagte nichts. Ein Teil von ihr wusste, dass es eine schlechte Idee war, heute Abend noch mehr Zeit mit Daria zu verbringen, aber der andere, schamlos neugierige Teil brannte darauf, mehr zu erfahren.

»Sie ist quasi meine ganze Familie«, sagte Daria. »Meine Eltern … Wir haben keinen Kontakt. Ich hatte im College mein Coming-out. Hab mir die Haare kurz geschnitten und angefangen, mich anders anzuziehen, und, na ja, verstecken konnte ich es da sowieso nicht mehr. Also habe ich es ihnen gesagt. Sie haben sich geweigert, weiter Studiengebühren zu bezahlen. Nicht für ein ›Lesbencollege‹.« Sie nahm einen Schluck Wasser. »Ich war kurz davor, einen Kredit aufzunehmen, als meine Tante eingegriffen hat. Sie hat mir das College gezahlt und mich in den Semesterferien hier wohnen lassen. Das hat sie vorhin im Restaurant gemeint.«

Daria blickte auf. Bis auf den Mond, der durchs Fenster schien, und das spärliche Licht, das aus dem Flur drang, war es dunkel in der Küche.

»Tut mir echt leid«, sagte Liz. »Das muss schrecklich gewesen sein.« Liz hatte schon immer gewusst, wie viel Glück sie hatte, dass ihre Familie bedingungslos zu ihr stand, doch noch nie hatte sie es so stark empfunden wie in diesem Moment. Um irgendeine Beschäftigung zu haben, füllte sie ihr Glas noch mal. Weil sie deswegen ans Waschbecken musste, kam sie unwillkürlich Daria näher, die immer noch an der Arbeitsplatte lehnte. So nah, dass es ein Leichtes gewesen wäre, ihre Hand zu nehmen.

Liz sollte wirklich ins Bett. Sie sollte Gute Nacht sagen und die Treppe hochflüchten. Sich die Zähne putzen oder Jane anrufen oder durch Instagram scrollen. Alles, außer hier in dieser dunklen Küche zu bleiben und Daria im Mondlicht verstohlene Blicke zuzuwerfen.

Zumindest sollte sie ein paar Schritte zurückmachen, denn Liz spürte förmlich, wie es sie und Daria auf eine Weise zueinander hinzog, die sich unausweichlich anfühlte.

»Ist schon okay«, sagte Daria leise, ohne Liz aus den Augen zu lassen.

»Nein, ist es nicht.« Liz drehte den Wasserhahn ab. Sie blieb, wo sie war.

Daria zuckte mit den Schultern. »Nein. Ist es wohl nicht. Aber was hat deine Fotografin noch mal gesagt? Man soll den Blick aufs potenzielle Glück lenken statt auf den Schmerz?« Sie lächelte kaum merklich. »Ich bin froh, dass du hier bist.«

»Ich … Danke.« Liz' Herz schlug sehr schnell. Ihr wurde leicht schwindelig, und sie hielt sich am Rand des Waschbeckens fest. »Danke, dass du mir geholfen hast, herzukommen.«

»Jederzeit«, sagte Daria. »Ich mein's ernst.« Sie stellte ihr Glas mit einem leisen Klirren auf der Arbeitsfläche ab und richtete sich auf. Die Küche fühlte sich auf einmal ziemlich klein an. Sie machte einen Schritt auf Liz zu.

Das Glas in Liz' Hand war glatt und rutschig. Liz hielt es krampfhaft fest und starrte auf das Kondenswasser, das an den Seiten heruntertropfte. Der Puls pochte ihr in der Kehle, und ihre Finger kribbelten wie blutleer. Sie schluckte. Aus dem Augenwinkel sah sie Daria noch einen Schritt näher kommen.

»Liz«, sagte Daria. Ihre Stimme war weich. Als Liz den Kopf hob, waren ihre Gesichter nur Zentimeter voneinander entfernt. Sie stellte ihr Wasserglas ab.

Daria streckte die Hand aus und legte sie auf Liz' Wange. Liz stockte der Atem. Die Härchen in ihrem Nacken stellten sich auf. Ein Schauer bahnte sich spürbar den Weg durch ihren Körper und endete zwischen ihren Beinen.

Liz ließ die Hände auf Darias Schultern sinken. Fand sicheren

Halt für ihre zitternden Hände. Langsam vergrub sie die Finger in Darias Nacken, in ihrem Haar. Dann zog sie Daria zu sich und küsste sie.

Daria erwiderte den Kuss so zärtlich, dass Liz' Brust zu zerspringen drohte, und sie schob die Zunge zwischen Darias Lippen und zog sie noch näher an sich heran. Daria presste Liz gegen die Arbeitsplatte. Entschlossen packte sie Liz am Kinn und drehte es zur Seite. Ihre Lippen berührten Liz' Hals. Liz krallte die Finger in Darias Schulter, und Daria biss zu, fest genug, dass Liz aufstöhnte.

Liz küsste Daria Fitzgerald. Die notorisch nervtötende, absolut arrogante, hochgradig heiße Daria mit den dunklen Augen, ausgeprägten Wangenknochen und maßgeschneiderten Anzügen. Es war ein Fehler, das war Liz natürlich klar, aber der Fehler war ja schon passiert, oder? Da konnte sie genauso gut weitermachen. Vor allem weil sie sich ziemlich sicher war, dass sie es nicht über sich bringen würde, jetzt aufzuhören.

Liz streifte Darias Jackett ab und ließ es auf den Boden fallen. Sie drückte ihren Mund wieder auf Darias, öffnete Hemdknöpfe und BH-Verschluss. Ihre Hüften rieben aneinander. Nach dem letzten Knopf stieß sie Daria zurück, um sie anzusehen: die schmalen Hüften, die überraschend großen Brüste und die deutlich gewölbten Muskeln ihrer Oberarme. Irgendwie sah Daria ohne Klamotten sogar noch heißer aus.

Liz hob die Hand und fuhr mit den Nägeln sanft über Darias Brust. Daria stöhnte auf – ein kleiner, unwillkürlicher Laut des Begehrens, der Liz so anmachte, dass sie förmlich spürte, wie sie feucht wurde.

Liz zog sich die Bluse aus. Sie zögerte und ließ dann auch den BH fallen.

Darias Blick wanderte über ihren Körper, und Liz' Nippel wurden steif. Ihre Oberschenkel waren breiter und ihr Bauch weicher als Darias, aber aus irgendeinem Grund machte ihr das nichts aus. Vielleicht weil Daria sie ansah, als wäre sie am Verhungern und Liz der Nachtisch.

Daria beugte sich vor und tippte mit der Zunge gegen eine von Liz' Brustwarzen. Liz keuchte und vergrub eine Hand in Darias Haaren, um sie dichter ranzuziehen. Mit der anderen griff sie nach unten und knöpfte Darias Hose auf. Langsam öffnete sie den Reißverschluss und schob die Hand hinein.

Oh Gott, war Daria feucht. Liz fuhr mit den Fingern sanft über Darias Klit, und Darias ganzer Körper verkrampfte sich. Liz küsste sie heftig und bewegte die Finger, erst langsam und vorsichtig, dann immer schneller. Daria stöhnte ihr in den Mund, und eine Woge der Lust durchzuckte Liz' Körper.

»Zieh deine Hose aus«, sagte Liz, selbst überrascht von ihrem Befehlston. Daria gehorchte sofort, streifte auch die hellblauen Boxershorts ab und schmiegte sich wieder an Liz. Erwartungsvoll. Liz drückte sie gegen die Arbeitsplatte.

»Darf ich?«, fragte Liz, und als Daria nickte, ließ sie zwei Finger in sie hineingleiten und stöhnte, weil es sich warm und geschmeidig anfühlte, wie die unebene Struktur unter ihren Fingerspitzen zu Glätte wurde, als sie die Hand tiefer und tiefer schob. Liz krümmte die Finger und bewegte sie vor und zurück, während ihr Daumen um Darias Klit kreiste. Daria lehnte sich zurück und stützte sich an Liz' Schultern ab; ihre Hüfte stieß rhythmisch gegen Liz' Hand.

»Oh Gott«, flüsterte Daria. »Oh Gott.« Sie klang völlig gelöst, fast animalisch, ihre Stimme so rau, wie Liz sie noch nie gehört hatte. Liz küsste sie, bewegte die Hand schneller und merkte, wie Daria zu zucken begann. Sie machte weiter, bis Daria sich nach vorn fallen ließ und die Zähne in Liz' Schultern vergrub, spürte ihren Atem warm und feucht auf der Haut. Um Liz' Hand pulsierte es wieder und wieder im Takt ihrer Herzschläge, und Nässe ergoss sich über ihre Finger.

Liz zog sich zurück und atmete schwer. Darias Augen waren geweitet und verwundbar, doch Liz konnte förmlich beobachten, wie sich ihr Ausdruck hin zu Begierde veränderte. Sie zerrte Liz grob die Hose herunter und hob sie auf die Arbeitsplatte. Die Kälte schickte Gänsehaut über ihre unbedeckte Haut. Dann versenkte Daria die Zunge zwischen Liz' Beinen, und die kalte Arbeitsfläche war das Letzte, woran sie dachte. Sie dachte an gar nichts mehr. Sie spürte gar nichts mehr außer dem Küchenschrank im Rücken und Darias Zunge. Sie klemmte Darias Kopf zwischen den Oberschenkeln ein, schob die Hüfte vor und zurück, und Daria griff nach ihrer Brustwarze und zwickte sie. Liz nahm einen von Darias Fingern in den Mund, dann zwei, und saugte gierig, um sich davon abzuhalten, ihren Orgasmus hinauszuschreien.

Als er abebbte, zitterten Liz' Beine so stark, dass sie Angst hatte, von der Arbeitsplatte zu fallen. Doch Daria stand auf, zog Liz' Kopf an ihre Schulter und gab ihr Halt, indem sie die Arme um sie legte. Liz ließ sich in Darias Umarmung fallen, sog den Meeresbrisenduft ihres Parfüms ein und spürte, wie ihre beiden Herzschläge sich allmählich beruhigten. Sie fühlte sich seltsam sicher. Behütet. Umsorgt. Geborgen.

Doch auf einmal glitten die Arme, die sie eben noch so fest umschlossen hatten, langsam herunter. Daria machte einen Schritt zurück, dann zwei. Sie drehte sich um und stemmte die Hände gegen das Waschbecken.

Ohne Darias Arme um sie merkte Liz auf einmal, wie eiskalt ihr war. Ihre gesamte Körperwärme wurde von der Arbeitsfläche geschluckt, und ihr Po tat ziemlich weh. Doch sie wollte den Moment nicht zerstören, indem sie sich bewegte. Sie wollte, dass Daria zurückkam und ihr wieder das Gefühl von vor fünf Sekunden gab: Lust im Körper, Leere im Kopf, eingehüllt in die wohlig warme Nähe einer anderen Person. Was sie auf keinen Fall wollte, war, sich mit der Realität zu befassen.

Daria umklammerte den Rand des Waschbeckens so fest, dass ihre Knöchel ganz weiß wurden. »Scheiße«, fluchte sie.

Okay, was das mit der Realität anging, waren sie wohl nicht ganz auf einer Linie.

Daria riss den Waschbeckenunterschrank auf, ging in die Hocke und fing an, darin herumzukramen.

»Alles in Ordnung?«, fragte Liz, obwohl sie die Antwort an Darias ruckartigen Bewegungen ablesen konnte.

Daria ignorierte sie. Sie schnappte sich etwas und stand auf. Als sie sich umdrehte, sah Liz, dass es Sprühreiniger war.

»Kannst du …?« Daria deutete mit der Flasche auf die Arbeitsplatte.

»Oh«, sagte Liz. »Ja.«

Sie stieß sich ab und stand nun ein wenig abseits, die Arme schützend vor ihrem nackten Oberkörper verschränkt. Daria besprühte die Arbeitsfläche in einem großzügigen Radius rund um die Stelle, wo sie gesessen hatte, und hielt die Flasche dann hoch, um das Etikett zu lesen.

»Was machst du da?«, fragte Liz.

»Hier steht, dreißig Sekunden einwirken lassen.«

»Nein, ich meine …« Liz schüttelte den Kopf, um von heiß und hingebungsvoll ins Hier und Jetzt zu wechseln. »Warum musst du jetzt in dieser Sekunde die Arbeitsfläche desinfizieren?«

Daria wurde rot. »Meine Tante macht hier ihr *Essen*«, sagte sie. »Und wir haben einfach …« Ihr Gesicht nahm einen noch tieferen Rotton an. »Was, wenn sie runtergekommen wäre? Und die Türen da sind aus *Glas*. Was, wenn uns die Nachbarn gesehen hätten?«

Sie riss eine übertriebene Menge Küchenrolle ab und begann wie wild die Arbeitsplatte zu schrubben. Als könnte sie rückgängig machen, was gerade passiert war, wenn sie nur jede Spur davon beseitigte. »Was hab ich mir nur dabei gedacht?«, zischte sie, mehr an sich selbst als an Liz gerichtet.

Liz war wie versteinert. Beim Anblick der sonst so aufgeräumten Daria, die splitterfasernackt die Arbeitsplatte putzte, hätte sie fast gelacht. Doch eigentlich war ihr mehr zum Heulen zumute.

Und sie würde ganz sicher nicht vor Daria weinen.

Hektisch wühlte sie in dem Klamottenhaufen auf dem Boden nach den Sachen, die ihr gehörten. Sie schlüpfte in ihre Bluse, ohne sich mit dem BH aufzuhalten. Sie musste hier weg. Sie stieg in ihre Hose. Dann zögerte sie, die Hand fest um ihre Unterwäsche geschlossen. Daria schrubbte immer noch.

»Na dann«, sagte sie, »geh ich wohl mal nach oben.«

Daria blickte nicht auf.

»Du willst früh raus, stimmt's?«, fragte Liz. »Wegen Stau und so?«

Daria gab ein Grummeln von sich. Liz machte probeweise einen Schritt Richtung Treppe.

»Dann bis morgen um halb sieben«, sagte Liz. »Frisch und munter. Der frühe Vogel fängt den Wurm und so.«

Daria sagte noch immer kein Wort. Liz machte noch einen Schritt rückwärts und wartete ab, ob Daria sie aufhalten würde. Doch sie schrubbte einfach weiter.

»Super«, sagte Liz. »Cool. Bis dann.«

Und bevor ihr die ersten Tränen übers Gesicht laufen konnten, drehte sich Liz um und floh die Treppe hinauf.

14

Liz konnte nicht schlafen. Wie auch? Ihr Gehirn war in einer Abwärtsspirale gefangen. Egal wie sehr sie versuchte, ihre Gedanken zu ordnen, sie konnte an nichts anderes denken als an Darias Gesichtsausdruck, während sie die Arbeitsfläche geputzt hatte. Sie hatte so … wütend auf sich selbst ausgesehen.

Warum überraschte sie das eigentlich? Es war ja nicht so, als hätte Daria ein Geheimnis daraus gemacht, dass Liz ihr nicht gut genug war.

Wenn da nur nicht immer wieder diese Momente zwischen ihnen gewesen wären. Am Margaritamontag, als Liz dem Typ ihren Drink in den Kragen gekippt hatte. Am Strand, als Daria sie auf ihren Blog angesprochen hatte. Und auf der Hinfahrt, als sie über Gender und Selbstzweifel geredet hatten. Außerdem hatte sie extra ein Auto gemietet, damit Liz die Fotografin interviewen konnte. Also, glaubte Liz zumindest. Was, wenn Daria *wirklich* bloß Fahren üben wollte? Was, wenn das alles einfach nur ein alkoholbedingter Ausrutscher war und Daria eigentlich überhaupt nichts an Liz fand?

In ihr zog sich alles zusammen, als ihr Darias verbitterter, kalter Tonfall wieder einfiel. *Was hab ich mir nur dabei gedacht*? Gute Frage eigentlich. Was hatte *Liz* sich dabei gedacht?

Nicht sonderlich viel, das war jedenfalls klar.

Liz' Gehirn spielte prompt eine passende Montage ab: Daria, die sie eine hirnverbrannte Wohlfühljournalistin nennt; Daria, die schnaubend Liz' Artikelideen abtut; Darias entsetzter Gesichtsausdruck, als Caroline andeutet, zwischen ihr und Liz könnte etwas sein; Daria, die Weston am Margaritamontag so ansieht, als wollte sie ihr gleich eine reinhauen.

Oh Gott. *Weston.* Wie hatte Liz ihr das nur antun können? Daria hatte Westons Leben ruiniert. Wie hatte Liz darüber hinwegsehen und mit Daria Sex haben können? Kein Wunder, dass Weston nichts Ernstes von ihr wollte. Liz war eine egoistische, impulsive Vollkatastrophe, der nicht über den Weg zu trauen war. Sagte Jane nicht andauernd zu ihr, dass sie erst nachdenken solle, bevor sie sich Hals über Kopf in irgendwas hineinstürzte? Liz sah Janes tadelndes, enttäuschtes Gesicht förmlich vor sich. Wie sollte Liz ihr das bloß erklären?

Außer … Liz erzählte es ihr gar nicht. Wäre das so schlimm? Es war ja nicht so, als würde es noch mal passieren. Vermutlich würde sich zwischen ihr und Daria nicht mal großartig etwas ändern. Sie hatten sich nie gemocht, und sie mochten sich auch jetzt nicht. Außerdem verbrachte Jane sowieso jede freie Minute mit Bailey, da musste Liz sie nun wirklich nicht über jedes winzige Detail in ihrem Leben in Kenntnis setzen.

Um vier Uhr morgens, nachdem sie sich stundenlang fertiggemacht hatte, stand Liz auf. So leise wie möglich packte sie ihre Reisetasche. Sie konnte heute unmöglich fünf Stunden mit Daria im Auto sitzen. Sie konnte sich unmöglich die Abfuhr anhören, die ihr Daria, mit welcher Begründung auch immer, erteilen würde.

Dazu hatte Liz in den letzten Jahren schon viel zu viele Abfuhren kassiert. Sie kannte sie alle: Die Ich-bin-noch-nicht-bereit-für-eine-Beziehung-Abfuhr, nur um drei Wochen später auf Instagram Fotos mit der neuen Freundin zu posten. Die Ghosting-Abfuhr, obwohl sie vorher wochenlang per Dating-App hin und her geschrieben hatten. Die Entgleistes-Gesicht-Abfuhr, wenn Liz beim ersten Date die Bar betrat. Die Es-liegt-nicht-an-dir-sondern-an-mir-Abfuhr, die Du-bist-nicht-das-wonach-ich-suche-Abfuhr und die Liz-du-bist-mir-einfach-ein-bisschen-zu-viel-Abfuhr.

Liz war irgendwie immer zu viel.

Sie hätte Daria gern eine Nachricht geschrieben, aber sie hatte ihre Handynummer nicht. Sie überlegte, ihr einen Zettel zu hinterlassen, doch sie wollte nicht, dass Darias Tante ihn fand. Also schickte sie eine E-Mail: *Musste doch früher nach New York zurück, also hab ich den Bus genommen. Danke für die Mitfahrgelegenheit!*

Sie zögerte, bevor sie auf Senden drückte. Sie fragte sich, wie Daria sich wohl in ein paar Stunden fühlen würde, wenn sie die Zeilen las. War die Mail zu kaltherzig? Wäre Daria verletzt, wenn sie aufwachte und Liz verschwunden war?

Dann fiel ihr wieder Darias Gesichtsausdruck ein, als sie die Arbeitsfläche geschrubbt hatte. Als wäre sie völlig entsetzt darüber, was gerade passiert war. Als könnte sie Liz nicht mal ansehen, obwohl ihre Körper noch Minuten zuvor dicht aneinandergeschmiegt gewesen waren. Liz machte sich lächerlich. Das einzige Gefühl, das Daria am nächsten Morgen empfinden würde, war Erleichterung.

Sie klickte auf Senden. Dann suchte sie so leise wie möglich ihre Sachen zusammen und schlich sich aus dem Haus.

***

Die ganze nächste Woche verbrachte Liz in einem Zustand der Dauerübelkeit, und Panik kroch ihr den Rücken hoch, sobald sie auch nur die Bürotür aufgehen hörte. Doch Daria ließ sich nicht blicken. Auf Liz' E-Mail hatte sie nicht geantwortet. Offenbar ging sie ihr aus dem Weg.

Liz tat ihr Bestes, keinen Gedanken mehr an die Sache zu verschwenden. Was schwer war. Manchmal stand sie am Page-Drucker (benannt nach Elliot Page, wem auch sonst), und ihr treuloses Gehirn schweifte unvermittelt zum Anblick von Daria ab, den Kopf in den Nacken gelegt, den Mund leicht geöffnet, während Liz die Hand in ihr auf- und abbewegte. Oder sie war in der Kiyoko-Küche und vergeudete unnötig Zeit damit, darauf zu warten, dass der Kaffee kochte, als sie unverhofft daran denken musste, wie sich ihr Kopf an Darias Schulter angefühlt hatte, eingehüllt in Darias Umarmung, während ihrer beider Atem sich allmählich beruhigte.

Sie hatte ihren Mitbewohner*innen nicht erzählt, was passiert war, und auf alle Nachfragen hin, wie ätzend es gewesen sei, mit Daria im Auto festzusitzen, nur gezwungen gelacht und das Thema gewechselt. Es war nicht schwer, Jane nichts davon zu erzählen, weil sie immer noch fast täglich bei Bailey übernachtete. Und Weston schien immer noch sauer zu sein, dass Liz abgesagt hatte, um »mit Daria abzuhängen«, was sich in einem Zwischending aus nicht-wirklich-ghosten und nicht-*nicht*-ghosten äußerte. Worüber Liz fast schon wieder froh war, denn sie hatte keine Ahnung, wie sie ihr nach dem, was passiert war, unter die Augen treten sollte.

Um sich abzulenken, stürzte Liz sich ins Schreiben. Und zwar nicht nur den Artikel über Moira Campbell. Sie hielt sich tatsächlich an den Vorsatz, den sie nach dem Interview gefasst hatte: Sie hatte die Handlung für einen Roman über ein queeres Mädchen entworfen, das in seiner Kleinstadt gemobbt wird und nur auf seinen achtzehnten Geburtstag wartet, um endlich nach New York abzuhauen. Jeden Abend tippte sie ein paar Absätze. Sie kam im Schneckentempo voran – anders als bei ihren Artikeln oder ihrem Blog sprudelten die Sätze nicht einfach so aus ihr heraus, sobald sie einmal im Flow war. Sie musste sich auf jedes einzelne Wort konzentrieren, oder ihr Ton driftete unwillkürlich ins Flapsige. Als hätte sie nach Jahren der seichten Wohlfühlstücke den Schreibmuskel abgebaut, der für Texte mit Tiefgang zuständig war. Doch sie zwang sich, weiterzumachen. Mit etwas Zeit und Übung würde es bestimmt einfacher werden.

Leider konnte sie Daria nicht ewig aus dem Weg gehen, vor allem da eine Woche nach ihrem Bostonbesuch eine Besprechung mit der gesamten Belegschaft anstand. Zumindest hätte Liz es dann hinter sich. Wenn sie Daria erst ein paarmal gesehen hätte und klar wäre, dass sie nicht die geringsten Gefühle füreinander hatten, würden Liz' Gedanken vielleicht auch endlich aufhören, zwanghaft um diese eine Nacht zu kreisen.

Am Morgen des Meetings stand Liz doppelt so lange wie sonst vor dem Kleiderschrank, bevor sie sich schließlich für einen professionell wirkenden Damenblazer, ein Tanktop und eine hautenge schwarze Jeans entschied. Ein Outfit, von dem Liz wusste, dass es ihr stand. Geradeheraus, ohne Firlefanz und durch und durch feminin. Sie fühlte sich darin zwar nicht gerade wie sie selbst, aber egal, Hauptsache hot. Was natürlich nicht hieß, dass sie nicht trotzdem vorhatte, Daria zu ignorieren. Doch sie sollte nicht schon bei Liz' bloßem Anblick denken, was für ein Riesenfehler das mit ihr gewesen war.

Im Rosie saß Liz neben Katie und Lydia und tat so, als würde sie ihrem Gespräch zuhören, während ihr Puls jedes Mal in die Höhe schoss, sobald jemand die Tür aufmachte. Was, wenn Daria vor allen ansprach, was zwischen ihnen passiert war? Nein, das würde sie natürlich nicht tun. Aber was, wenn sie Liz bat, nach dem Meeting noch kurz dazubleiben? Was, wenn sie genau wie

Liz an nichts anderes mehr denken konnte als an die gemeinsame Nacht? Was, wenn sie einen einzigen Blick auf Liz' professionelles Outfit und Make-up warf und sie auf der Stelle haben musste?

Die Tür ging auf und brachte ihr Gedankenkarussell zum Stehen. Diesmal war es wirklich Daria. Irgendwas Schmerzhaftes durchzuckte Liz – Nervosität? Schuldgefühle? Reue? –, und ihr neutraler Gesichtsausdruck entgleiste. Daria marschierte schnurstracks zum Kopfende des Tisches, ohne irgendwen anzusehen, und schloss ihren Laptop an den Projektor an. Liz bemerkte, wie vereinzelt Blicke ausgetauscht wurden: Daria wirkte mehr als angepisst.

Sie öffnete eine Präsentation mit dem Titel »*Nether Fields* – ein Zwischenbericht«, richtete sich auf und sah sich stirnrunzelnd um. Als ihr Blick auf Liz fiel, verfinsterte sich ihr Ausdruck zu einem unverkennbaren Funkeln.

Liz blinzelte ein paarmal schnell hintereinander und versuchte krampfhaft, nicht rot zu werden. Natürlich hatte Daria die letzte Woche nicht damit verbracht, von Liz zu träumen. Sie war offensichtlich immer noch stocksauer, dass ihr das überhaupt passiert war. *Na schön.* Dann würden sie sich eben wieder hassen. Liz sollte es recht sein. Sie verschränkte die Arme, als Daria begann, die aktuellen Zahlen vorzutragen. Die schien ihren Frust am Clicker auszulassen, und jedes Mal wenn sie zur nächsten Folie wechselte, hallte ein aggressives Knipsen durch den Raum.

Ihres düsteren Präsentationsstils zum Trotz stellte sich heraus, dass die Betriebskosten gesunken, die Werbeeinnahmen gestiegen und die Anzahl der Leser*innen in die Höhe gegangen war. Liz' Kolleg*innen tauschten lächelnde Blicke aus, während Daria die Statistiken durchging. Als sie zur Folie mit den neu gewonnenen Werbekooperationen des letzten Monats kam, brach sogar spontaner Applaus für Lydia aus, di*er aufstand und sich verbeugte.

Doch Daria wirkte keinesfalls erfreut über die Wende, die das Magazin genommen hatte. Mit unverändert grimmiger Miene teilte sie mit, dass das alles nicht ausreichend sei, weil sie immer noch jeden Monat rote Zahlen schrieben. Das Lächeln der Zuhörenden verblasste allmählich, als Daria eine Hochrechnung präsentierte, wo sie eigentlich hinmussten, um zahlungsfähig zu bleiben.

»Ich weiß, es ist nicht leicht zu hören, dass wir immer noch im Minus sind«, sagte Bailey, die zu Daria nach vorne getreten war. »Aber der Fortschritt, den wir dank eurer harten Arbeit innerhalb kürzester Zeit gemacht haben, ist unglaublich! Was mich zu einer aufregenden Neuigkeit bringt.«

»Bailey.« Darias Stimme hatte einen deutlichen Unterton. »Wir haben doch ausgemacht, dass wir noch abwarten, ob …«

»Als Mehrheitseignerin liegt die Entscheidung bei mir«, schnitt Bailey ihr das Wort ab. Liz' Neugier war geweckt. Sie hatte noch nie erlebt, wie Bailey sich Daria entgegenstellte. »Ich freue mich sehr, euch mitteilen zu dürfen, dass wir ausgewählt wurden, uns für ein Nielsen-Stipendium zur Förderung unabhängiger Medien zu bewerben.«

Sie strahlte. Liz blickte sich um, um herauszufinden, ob irgendwer einen Plan hatte, wovon sie redete. Jane wirkte angetan, und Charlotte nickte nachdenklich, aber alle anderen sahen verwirrt aus. Hinter Bailey ließ sich Daria mürrisch auf einen Konferenzstuhl sinken.

»Es handelt sich dabei um einen einmaligen finanziellen Zuschuss, der einer Publikation dabei helfen soll, sich für langfristigen Erfolg aufzustellen, indem sie in neue Wachstumsstrategien investiert. Nun, da die *Nether Fields* in Privatbesitz sind und keinem großen Medienkonzern mehr gehören, sind wir qualifiziert.«

Daria entkoppelte ihren Laptop vom Projektor und steckte ihn in die Hülle. Sie hatte die Lippen so fest zusammengepresst, dass jegliche Farbe aus ihnen gewichen war.

»Im Moment«, fuhr Bailey fort, »bezahlen wir Heather Media, um ihre Betriebssysteme zu nutzen, aber mit diesem Zuschuss hätten wir die Mittel, unser eigenes aufzubauen. Wir könnten die Website technisch auf den neuesten Stand bringen und ansprechender gestalten, bessere Werbedeals an Land ziehen und die Art von bedeutungsvollen Inhalten finanzieren, die uns so am Herzen liegen. Und, am allerwichtigsten, Entlassungen vermeiden. Kurz gesagt könnten wir die *NF* startklar für eine lange, erfolgreiche Zukunft machen.«

Aufgeregtes Flüstern brach im Raum aus.

»Macht euch *bitte* keine Hoffnungen«, sagte Daria, während sie ihren Laptop in die Aktentasche beförderte. »Dieses Stipendium ist sehr prestigeträchtig und begehrt, und die Bewerbung ist extrem zeitaufwendig. Weshalb ich der Meinung bin« – sie warf Bailey einen genervten Blick zu – »dass wir unsere Zeit lieber sinnvoller nutzen sollten.«

Bailey seufzte. »Daria ist eine Pessimistin«, sagte sie. »Aber mal unter uns.« Sie zwinkerte ihnen zu. »Ich habe mit einem Freund gesprochen, der mit der Stiftung zu tun hat und denkt, dass wir gute Chancen haben.«

Katie und Lydia stießen sich grinsend an. Finn wippte aufgeregt auf deren Platz. Charlotte kritzelte wie wild in ihr Notizbuch und plante vermutlich schon die lange, glückliche Zukunft des Magazins.

»In einem Punkt hat Daria allerdings recht«, versuchte Bailey ihre Aufmerksamkeit wieder zu erlangen. »Die Bewerbung um dieses Stipendium ist eine Menge Arbeit. In vier Wochen müssen wir einen umfassenden Antrag inklusive Finanzen, redaktioneller Inhalte, Marketing, Werbevorhaben und unserer kreativen Vision vorlegen, also werde ich viele von euch einspannen müssen. Was den Rest von euch angeht: Nielsen wird das Magazin in nächster Zeit genau unter die Lupe nehmen, darum ist jetzt der beste Zeitpunkt, um das Beste aus der guten Arbeit rauszuholen, die ihr sowieso schon leistet.«

Bailey entließ sie mit dem Schlachtruf »Auf geht's, Leute! Packen wir es an!«, während Daria hinter ihr geradezu mordlüstern aussah und der Rest der Belegschaft Richtung Tür ging. Liz vermied es, neben irgendwem herzulaufen, und verzog sich in die Küche.

Sie fühlte sich an den Abend der Abschiedsparty zurückversetzt, als Charlotte in die Wohnung geplatzt war und verkündet hatte, dass sie gekauft worden seien. Alle wirkten begeistert von der Aussicht auf das Stipendium. Liz wusste, dass sie es auch sein sollte. Sie wollte ja, dass die *Nether Fields* auch der nächsten queeren Generation mit Beistand und Ratschlägen zur Seite standen. Sie wollte nur nicht unbedingt diejenige sein, die diese Ratschläge erteilte.

Sie schenkte sich gerade eine Tasse Kaffee ein, als Lydia hereinkam. Dey verpasste Liz einen kräftigen Schlag auf den Rücken, sodass der Kaffee über den Rand schwappte.

»Tschuldigung!«, kicherte Lydia. »Ich bin einfach aufgeregt!«

Liz seufzte und wischte die Pfütze auf. »Noch haben wir das Stipendium nicht bekommen.«

»Schon, aber du hast Bailey doch gehört. Wir haben es so gut wie in der Tasche. Außerdem, welche Stiftung würde uns nicht unterstützen wollen?« Lydia warf sich in Pose und umrahmte deren Gesicht mit beiden Händen.

Liz konnte sich ein Lächeln nicht verkneifen. »Das reicht doch eigentlich als Bewerbung«, sagte sie. »Fünfzig Fotos von deinem Gesicht.«

»Ganz ehrlich, damit würden wir locker gewinnen.«

Liz verdrehte die Augen. »Kopf hoch, Lizzie«, sagte Lydia. »Das Magazin macht sich. Unsere Jobs sind gesichert. Und das alles dank Jane und ihrer Verführungskünste. So, wie wir geplant haben.« Dey krümmte die Finger zu Teufelshörnern und stieß ein diabolisches Superschurkenlachen aus.

Liz lachte. »Wie *du* geplant hast«, sagte sie. »Mit deinen üblen Machenschaften will ich nichts zu tun haben.«

»Wir sollten uns alle zusammentun und ihr einen Fresskorb schenken oder so. ›Danke, dass du mit deiner geschickten Zunge unsere Jobs gerettet hast. Irgendwer musste es ja tun.‹«

»Ihh, wäh, hör auf.« Liz hob abwehrend die Hand. »Das geht zu weit. Ich bin weg.« Während sie aus der Küche ging, nahm sie einen Schluck aus ihrer Tasse. Leider war sie so darauf konzentriert, sich nicht den Mund zu verbrennen, dass sie fast die Person umgerannt hätte, die ihr um die Ecke entgegenkam. Liz stolperte und verschüttete zum zweiten Mal ihren Kaffee. Zwei Arme schnellten nach vorne und hielten sie fest. Liz blickte auf. Es war Daria.

Natürlich war es Daria.

»Ups!«, quietschte Liz. »Sorry! Diese Ecken sind wirklich gemeingefährlich. Ich kann dir gar nicht sagen, wie oft mir das schon passiert ist. Was wahrscheinlich mehr über mich aussagt als über die Ecken.« Die Worte waren aus ihrem Mund, bevor ihr einfiel, dass sie sich ja kalt und unnahbar geben wollte.

Daria sah so aus, als wäre sie kurz davor, etwas zu sagen, doch dann verhärtete sich ihr Gesichtsausdruck, und sie ließ die Arme fallen. Sie wich Liz aus und eilte den Flur hinunter, ohne sich noch mal umzusehen.

Liz schaute ihr fassungslos hinterher. Sie würden also nicht mal mehr so tun, als gingen sie höflich miteinander um? Na dann. Sollte ihr recht sein. War ihr doch egal.

Sie marschierte zurück zu ihrem Schreibtisch. Die hirnverbrannten Wohlfühlstücke würden sich schließlich nicht von selbst schreiben.

15

In den nächsten zwei Wochen war die Atmosphäre im Büro von zunehmender Hektik geprägt. Bailey beanspruchte Jane, Charlotte und Mary, die Finanzchefin, fast ununterbrochen für den Förderantrag, wodurch andere wiederum einspringen mussten und alle zusätzliche Arbeit hatten. Obendrein hielt Daria die Bewerbung für Zeitverschwendung und weigerte sich, mehr als das Allernötigste beizutragen, sodass Bailey ständig Lydia, di*er technisch noch am versiertesten war, um Hilfe bei verschiedenen aufwendigen Haushaltsberichten bitten musste. Mit ihrem Boykott machte sich Daria in der Redaktion noch unbeliebter als vorher. Alle gingen davon aus, dass sie ihre Chancen aufs Stipendium mit Absicht sabotierte, um das Magazin ins Aus zu zwingen. Insgeheim fragte sich Liz, ob Daria in Wahrheit einfach nur so wenig Zeit wie möglich in Liz' Nähe verbringen wollte, um nicht andauernd an die Nacht erinnert zu werden, in der sie so tief gesunken war.

Nicht nur das Team um den Antrag hatte viel zu tun. Alle schienen sich Baileys Worte zu Herzen zu nehmen und legten sich mächtig ins Zeug. Tara schaltete eine brandneue Social-Media-Kampagne, um sich die steigenden Interaktionsraten zunutze zu machen. Daniela, die Grafikdesignerin, gestaltete freche Logos und hübsche Grafiken, um ihren Webauftritt aufzuwerten, und Finn machte Überstunden, um sie auf die Website zu bringen. Katie startete die Artikelreihe »Was bedeuten

Dir die *Nether Fields*?« unter Mitwirkung von Lesenden, um ihre Fans anzusprechen und einzubinden. Sie waren auf einer Mission.

Da Liz' Expertise bei der Bewerbung offenbar nicht gebraucht wurde, konzentrierte sie sich ganz auf ihr Stück über Moira, das Charlotte in der ersten Augustwoche spielen wollte, um das Sommerloch zu füllen. Es musste einfach perfekt werden. Moira hatte vielleicht nicht das Gefühl, dass ihr Anerkennung fehlte, doch Liz hoffte trotzdem, dass der Artikel ihr welche bringen würde, wenn sie ihn nur richtig aufzog.

Sie machte so viele Überstunden wie noch nie und feilte an jedem Satz. Als sie den Artikel endlich an Charlotte zum Gegenlesen schickte, fand Liz ihn gut. Also so richtig krass gut. Sie hatte sich jede Zeile einzeln abgerungen und war sich sicher, dass er das Beste war, was sie jemals geschrieben hatte.

Als der Artikel live ging, musste Liz sich aktiv davon abhalten, nicht alle fünf Sekunden ihre Mails und Twitter zu checken. Bis ein Artikel durch die Decke ging, dauerte es manchmal, das wusste sie selbst. Aber sie konnte nicht widerstehen. Ständig aktualisierte sie ihr Postfach und wartete darauf, dass irgendein wichtiger Promi ihren Artikel teilte oder ein Museum darauf ansprang und sich entschied, Moiras Fotografien zum ersten Mal auszustellen.

Ein paar Mails trudelten schon ein – die Art von Zuschriften, von denen jede*r Journalist*in träumt: Leser*innen erzählten, dass sie sich durch den Artikel gesehen und getröstet gefühlt hätten. Ein paar schrieben, dass Moiras Ratschläge ihnen den Mut gegeben hätten, den Sprung zu wagen und ihre Träume zu verfolgen. Liz las die Mails wieder und wieder, bis ihre Augen tränten. Sie druckte sie aus und pinnte sie an die Trennwand ihres Schreibtischs.

Doch nach einer Woche kamen keine Mails mehr. Der Artikel wurde nicht millionenfach geklickt, und auch die große Welle der Unterstützung für Moira blieb aus. Der Artikel erreichte knapp weniger Aufrufe als Liz' Quizze im Durchschnitt. Genau wie ihre Listicles geriet auch er in Vergessenheit. So wie Moira in Vergessenheit geraten würde. So wie Liz in Vergessenheit geraten würde.

Nach zwei Wochen hörte Liz auf, die Kennzahlen ihres Artikels zu überprüfen. Sie versuchte sich einzureden, dass es nicht so schlimm sei und es Moira sowieso nie um Anerkennung gegangen war. Aber sie fragte sich unwillkürlich, ob der Artikel vielleicht besser angekommen wäre, wenn ihn jemand anderes geschrieben hätte. Sie versuchte sich abzulenken, indem sie sich in ihren Roman stürzte, doch sie war nicht mit dem Herzen dabei. Immer wenn sie einen Satz gegenlas, klang er gewollt und konstruiert. Sie hatte nur Augen für die Schwächen ihres Schreibstils. Liz war offiziell in der Krise.

Und damit war sie nicht die Einzige. Als leitende Redakteurin war Jane dafür zuständig, die meisten Inhalte für den Förderantrag zu liefern. Allerdings widerstrebte es ihr, ihre übrigen Artikel abzugeben, sodass sie versuchte, die Bewerbung und ihr reguläres Arbeitspensum unter einen Hut zu bekommen. Immer öfter blieb sie bis spätabends im Büro, und wenn man auch nur in Erwägung zog, sie anzusprechen, bellte sie: »Keine Zeit!«, ohne aufzusehen. Liz machte sich oft darüber lustig, dass Jane ständig alles verlegte, doch mit steigendem Stresslevel schienen sich ihre Sachen mehrmals am Tag zu verselbstständigen. Einmal verbrachte Jane fünf Minuten damit, alle Besprechungsräume nach ihrem Pulli abzusuchen, bis sich herausstellte, dass sie ihn schon die ganze Zeit am Körper trug. Liz war sich nicht sicher, wie lange Jane das durchhalten würde.

Eines Abends kam Jane weit nach neun nach Hause, lief schnurstracks in Liz' Zimmer, ließ sich mit dem Gesicht zuerst aufs Bett plumpsen und stöhnte in die Decke.

»Was gibt's?« Liz stellte den Laptop auf den Boden, um Janes Schultern zu massieren. Sie war froh über die Unterbrechung – sie hatte versucht zu schreiben, aber aus lauter Frust immer wieder Instagram geöffnet.

»Ich bin so müde«, ächzte Jane.

»Krass, bist du verspannt.« Liz grub ihre Daumen in einen Knoten in ihrem Rücken.

»Ich fühle mich, als hätte ich seit Wochen nicht geschlafen«, murmelte Jane ins Bett hinein.

»Na ja, immerhin muss der Antrag diese Woche raus, oder?«, fragte Liz. »Danach sollte es ja ruhiger werden.«

»Schon.« Jane drehte den Kopf zur Seite. »Aber … Bailey ist in letzter Zeit so komisch.«

»Wie meinst du das?« Liz lehnte sich gegen die Wand und zog die Knie an die Brust, während Jane sich auf den Rücken rollte. Das hatte ihr gefehlt. Nur sie beide, beste Freundinnen, zum Quatschen im Bett.

»Na ja, wir sind zwar ständig zusammen und arbeiten mit den anderen an diesem Antrag, aber sie hat mich in den letzten zwei Wochen kein einziges Mal zu sich nach Hause eingeladen. Sie behauptet die ganze Zeit, sie sei zu erschöpft von der Bewerbung und weil im Sommer die Hauptsaison für Immobilien ist, und mir geht's ja genauso, aber es ist nicht nur das. Manchmal hab ich das Gefühl, sie geht mir sogar dann aus dem Weg, wenn wir im selben Raum sind – sie guckt mich nicht mehr richtig an oder nimmt mal unterm Tisch meine Hand.« Jane holte tief Luft. »Wir sind ein paarmal nach der Arbeit essen gegangen, aber sie war irgendwie abgelenkt. Fast schon abweisend.«

Liz hörte überrascht zu. »Vielleicht seid ihr so mit diesem Antragsgedöns beschäftigt, dass es schwer ist, aus dem Arbeitsmodus in den Freundinnenmodus zu wechseln.«

»Vielleicht. Hey, was macht mein Harry-Kissen denn hier?« Jane hob ein Kissen in die Höhe, das goldfarben war oder Harry Styles' Gesicht zeigte, je nachdem in welche Richtung man die Pailletten glatt strich.

»Das hast du vor zwei Wochen hier liegen lassen, als wir *Pariah* geguckt haben.«

»Alles klar.« Jane nahm das Kissen auf den Schoß und fuhr mit den Fingern über die Pailletten. »Na ja, jedenfalls habe ich Angst, dass irgendwas ist.«

»Sprich sie einfach darauf an«, sagte Liz. »Der Antrag ist sowieso bald durch, und dann seid ihr beide weniger gestresst. Ehe du dich's versiehst, habt ihr wieder haufenweise heißen Sex und macht euch über den Konferenztisch hinweg schöne Augen.«

Jane verdrehte die Augen. »Okay, okay. Du hast recht.« Sie hielt das Kissen hoch, um Liz ihr Glanzstück zu zeigen. Sie hatte die Pailletten so hingestrichen, dass Harrys Gesicht vor einem goldenen Hintergrund erstrahlte. »Aber wenn was ist, will ich es lieber direkt gesagt bekommen, anstatt darum herumzuschleichen. Ich schreib ihr gleich.«

»Na also.« Liz teilte dem Kissen einen Ehrenplatz am Kopfende des Bettes zu. »Sag einfach, du vermisst sie und willst ihr wieder näherkommen. Ihr konntet die letzten zwei Monate kaum die Finger voneinander lassen. Da macht ihr jetzt nicht plötzlich Schluss.«

16

Sie machten plötzlich Schluss.

Liz war mit Weston in einer Bar in Bushwick, als sie Janes Nachricht bekam. Sie und Weston waren voll im Flirtfieber – pressten die Knie aneinander, lösten die über den Tisch hinweg verschränkten Finger nur zum Trinken –, und es fühlte sich großartig an. Liz hatte beschlossen, Darias Existenz so gut es ging zu verdrängen – bisher mit Erfolg. Sie war Westons Fragen zu Boston ausgewichen, und zwischen ihnen schien wieder alles im Lot zu sein. Weil sie den Moment nicht unterbrechen wollte, ignorierte sie ihr Handy, als es in der Hosentasche zu vibrieren anfing. Doch als Weston auf dem Klo war, hatte sie zwei verpasste Anrufe und einen Einzeiler von Jane auf dem Display: *Haben Schluss gemacht.*

Liz las die Nachricht bestimmt dreimal, ohne zu schalten. Erst konnte sie es gar nicht glauben. Wie konnte zwischen Bailey und Jane, den symbiotischsten Superlesben von ganz New York City, Schluss sein?

Doch dann drang es zu ihr durch. Es war völlig unwichtig, wie sie Schluss gemacht hatten oder warum. Was zählte, war Jane.

Wo bist du?, tippte Liz.

Auf dem Heimweg, schrieb Jane zurück. *Sie hat mir ein Uber gerufen.*

Das schmerzte Liz in jeder Faser ihres Seins.

»Tut mir echt leid«, sagte sie, als Weston vom Klo zurückkam. »Ich muss los. Jane und ihre Freundin haben Schluss gemacht.«

»Was? Du gehst?«

»Tut mir leid.« Liz nahm Westons Hand und drückte sie. »Sehen wir uns bald wieder?«

»Heute sollte doch unser Abend werden.« Weston zog die Hand zurück.

»Ich weiß, und ich fand's auch echt schön, aber Jane braucht mich. Tut mir wirklich leid.«

Westons Mund verzog sich zu einem Schmollen. »Ich dachte, du hast mich vermisst.«

»Hab ich ja auch! Also lass uns das bald nachholen. Okay?«

Weston zog einen Mundwinkel nach oben und schwieg. Liz küsste sie auf die Wange und verließ die Bar mit zwiespältigen Gefühlen. Vielleicht hätte sie doch dableiben sollen. Vielleicht würde Weston nie wieder mit ihr reden, und sie hatte alles ruiniert, indem sie gerade gegangen war. Aber Jane brauchte sie jetzt, und Liz würde sie auf keinen Fall im Stich lassen.

Sie stieg aus der U-Bahn und lief so schnell nach Hause, wie ihre Doc Martens es erlaubten, und machte nur einen Zwischenstopp beim guten Eckladen, wo sie sich mit Salt-&-Vinegar-Chips, Gummiwürmern und White Claw Mango eindeckte. Alles, was Jane am liebsten mochte.

Sie fand Jane ans Bett gelehnt auf dem Boden vor. Sie weinte nicht. Zumindest nicht mehr.

»Ach, Jane.« Liz ließ die Tüte mit Süßkram fallen, setzte sich neben ihre Freundin auf den Boden und schlang die Arme um sie. Jane ließ sich an ihre Schulter sinken und fing an zu schluchzen. Liz wartete, bis Janes Atem sich etwas beruhigt hatte, bevor sie fragte, was passiert sei.

»Ich weiß nicht«, sagte Jane, den Kopf immer noch an Liz' Schulter. »Ich weiß nicht.« Sie sog rasselnd die Luft ein, setzte sich auf und nahm das Taschentuch, das Liz ihr anbot. »Ich hab ihr geschrieben, dass ich sie vermisse und ob wir reden können. Sie hat Ja gesagt und dass ich heute vorbeikommen soll. Also bin ich hin. Und« – sie putzte sich die Nase – »kaum war ich in der Wohnung, hab ich schon gemerkt, dass irgendwas ist. Sie war so seltsam still.« Jane machte eine Atempause. »Dann hab ich so was gesagt wie ›Was ist los? Du willst doch nicht etwa Schluss machen, oder?‹ Zum Spaß halt. Und …«

Ihre Augen füllten sich mit Tränen. Liz strich ihr über den Rücken. »Und dann hat sie mich so angeguckt. Richtig entsetzt. Da wusste ich schon Bescheid.«

»Aber«, sagte Liz. »Das macht doch hinten und vorne keinen Sinn. Sie ist total verrückt nach dir. Sie fragt dich quasi täglich, ob du bei ihr übernachten willst. Sie schreibt dir ständig und immer.«

»In letzter Zeit nicht.« Jane putzte sich wieder die Nase. »In letzter Zeit hat sie mir kaum noch geantwortet. Ich hätte es kommen sehen sollen. Ich bin so blöd, echt.«

»Nein«, sagte Liz heftig. »Du bist überhaupt nicht blöd. Das kam aus dem Nichts. Ich meine, hallo? Hat sie gesagt, warum?«

»Sie hat gesagt …« Janes Stimme machte einen Aussetzer. »… dass ich ganz toll sei, aber es einfach … nicht richtig sei, dass sie mit einer Angestellten zusammen ist. Und dass sie diese Grenze eigentlich nie hätte überschreiten dürfen.«

»Bitte was? Sie ist doch schon die ganze Zeit unsere Chefin. Warum sollte das jetzt auf einmal was ausmachen?«

»Und dann …« Jane holte tief Luft. »… dann hat sie gesagt, dass das mit uns wahrscheinlich eh nichts geworden wäre, also sei es besser, gleich die Reißleine zu ziehen.«

Liz starrte sie entgeistert an. »*Was?*«, fragte sie. »Ihr habt schon eine fucking Reise nach Paris geplant. Das ergibt doch alles keinen Sinn.«

»Du hättest sie mal sehen sollen.« Jane rollten wieder die Tränen über die Wangen. »Sie war wie ein anderer Mensch. Ganz kalt und wie einstudiert. Sie hat mich kaum angesehen.«

Liz legte erneut die Arme um Jane. Sie wusste nicht, was sie sagen sollte. Sie wusste nicht, wie sie das in Ordnung bringen sollte. Bailey und Jane hatten so glücklich gewirkt. Als hätten sie sich gefunden. Liz kapierte einfach nicht, warum und wie es so plötzlich hatte enden können. Und Jane ganz offenbar auch nicht.

Doch dann setzte sich ein Gedanke in ihrem Kopf fest. Ein wütender Parasit, der sich seinen Weg in Liz' Gehirn fraß. Aus heiterem Himmel mit einer Frau Schluss zu machen, die man eigentlich vergötterte, völlig kaltherzig und ohne jede Erklärung? Das klang überhaupt nicht nach Bailey. Das klang nach Daria.

Daria, die es schon immer für eine dämliche Idee gehalten hatte, die *Nether Fields* zu kaufen. Daria, der jedes Mittel recht war, ihre beste Freundin vom Magazin loszueisen. Daria, die aus Eifersucht wegen Bailey dafür gesorgt hatte, dass Weston vom College geschmissen wurde.

Je länger sie darüber nachdachte, desto sicherer wurde sie. Daria hatte sich mal wieder in Baileys Liebesleben eingemischt.

Liz erwähnte Jane gegenüber nichts von ihrer Theorie. Noch nicht. Jane aufzumuntern, hatte Vorrang. Zuerst setzte Liz darauf, Bailey als Arschloch zu beschimpfen, doch als Jane sie die ganze Zeit verteidigte, schwenkte sie um und hielt Jane stattdessen einen Vortrag, wie absolut umwerfend sie sei und dass da draußen eine viel bessere Person auf sie warte. Dann packte sie die Snacks aus, und sie guckten bis zwei Uhr morgens alte Folgen von *Der Prinz von Bel-Air*, bis sie irgendwann beide in Janes Bett einschliefen.

Am nächsten Morgen war Liz ausgelaugt, dehydriert, und ihr ganzer Körper fühlte sich irgendwie fettig an. Jane meldete sich krank. Bevor Liz ging, musste sie ihr versprechen, kein Wort zu Bailey zu sagen, falls diese im Büro war. Liz versprach es, kreuzte aber hinter dem Rücken die Finger. Sie hatte selbstverständlich vor, Bailey zur Rede zu stellen, sobald sich die Gelegenheit bot. Diese Trennung ergab keinen Sinn, und Liz wollte der Sache auf den Grund gehen.

Doch Bailey war nicht im Büro. Genauso wenig wie Daria. Sie ließen sich auch den Rest der Woche nicht blicken, nun, da die Bewerbung um das Stipendium eingetütet und abgeschickt war. Was irgendwie eine Erleichterung war. Jane behauptete zwar dauernd, sie sei bereit, Bailey gegenüberzutreten, aber Liz war sich ziemlich sicher, dass sie bei ihrem Anblick sofort in Tränen ausbrechen würde.

Natürlich wusste ganz *Nether Fields* von der Trennung. Jane hatte noch versucht, es geheim zu halten, doch Lydia hatte sie in der Wohnung weinen sehen, und wenn Lydia etwas wusste, dann wusste es kurz darauf die ganze Redaktion. Bald hatten alle Jane versichert, dass sie auf ihrer Seite seien und Bailey nun nicht mehr ausstehen könnten, worauf es Jane nur noch elender ging.

In der Woche darauf brach sie zumindest nicht mehr über den Tag verteilt ohne Vorwarnung in Tränen aus. Sie lief zwar immer noch herum wie der Esel aus *Winnie Puuh*, schien aber etwas resigniert zu haben.

Doch auch in dieser Woche kam Bailey nicht ins Büro. Sehr erwachsen, dachte Liz bei sich. Sie konnte ruhig ein bisschen Verantwortung übernehmen. Sie war ja wohl Eigentümerin dieses Magazins. Schon mal was von Professionalität gehört?

Daria hingegen tauchte zweimal auf. Beim ersten Mal schleppte sie mehrere Kisten mit Papierkram in den Janelle und verbarrikadierte sich dort für drei Stunden. Beim zweiten Mal hatte sie eine Besprechung mit Charlotte, die genau fünfzehn

Minuten dauerte, und war dann wieder weg. Beide Male saß Jane wie auf heißen Kohlen und warf ununterbrochen nervöse Blicke Richtung Tür, ob Bailey vielleicht nachkommen würde. Und beide Male rang Liz erbittert mit sich selbst, ob sie Daria nun zur Rede stellen sollte oder nicht.

Sie entschied sich dagegen. Schließlich hatte sie keine Beweise, dass Daria hinter dieser Trennung steckte, nur ein starkes Gefühl. Am Ende dachte Daria noch, Liz sei einfach nur beleidigt, weil Daria sie demonstrativ ignorierte, seit sie miteinander geschlafen hatten. Was sie natürlich nicht war. Stattdessen konzentrierte sie sich tagsüber auf ihre Artikel und versuchte abends, sich ein paar Absätze ihres Romans aus den Rippen zu leiern.

Doch irgendwann würde Liz es Daria schon noch zeigen. Sie würde einen besseren Job finden oder einen Bestseller schreiben und kündigen. Und dann, wenn sie ihren Abgang hinlegte, würde sie Daria eine Standpauke halten, an der sie ihr Leben lang zu knabbern hätte.

17

Das Geschäftsjahr der *Nether Fields* endete im August, was bedeutete, dass Anfang September die jährliche Bilanzsitzung anstand. Normalerweise hatte Charlotte Donuts dabei, erzählte kurz, wie viel Geld sie diesmal verloren hatten, und beendete das Meeting, indem sie alle dazu anhielt, weiter so gute Arbeit zu leisten. Doch dieses Jahr hatten Bailey und Daria das Sagen. Jane würde ihrer Ex gegenübertreten müssen.

Am Nachmittag der Besprechung ging Liz mit Jane – die in dem roten Hosenanzug, den sie immer zu Interviews mit Politiker*innen trug, einfach zum Niederknien aussah – zum Rosie, wo sie sich auf eine der Bänke entlang der Wand setzten. Charlotte kam herein und ließ sich am Kopfende des Tisches nieder, reagierte aber kaum auf die vereinzelten Begrüßungen. Liz musterte sie. Sie wirkte irgendwie … neben der Spur. Wenn sie so darüber nachdachte, hatte sie in den letzten Wochen kaum ein Wort mit Charlotte gewechselt. Der Anflug eines schlechten Gewissens überkam sie; sie hatte gar keine Augen dafür gehabt, wie stressig die Bewerbungsphase für Charlotte gewesen sein musste. Sie machte sich eine gedankliche Notiz, sich bald mal mit ihr zum Mittagessen zu verabreden.

Als die Tür ein weiteres Mal aufging, richteten sich alle Augen erwartungsvoll auf Jane. Liz schickte böse Blicke zurück, um so viele Leute wie möglich zum Wegsehen zu bewegen. Doch Jane saß erhobenen Hauptes da und behielt ihr Pokerface bei, als Bailey durch die Tür kam.

Was man von Bailey nicht gerade behaupten konnte. Sie sah elend aus, wie Liz mit einiger Befriedigung feststellte. Ein Hauch der Verwahrlosung umgab sie, als hätte sie seit Tagen nicht geschlafen. Ihre Augen waren rot, ihre Kleidung zerknittert, ihre Haltung gebeugt. Ihr Blick wanderte suchend durch den Raum und blieb bei Jane hängen. Von ihrem federnden Gang und den sonst so fröhlich in die Runde geschmetterten Begrüßungen fehlte jede Spur, als sie schweigend und mit langsamen, schweren Schritten das Kopfende des Tisches ansteuerte.

Als sie sich hingesetzt hatten, ergriffen weder Daria noch Bailey sofort das Wort. Stattdessen blätterte Daria in ihren Papieren, und Bailey sah auf ihre Hände. Dann schauten sie einander an, und Baileys hilfesuchender Gesichtsausdruck sagte so viel wie »Fang du an«. In Liz' Gehirn läutete eine einzelne Alarmglocke.

Daria warf Bailey einen schiefen Blick zu, begann aber zu sprechen. »Danke, dass ihr alle gekommen seid«, sagte sie. »Normalerweise würden wir in diesem Meeting die Zahlen des vergangenen Jahres durchsprechen. Doch leider müssen wir euch zuerst etwas mitteilen.« Sie schaute kurz zu Bailey, die ihr nickend bedeutete weiterzureden. »Die *Nether Fields* haben es nicht unter die Finalist*innen des Stipendiums für unabhängige Medien geschafft.«

Eine Welle fassungsloser Ohs brandete durch den Raum.

»Weil *manche* von uns fest mit dem Fördergeld gerechnet haben ...«, Daria warf Bailey einen Seitenblick zu, »... haben wir es ins Budget für das nächste Geschäftsjahr einfließen lassen. Doch ohne den Zuschuss fehlt uns der Cashflow, um unsere Betriebskosten zu decken, geschweige denn in ein Update unserer Systeme zu investieren. Deshalb ...«, Daria fixierte den Papierstapel, der vor ihr lag, »... haben wir die schwere Entscheidung getroffen, das Magazin zum Verkauf anzubieten.«

Liz erstarrte. Um sie herum wurden erschrockene Blicke getauscht. Charlotte schaute auf die Tischplatte und sah niemandem in die Augen.

»Ich weiß, das ist nicht leicht zu hören«, sagte Daria. »Dies ist eine Geschäftsentscheidung, die einzig und allein auf Zahlen basiert. Wir werden das Magazin drei Monate lang auf dem Markt lassen. Wenn wir bis dahin kein Angebot erhalten, werden die *Nether Fields* am ersten Dezember aufgelöst.«

»Was?«, fuhr Lydia dazwischen. »Ihr macht uns dicht?«

Darias Ausdruck blieb hart und ungerührt. »Nein. Wir nehmen uns neunzig Tage, um alternative Investitionsmöglichkeiten ausfindig zu machen.«

Auf der Bank tastete Jane nach Liz' Hand. Sie drückten beide fest zu. Liz' Herz pochte wie wild.

»Bailey«, sagte Daria. »Du wolltest auch noch was sagen?«

Bailey schluckte. »Ja. Es …« Sie zögerte, ihre Stimme heiser und gepresst. »Es tut mir so leid. Ich habe jede Minute der Zusammenarbeit mit euch genossen. Ihr habt alle … wunderbare, wichtige Arbeit geleistet. Und ihr habt so hart gearbeitet. Es ist einfach … Finanziell können wir nicht weitermachen. Wir würden gerne, aber wir können einfach nicht.« Sie schien mit den Tränen zu kämpfen, während sie um Verständnis flehte.

Trotzdem hätte Liz sie am liebsten angeschrien. Was nützte ihnen eine Entschuldigung, wenn sie wahrscheinlich bald alle ihren Job los waren?

Daria fügte noch Organisatorisches hinzu – dass sie eine Abfindung bekommen würden, wenn sich kein Käufer finde; dass sie ihre Krankenversicherung verlängern könnten, während sie arbeitssuchend seien, falls es dazu kommen sollte – und räusperte sich dann.

»Ich glaube, Charlotte wollte noch ein paar Worte allein an

euch richten.« Sie machte eine Geste Richtung Charlotte, die nickte. »Bailey und ich arbeiten noch etwa eine Stunde im Besprechungsraum nebenan. Kommt gerne vorbei, falls noch Fragen offen sind.«

Bildete Liz es sich ein, oder hatte Daria sie dabei angeschaut?

Daria stand auf. Bailey warf Jane einen letzten leidenden Blick zu und folgte ihr dann nach draußen. Als die Tür hinter ihnen zufiel, herrschte kurz Stille, bevor alle auf einmal anfingen zu reden.

»Ich fass es nicht, dass die einfach so …«

»Wie sollen wir jemals wen finden, der uns kaufen will?«

»Daria hat unsere Bewerbung mit Absicht sabotiert! Sie wollte nie, dass wir das Stipendium bekommen.«

»Die sind nicht mal fünf Monate da und schmeißen schon hin?«

»Wir haben uns den Arsch aufgerissen. War das jetzt alles umsonst oder was?«

Liz sagte nichts, während sie versuchte, die Info zu verdauen. Vielleicht lag es daran, dass sie miterlebt hatte, wie sich in letzter Zeit alle reingehängt hatten, doch zu ihrer Überraschung erfüllte sie der Gedanke ans Aus der *Nether Fields* auf einmal mit Panik. Was würde aus ihren Freund*innen werden? Was würde aus *ihr* werden? Sie hatte ein paar mickrige Kapitel ihres Romans geschrieben, klar, aber der Traum vom Schreiben war ihr so viel machbarer vorgekommen, als sie, na ja, noch nichts geschrieben hatte. Es war nicht so, dass sie in drei Monaten einen Bestseller aus dem Ärmel schütteln würde.

»Leute«, übertönte Charlotte das Geschnatter. Nach und nach verstummten alle. »Wir hatten einen guten Lauf. Die *Nether Fields* haben neunzehn Jahre auf dem Buckel, was mehr ist, als die meisten je für möglich gehalten hätten, mich selbst eingeschlossen. Wahrscheinlich wird uns diesmal niemand kaufen, aber wenigstens haben wir durch Bailey und Daria ein paar Monate länger bekommen, als wir dachten.« Sie räusperte sich. »Wir haben bei den Leuten wirklich was bewirkt. Ja, diese Neuigkeiten sind furchtbar, vor allem weil es gerade so aussah, als würde sich das Blatt wenden. Aber Daria hat nicht ganz unrecht – ohne Finanzierung von außen können wir nicht weitermachen. Ich hoffe, ihr seid alle stolz darauf, was ihr hier geleistet habt. Ich bin es jedenfalls. Wir haben queeren Menschen gezeigt, dass sie von Bedeutung sind. Vor allem trans* Menschen und Queers of Color. Ich hoffe, ihr wisst, wie wichtig das ist.«

Sie räusperte sich noch mal, und Liz sah fassungslos zu, wie sich Charlottes Augen mit Tränen füllten. Sie hatte Charlotte noch nie weinen sehen. »Es tut mir leid, dass ich euch im Stich gelassen habe.« Charlottes Stimme brach. »Es tut mir leid, dass die Lage beängstigend und ungewiss ist und wir das alles nun ein zweites Mal durchmachen müssen. Aber ich bin so stolz auf jede einzelne Person in diesem Raum.«

Katie, die Charlotte am nächsten war, stand auf und legte die Arme um sie. Finn folgte ihrem Beispiel, und nach und nach schlossen sich alle zu einer riesigen, wackeligen Gruppenumarmung zusammen. Liz und Jane legten die Arme um die Rücken der Menschen vor ihnen. Dann fiel Lydia mit einem Kreischen um, und der Moment war vorbei. Charlotte entschuldigte sich mit den Worten, sie gehe für heute nach Hause, und der Rest teilte sich in kleine Grüppchen und sprach sich flüsternd gegenseitig Mut zu.

»Das hat sie doch nicht gemacht, weil wir Schluss gemacht haben, oder?«, sagte Jane leise.

Liz schüttelte den Kopf. »Wenn Bailey zwanzig Stellen abschafft, weil sie nicht auf eine Trennung klarkommt, ist sie ein Arschloch.«

»Sie ist in jedem Fall ein Arschloch«, schaltete sich Lydia ein. »Die geben bloß auf, weil wir dieses Stipendium nicht gekriegt haben. Das Daria sowieso nie haben wollte. Wir können das nicht zulassen.«

»Was sollen wir denn machen?«, fragte Katie. »Kennst du etwa zufällig jemanden, der ein paar Millionen Dollar rumliegen hat?«

»Wir könnten uns wehren!«, sagte Lydia. »Wir könnten unseren Leser*innen erzählen, was hier abgeht, und sie mit ins Boot holen. Vielleicht sogar eine Kickstarter-Kampagne starten. Ihr habt die Zahlen doch selbst gesehen – unsere Reichweite wächst. Wir haben jetzt Möglichkeiten, die wir im Mai noch nicht hatten.«

»Wir würden nie im Leben genug Geld zusammenkriegen«, sagte Liz. Sie wollte keine Spielverderberin sein, doch das hörte sich an wie ein Hirngespinst. Ihre Leser*innen waren junge Queers, die damit beschäftigt waren, sich in dieser Welt irgendwie durchzuschlagen, keine Superreichen mit Geld auf der hohen Kante.

»Dann starten wir halt eine Petition!«, sagte Lydia. »Wir machen auf das Magazin aufmerksam und zeigen potenziellen Käufer*innen, dass wir eine treue Fanbase haben, die uns unterstützt.«

»Warum sollte das irgendwen kümmern? Hat doch bisher auch niemanden interessiert.« Jane klang ernüchtert.

»Dann bringen wir sie eben dazu«, sagte Lydia. »Wozu sind wir Journalist*innen?«

»Vielleicht könnten wir ein Stück darüber schreiben, dass es immer weniger Räume für Lesben gibt.« Langsam ließ Liz sich von Lydias Begeisterung anstecken. »Und alles dafür tun, dass es viral geht.«

Jane schüttelte den Kopf. »Lesbenräume verschwinden andauernd. Die verschwinden schon die ganze Zeit. Das ist doch keine Schlagzeile.«

»Aber was, wenn wir eine Schlagzeile daraus machen?« Liz wurde immer aufgeregter. »Was, wenn wir darüber schreiben, dass wir gar keine echte Chance bekommen haben? Dass Heather Media uns einstampfen wollte, ohne überhaupt zu versuchen, irgendwas zu verbessern? Dass es unter Daria und Bailey bergauf ging und wir nur nicht genug Zeit bekommen haben, um zu beweisen, wie zukunftsträchtig wir sind?«

»Das könnte klappen«, sagte Lydia. »Wir könnten den Artikel benutzen, um uns potenziellen Käufer*innen gegenüber anzupreisen, und darunter einen Link zur Petition setzen.« Ein paar Leute nickten nachdenklich.

Jane wirkte nicht überzeugt. »Wir sind dieses Jahr schon zweimal fallen gelassen worden. Wer sollte jetzt noch investieren?«

»Komm schon, Jane«, sagte Liz. »Einen Versuch ist es wert. Du bist die leitende Redakteurin. Du könntest das besser als jeder andere.«

Jane verschränkte die Arme. »Ich schreib doch keinen Artikel, in dem ich über das Management meiner Ex-Freundin herziehe.«

»Okay«, sagte Liz. »Verständlich. Dann mach ich's eben.«

»Ich will nicht, dass *irgendwer* ihn schreibt.«

»Lass mich wenigstens einen Entwurf schreiben«, sagte Liz. »Ich erzähle ein bisschen was zur Geschichte des Magazins und unserem Einfluss auf die LGBTQ+-Community. Du kannst ihn gegenlesen und hast volles Einspruchsrecht.«

Andere schalteten sich ein und boten an, beim Einrichten der Petition, mit Grafiken für Social Media und der Suche nach Verbreitungsmöglichkeiten zu helfen. Irgendwann lenkte sogar Jane ein und erklärte sich bereit, einige bekanntere Persönlichkeiten, die sie in den letzten Jahren interviewt hatte, zu fragen, ob sie die Petition teilen würden.

»Alles klar.« Lydia tippte Notizen in deren Handy. »Das wird gut, Leute. Wir schaffen das.« Dey zog alle zu einem engen Kreis heran wie eine Fußballmannschaft, und sie riefen wie aus einem Mund: *»Nether Fields!«*

Da der Arbeitstag sowieso gelaufen war, wurde beschlossen, die Planung in eine Bar in der Nähe zu verlegen. Liz, die sich sofort an den Artikel setzen wollte, sagte, sie komme später nach, und ging zurück an ihren Schreibtisch.

Anfangs noch angespornt vom Tatendrang ihrer Kolleg*innen, flogen ihre Finger nur so über die Tasten. Vielleicht hatte Lydia recht. Vielleicht waren sie zu teilnahmslos gewesen, als Heather Media sie im Mai zum Verkauf angeboten hatte. Vielleicht hatten sie mehr Macht als angenommen. Doch je länger sie tippte, desto mehr kroch rasende, zerstörerische Wut in ihr hoch. Jane, Charlotte, Lydia, Katie, Finn – sie hatten mehr verdient, als einfach so vor die Tür gesetzt zu werden. In ihrem Kopf liefen Darias Worte in Dauerschleife. *Dies ist eine Geschäftsentscheidung, die einzig und allein auf Zahlen basiert.* Doch hier ging es um echte Menschen, nicht bloß um Zahlen.

Liz ließ die Faust auf die Tastatur niedersausen, und ein wahlloser Wust aus Zeichen hüpfte über das Dokument. Sie wollte irgendwas boxen. Am liebsten eine Nase. Am liebsten die von Bailey.

Sie stand auf und trat mit ihren Doc Martens gegen die Kante des Schreibtischs. Sie nahm ihren Sushi-Stressball und pfefferte ihn durch den Raum. Dann ließ sie sich mit so viel Wucht auf ihren Drehstuhl plumpsen, dass er mehrere Meter zurückrollte und gegen die Trennwand zu Katies Arbeitsplatz krachte. Dort blieb sie mit zurückgelegtem Kopf sitzen, während ihre Gedanken rotierten.

Ein Geräusch drang aus dem Flur. Liz zuckte zusammen. Sie hatte ganz vergessen, dass Daria und Bailey noch da waren.

Sie stand auf. *Geh da bloß nicht rein*, ermahnte sie sich selbst. *Sei nicht so ein Hitzkopf, so wie immer.* Sie machte ein paar Schritte Richtung Janelle. Was hatte sie schon zu verlieren? Sollten Daria und Bailey sie doch feuern. Das machte jetzt auch keinen Unterschied mehr. Sobald die Sache durch war, würden sich die beiden in ihre noblen Apartmentgebäude und schicken Strandhäuser zurückziehen, und Liz würde sie nie wieder sehen.

Bevor sie weiter darüber nachdenken konnte, war sie schon am anderen Ende des Flurs. Durch die Glastür des Janelle sah sie Daria, die stapelweise Papier in verschiedenen Heftern ablegte und diese in große Pappkartons beförderte. Sie sah aus wie jemand, der drauf und dran war, vom Schauplatz des Verbrechens zu fliehen.

Liz öffnete die Tür. »Wo ist Bailey?« Sie hatte nicht vorgehabt, die Frage zu brüllen, aber egal.

Mit einem Hefter in der Hand blickte Daria auf. »Sie ist gegangen.« Langsam ließ sie die Mappe auf den Tisch sinken. »Ich wusste nicht, dass noch jemand hier ist.«

Liz ging hinein und machte die Tür hinter sich zu. Schlagartig wurde ihr bewusst, dass sie seit Boston nicht mehr mit Daria allein gewesen war. Der Gedanke machte sie merkwürdig nervös.

Darias Haare waren zerzaust und die Ärmel ihres grauen Hemds bis über die Ellbogen hochgekrempelt. Kurz wünschte Liz, sie hätte daran gedacht, ihr eigenes Haar zu richten, doch sie verwarf den Gedanken. War doch egal, was Daria von ihr hielt.

An die Tischkante gelehnt, wartete Daria darauf, dass Liz etwas sagte. Doch nun, da Liz hier war, wusste sie nicht, wo sie anfangen sollte. In ihren schillerndsten Fantasien von diesem Moment hatte eine versnobte, verstockte Designeranzug-Daria vor ihr gestanden und gröbste Gemeinheiten von sich gegeben. Manchmal hatte sie auch zwei Goldmünzen aneinandergerieben wie Dagobert Duck. Doch diese Daria – ausgelaugt, fast wie erschlagen – war beunruhigend menschlich.

»Du«, sagte Liz im Versuch, Fahrt zu gewinnen, »bist ein Arschloch.«

Sie hoffte, Daria würde etwas Gehässiges antworten und Liz einen Grund geben, erst richtig wütend zu werden. Doch Daria stand wie angewurzelt vor dem Tisch. Nach ein paar Sekunden hauchte sie leise »Oh«.

»Oh?« Liz machte noch einen Schritt auf sie zu. Sie hatte sich diesen Augenblick immer triumphal ausgemalt, doch ihr war flau zumute.

»Ist das alles? Willst du gar nicht wissen, warum?«

Daria senkte den Blick auf den Pappkarton, den sie gerade mit Akten befüllt hatte. »Eigentlich …«, begann sie und setzte dann neu an. »Ich dachte, du bist wegen was anderem hier.«

»Was anderem? Warum …« Liz brach abrupt ab. Sie hatte gerade fragen wollen, warum zur Hölle sie sonst hier sein sollte, als Daria aufsah. Ihre Augen waren geweitet, ihr Gesicht bestürzt, ihr Ausdruck schutzlos.

Ach so.

Liz griff nach einem Stuhl in der Nähe, um sich abzustützen. Leider hatte besagter Stuhl Rollen. Sie stolperte, und mit einem Satz war Daria neben ihr und hielt sie am Arm fest.

Da standen sie, wie erstarrt, Darias Hand auf Liz' Arm. Liz' Herzschlag schwoll zu einer wummernden Bassline an. Als sie nicht zurückwich, ließ Daria die Hand langsam nach unten gleiten, bis ihre Finger sich fanden.

Und dann küsste Daria sie. Nicht wie in Boston, als sie sich heftig aneinandergepresst hatten und sofort an die Wäsche gegangen waren. Diesmal küsste Daria sie langsam. Sie küsste Liz, als wollte sie ihr etwas sagen. Sie küsste Liz, als würde sie ihr ein Versprechen geben.

Daria schlang ihren freien Arm um Liz' Taille und zog sie näher heran. Ohne nachzudenken, legte Liz eine Hand an Darias Wange, und mit einem leisen Stöhnen öffnete Daria ihre Lippen mit der Zunge, worauf sich an Liz' Körper sämtliche Härchen aufstellten. So war sie nicht mehr geküsst worden, seit ... War sie jemals so geküsst worden?

Doch dann stellte sie mit Entsetzen fest, dass ihr die Tränen in die Augen stiegen. Es war alles zu viel. Sie brach den Kuss ab, machte sich los und ging zum Fenster, um sich unbemerkt die Augen abzuwischen.

Der Abstand ließ sie wieder klar denken. Erinnerte sie daran, dass sie hier im Büro waren. Im Büro des Onlinemagazins, das Daria einstampfen wollte. Das Onlinemagazin, bei dem all ihre Freund*innen arbeiteten. Zum Beispiel Jane. Herrgott noch mal. Liz war doch nicht *deshalb* in den Besprechungsraum gekommen. Sie war hergekommen, um Daria zur Rede zu stellen.

Was zur Hölle machte sie da eigentlich?

»Sag's nicht.«

Liz drehte sich erschrocken um. »Was denn?«

»Sag nicht, dass du das nicht kannst, warum auch immer.«

Daria stand immer noch dort, wo Liz sie zurückgelassen hatte, und vergrub die Hände in den Hosentaschen.

»Ich ...« Liz war aus dem Konzept gebracht. »Ich kann das wirklich nicht.«

»Doch, kannst du«, sagte Daria. »Ich weiß schon, das hier ...«, sie machte eine Geste, die das Büro meinte, »... sind nicht gerade ideale Rahmenbedingungen. Aber ich weiß, dass du das Gleiche empfindest wie ich.«

Liz machte einen Schritt rückwärts und ließ sich gegen die Wand sinken. So wie ihre Beine zitterten, wäre sie sonst womöglich umgekippt. Ausnahmsweise fehlten ihr die Worte.

»Liz.« Daria kam auf sie zu. »Weißt du überhaupt, wie sehr ich auf dich stehe?«

Liz starrte sie an. Daria blieb ein paar Schritte von ihr entfernt stehen. »Ich muss die ganze Zeit an dich denken«, sagte sie. »Ich warte ständig darauf, welchen Witz du wohl als Nächstes machst oder welche komplett unangebrachte Bemerkung du gleich vom Stapel lässt. Ich frage mich ständig, wie du es schaffst, einfach dein Ding durchzuziehen, ohne was darauf zu geben, was andere von dir denken oder erwarten. Ich hingegen – ich denke viel zu viel, in einer Tour. Aber du bist einfach *du*.«

Sie nahm Liz' Hand. »Ich denke vor dem Einschlafen an dich. Ich denke beim Aufwachen an dich. Ich laufe rum und führe im Kopf ganze *Gespräche* mit dir und überlege, wo ich gerne mit dir hingehen würde. Ich kann mich einfach nicht mehr beherrschen.« Sie schluckte. »Ich will mich nicht mehr beherrschen.«

Einen Moment lang geriet Liz in Versuchung. Es wäre so leicht gewesen, sich ohne nachzudenken in Darias Arme fallen zu lassen. Geküsst zu werden. Aufgehoben zu sein. Liz hatte sich schon so lange gewünscht, dass eine Person so für sie empfand. Sie ansah mit ihren zig chaotischen Facetten und jede einzelne für liebenswert befand.

Doch das hier war *Daria*.

Daria, die im Begriff war, das Magazin dichtzumachen, bei dem all ihre Freund*innen arbeiteten. Daria, die Westons Leben ruiniert hatte. Daria, die Bailey und Jane auseinandergebracht hatte. Liz war vielleicht impulsiv, doch *darauf* würde sie sich nicht einlassen. Es gab Grenzen. Es war verdammt noch mal Zeit, erwachsen zu werden.

Sie schüttelte Darias Hand ab.

»Dir muss es doch auch so gehen.« Daria sah sie forschend an.

»Aber«, begann Liz und hasste ihre Stimme dafür, dass sie zitterte, »in Boston. Da hast du so getan, als wäre das ein riesengroßer Fehler gewesen.«

»Das war eine Kurzschlussreaktion«, sagte Daria mit flehendem Blick. »So war das doch nicht geplant. Wir arbeiten schließlich zusammen, meine Tante war nur ein Stockwerk über uns, und i-ich hatte das nicht durchdacht. Da hab ich einfach einen Moment gebraucht. Um nachzudenken. Aber dann bin ich aufgewacht, und du warst einfach weg.« Sie schüttelte den Kopf. »Erst war ich verletzt. Und sauer erst recht. Aber jetzt weiß ich, dass du auch bloß Angst hattest. Ich weiß, dass du mehr empfindest, als du zugeben willst.«

»Glaub mir, ich empfinde so einiges mehr.« Etwas in Liz' Stimme brachte Daria dazu, zurückzuweichen. Es war, als fluteten sämtlicher Zorn und Schmerz, die Liz überhaupt erst in den Besprechungsraum getrieben hatten, in einem gewaltigen Schwall ihr Nervensystem. Darias Worte versetzten sie schlagartig zu dem schrecklichen Moment in Tante Katherines Küche zurück. Die Kälte der Arbeitsfläche auf ihrer nackten Haut, als Darias Arme von ihr abgelassen hatten. Wie Daria die Platte geschrubbt und sich geweigert hatte, sie auch nur anzugucken. Wie Liz mit der zusammengeknüllten Unterwäsche in der Faust nach oben geflohen war. Wie sie die ganze Nacht wach gelegen und sich runtergemacht hatte, weil ihr wieder einmal auf demütigende Weise vor Augen geführt worden war, dass sie für niemanden jemals gut genug war.

Liz hatte es satt, nie gut genug zu sein. Damit war jetzt Schluss. Diesmal war Daria *ihr* nicht gut genug.

»Ich kann dich nicht einfach nur nicht leiden«, sagte Liz. »Ich hasse dich! Glaubst du wirklich, ich könnte mich in dich verlieben, nach dem, was du allen angetan hast?«

»Was ich allen *angetan* habe?« Die Verletzlichkeit wich aus Darias Gesicht, und Röte schoss ihr in die Wangen.

»Das Magazin dichtgemacht. Unsere Stipendiumsbewerbung sabotiert. Alle meine Freund*innen gefeuert. Und dann läufst du noch die ganze Zeit hier rum, als wärst du was Besseres.«

»Wir hätten das Stipendium sowieso nie bekommen!« Daria ballte die Hände zu Fäusten, als könnte sie sich nur mit Mühe beherrschen. »Das Stipendium ist für neue, aufstrebende Publikationen gedacht, nicht für irgendwelche Onlinemagazine, die sich seit zwanzig Jahren abstrampeln.«

»Aber trotzdem hast du dich von Bailey überreden lassen, es ins Budget einfließen zu lassen?« Liz schrie jetzt förmlich. »Obwohl du dir sicher warst, dass wir es eh nicht kriegen? Damit sie dann keine andere Wahl hat, als hinzuschmeißen?«

Daria wandte den Blick ab. Die Sehnen in ihrem Hals zuckten, als sie die Zähne zusammenpresste. Wenn das mal kein Geständnis war.

»Und ich weiß …« Liz' Stimme stockte. Jetzt war ihre Chance, endlich alles loszuwerden, was sie schon so lange mit sich herumtrug. Sie würde jetzt *nicht* weinen. »Ich weiß, dass du hinter Baileys und Janes Trennung steckst. Alles lief super, und dann war's plötzlich aus. Du hast sie auseinandergebracht, damit Bailey zustimmt, das Magazin zu verkaufen.«

»Nein, ich hab sie auseinandergebracht, um meine Freundin zu schützen!« Darias Stimme nahm Liz' Lautstärke an. »Ich hab euch gehört! Ich hab gehört, wie du und Lydia euch darüber lustig gemacht habt, dass das von Anfang an euer Plan war.«

Liz hatte keine Ahnung, wovon sie redete. »Unser Plan?«

»In der Küche! Nach dem Meeting zum Förderantrag. Ich hab gehört, wie Lydia gesagt hat, dass Jane Bailey verführt hat, damit ihr alle eure Jobs behalten könnt.«

Liz starrte Daria mit offenem Mund an. »Was?«, fragte sie. »Glaubst du ernsthaft, wir haben eine *Beziehung* gefakt, um das Magazin am Laufen zu halten? Glaubst du, dass ausgerechnet *Jane* zu so was fähig wäre?«

Darias Lippen verzogen sich zu einem abfälligen Grinsen. »Was weiß ich, wozu sie fähig ist.«

»Jane war in Bailey verliebt«, fauchte Liz. »In echt. Das war doch nicht zu übersehen. Sie ist am Boden zerstört, genau wie Bailey. Alle sind unglücklich, und du bist schuld! Weil du nicht aufhören kannst, dich in anderer Leute Angelegenheiten einzumischen, genau wie …« Sie zögerte eine Millisekunde und preschte dann ohne Rücksicht auf Verluste voran. »Genau wie bei Weston.«

Daria versteifte sich. »Und was bitte habe ich Weston angetan?«

»Sie hat mir alles erzählt. Wie du nicht damit klargekommen bist, dass Bailey auf jemand anderen stehen könnte als dich, und deshalb dafür gesorgt hast, dass Weston fliegt. Du hast ihr Leben ruiniert.«

Darias Miene war verzerrt. Es war kein Fitzelchen Zuneigung mehr darin, keine Spur der Person, die Liz nur wenige Augenblicke zuvor geküsst hatte.

»Und dann tauchst du hier auf …«, Liz ritt immer noch die Welle der Wut, »… und denkst, ich falle dir einfach so in die Arme und laufe dir in dein Nobelapartment nach, damit du mich ein paar Tage vögeln und mir dann ein Uber zurück nach Brooklyn rufen kannst, wenn es dir langweilig wird?«

»Das ist nicht …« Daria zuckte zusammen. »Ich würde nie … Ist das wirklich das, was du von mir denkst?«

»Das ist *genau* das, was ich von dir denke.« Liz' Hände waren zu Fäusten geballt. Sie war bereit für jeden Schlagabtausch, jedes Wortgefecht, jede erdenkliche Gemeinheit, die Daria ihr entgegenpfeffern könnte.

Doch Daria sagte nichts. Mehrere Sekunden lang bewegte sie sich nicht mal.

»Okay«, sagte sie schließlich.

Sie nahm ihre Aktentasche vom Tisch und legte sich ihren Blazer über den Arm.

»Tut mir leid, dass ich deine Zeit verschwendet habe. Entschuldige mich.«

Sie ging um Liz herum zur Tür und trat nach draußen. Schwer atmend sah Liz ihr hinterher. Endlich hatte sie sich alles von der Seele geredet, was sie Daria schon immer hatte sagen wollen – aber der Triumph blieb aus.

Liz sah sich ein letztes Mal im Besprechungsraum um und machte dann das Licht aus. Sie zog die Tür sanft hinter sich zu. Dann ging sie an ihren Schreibtisch zurück, setzte sich hin und begann zu weinen.

18

Am nächsten Tag meldete Liz sich krank. Sie verbrachte den Tag im Bett, wo sie Chips aß, zum x-ten Mal *Weil ich ein Mädchen bin* schaute und nebenbei durch Twitter scrollte. Doch sie konnte sich weder auf das eine noch auf das andere konzentrieren, weil in ihrem Kopf eine andauernde Debatte herrschte: ob sie es Jane erzählen sollte oder nicht.

Normalerweise vertraute sie Jane alles an, aber sie war sich nicht sicher, wie Jane darauf reagieren würde, dass Bailey nur wegen eines Gesprächs mit ihr Schluss gemacht hatte, das Daria so halb mit angehört hatte. Außerdem hatte sie keine Ahnung, wie sie die Geschichte erzählen sollte, ohne gleichzeitig zuzugeben, dass sie in Boston mit Daria geschlafen und Jane nichts davon gesagt hatte.

Also ließ sie die Wut, die sie immer noch im Bauch hatte, in den angefangenen Artikel fließen, den sie sich am Abend zuvor noch schnell gemailt hatte. Sie kam in den Flow und schrieb darüber, wie sie das Magazin als Collegestudentin entdeckt und gemerkt hatte, dass sie nicht alleine war. Sie erzählte von den Menschen, die dort arbeiteten, die ihr Herzblut in die *Nether Fields* steckten und in letzter Zeit alles gegeben hatten. Wie unfair es war, dass sie jetzt vor dem Aus standen und ihnen die Chance genommen wurde, das Ruder endgültig herumzureißen.

Als der Entwurf stand, war Liz zufrieden. Doch als sie ihn gegenlas, kam er ihr überzogen und einseitig vor. Weil sie in keiner

Verfassung war, ihn zu redigieren, schob sie den Laptop zur Seite und starrte an die Zimmerdecke.

Dann, als sie das Gefühl beschlich, dass sie vielleicht für immer hier liegen bleiben würde, wenn sie jetzt nicht aus dem Bett kam, zwang sie sich, aufzustehen und einen Spaziergang zu machen.

Ihr Körper fühlte sich schwer an, als sie sich am Brooklyn Museum vorbei zum Prospect Park schleppte. Bis auf einige Erwachsene mit Kindern und ein paar vereinzelte Menschen mit Hunden war die Wiese leer. Liz schlug den Pfad ein, der zur anderen Seite des Parks führte.

Die Bewegung tat gut, doch so ganz ohne Ablenkung spielte ihr Kopfkino die Auseinandersetzung mit Daria in Dauerschleife. Und zwar nicht nur die Szene, als sie sich angeschrien hatten. Auch die Szene mit dem Kuss. Und die Szene Daria-ist-schon-die-ganze-Zeit-in-Liz-verliebt.

Ihr Handy vibrierte einmal in ihrer Hosentasche, und Liz zog es hervor, falls es Jane war, die wissen wollte, ob alles in Ordnung sei. Aber es war nur eine Instagram-Benachrichtigung. Sie wollte es gerade wieder einstecken, als es noch mal vibrierte – noch eine Instagram-Benachrichtigung. Ein neuer Follower und eine Nachrichtenanfrage. Vermutlich Spam. Liz öffnete die App, um nachzusehen, und hatte unversehens die längste Insta-Nachricht vor sich, die sie jemals bekommen hatte. Von @DFitz.

Eine Sekunde lang überlegte Liz, sie ungelesen zu löschen. Aber sie machte sich was vor – sie wusste, dass sie nicht so viel Selbstbeherrschung besaß. Sie setzte sich auf eine Bank, scrollte an den Anfang und begann zu lesen.

Liz,

ich hoffe, es ist okay, dass ich dir hier schreibe. Es hat sich falsch angefühlt, dir das hier an deine Arbeitsmail zu schicken, und ich wusste nicht, wie ich dich sonst erreichen soll.

Es tut mir leid, dass ich dich gestern Abend vor den Kopf gestoßen habe. Ich dachte wirklich, du weißt, was ich für dich empfinde. Ich hatte mir sogar eingeredet, dass du das Gleiche empfindest. Jetzt weiß ich, wie falsch ich lag.

Ich wollte auch zwei Sachen ansprechen, die du mir gestern vorgeworfen hast. Nicht um dich umzustimmen – dafür ist es wohl zu spät. Aber um meinen Ruf zu retten, zumindest so gut es geht.

Erstens: Weston. Ich weiß nicht, was sie dir erzählt hat, aber ich bezweifle, dass es die ganze Geschichte war. Wir haben in den ersten zwei Semestern im College zusammengewohnt und konnten uns nicht ausstehen. Ich habe so viel Zeit wie möglich außerhalb des Zimmers verbracht, meistens mit Bailey. Sie war die erste Freundin, bei der ich komplett ich selbst sein konnte und die mich trotzdem mochte. Bailey stand als Einzige hinter mir, als ich mein Coming-out hatte – erst vor mir selbst und dann vor meinen Eltern, die nichts mehr mit mir zu tun haben wollten. Bailey hat mir geholfen, das durchzustehen. Dafür schulde ich ihr alles.

Im zweiten Collegejahr wollte Weston auf einmal was von Bailey. Sie hat so getan, als wäre sie unsterblich in sie verliebt, und es hat funktioniert – Bailey war schon immer hoffnungslos romantisch. Aber Weston war ätzend zu ihr: In der einen Woche konnte sie nicht genug von ihr bekommen und in der nächsten hat sie mit anderen Leuten rumgemacht und Bailey kaum beachtet. Ich habe versucht, Bailey zu überreden, Schluss zu machen, aber Bailey war viel zu verliebt, um zu erkennen, wie toxisch das alles war. Sie war nur noch mit Weston zusammen, hat gekifft und getrunken.

Dann hat sie angefangen, Kurse zu schwänzen. Ihr Verhalten war unberechenbar, und sie wurde so depressiv, dass es mir Angst gemacht hat. Irgendwann ist mir klar geworden, dass sie und Weston auch lauter andere Drogen genommen haben. Weston hat ein Vermögen mit Dealen verdient, auf dem Campus und in der Stadt.

Aber dann wurde eine Person, der Weston was verkauft hatte, mit Koks erwischt, und Weston wollte Bailey dazu bringen, den Kopf dafür hinzuhalten. Sie hatte Bailey schon so weit, dass die dachte, wenn sie diese eine Sache durchzog, würde Weston sie endlich richtig lieben.

Also stimmte Bailey zu. Sie hätte gestanden, aber ich bin zur Dekanin gegangen. Ich habe ihr alles erzählt und gesagt, dass Bailey keine Strafe, sondern Hilfe braucht. Westons Zimmer wurde durchsucht, und mit dem, was dort gefunden wurde, wäre es ein Leichtes gewesen, sie verhaften zu lassen. Sie wurde rausgeworfen. Bailey durfte bleiben, unter der Bedingung, dass sie ein Jahr Pause macht und sich in Behandlung begibt. Sie kam stationär in eine Klinik und hat monatelang kein Wort mit mir geredet.

Weston hat sie nie besucht, obwohl Bailey sie darum angebettelt hat. Das hat Bailey das Herz gebrochen. Irgendwann hat sie mir verziehen. Sie hat gemerkt, wie toxisch Weston ist, kam zurück ans College und hat ihren Abschluss gemacht. Ich weiß, dass sie ein schlechtes Gewissen hat, weil Weston ihretwegen geflogen ist. Weston hat sich in den letzten Jahren immer mal wieder bei ihr gemeldet und behauptet, sie zu lieben. Bailey hat es geschafft, ihr fernzubleiben, aber sie hatte danach noch andere ungesunde Beziehungen, in denen sie ausgenutzt und dann fallen gelassen wurde.

Vielleicht bin ich deshalb ein bisschen übervorsichtig, wenn es um Bailey geht. Als sie eine Beziehung mit einer Angestellten eingegangen ist, war ich nicht gerade begeistert. Ich dachte, die

Katastrophe sei vorprogrammiert. Dann habe ich gehört, wie Lydia gesagt hat, das sei die ganze Zeit der Plan gewesen. Und ich habe demm geglaubt.

Ich werde mich nicht für Baileys Entscheidung entschuldigen, das Magazin einzustellen. Tatsächlich habe ich ihr dazu geraten – sie hätte alles verloren, wenn sie weitergemacht hätte –, aber ich bin nur die Minderheitsbeteiligte und letztlich war es ihre Entscheidung. Doch ich habe ihr gesagt, was ich gehört habe. Sie vertraut meinem Urteil, und es war nicht schwer, sie davon zu überzeugen, dass sie sich in Jane getäuscht hatte, genau wie sie sich in Weston und allen anderen getäuscht hatte. Du kennst Jane besser als ich. Wenn ich ihr unrecht getan habe, tut es mir leid. Ich arbeite immer noch daran, Bailey so beizustehen, wie sie mir im College beigestanden hat, und mache das bei Weitem nicht perfekt.

Tut mir leid, dass ich dich gestern Abend verletzt habe. Doch was ich gesagt habe über meine Gefühle für dich – das habe ich bis aufs letzte Wort gemeint.

DF

Liz las die Nachricht zweimal. Dann steckte sie ihr Handy in die Hosentasche und ging weiter. Sie war fest entschlossen, keinen Blick mehr darauf zu werfen. Doch keine Minute später blieb sie mitten auf dem Weg stehen und las sie noch mal.

Daria Fitzgerald war in ihre DMs geslidet. Liz hatte keine Ahnung, was sie fühlen oder denken sollte. Sie tippte auf Darias Benutzernamen. Null Beiträge, null Follower, einer Person gefolgt. Sie musste das Profil erstellt haben, um Liz zu schreiben.

Liz schob ihr Handy zurück in die Hosentasche und folgte weiter dem Pfad, während sie darüber nachdachte, was Daria über Weston gesagt hatte.

Aus Westons Mund hatte es so geklungen, als wäre Daria schuld daran gewesen, dass sie vom College geflogen war. Aber so, wie Daria die Geschichte erzählte, war Weston schon erwischt worden, bevor Daria sich überhaupt eingemischt hatte. Und nicht nur das, Weston hatte sogar versucht, Bailey die Schuld in die Schuhe zu schieben.

So was würde Weston doch nie tun. Liz *kannte* Weston. Bestimmt stellte Daria die Sache einfach anders dar, drehte sie so, dass sie selbst besser dastand.

Wenn … ja, wenn da nicht diese Heiß-Kalt-Spielchen gewesen wären. Liz musste zugeben, dass ihr das irgendwie bekannt vorkam. Denn machte Weston nicht genau das Gleiche mit Liz? Erst ein Treffen, das geradezu schwindelerregend gut war, und dann wochenlang kaum Kontakt. Weston war witzig und sexy und gut im Bett. Doch Liz wusste nie so ganz, woran sie eigentlich war.

Liz bog ab und nahm einen Bretterpfad Richtung See. Hatte Weston vielleicht nicht die ganze Wahrheit gesagt?

Liz zückte noch mal ihr Handy. Zumindest eine Sache ließ sich leicht überprüfen. Sie googelte kurz und fand heraus, in welchem Jahr Daria ihren Abschluss am Smith College gemacht hatte. Dann suchte sie nach Bailey und wurde auf einer Alumni-Website fündig. Bailey Cox, Abschluss ein Jahr später.

Liz stieg einige Holzstufen hinab zum Seeufer und setzte sich auf einen Felsbrocken. Neben ihr pickte eine Gruppe gewaltiger Gänse im Gras. Der Ausblick war wunderschön: Die Sonne schien aufs Wasser, die Bäume grünten noch, in der Ferne waren Touris auf Tretbooten unterwegs. Aber nichts davon heiterte Liz auf.

Daria könnte die Wahrheit über Weston gesagt haben. Was nahelegte, dass sie auch über Bailey die Wahrheit gesagt hatte, was wiederum erklären würde, warum sie Bailey schützen wollte. Und auch, wieso Daria überhaupt ins Magazin investiert hatte – sie war es gewohnt, Bailey aus der Patsche zu helfen.

Dann hatte Bailey sich Hals über Kopf in Jane verliebt. Daria war von Anfang an misstrauisch und wenig begeistert gewesen. Doch anscheinend hatte sie allen Grund, den Menschen, mit denen Bailey was anfing, zu misstrauen. Tja, und dann hatte sie in der Küche ihr Gespräch mit angehört. Liz drehte sich der Magen um. Sie wusste nicht mehr genau, was sie gesagt hatten, aber Lydia hatte Witze darüber gemacht, dass irgendwer ja mit der neuen Eigentümerin ins Bett gehen musste, damit sie am Magazin interessiert blieb.

Und Daria hatte jedes Wort geglaubt.

Aber Bailey hätte das doch nicht einfach so hinnehmen dürfen. Sie wusste genau, was Jane für sie empfand. Wie hatte sie Jane bloß fallen lassen können, ohne ihr überhaupt die Chance zu geben, sich zu verteidigen?

Mit dem Anflug eines schlechten Gewissens fragte sie sich, was sie wohl gemacht hätte, wäre sie es gewesen, die Bailey irgendwas Furchtbares hätte sagen hören. Hätte Liz vielleicht versucht, Jane zu überreden, die Beziehung mit Bailey zu beenden?

Zugegeben, möglich war es. Aber Liz wusste, dass Jane niemals einfach so Schluss gemacht hätte. Sie hätte Liz zugehört, aber sie hätte auch Bailey die Möglichkeit gegeben, sich zu erklären.

Bailey hingegen, die sowieso schon ein geringes Selbstwertgefühl und einen Hang zu schlechten Beziehungen hatte, die Daria schon in der Vergangenheit oft richtig einschätzt hatte … Vielleicht war sie geneigter gewesen, Daria einfach zu vertrauen?

Liz trat nach einem kleinen, halb in der Erde begrabenen Stein, bis er sich lockerte. Sie wünschte, Bailey und Daria wären überhaupt nie in ihr Leben geplatzt mit ihrem ganzen Geld und ihren ganzen Gefühlen und ihrer ganzen komplizierten Geschichte. Warum hätten sie nicht einfach in der Upper West Side bleiben und den Rest von ihnen in Ruhe lassen können?

Als sie die Holztreppe wieder nach oben stapfte und den Weg nach Hause einschlug, beschloss Liz, Jane alles zu erzählen. So was konnte sie vor ihrer besten Freundin nicht geheim halten. Sie schob sich Kopfhörer rein. Doch selbst als »Huntin', Fishin' and Lovin' Every Day« in ihren Ohren dröhnte, konnte sie ihr Gehirn nicht davon abbringen, wieder und wieder Darias letzten, in Vergangenheitsform formulierten Satz zu wälzen.

Doch was ich gesagt habe über meine Gefühle für dich – das habe ich bis aufs letzte Wort gemeint.

19

Bevor sie Jane alles erzählte, musste sie noch eine Sache klären.

Liz schrieb Weston an, ob sie am Abend was trinken gehen wolle. Sie musste wissen, was Weston zu Darias Version der Geschichte zu sagen hatte. Sonst wäre sie auch nicht viel besser als Bailey, die Daria blind vertraut hatte.

Und, meldete sich eine kleine Stimme in ihrem Kopf, *auch nicht viel besser als du, als du Daria beschuldigt hast, ohne Westons Story zu hinterfragen.*

Aber sie hatte keinen Grund gehabt, Weston nicht zu glauben. Sie hatte so überzeugend gewirkt. Und es war ja nicht so, als hätte ihr die Lüge irgendwas gebracht … mal abgesehen davon, dass Liz mit ihr ins Bett gegangen war und im Büro Lügengeschichten über Daria rumerzählt hatte.

Weston war zwanzig Minuten zu spät. Als sie kam, hatte Liz schon einen Whiskey Sour getrunken und noch einen bestellt. In dem, der für Weston vorgesehen war, schmolzen die Eiswürfel langsam vor sich hin. Eigentlich sollte sie gar keine Cocktails bestellen. Sie musste Geld sparen, falls sie in drei Monaten ohne Job dastünde. Doch in ihrem Kopf meldete sich eine noch lautere Stimme zu Wort, dass sie sich das nach den beschissenen letzten zwei Tagen echt verdient hatte.

»Hey, Babe.« Weston gab Liz einen flüchtigen Kuss und setzte sich. »Wie geht's?«

Scheiße, Weston war wirklich hot. Sie trug ein eng anliegendes schwarzes T-Shirt und dazu mehrere lange Halsketten übereinander. Liz wünschte, sie könnte so was Simples, Jungenhaftes tragen. Warum sahen schlanke Menschen bloß in allem androgyn aus?

»Daria und Bailey machen das Magazin dicht.« Liz hatte nicht vorgehabt, so einzusteigen, doch es sprudelte einfach aus ihr heraus.

»Oh nein, das tut mir leid.« Weston drückte Liz' Hand. »So ein Mist aber auch. Was machst du jetzt?«

»Ich weiß nicht.« Liz stocherte mit ihrem Strohhalm im Glas und versuchte die Kirsche zu erwischen.

Jetzt, da Weston hier war, war die Versuchung groß, sich einfach nur über die ungewisse Zukunft der *Nether Fields* auszulassen. Weston konnte gut zuhören, und Liz wusste, dass sie mitfühlend reagieren würde.

Doch nein. Liz musste die Wahrheit herausfinden – für Jane und für sich selbst.

»Übrigens hat Daria mir was Komisches erzählt«, begann Liz beiläufig. »Ich … Na ja, ich hab sie beschuldigt, dass sie hinter Baileys und Janes Trennung steckt.« Sie wählte ihre Worte mit Bedacht. Sie wollte möglichst nicht durchblicken lassen, dass Daria versucht hatte, sie zu küssen. »Und ich hab sie Arschloch genannt.«

»Gut gemacht«, sagte Weston. »Sie hat's nicht anders verdient.«

»Mhm. Dich hab ich auch erwähnt.«

»Ach, echt?« Weston nippte an ihrem Cocktail.

»Ja«, sagte Liz. »Aber ihre Version der Geschichte klang ein bisschen anders als das, was du mir erzählt hast.«

Weston zuckte mit den Schultern. »Kann ich mir denken. Bestimmt hat sie's so hingedreht, dass sie als Heldin dasteht.«

»Hm, irgendwie schon.« Liz fuhr mit dem Finger über den

Rand ihres Glases. »Sie hat gesagt, du bist beim Dealen mit Koks erwischt worden, bevor Daria sich überhaupt eingemischt hat.«

Weston schnaubte verächtlich, lehnte sich zurück und legte den Arm über die Lehne der Sitznische. Sie wirkte vollkommen ungerührt.

»Und dass du Bailey dazu bringen wolltest, für dich den Kopf hinzuhalten.« Liz zwang sich, mit ruhiger Stimme zu sprechen.

»War ja klar, dass sie mit irgend so 'ner Geschichte ankommt.« Weston verdrehte die Augen. »So 'ne Bitch, echt.«

»Aber Daria ist zur Dekanin gegangen und hat ihr die Wahrheit erzählt. Dann wurde dein Zimmer durchsucht, und darum bist du rausgeflogen.«

Weston schüttelte den Kopf. Liz fiel auf, dass sie schon fast ausgetrunken hatte, obwohl sie sich gerade erst hingesetzt hatte.

»Und? Stimmt das?«

»Glaub Daria kein Wort«, sagte Weston. »Die leidet unter krassem Kontrollzwang und interessiert sich null dafür, was sie damit anrichtet.«

Liz gelang es, die Kirsche mit dem Strohhalm aufzuspießen. Sie kaute nachdenklich darauf herum. Gestern hätte sie Weston vielleicht zugestimmt. Aber wenn sie so recht darüber nachdachte, hatte sie noch nie erlebt, dass Daria log.

»Ich weiß nicht«, sagte Liz irgendwann. »So kenne ich sie gar nicht.«

»Schlägst du dich jetzt auf ihre Seite oder was?« Weston beugte sich über den Tisch. »Obwohl sie gerade dich und alle deine Freund*innen gefeuert hat? Obwohl sie mir das alles angetan hat?«

»Aber ...« Liz zögerte, bevor sie fortfuhr. »Aber wenn du mit Koks gedealt hast, war sie ja eigentlich gar nicht schuld daran, dass du geflogen bist. Sondern du selbst.«

Weston machte eine wegwerfende Handbewegung, als wäre das Erbsenzählerei. »Sie ist die, die zur Dekanin gegangen ist.« Dieser Teil war also wahr. Liz entging auch nicht, dass Weston das mit dem Dealen nicht abstritt.

»Um ihre Freundin zu schützen«, sagte Liz. Ihre Stimme wurde lauter. »Weil du sie dazu überreden wolltest, etwas zuzugeben, was sie gar nicht gemacht hat.«

»Ich hab sie zu gar nichts überredet.« Weston legte ihr Glas an die Lippen und trank aus. »Du lässt dich von Daria manipulieren. Wem vertraust du mehr? Ihr oder mir?«

Liz betrachtete Westons Gesicht – die ausgeprägten Wangenknochen, die ausdrucksstarken Augen. Sie dachte an ihr erstes Gespräch im Scissors und den köstlichen Kuss. An den geblümten Blazer, den Weston ihr beim dritten Date geschenkt hatte. An die sporadischen Nachrichten. An Westons Ärger, als Liz gegangen war, um sich um Jane zu kümmern. Und dann dachte sie an Daria, die extra ein Auto gemietet hatte, um Liz nach Boston zu fahren, damit sie ihren Artikel schreiben konnte. Wem vertraute sie mehr?

Sie hatte ihre Entscheidung längst getroffen.

»Du laberst so viel Scheiße«, sagte Liz, stand auf und ging aus der Bar.

Weston lief ihr weder nach noch rief sie ihren Namen. Erst als Liz schon am Bahnsteig stand und auf die U-Bahn wartete, vibrierte ihr Handy und ein *fick dich* leuchtete auf dem Display auf.

Liz lächelte. Anscheinend war Weston gerade klar geworden, dass sie auf der Rechnung sitzen geblieben war.

20

Liz wartete bis Freitag, um mit Jane zu reden. Sie bestellte bei ihrem liebsten veganen Inder und breitete eine Decke auf der Dachterrasse aus, damit Lydia nicht lauschen konnte. Dann erzählte sie Jane alles: dass sie in Boston mit Daria geschlafen hatte, dass Daria genau gewusst hatte, dass sie das Stipendium nicht bekommen würden, und es trotzdem ins Budget aufgenommen hatte, dass sie Liz ihre Gefühle gestanden und dass sie Bailey dazu überredet hatte, mit Jane Schluss zu machen, weil sie Liz und Lydia in der Küche rumalbern gehört hatte. Sie gab Jane sogar ihr Handy, damit diese Darias Nachricht selbst lesen konnte.

Als Liz fertig war, legte Jane den Kopf in den Nacken, betrachtete den Himmel und schwieg. Eine ganze Weile rührte sie sich nicht.

»Ich kann gar nicht fassen, dass sie so was tun würde«, sagte Jane irgendwann. »Einfach so mit mir Schluss machen, weil irgendwer irgendwas gehört hat? Dass sie so was überhaupt von mir denken würde! Geht's eigentlich noch?«

»Tut mir echt leid, Jane«, sagte Liz. »Und es tut mir so, so leid, dass Lydia und ich überhaupt darüber geredet haben. Das hat es dir echt kaputt gemacht. Ich hätte einfach den Mund halten sollen.«

»Ja, zumindest im Büro. Aber ihr habt bloß *Spaß* gemacht«, sagte Jane. »Das war ja wohl offensichtlich.«

»Bist du … Wirst du versuchen, ihr alles zu erklären?«

»Ich denk gar nicht dran.« Jane verschränkte die Arme. »Wenn sie echt glaubt, dass ich mit ihr schlafen würde, um nach oben zu kommen, dann kennt sie mich kein bisschen. Dann hat sie mich nicht verdient.« Sie schwieg einen Moment und fügte dann etwas leiser hinzu: »Auch wenn es traurig ist, was Weston ihr angetan hat. Ich wusste, dass sie irgendeine schlimme Beziehung hinter sich hat, aber sie hat mir nichts Genaues erzählt. Ich wünschte, das hätte sie.«

»Du wirst eine andere Person finden«, sagte Liz. »Eine, die dich auch wirklich verdient hat. Und weißt du auch, warum? Weil du umwerfend schön, zum Umfallen witzig und obendrein unglaublich schlau bist. Du arbeitest verdammt hart und hängst dich dermaßen in deine Artikel rein. Dauernd versuchst du die Welt noch ein Stückchen besser zu machen. Du bist der Jackpot, Jane. Auch wenn du dir ums Verrecken nicht merken kannst, wo du deine Schlüssel hingelegt hast.«

Jane schnaubte. »Danke«, sagte sie. »Ich weiß schon. Also, dass ich schon wen anders finden werde. Aber … ich dachte wirklich, dass das mit ihr vielleicht für immer ist.«

Liz machte den Mund auf, um zu einer neuen Lobeshymne anzusetzen, als Jane unvermittelt ihre Schultern ausschüttelte und sich gerade hinsetzte.

»Du hast also mit *Daria* geschlafen«, sagte sie und zog die Augenbrauen hoch. »Warum hast du mir nichts davon erzählt?«

Liz vergrub das Gesicht in den Händen. »Tut mir leid! Es war mir so unangenehm. Ich konnte einfach nicht fassen, dass mir das passiert ist. Und du hättest mal sehen sollen, wie sie mich danach behandelt hat. Ich wäre am liebsten im Erdboden versunken! Außerdem hab ich dich doch noch selbst davor gewarnt, was mit Bailey anzufangen, und dann geh *ich* her und lass mich auf die ungefähr peinlichste und dämlichste Art mit unserer Chefin ein. Ich konnte einfach nicht glauben, wie hart ich verkackt habe!«

»Ja, du hast echt verkackt«, grinste Jane. »Aber nun, da wir das geklärt hätten, musst du mir unbedingt erzählen, wie Daria im Bett war.«

Liz lachte. »Na gut, also erstens musst du ›Bett‹ mit ›Küche‹ ersetzen.«

»Waaaas?«, fragte Jane. »Auf dem Tisch oder wie?«

»Ich erzähl's dir von vorn.« Liz rückte näher heran, damit sie Janes Hand halten konnte. »Also, angefangen hat alles mit dem Geburtstagsessen aus der Hölle …«

***

Liz und Jane lagen an dem Abend noch stundenlang auf der Decke auf dem Dach, schauten in den Himmel und redeten, bis es Jane etwas besser zu gehen schien. Aber nach dem Gespräch wirkte sie irgendwie noch trauriger als vorher. Davor war sie voller Tatendrang gewesen, als wollte sie allen beweisen, dass »alles bestens« sei, indem sie komplizierte Menüs kochte oder die Möbel in ihrem Zimmer umstellte. Jetzt zog sie sich zurück, backte am Wochenende nicht mehr und kam nach Feierabend nicht mehr ins Wohnzimmer. Mehr als einmal lehnte Liz an der gemeinsamen Wand und hörte auf der anderen Seite Weinen. Liz tat ihr Bestes, sie aufzuheitern, indem sie ihr süßen Kram von ihrem Lieblingsbäcker mitbrachte oder Post-its mit aufmunternden Sprüchen an ihre Zimmertür klebte, aber was Jane wohl vor allem brauchte, war Zeit.

Es half natürlich nicht, dass die gesamte Belegschaft die Köpfe hängen ließ. Am Anfang waren im Gruppenchat noch minütlich Ideen eingegangen, was man noch posten oder welchen Promi man noch bitten könnte, sich für das Magazin auszusprechen. Lydia hatte die Petition eingerichtet, und alle Angestellten hatten sie auf Social Media geteilt, aber bis jetzt waren nur ein paar Hundert Unterschriften zusammengekommen. Liz hatte ein schlechtes Gewissen, weil sie ihr Stück über die Bedeutung der *Nether Fields* noch nicht überarbeitet hatte, aber seit sie Darias Nachricht gelesen hatte, wusste sie nicht mehr, wie sie das Thema des Verkaufs überhaupt angehen sollte. Es war alles so viel einfacher gewesen, als sie Daria noch für das Böse in Person gehalten hatte. Lydia lag Liz ständig in den Ohren, wann der Artikel denn endlich fertig sei, aber Liz wimmelte demm jedes Mal mit irgendeiner fadenscheinigen Ausrede ab.

Je mehr die Hoffnung schwand, desto mehr machte sich Panik wegen möglicher Ausstiegspläne breit. Den ganzen Monat waren sämtliche Kolleg*innen auf diversen Jobportalen unterwegs, und ständig wurde in kleinen Grüppchen geflüstert, wer sich wo bewarb und wie die Chancen standen. *Autostraddle* hatte eine Stelle als Autor*in/Redakteur*in ausgeschrieben, und fast alle hatten sich darauf beworben, sogar Leute, die gar kein Teil der Redaktion waren.

Liz allerdings gehörte nicht dazu. Sie hatte die Stellenbeschreibung geöffnet und ihren Lebenslauf aktualisiert. Aber sie hatte es nicht über sich gebracht, sich zu bewerben. Zum einen, weil sie wusste, dass Jane sich beworben hatte und die viel qualifizierter war als sie. Und zum anderen, weil, je länger sie die Stellenbeschreibung anstarrte, ihr desto deutlicher bewusst wurde, dass sie so absolut gar keine Lust darauf hatte.

Aber wenn sie nicht mehr als Journalistin arbeiten wollte, was wollte sie dann?

Als sie vor Monaten gedacht hatte, dass das Magazin dichtmachen würde, war Liz sich so sicher gewesen, dass sie das Schreiben zum Beruf machen könnte. Doch jetzt hatte sie tatsächlich versucht, einen Roman zu schreiben, und sich nur von einer Seite zur nächsten gequält. Die paar Kapitel, die sie sich aus den Fingern gesaugt hatte, waren nicht mal gut. Beim Gegenlesen klangen sie platt und einfallslos.

In letzter Zeit gelang es Liz einfach nicht, den Gedanken abzuschütteln, dass sie nicht gut genug war. Nicht gut genug, um die Leute für Moira zu begeistern. Nicht gut genug, um ein Buch zu schreiben. Nicht gut genug, um sich eine halbwegs anständige Freundin zu angeln. Nicht mal gut genug darin, sie selbst zu sein – sie schwankte wie ein Rohr im Wind, egal ob es um ihre Zukunft ging, ums Schreiben oder um die Art, wie sie sich präsentierte. Liz war einfach nie irgendjemandem gut genug.

Außer Daria, meldete sich eine kleine Stimme in ihrem Kopf.

Es war dämlich, dass sie der Gedanke aufheiterte. Vor allem weil sie Daria vermutlich nie wieder sehen würde. Einen Grund, ins Büro zu kommen, hatte sie nicht mehr. Und es war ja nicht so, als würden sie sich irgendwo zufällig über den Weg laufen. Sie führten komplett unterschiedliche Leben.

Und das ist auch besser so, redete Liz sich ein. Sie lag an einem Freitagabend Ende September im Bett und begab sich langsam, aber sicher in eine Abwärtsspirale der Zukunftsangst. Katie und Lydia hatten gefragt, ob sie mit ins Scissors wolle, aber Liz hatte sich nicht aufraffen können. Stattdessen starrte sie an die Decke und versuchte, nicht an Daria zu denken.

Natürlich war es besser, dass sie Daria nicht mehr sehen würde. Dann könnte Liz diesen ganzen Schlamassel endlich hinter sich lassen.

Doch sie konnte das schlechte Gewissen nicht abschütteln, weil sie Daria im Besprechungsraum so angegangen war und ihr so schreckliche Sachen an den Kopf geworfen hatte. Manches davon hatte Daria verdient, ja. Aber nicht alles.

Liz schloss die Augen und versuchte sich daran zu erinnern,

wie Daria sie an dem Abend geküsst hatte. Sie erinnerte sich an Bruchstücke, zum Beispiel wie heftig ihr Herz geklopft hatte, und an den Meeresbrisenduft von Darias Parfüm. Doch als sie es sich bildlich vorstellen wollte, konnte sie das nur von außen, als schaute sie einen Film.

Der Kuss war atemberaubend gewesen, trotz allem.

Bis Liz sie angeschrien hatte. Daria war davon ausgegangen, dass sie gleich zusammen in den Sonnenuntergang reiten würden, und stattdessen war sie als Arschloch beschimpft worden. Liz hatte ihr furchtbare Vorwürfe gemacht, und der schlimmste war nicht mal wahr gewesen. Sogar das mit Bailey und Jane … Liz konnte irgendwie verstehen, warum Daria ihre Freundin beschützen wollte. Die Freundin, die für sie da gewesen war, als sie als Teenager von ihren Eltern verstoßen worden war. Liz versuchte sich vorzustellen, wie schrecklich es gewesen wäre, wenn ihre Eltern ihr nach ihrem eigenen Coming-out den Rücken gekehrt hätten. Wie musste sich das nur für Daria angefühlt haben?

Liz zog ihr Handy hervor und öffnete Darias Nachricht. Sollte sie antworten? *Nein*, sagte sie sich. *Was auch?*

Trotzdem wollte sie Daria irgendwie wissen lassen, dass sie ihre Nachricht erhalten und geglaubt hatte. Dass sie jetzt die Wahrheit über Weston wusste.

Bevor Liz es sich anders überlegen konnte, folgte sie Darias Profil zurück. Es war nicht viel, aber Daria würde benachrichtigt werden und zumindest merken, dass Liz sie nicht mehr abgrundtief verabscheute.

Das war doch schon mal was.

Liz strampelte sich aus der Decke, ging Richtung Bad und fragte sich, ob ein Schluck Whiskey als Schlummertrunk in die Kategorie ungesunde Bewältigungsstrategie fiel. Auf halber Höhe des Flurs erstarrte sie mit klopfendem Herzen. Zwei dunkle Gestalten pressten sich an die Wand des Wohnzimmers. Räuber? Mörder? Gespenster?

Dann bemerkte sie den unverkennbaren Schimmer von Lydias silberner Elastanshorts. Dey stand eng umschlungen mit einer Person, die dey im Scissors aufgerissen haben musste, vergrub eine Hand in ihrem Haar und schob die andere schon unter ihr Shirt.

»Ihhh, Lydia, das hier ist das Wohnzimmer.« Liz schirmte demonstrativ ihre Augen ab, als sie an ihnen vorbeiging. Lydia kicherte.

»Komm«, flüsterte Lydia ihrem Date zu. »Gehen wir in mein Zimmer.«

»Ach, mir gefällt es hier ganz gut«, sagte eine bekannte Stimme. Liz fuhr herum.

Es war *Weston*, die Lydia da gegen die Wand drückte. Weston mit ihrer Hand auf Lydias elastanumhülltem Arsch. Sie grinste Liz abschätzig an. Es schien ihr überhaupt nicht peinlich zu sein, erwischt worden zu sein.

Liz starrte sprachlos zurück.

»Ups.« Lydia schaute kichernd zwischen beiden hin und her. »Sorry, Lizzie!« Dey nahm Westons Hand und zog sie den Flur hinunter in deren Zimmer. Weston ließ sich mitziehen, aber nicht ohne sich umzudrehen und Liz zuzuzwinkern.

»Gute Nacht, *Lizzie*«, flötete sie.

Liz sah ihnen nach, bevor sie ins Bad rannte und das Licht anknipste. Sie sah scheiße aus. Ihre Haare standen wild vom Kopf ab, ihr One-Direction-T-Shirt war ausgeleiert, und ihre Boxershorts hatten Löcher an den Seiten.

Aber eigentlich war es völlig unwichtig, wie sie aussah. Viel wichtiger war doch die Tatsache, dass Weston gerade in Lydias Bett war. Dass *ihre* Weston in Lydias Bett war.

Die nicht mehr ihre war, erinnerte sie sich selbst.

Wie konnte Weston ihr das nur antun? Dann fiel Liz das Zwinkern wieder ein. Außerdem waren sie im Wohnzimmer gewesen und hatten sich nicht gerade Mühe gegeben, leise zu sein. Machte Weston das etwa mit Absicht, um Liz eins auszuwischen?

Aber was war mit *Lydia*? Angeblich waren sie Freund*innen.

Liz zwang sich, zurück in ihr Zimmer zu gehen. Wenn sie jetzt hereinplatzte, hätte sie nicht gerade die Oberhand. Doch sie lag noch stundenlang wach und lauschte trotzig auf jedes Knarzen von Lydias Bett und jedes etwas zu laute Stöhnen.

Am nächsten Morgen wartete Liz, bis sie die Haustür zufallen hörte. Dann stampfte sie schnurstracks in die Küche. Lydia stand barfuß da und kochte Kaffee. Katie lag im Wohnzimmer auf der Couch und starrte aufs Handy. Sie sah aus, als hätte sie ebenfalls kaum geschlafen.

Liz stützte sich auf dem Küchentresen ab. »Wie konntest du nur?« Sie war stolz, dass ihre Stimme kalt und wütend klang, anstatt zu zittern.

»Was?« Lydia drehte sich um. Rechts an deren Hals war ein Knutschfleck, genau über dem Schlüsselbein. Dey quittierte Liz' Gesichtsausdruck mit hochgezogener Augenbraue und löffelte weiter Kaffeepulver in die Maschine. »Weston? Sie hat gesagt, das mit euch ist vorbei.«

»Wir haben vor drei Wochen Schluss gemacht«, sagte Liz. *»Wochen.«*

»Ihr könnt überhaupt nicht Schluss gemacht haben. Ihr wart ja nicht mal richtig zusammen.« Lydia schaltete die Maschine ein und drehte sich um. »Was denn? Ist doch so.«

»Willst du ernsthaft behaupten, dass du rein gar nichts Verwerfliches daran findest, was du gemacht hast?«, fragte Liz. »Ich dachte, wir sind befreundet!«

»Ach, wir sind also befreundet?« Lydia beugte sich von der anderen Seite über den Küchentresen. »Denn ich finde, wenn wir wirklich befreundet wären, würde es dir was ausmachen, dass wir bald alle arbeitslos sind.«

»Wovon redest du?«

»Ich *rede* von dem Artikel.« Lydia zeigte mit dem Finger auf Liz. »Wir reißen uns alle den Arsch auf, um die *NF* zu retten, und du schaffst es nicht mal, diese eine kleine Sache beizusteuern. Du redest dich schon seit Wochen raus.«

»Das ist nicht … Ich habe …«, stammelte Liz betroffen und suchte nach den richtigen Worten, um sich zu erklären. Doch bevor sie diese gefunden hatte, sprach Lydia schon weiter.

»Dabei bist du ja wohl diejenige, die ihren Job am dringendsten braucht. Wir anderen kriegen das schon irgendwie hin.«

»Was soll das denn heißen?«

»Das soll *heißen*, dass dir niemand Geld für deine hirnrissigen Popelquizze zahlen wird! Und es ist ja nicht so, als hättest du irgendwelche anderen Talente! Da lässt dich Charlotte *einmal* einen richtigen Artikel schreiben, und was ist dabei rausgekommen?« Wie zur Betonung knallte Lydia die Hand auf den Tresen. »Keine Sau hat's interessiert. Weil du es nicht auf die Reihe kriegst, richtige Artikel zu schreiben. Was vermutlich der Grund ist, warum du den hier nie geschrieben hast.«

Liz umklammerte den Tresen so fest, dass sich die Kante in ihre Handflächen bohrte. »Du versuchst doch nur davon abzulenken, dass du mit meiner Ex geschlafen hast und deine Freund*innen wie Dreck behandelst!«

»Nur, weil *du* eifersüchtig bist, heißt das nicht, dass *ich* meine Freund*innen wie Dreck behandele.«

Das Bild von Lydia und Weston, eng aneinandergepresst, blitzte in ihrem Kopf auf, und Wut stieg in ihr hoch. War das gestern etwa ein buchstäblicher Akt der Rache der beiden an Liz gewesen? Warum hatte dey Liz nicht einfach wegen des Artikels gefragt, anstatt wissentlich die Person abzuschleppen, mit der dey Liz am meisten wehtun würde? »Ach, wirklich?«, gab Liz zurück. »Was ist dann mit Katie?«

Katie versteifte sich auf der Couch.

»Was soll mit Katie sein?«

Eine kleine Stimme in Liz' Kopf befahl ihr aufzuhören, doch der ganze Wirbel und Schmerz und Verrat, der sich in den letzten Wochen aufgestaut hatte, schien explosionsartig aus ihr herauszubrechen. »Angeblich ist sie deine beste Freundin. Aber du behandelst sie wie deine Wingwoman, lässt sie links liegen, sobald dich jemand anderes auch nur mit dem Arsch anschaut, und machst mit ihr rum, wenn sich niemand Besseres findet. Alle wissen, dass sie in dich verliebt ist. Sogar du bist nicht dumm genug, dass dir das noch nicht aufgefallen wäre. Aber alle außer dir selbst sind dir ja scheißegal.«

Lydia schob sich an Liz vorbei Richtung Flur. »Wenigstens wurde ich nicht abserviert und lass meine Komplexe jetzt an Leuten aus, mit denen ich eigentlich befreundet bin!«, brüllte dey.

»Wir sind nicht mehr befreundet!«, brüllte Liz zurück.

»Gut!« Lydia schmiss die Tür mit so viel Karacho zu, dass ein Bild, das die vier auf Coney Island zeigte, von der Wohnzimmerwand fiel und in Stücke zerbrach.

Jane steckte mit besorgtem Blick den Kopf aus ihrem Zimmer. Katie stand mit Tränen in den Augen von der Couch auf.

»Vielen Dank auch, Liz.«

»Katie, es tut mir leid, ich …«, begann Liz, aber Katie verschwand in ihrem Zimmer und warf die Tür ebenfalls hinter sich zu.

»Was ist passiert?« Jane kam näher.

Liz schaute auf ihre Füße. »Lydia hat mit Weston geschlafen«, sagte sie, und jetzt heulte sie plötzlich, heulte so richtig, mit Schulterbeben und Schnodder und allem, was dazugehörte. Jane legte die Arme um Liz.

»Hey«, sagte sie sanft. »Hey, es wird alles gut.«

21

Das mit dem Laufen war Janes Idee gewesen. Liz war noch kein einziges Mal in den Sinn gekommen, dass es ihrem Leben vielleicht zuträglich wäre, verzweifelt um Luft zu ringen, während sie den Prospect Park umrundete, aber Jane bestand darauf, dass sie sich danach beide besser fühlen würden.

Also kramte Liz am Tag nach ihrem Streit mit Lydia ein Paar uralter Sneaker aus dem Schrank, die sie zuletzt im College beim verpflichtenden Sportkurs getragen hatte (sie hatte Hula-Hoop-Tanz gewählt, weil das am wenigsten nach echtem Sport geklungen hatte), und los ging's.

Liz war an einem Punkt angekommen, an dem sie zu allem bereit war, um irgendwie aus diesem Loch rauszukommen. Sie hatte kein Liebesleben. Mindestens ein Drittel ihrer Mitbewohner*innen redete nicht mehr mit ihr, vielleicht sogar zwei Drittel (sie hatte am Morgen Cupcakes und einen Zettel mit einer Entschuldigung vor Katies Tür gelegt, aber bisher war sie nicht aus dem Zimmer gekommen). Und nicht mehr lang, dann wäre sie auch noch ihren Job los. Wenn Jane behauptete, Laufen würde helfen, war es einen Versuch wert. Außerdem hatte Jane versprochen, ihr danach einen Bagel zu spendieren.

Sie joggten im Schneckentempo und wurden mehr als einmal von ambitionierten Fußgänger*innen überholt, doch sie schafften immerhin eine ganze Meile. Als sie fertig waren, spürte Liz, wie sich ein Hoffnungsschimmer durch die Trübnis stahl.

Außerdem musste dieses Runner's-High-Dings ihren Verstand vorübergehend lahmgelegt haben, denn sie versprach Jane sogar, dreimal pro Woche mit ihr laufen zu gehen.

Nach zwei Wochen schlug Liz beiläufig vor, zu einem Treffen der Pride Runners zu gehen. Jane war überrascht, dass Liz überhaupt von der Existenz einer solchen Gruppe wusste, war aber gerne bereit, mal mitzulaufen. Liz war sich nicht sicher, warum sie Jane nichts davon erzählte, dass sie die Gruppe nur kannte, weil Daria sie erwähnt hatte. Wahrscheinlich um zu vermeiden, dass Jane dachte, sie wolle bloß Daria sehen. Wollte sie nämlich nicht.

Die Pride Runners trafen sich immer mittwochnachmittags im Prospect Park und samstagmorgens im Central Park zu einer lockeren Runde, die auch Neulingen offenstand. Liz und Jane beschlossen, im Prospect Park mitzulaufen. Bevor sie gingen, verbrachte Liz eine halbe Stunde damit, sich auf der Suche nach etwas zum Anziehen durch jedes einzelne sporttaugliche Teil in ihrem und Janes Besitz zu wühlen. Warum waren Sportklamotten eigentlich so gegendert? Sie landete schließlich bei Leggings und einem weiten T-Shirt aus der Highschool.

Als Liz und Jane im Park ankamen, hatte sich am Eingang eine größere Gruppe versammelt, deren glatte, grellbunte Kleidung förmlich Sportlichkeit schrie. Die meisten schienen schwule Männer zu sein. Liz und Jane drückten sich am Rand herum. Liz' Hände schwitzten, und gleichzeitig war ihr kalt, als sie die Menge überflog. War Daria hier? Sie stellte sich vor, wie beeindruckt Daria von ihrer neu entdeckten Leidenschaft fürs Laufen wäre. Malte sich aus, wie sich ihre Blicke trafen. Wie Daria sie abfällig angrinste und sich demonstrativ wegdrehte.

Was machte sie überhaupt hier? Sie war so nervös, dass sie das Gefühl hatte, sich gleich übergeben zu müssen.

Sie ließ ihren Blick einmal über die ganze Gruppe schweifen und dann noch ein zweites Mal. Daria war nicht dabei. Was gut war. Warum also war sie so enttäuscht?

Jane zog Liz in Richtung eines Typen, der hier das Sagen zu haben schien. Er stellte sich als Steve vor, Pronomen er/ihn, fragte ihre Lauferfahrung ab und erklärte, dass sie heute Strecken zwischen drei und sechs Meilen laufen würden. Er musste Liz' Gesichtsausdruck bemerkt haben, denn er versicherte ihr, dass es Gruppen für jeden Schwierigkeitsgrad gab.

»Wir laufen alle mit Buddy, klar?«, erklärte er. »Euer Buddy heute wird jemand sein, der die Strecke kennt und sich eurem Tempo anpasst. Haltet euch an euren Buddy.«

Zuerst fand er jemanden für Jane. Jane, die tatsächlich sportlich war, würde eine größere Runde in schnellerem Tempo zurücklegen.

»Dann wollen wir mal sehen.« Steve musterte Liz und überflog dann stirnrunzelnd die Gruppe. »Wie lang, hast du gesagt, läufst du schon?«

»Ähm, so zwei Wochen?« Liz wünschte sich allmählich, sie wäre gar nicht gekommen.

»Wie schnell läufst du normalerweise? Vielleicht so elf Minuten pro Meile?«

»Ähm«, machte Liz wieder. »*Vielleicht.*« Sie versuchte ihm mit ihrem Blick zu verstehen zu geben, dass »vielleicht« in Wahrheit viel, viel langsamer bedeutete.

»Hey, J!« Steve winkte eine Person heran. »Du hast doch gesagt, du willst diese Woche langsamer machen, oder? Liz, das ist J. Pronomen dey/demm.«

»Hi, Liz«, sagte J lächelnd. »Dann bin ich wohl heute dein Buddy!«

Liz winkte etwas verlegen. J tänzelte auf der Stelle, als könnte dey es kaum erwarten loszulaufen. Dey war asiatischer Herkunft, etwa Ende dreißig und hatte dunkle, zum Pferdeschwanz gebundene Haare mit lila Strähnen an den Seiten. An deren Armen und Beinen zeichneten sich deutlich die Muskeln ab. Sie war sich ziemlich sicher, dass ein himmelweiter Unterschied zwischen ihrem eigenen Laufvermögen und dem dieser sportlich wirkenden Person bestand.

Steve machte mit der Gruppe ein Warm-up, bei dem man sich dehnen und gleichzeitig eine Böschung hoch- und runterrennen musste. Mit dem Ergebnis, dass Liz schon außer Atem war, bevor sie überhaupt zu laufen angefangen hatte. Und dann, zu ihrem Leidwesen, war es so weit.

Sie starteten alle gemeinsam. Keine Minute später waren die anderen Buddypärchen schon auf und davon. Liz bemerkte, wie J unauffällig langsamer wurde, um sich Liz' Tempo anzupassen. Ihr Gesicht wurde rot. Also röter als sowieso schon. In ihrem Kopf blitzten Horrorszenarien auf, in denen J sie auf halber Strecke höhnisch im Stich ließ.

»Sorry, dass ich so langsam bin«, sagte Liz.

»Kein Problem«, strahlte J, als hätte dey den Spaß deren Lebens. »Ich bin froh darum! Vor ein paar Wochen wurde bei mir ITBS festgestellt, und ich soll es langsam angehen. So bin ich gezwungen, es nicht zu übertreiben.«

Liz machte sich nicht die Mühe, zu fragen, was ITBS war. Es klang jedenfalls schmerzhaft.

»Wie bist du zum Laufen gekommen?«, fragte J.

»Ehrlich gesagt«, keuchte Liz, »hat mich meine Freundin überredet. Wir, ähm, stehen bald beide ohne Job da. Und sind auch irgendwie beide frisch getrennt. Also hat sie gemeint, Sport würde uns guttun.«

»Aber hallo«, sagte J überschwänglich. »Laufen hilft *super* gegen Liebeskummer. Als ich mich zum ersten Mal zum New-York-

City-Marathon angemeldet hab, war ich gerade abserviert worden. Ich hab in meinem ganzen Leben noch nie härter trainiert. Immer noch besser, als rumzusitzen und Trübsal zu blasen, oder?«

Liz nickte. Sie hatte Angst, ihr Körper könnte vielleicht kollabieren, wenn sie noch eine Frage beantworten musste. »Und. Wie bist. Du. Zum. Laufen. Gekommen«, japste sie in der Hoffnung, J würde das Sprechen für eine Weile übernehmen.

Zum Glück stellte sich J als redselig heraus. Dey joggte mühelos neben Liz her und erzählte, dass dey auf der Highschool Crosslauf betrieben hatte. Acht Jahre später hatte dey bei den Pride Runners deren Frau kennengelernt, und jetzt trainierten sie gemeinsam für Marathons, wenn sie nicht gerade von ihren Kindern auf Trab gehalten wurden, die drei und fünf waren, oder sich um ihre asthmatischen Möpse namens Kugel und Hantel kümmerten.

J war Liz sofort sympathisch. Die meisten ihrer Freund*innen waren sarkastisch und zynisch und rauchten lieber bis zwei Uhr morgens vor irgendwelchen Bars, anstatt in aller Frühe aufzustehen, um röchelnde Möpse Gassi zu führen. Im Kontrast dazu wirkte J aufrichtig und herzlich und zugewandt. Es war unmöglich, demm nicht zu mögen. Außerdem war es schön, eine queere Person kennenzulernen, die glücklich verheiratet war und Familie hatte. Das gab Liz ein Fünkchen Hoffnung, was ihre eigene Zukunft betraf.

»Und was hat dich zu den Pride Runners geführt?«, fragte J.

Liz' Lungen schienen etwas von ihrer Funktionsfähigkeit wiedererlangt zu haben.

»Ähm.« Sie zögerte kurz, bevor sie damit herausrückte. »Eigentlich hat mir jemand aus der Arbeit davon erzählt. Daria Fitzgerald?«

»Daria!« J strahlte, als dey den Namen hörte. »Sie ist einfach die Beste, oder?«

Liz war überrascht, wie überschwänglich Js Reaktion ausfiel. Sie tat sich schwer, eine so quietschfidele Person wie J in ihrem Kopf mit Daria zusammenzubringen. »Kommt sie oft her?«

»Sie läuft nur in Manhattan mit, aber da hab ich sie bisher noch jedes Mal gesehen. Steve teilt ihr immer die Neuen zu, weil sie so prima mit Frischlingen kann.«

»Echt jetzt?« Liz schaffte es nicht, ihre Ungläubigkeit zu verbergen. J lachte.

»Als sie das erste Mal dabei war, hat sie kaum ein Wort zu irgendwem gesagt. Aber du kennst Daria ja. Sie ist eben schüchtern. Wenn man sie mal allein erwischt, taut sie richtig auf.«

War Daria schüchtern? Das Wort wollte irgendwie nicht so richtig passen. Liz ertappte sich bei dem Gedanken, dass es zu … *feminin* für eine sich so maskulin präsentierende Person war – und schämte sich sofort. Natürlich konnten auch Menschen, die masc waren, schüchtern sein. Liz hatte sich selbst für etwas weltoffener gehalten.

»Außerdem setzt sie sich für andere ein, weißt du?«, sagte J gerade.

»Daria?«

»Ja, klar. Einer aus der Gruppe, Marty, hat sich mal das Bein gebrochen. Er konnte nicht mehr kommen und war ziemlich einsam, bis Daria irgendwann angefangen hat, ihn daheim zu besuchen und für ihn zu kochen. Dann haben sich andere angeschlossen, und es gab Abende, da saßen wir zu zehnt oder fünfzehnt in seinem winzigen Apartment in Hell's Kitchen.« J lachte. »Wir hatten Nachtisch und Wein und so weiter dabei. Es war superlustig.«

»Wow«, sagte Liz. »Das ist … Ich hab 'ne Zeit lang mit Daria zusammengearbeitet. Sie wirkte immer ein bisschen … verschlossen.«

»Das überrascht mich gar nicht«, sagte J. »Sie hat's ja auch nicht leicht, in so einer Branche. Die Finanzwelt ist halt ein Männerverein. Ich glaube, sie spielt immer ein bisschen eine Rolle, um damit klarzukommen.«

»Klingt logisch.« Liz ließ J in dem Glauben, sie arbeite bei Darias Investmentbank.

»Noch vierhundert Meter, dann haben wir's geschafft«, sagte J. »Willst du den Hügel hochsprinten?«

»Ähm … von mir aus.« Liz wollte auf gar keinen Fall den Hügel hochsprinten, aber kneifen wollte sie auch nicht.

»Drei. Zwei. EINS.«

J jagte in einem bekloppt hohen Tempo davon. Liz tat ihr Bestes, schneller zu werden, und hatte das Gefühl, sich gleich übergeben zu müssen. Der Hügel kam ihr endlos vor. Wie weit waren eigentlich vierhundert Meter? Eine Meile? Eine halbe Meile? Sie hatte keine Ahnung. Was hatte überhaupt das metrische System hier verloren? Ihre Beine brannten. Sie hatte das Gefühl, durch Schlamm zu rennen.

Keuchend und schwitzend erreichte Liz schließlich den Gipfel des Hügels, wo J schon auf sie wartete, ohne auch nur im Geringsten außer Atem zu sein.

»Gut gemacht, Liz!« Dey hielt die Hand hoch, damit Liz einschlagen konnte. »Willkommen bei den Pride Runners!«

»Danke.« Liz schnaufte schlimmer als Js Möpse, aber sie klatschte ab und wankte demm in Richtung der Gruppe hinterher. Jane saß mit angewinkelten Beinen und aneinandergepressten Fußsohlen im Gras und unterhielt sich mit ihrem Laufbuddy. So gut gelaunt hatte Liz sie seit Wochen nicht mehr erlebt.

»Das war voll die gute Idee«, schwärmte sie, als Liz sich auf die Wiese plumpsen ließ. »Danach gehen wohl alle noch was zusammen essen. Willst du mit?«

»Ich bin total fertig. Aber geh du ruhig mit«, sagte Liz. »Ich kann gar nicht fassen, dass ich das überlebt hab.«

»Jetzt bist du eine echte Läuferin.«

»Ich brauche Beweise, sonst glaubt mir das kein Mensch.« Liz zückte ihr Handy und machte ein Selfie von ihnen im Gras, auf dem Jane lachte und Liz eine gequälte Grimasse zog. Sie postete es in ihre Instagram-Story mit der Caption *Und das machen Leute zum Spaß??*

Liz machte noch ein paar halbherzige Dehnübungen, verabschiedete sich von J und Jane und machte sich dann auf den Heimweg. Ein schweres, wehmütiges Gefühl hatte sich in ihrer Magengrube eingenistet, und die Strecke fühlte sich länger an als sonst. Um sich abzulenken, öffnete sie ihre Insta-Story und scrollte durch die Aufrufliste. Da, ganz am Ende, stand DFitz.

Daria hatte ihre Story geguckt.

Liz warf noch einen Blick auf das Foto und versuchte es mit Darias Augen zu betrachten. Liz war verschwitzt und verzog das Gesicht, aber sie sah ganz passabel aus. Und Daria hatte es gesehen. Daria hatte, wenn auch nur für einen flüchtigen Moment, an Liz gedacht.

Sie steckte das Handy zurück in die Hosentasche und ging weiter. Es war etwas frisch draußen, aber für Oktober noch warm. Die Sonne ging unter und tauchte den Himmel in Orange. Rund um das Brooklyn Museum hatten sich Gruppen von Menschen gebildet, die auf den breiten Holzstufen saßen oder vor dem geparkten Mister-Softee-Eiswagen Schlange standen. Paare hielten Händchen, Kinder flitzten herum, und an einem Klapptisch verkaufte ein Mensch riesige Kristalle und winzige Sukkulenten.

Es war wirklich ein herrlicher Tag.

22

Liz postete fast nie etwas bei Instagram. Ihr passierte einfach selten etwas, was mitteilenswert gewesen wäre. Außerdem war es eine Heidenarbeit – sich eine Caption zu überlegen und ein Foto zu finden, auf dem man halbwegs gut aussah, ohne eitel zu wirken. Doch am nächsten Tag lud Liz wieder eine Story hoch: ein Bild ihrer Kaffeetasse auf der Fensterbank. Sie hätte fast »Kein schlechter Start in den Tag« daruntergeschrieben, aber das klang so banal, dass sie den Text wieder löschte und das Foto kommentarlos hochlud.

Nach zwei Minuten hatten fünf Leute die Story angesehen. Nach fünf Minuten waren es sieben. Nach zwanzig Minuten, da war sie gerade auf dem Weg zur U-Bahn, um ins Büro zu fahren, waren es schon zwölf. Und dann, als sie zwischen den Haltestellen Park Place und Chambers Street kurz Empfang hatte, nach exakt achtunddreißig Minuten, hatte Daria ihre Story angeguckt.

Liz' Magen machte einen Satz, und sie ließ das Handy in die Handtasche fallen, als hätte sie sich daran verbrannt. Dann zog sie es sofort wieder hervor, denn immerhin saß sie in der U-Bahn, was sollte sie auch sonst machen? Sie rief Darias Profil auf.

Daria hatte ein Profilbild hochgeladen: ein kleines kreisförmiges Foto von ihr an irgendeinem Strand, wo sie lachend in die Sonne blinzelte. Sie sah entspannt aus, mit Grübchen in der Wange, während ihr das Haar in die Augen wehte. Liz versuchte die ganze Zeit, das Foto größer zu ziehen, auch wenn sie wusste, dass das nicht möglich war. Sie konnte einfach nicht anders; sie wollte diese glückliche, sorglose Daria aus der Nähe sehen.

Daria hatte immer noch keine Posts, doch sie folgte jetzt ein paar Leuten. Liz aktualisierte die Seite und hoffte, es würde sich vielleicht wie von Zauberhand ein Beitrag manifestieren. Dann ging sie zurück, rief ihre eigene Story noch mal auf und versuchte sich vorzustellen, was Daria wohl durch den Kopf gegangen war, als sie sie gesehen hatte.

Liz war den ganzen Tag abgelenkt. Nicht dass es einen Unterschied gemacht hätte. Ihnen blieben noch sechs Wochen, bis das Magazin eingestellt wurde, und alle machten nur noch das Nötigste. Charlotte war bereits dabei, Ideen zu sammeln, wie sie sich von ihren Leser*innen verabschieden sollten.

Zum Glück war das Apartment leer, als Liz von der Arbeit nach Hause kam. Nachdem Katie die Cupcakes vor ihrer Tür gefunden hatte, hatte Liz sich noch mal persönlich bei ihr entschuldigt. Katie hatte die Entschuldigung angenommen, doch ein Rest ungewohnter Befangenheit war geblieben. Was Lydia betraf, wusste Liz, dass sie demm eigentlich vergeben sollte, wenn auch nur um des lieben Friedens in der Wohnung willen. Doch sobald sie auch nur daran dachte, was Lydia gesagt hatte, kochte unkontrollierbare Wut in ihr hoch.

Es war vielleicht kindisch, aber Liz strafte Lydia mit Schweigen. Sie musste aber zugeben, dass es nicht spurlos an ihr vorüberging, mit der Hälfte ihrer Clique auf Kriegsfuß zu stehen. So viel Me-Time hatte sie schon lange nicht mehr gehabt.

Liz setzte sich an den Schreibtisch und hatte eigentlich vor, nach Jobs zu suchen, öffnete aber stattdessen ihren alten Blog, *Geständnisse einer New Yorker Lesbe*. Sie wollte daran erinnert werden, wie es sich angefühlt hatte, tatsächlich Spaß am Schreiben zu haben. Damals hatte sie sich nach Lust und Laune neue

Abenteuer für Colby ausgedacht, ohne auch nur einen Gedanken daran zu verschwenden, ob die Posts nun besonders tiefsinnig oder überhaupt gut geschrieben waren. Liz scrollte bis zum allerersten Post, fing an zu lesen und machte sich darauf gefasst, dass es gleich peinlich werden würde. Doch dreißig Blogeinträge später stellte sie fest, dass sie sich ziemlich gut amüsierte. Der Blog war … unterhaltsam. Colbys Stimme, schlagfertig und sarkastisch, klang in jeder einzelnen Zeile durch. Gut, manches war vielleicht etwas over the top, zum Beispiel als sie zum ersten Mal Drag ausprobierte und gleich zum King des Jahres gewählt wurde, aber es war unmöglich, Colby nicht zu mögen. Während Liz sich von Eintrag zu Eintrag las, merkte sie außerdem, wie sie sich weiterentwickelte – sich ihrer Identität immer sicherer wurde, ihren Kleidungsstil änderte und daran arbeitete, eine bessere Freundin und Partnerin zu sein. Liz fiel wieder ein, was Daria vor Monaten am Strand gesagt hatte: Es hatte wirklich was empowerndes, einer queeren Person dabei zuzusehen, wie sie ihr alltägliches Leben lebte.

Ohne richtig darüber nachzudenken, klickte Liz auf das Textfeld und begann zu tippen.

Was gayt, Queerdos! Ich weiß, ich weiß, ich hab mich eeewig nicht mehr gemeldet. Manche von euch ahnen sicher schon, warum. Mal ehrlich, was liegt am nächsten, wenn eine Lesbe monatelang einfach von der Bildfläche verschwindet?

Gaynau. Ein bisschen peinlich ist es mir schon, aber ich, Colby Anderson, bin mit einer Frau in die (Umzugs-)Kiste gehüpft.

Die Tasten klapperten unter Liz' Fingern, als sie Colby erzählen ließ, wie sie in einer Bar eine Frau kennengelernt und sich sofort in sie verschossen hatte. Auch wenn Colby vorher immer beteuert hatte, dass sie nicht die Art von Queer war, die ihre Freund*innen wegen einer Frau links liegen ließ, war genau das passiert. Sie hatte sich ohne Netz und doppelten Boden in diese Beziehung geworfen. Doch aus Co-Abhängigkeit wurde Kontrollsucht, und irgendwann war Colby klar geworden, dass es an der Zeit war, die Dildos auseinanderzuklamüsern und sich eine eigene Bude zu suchen. Jetzt, da sie das trostlose Tal der Trennungstrübnis überwunden hatte, war sie bereit, bei ihren Freund*innen um Vergebung zu betteln, ihren Blog aus dem Tiefschlaf zu wecken und sich wieder in die Datingszene zu stürzen.

Sie war ein bisschen älter, ein bisschen vorsichtiger, aber immer noch voller Optimismus, dass sie irgendwann die Eine finden würde.

Als Liz schließlich einen Blick aufs Handy warf, waren fast zwei Stunden um. Sie konnte es gar nicht fassen. Sie hatte so viel Spaß gehabt, dass sie nicht bemerkt hatte, wie die Zeit verflogen war. Es war so leicht, Colbys Ton zu treffen, so leicht, sie von einem irre komischen Missgeschick ins nächste stolpern zu lassen. In letzter Zeit war Liz nach dem Schreiben immer entmutigt gewesen und hatte sich gefragt, ob und wann sie überhaupt wieder damit anfangen würde, doch heute sprühte sie vor Energie. Sie war sich zwar nicht sicher, ob sie den Blog wirklich wieder aufleben lassen wollte, aber sie klickte trotzdem auf Posten und schickte den neuen Eintrag hinaus in die Welt.

Liz' Magen knurrte, und sie überlegte seufzend, was sie aus den kümmerlichen Zutaten in ihrem Kühlschrankfach zu essen machen konnte. Ideenlos ließ sie sich aufs Bett sinken und klickte auf Darias Instagram, bevor sie sich davon abhalten konnte. Das Profilbild hatte jetzt eine farbige Umrandung: eine neue Story. Liz öffnete sie.

Das Foto zeigte einen Sonnenuntergang über dem Hudson, aufgenommen vor einer Viertelstunde. Der Himmel über dem Wasser war rosa und von Wolkenstreifen durchzogen.

Liz sah sich die Story noch dreimal an. Vor fünfzehn Minuten hatte Daria die bewusste Entscheidung getroffen, dieses Foto zu machen und in ihre Instagram-Story hochzuladen. Liz sah noch mal nach – sie war immer noch Darias einzige Followerin.

Was bedeutete, dass Daria diese Story einzig und allein für Liz gepostet hatte.

***

Am Freitag lud Liz zwei Storys hoch. Die erste war ein Foto von zwei gourmetwürdigen Frühstückssandwiches, die Jane gemacht hatte. Liz war froh, dass sie wieder angefangen hatte zu kochen. Sie wirkte in letzter Zeit irgendwie glücklicher. Was sicher auch daran lag, dass sie bald ein Bewerbungsgespräch für die Stelle bei *Autostraddle* hatte.

Das zweite Foto, das Liz postete, war ein Selfie. In der Mittagspause hatte sie auf der Bürotoilette ungefähr dreißig verschiedene gemacht, bevor sie an den Schreibtisch zurückgegangen war und zwanzig Minuten überlegt hatte, ob sie überhaupt eins davon posten sollte. Irgendwann hatte sie das am wenigsten peinliche ausgesucht. Es war ein Spiegelselfie. Liz trug ihre Lieblingsjeansjacke, hielt den Kragen mit einer Hand fest und hatte einen hoffentlich halbwegs verführerischen Blick aufgesetzt. Darüber stand in blauer Schrift: *Yay, endlich Jeansjackenjahreszeit.*

Sie postete es, bevor sie einen Rückzieher machen konnte, und aktualisierte dann alle paar Sekunden die Liste mit den Ansichten. Sie bekam ein Herzchenaugenemoji von Charlotte und ein Feueremoji von einer Frau, mit der Liz im College rumgeknutscht hatte. Weston sah sich die Story an (würg). Sechs andere Leute auch.

Und dann, acht Minuten nach dem Hochladen, schaute Daria die Story. Liz grinste etwas dümmlich ihr Handy an. Checkte Daria etwa wie besessen Instagram in der Hoffnung, dass Liz etwas postete?

Natürlich war Liz selbst kein Stück besser. Denn als Daria am Abend eine Story hochlud, bemerkte Liz es sofort. Sie zwang sich, vor dem Angucken ein Glas Wasser zu holen und aufs Klo zu gehen – der Würde wegen. Doch sobald sie wieder in ihrem Zimmer war, schnappte sie sich ihr Handy und öffnete die Story.

Ein Foto von Daria, die in einem Kreis aus Lampenlicht an einem unbekannten Schreibtisch saß, dazu die Caption: *Ob ich wohl in diesem Büro sterbe?* Daria war mit gelangweiltem Blick auf der Tischplatte zusammengesackt, das Kinn in eine Hand gestützt. Das Bild wirkte spontan und lustig, aber es konnte kein Zufall sein, dass Darias Wangenknochen im Licht der Schreibtischlampe noch markanter aussahen als sonst und ihr eine einzelne Haarsträhne ins Gesicht fiel, als wäre sie dort platziert worden.

Liz war sich sicher, dass dieses Foto für sie bestimmt war. Ein Selfie als Antwort auf ihr Selfie. Ein Leuchtsignal in der Nacht. Hatte Daria Liz' Selfie gesehen und ihre Reaktion darauf geplant, vielleicht sogar verschiedene Posen ausprobiert und wieder verworfen, so wie Liz? Es war, als führten sie ein Gespräch, ohne es sich einzugestehen.

Liz' Magen fühlte sich an, als hätte sie gerade einen Shot Whiskey geext. Das Foto ließ vermuten, dass Daria immer noch etwas an ihr fand.

Doch was war mit *Liz*? Sie setzte sich auf die Bettkante und versuchte ihre Gefühle zu ordnen. Als sie die Fotos gepostet hatte,

hatte sie Daria im Sinn gehabt. Stand sie auf Daria, oder war sie einfach nur süchtig nach Aufmerksamkeit?

Sie wusste es nicht. Sie hatte keine Ahnung, was sie da eigentlich machte, was sie fühlte, was sie wollte. Aber sie guckte Darias Story wieder und wieder, betrachtete eingehend ihr Gesicht und konnte nicht aufhören zu lächeln.

23

Am nächsten Tag ging Liz zum Treffen der Pride Runners im Central Park. Um neun Uhr morgens. An einem Samstag. In Manhattan, eine Stunde U-Bahn-Fahrt entfernt. Liz hatte eindeutig den Verstand verloren.

Sie hatte Jane nichts davon erzählt, wenn auch mit schlechtem Gewissen. Sie wusste, dass Jane Verdacht geschöpft hätte. Außerdem hätte sie vielleicht angeboten mitzukommen, was Liz auf keinen Fall wollte. Es war nicht unwahrscheinlich, dass sie im letzten Moment kneifen würde, und da konnte sie auf Publikum gut verzichten.

Liz brauchte zwanzig Minuten, um das John-Lennon-Memorial zu finden, wo sich die Gruppe traf. Als sie endlich dazustieß, war sie acht Minuten zu spät und schon am Schwitzen. Zum Glück waren die anderen noch nicht los.

Eine geradezu unerträgliche Anzahl an Menschen in knallbunten Windjacken, Elastankleidung und Laufleggings hatte sich versammelt. Manche hatten sogar spezielle Gürtel um, in denen Wasserflaschen steckten. Liz trug weite, limettengrüne Shorts und eins von Katies Langarmshirts, das ein klein wenig einschnitt.

Sie gehörte nicht hierher, so viel war klar.

Wenn Liz noch umdrehen wollte, wäre jetzt der Moment. Sie könnte so tun, als spazierte sie einfach nur durch den Park und wäre hier bloß zufällig vorbeigekommen.

Doch dann entdeckte sie J, di*er sich am Rand der Gruppe mit einer Person unterhielt. Sie holte tief Luft und ging mit gesenktem Blick auf demm zu. Sie hätte nicht sagen können, wovor sie mehr Angst hatte: dass Daria da war oder dass sie *nicht* da war. Ihr Herz hämmerte ein bisschen zu heftig, vor allem wenn sie bedachte, dass sie noch nicht mal mit dem Laufen angefangen hatte.

»Da bist du ja wieder!« J umarmte Liz.

»Ich … Ja.« Liz' Stimme klang etwas piepsig. »Ich dachte, ich zieh's einfach durch.«

»Wie schön! Dann können wir ja wieder Laufbuddys sein.«

Steve rief, dass sie mit dem Warm-up zum Ende kommen sollten. Liz machte hastig ein paar Dehnübungen.

»Liz?«

Liz balancierte gerade auf einem Bein, um ihren Oberschenkel zu dehnen, und wirbelte so schnell herum, dass sie fast stürzte und um ein Haar in Daria hineingekracht wäre.

»Daria!« Liz' Stimme war um einige Oktaven höher gerutscht. »Hi! Wow! Was für eine … Hi!«

Daria trug eines dieser glänzenden, teuren atmungsaktiven T-Shirts sowie Shorts, aus denen der Inbegriff straffer Schenkel hervorschaute. Ihr Haar war strubbeliger als sonst, als hätte sie am Morgen nicht geduscht. Sie sah leicht verwirrt aus, aber nicht auf schlechte Art.

»Hi«, sagte Daria. »Bist du zum Laufen hier?«

»Ich … Jap. Zum Laufen.« Liz deutete auf J. »Mit meinem Laufbuddy.«

»Ich wusste gar nicht, dass du bei den Pride Runners mitmachst«, sagte Daria.

»Seit Neuestem«, sagte Liz. Und dann, weil sie die Klappe einfach nicht halten konnte: »Ich bin echt langsam.«

»So langsam bist du gar nicht«, sagte J netterweise. »Nicht mehr lang, dann steckst du uns alle in die Tasche.«

Liz stieß eine hyänenartige Lache aus und klappte dann schnell den Mund zu.

»Na daaann …«, sagte Daria. Sie zog das Wort in die Länge, und Liz dachte schon, sie sei im Begriff, sich zu verabschieden, doch stattdessen wandte sie sich an J. »Hast du nicht vorhin gesagt, dass du heute ein bisschen anziehen willst?«

»Schon, aber das macht mir nichts aus.« J knuffte Liz gut gelaunt in die Seite.

»Ich hab mir gerade gedacht, dass ich es gern entspannter angehen lassen würde«, sagte Daria. »Also könnte ich als Liz' Laufbuddy einspringen.« Sie warf Liz einen flüchtigen Blick zu. »Natürlich nur, wenn es dir nichts ausmacht.«

Liz schüttelte den Kopf.

»Bist du sicher?« J schaute etwas zweifelnd drein, doch dann fiel deren Blick zuerst auf Liz, die ein hochrotes Gesicht hatte, und dann auf Daria, deren ganze Aufmerksamkeit darauf gerichtet schien, das Band ihrer Armbanduhr festzuziehen. Ein Lächeln breitete sich auf deren Gesicht aus. »Wisst ihr was? Gute Idee!« Immer noch grinsend machte dey ein paar Schritte rückwärts Richtung Gruppe. »Viel Spaß, Kids!«

»Die Strecke durch die Bäume da ist nicht schlecht«, sagte Daria, ohne J Beachtung zu schenken. »Sie ist sechs Meilen lang, aber wenn wir abkürzen, sind es nur vier. Ist das zu lang?«

»Überhaupt nicht«, sagte Liz, obwohl sie noch nie mehr als die drei Meilen am Mittwoch mit J gelaufen war. Alles war besser, als unbeholfen auf ihre Schuhe zu starren, weil sie es nicht schaffte, Daria in die Augen zu sehen.

»Na dann.« Daria deutete mit dem Daumen über ihre Schulter. »Sollen wir?«

»Jaha«, sagte Liz in einem erstickten, betont ungezwungenen Tonfall, in dem sie sich noch nie reden gehört hatte. Daria sah sich nach Fahrradfahrer*innen um, überquerte die Straße, die rund um den Park führte, und betrat den Fußweg. Liz folgte ihr, und sie joggten los, wobei Daria dicht an ihrer Seite blieb. Liz war hibbelig und angespannt, doch zumindest verlieh ihr die innere Unruhe einen dringend benötigten Energieschub. Nach ungefähr einer Minute wurde die Nähe unerträglich, und sie zog an Daria vorbei.

»Vielleicht sollten wir langsamer starten!«, rief Daria ihr nach.

Liz schüttelte den Kopf. »Passt schon.«

Daria beschleunigte und schloss zu Liz auf. Sie liefen einige Sekunden nebeneinanderher, bis Daria sagte: »Ich war überrascht, dich zu sehen.«

Es war ja wohl mehr als offensichtlich, dass Liz wegen Daria hier war. Oder?

»Ach, ich … wollte das mit dem Laufen mal ausprobieren. Klang irgendwie wie 'ne gute Idee.«

Es war eine furchtbare Idee. Was, wenn Daria sie immer noch dafür hasste, was sie gesagt hatte? Was, wenn Daria sauer war, dass sie einfach hier aufschlug und sich in ihrem Territorium breitmachte? Was, wenn sie es für völlig Banane hielt, dass Liz überhaupt aufgetaucht war?

Aber wenn sie sauer wäre, hätte sie sich nicht freiwillig als ihr Laufbuddy gemeldet. Oder?

Liz warf Daria immer wieder verstohlene Blicke zu und war sich mehr als deutlich bewusst, dass nur wenige Zentimeter zwischen ihnen waren. Darias Shorts machten ihrem Namen alle Ehre. Am liebsten wäre Liz stehen geblieben und hätte Daria von Kopf bis Fuß gemustert. Gleichzeitig war es ihr unmöglich, sie länger als ein paar Sekunden am Stück anzusehen. Jedes Mal, wenn Daria den Kopf in ihre Richtung neigte und sie das Gefühl hatte, ihre Blicke könnten sich gleich treffen, machte Liz' Magen einen gewaltigen Satz, als hätte man ihn mit einer Schnur an einer Klinke festgebunden und die Tür zugeknallt wie bei einem Wackelzahn.

Ein oder zwei Minuten später deutete Daria auf einen schmaleren Pfad, der von der Hauptstraße abzweigte. »Hier lang.«

Sie liefen über die Straße, wichen Fahrradfahrer*innen aus, und Liz folgte Daria einen kleinen Hügel hinauf, der ihre Waden zum Brennen brachte.

Der Weg war zu eng, um Seite an Seite zu laufen, und Daria joggte vorneweg. Liz konnte nicht aufhören, sie anzustarren – ihre aufrechte Haltung, wie sich ihre Schulterblätter unter dem Stoff des T-Shirts bewegten, die scharfen Kanten ihres frisch geschnittenen Haars. Liz war so fasziniert, dass sie fast vergessen hätte, wie sehr sie Laufen hasste.

Mehrere Minuten vergingen schweigend. Liz fragte sich gerade mit einem Anflug von Panik, ob sie wohl ein Gespräch anfangen sollte, als Daria einen Blick über die Schulter zurückwarf und sagte: »Ich hab in letzter Zeit viel über deinen Artikel nachgedacht.«

»Meinen … Artikel?« Liz versuchte, sich nicht anmerken zu lassen, wie schwer sie atmete. Daria sollte nicht denken, sie sei nicht in Form.

»Der über die Fotografin«, sagte Daria. »Der war echt gut.«

»Oh«, sagte Liz. »Danke.«

»Da war dieses eine Zitat, das du schon in Boston erwähnt hast.« Daria zögerte, und Liz bemerkte, wie sich ihre Schultern anspannten, als kostete sie der nächste Satz Überwindung. »Als sie davon redet, dass es immer Leute geben wird, die furchtbare Sachen machen oder sagen. Doch so schrecklich diese Zwischenfälle auch sind, ist das nicht mal das Schlimmste daran.

Sondern wenn man solche Momente an sich heranlässt. Wenn man zulässt, dass die Angst vor solchen Momenten das ganze Leben bestimmt.«

Der Weg wurde breiter, und sie liefen wieder nebeneinanderher. Daria hatte den Blick auf den Pfad vor ihnen geheftet, fast als führte sie ein Selbstgespräch.

»Ich glaube, ich habe zugelassen, dass diese Angst mein Leben bestimmt«, fuhr sie fort. »Ich fühle mich zwar wohl damit, wie ich aussehe. Das bin nun mal ich. Aber ich hasse es, ständig das Gefühl zu haben, hervorzustechen. Ich hasse es, im Supermarkt blöd angemacht zu werden und nicht zu wissen, ob die Person einfach nur einen schlechten Tag hat oder mich hasst, weil ich so bin, wie ich bin. Jedes Mal, wenn ich einen Raum betrete, bin ich nervös und mache mir Gedanken, ob wohl irgendwer irgendwas sagt. Im Kopf streite ich mich ständig mit Leuten und lege mir Antworten zurecht, falls *doch* mal jemand was sagt. Was in neun von zehn Fällen natürlich nicht passiert. Also laufe ich im Endeffekt die ganze Zeit völlig ohne Grund ängstlich und wütend herum.«

Daria atmete zitternd ein. Liz hätte gerne etwas Tröstliches gesagt, wollte Daria aber nicht unterbrechen. Sie hatte das Gefühl, dass sie sonst ganz verstummen würde.

»Du weißt ja, was mit meinen Eltern passiert ist.« Daria warf Liz einen nervösen Seitenblick zu. »Ich glaube, ich habe nie das Gefühl überwunden, dass es da draußen Leute gibt, die mich hassen, weil ich so bin, wie ich bin.«

Der Pfad wurde wieder enger und zwang sie, dichter nebeneinander zu laufen, sodass sich ihre Ellbogen ein paarmal berührten. »Ich weiß, dass das nichts rechtfertigt«, sagte Daria leise. »Ich bin weiß und cis und wohlhabend und lebe in einer liberalen Stadt. Ich bin in so vieler Hinsicht privilegiert. Trotzdem ist es meistens leichter, einfach … kalt zu sein. Keine Gefühle zu zeigen. Und manchmal eben auch ein Arschloch zu sein. Das tut mir leid.«

Sie sahen sich in die Augen, eine Sekunde lang, zwei, drei. Liz wurde rot. Dann wurde der Weg uneben, und Daria brach den Blickkontakt ab, um nicht zu stolpern.

Liz wusste, dass sie etwas sagen sollte, aber das musste sie erst mal verdauen. Die ach so kalte und unnahbare Daria Fitzgerald hatte die ganze Zeit nur schreckliche Angst davor gehabt, zurückgewiesen zu werden. Und dann hatte Liz sie zurückgewiesen, so dramatisch, wie es nur irgendwie ging. Hatte sie da getroffen, wo es wehtat.

Aber wieso war Daria dann noch hier, lief neben ihr her und erzählte ihr das alles?

»Also meine Familie …«, begann Liz zwischen Japsern, bevor sie abbremste und sich vornübergebeugt auf den Knien abstützte. »Oh Gott, können wir vielleicht eine Minute gehen oder so?«

»Ja klar.« Mit erschrockenem Gesicht hielt Daria an. »Alles okay?«

Liz machte eine abwiegelnde Handbewegung und schnappte nach Luft. Sie richtete sich auf. Auf dem Pfad war sonst keine Menschenseele; sie waren umgeben von Bäumen, deren Blätter im Wind rauschten. Es fühlte sich unerwartet intim an. Liz wünschte sich plötzlich, sie wäre nicht stehen geblieben.

»Ähm«, sagte sie, immer noch außer Atem. »Sollen wir … weitergehen?«

»Klar.« Daria drehte sich um, und sie folgten weiter dem Pfad. Liz hätte bloß die Hand heben müssen, um die Schweißtropfen von Darias Nacken zu wischen. Hätte mit den Fingern die Muskeln ihrer Arme nachzeichnen können.

Daria warf Liz einen Blick zu, und Liz sah schnell weg.

»Also«, sagte Daria. »Deine Familie?«

»Ach so. Ähm, ja. Meine Eltern.« Liz versuchte sich daran zu erinnern, was sie eigentlich hatte sagen wollen. »Sie haben immer gesagt, dass, wenn sie sich für ein Kind entscheiden, dann ohne Rückgabe- und Widerrufsrecht. Auch als sie noch gar nicht wussten, wer ich einmal werden würde, haben sie schon zugesagt, mich zu lieben, egal was kommt.«

Daria hörte schweigend zu.

»Und das haben sie durchgezogen, auch wenn's schwierig wurde«, fuhr Liz fort. »Als ich mir nicht sicher war, wer ich bin oder was ich will, ob ich jetzt hetero, bi, lesbisch, nichtbinär oder was auch immer bin, wusste ich, dass ich mich auf diese eine Sache verlassen konnte. Dass sie mich lieben würden, egal was kommt.« Liz zögerte, suchte nach den richtigen Worten. »Ich kann mir gar nicht vorstellen, wie schwer es gewesen sein muss, ohne diesen Rückhalt durchs Leben zu gehen. Ich kann verstehen, warum du da … den Drang hast, dich selbst zu schützen. Ich würde es an deiner Stelle wohl genauso machen. Also tut es mir auch leid. Dass ich vorschnell geurteilt habe. Dass ich dich einfach so abgestempelt hab.«

Liz streckte die Hand aus und berührte mit den Fingerspitzen Darias Schulter. Daria sah erschrocken auf, und es lag zweifellos etwas Niedliches in diesen weit aufgerissenen Augen, wie bei einem Reh im Scheinwerferlicht.

»Deine Eltern können einem leidtun«, sagte Liz. »Was die verpassen, weil sie dich nicht kennen.«

Liz' Herz schlug so heftig, dass es fast wehtat. Ihr Magen fühlte sich an wie von einem Elektrozaun umgeben. Darias Augen – warmes, weiches Braun mit grünen Sprenkeln – waren ihr ganz nah, so unglaublich nah, und Liz' Hand war noch immer auf Darias Schulter. Eine kleine Kopfbewegung, und da wäre kein Abstand mehr zwischen ihnen. Und ihren Lippen.

Liz hatte das nicht durchdacht. Sie hatte sich zu wenige Gedanken darüber gemacht, was es bedeuten würde, zum Lauftreff zu gehen, und noch weniger darüber, was es bedeuten würde, die Hand auf Darias Schulter zu legen. Wollte sie ihr so nah sein? Wollte sie den Abstand zwischen ihnen schließen?

»Sollen wir wieder laufen?«, fragte sie abrupt und zog die Hand zurück.

Daria atmete leise auf, als hätte sie die Luft angehalten. »Gute Idee. Wir sind fast bei der Abkürzung.«

Sie liefen den Rest der Runde schweigend, doch ihre Blicke trafen sich immer wieder, und sie lächelten sich schüchtern zu. Als sie am Memorial ankamen, war bereits eine Gruppe von Läufer*innen versammelt, die sich dehnte und unterhielt. J winkte sie heran.

»Wie war's?«, fragte dey.

»Heftig.« Liz stand schon wieder vornübergebeugt und rang nach Luft. »Ich kann nicht fassen, dass das eure Vorstellung von Spaß ist.«

»Hey, du bist jetzt eine von uns«, sagte J. »Also ist es auch deine Vorstellung von Spaß.«

Liz stöhnte, aber ihr gefiel die Art, wie J das gesagt hatte. Es fühlte sich gut an, Teil dieser Gruppe zu sein.

»Gehst du noch mit frühstücken, Daria?«, fragte J.

»Ich kann nicht.« Daria verzog das Gesicht, als sie sich hinsetzte und die Füße zur Dehnung an den Körper zog. »Ich hab in einer halben Stunde einen Arbeitscall.«

»Komm schon! Wir vermissen dich.«

»Ich komm nächstes Mal mit.« Darias Augen waren auf Liz gerichtet, während sie sprach. »Nächsten Samstag?«

»Nächsten Samstag«, antwortete Liz leise, und Daria grinste.

24

Am Montag antwortete Daria auf Liz' Instagram-Story.

Die Story war ein Foto eines Vollkorn-Zimt-Brotes, das Jane gebacken hatte, neben einem Gläschen Apfelmarmelade vom Bauernmarkt. Liz machte sich gerade über ihre zweite Scheibe her, als die Benachrichtigung kam. Anscheinend waren sie über das Stadium verdeckter Kommunikation hinaus.

Natürlich konnte sie nicht sofort draufklicken. Sie überlegte, was wohl eine angemessene Zeitspanne wäre. Fünf Minuten? Zehn? Daria hatte es darauf ankommen lassen und ihr geschrieben – da wollte Liz sie natürlich nicht zu lange warten lassen.

Sie aß ihre Scheibe Brot auf, wusch den Teller ab, wischte die Krümel vom Tresen und hielt es nicht mehr aus.

Hast du das gebacken??

Liz grinste, als sie ihre Antwort tippte. *Wenn du denkst, dass ich das gebacken habe, kennst du mich kein bisschen.*

Sie legte das Handy weg und ging ins Bad, um vor der Arbeit noch zu duschen. Mittendrin machte sie sich plötzlich Sorgen, Daria könnte die Nachricht als abweisend interpretieren statt selbstironisch. Warum hatte sie bloß kein Emoji hinzugefügt? Sie kürzte die Dusche ab und rannte zurück zum Handy. Daria hatte die Nachricht noch nicht gesehen. Zu retten war sie trotzdem nicht mehr – ein fünf Minuten später nachgeschobenes *haha lol* strahlte nicht gerade Lässigkeit aus. Sie beließ es dabei.

Daria antwortete, als Liz gerade zur U-Bahn lief. Diesmal versuchte sie gar nicht erst, sich zum Abwarten zu zwingen.

Es war Jane, oder?

Jap, sie versucht gerade das perfekte Brot hinzubekommen. Übelst übertrieben. Wer backt schon sein eigenes Brot?

Sie nahm die Treppe zur U-Bahn und stand qualvolle zwanzig Minuten schlechten Handyempfangs durch, bevor endlich Darias Antwort kam.

Ich hab erst dieses Wochenende Brot gebacken. Dazu ein Foto eines sehr beeindruckend aussehenden runden Ciabattalaibs. *Übertrieben?*

ÜBELST übertrieben, tippte Liz, während sie Richtung Büro ging. *So viel Aufwand für etwas, was man in jedem Supermarkt bekommt.*

Als Liz es sich an ihrem Schreibtisch bequem machte, schickte Daria ein leidenschaftliches Plädoyer für die qualitativen Vorzüge von hausgebackenem Brot. Worauf Liz antwortete, dass sie diese Vorzüge ja gar nicht anzweifele, aber nichts in der Welt sie dazu bringen könne, *mehrere Stunden* mit der Zubereitung von etwas zu verbringen, was weniger als fünf Dollar kostete.

Sie gab es auf, an dem Tag irgendwie produktiv sein zu wollen. Wenn sie nicht gerade eine Nachricht tippte, wartete sie auf eine. Oder feilte an ihrer nächsten Antwort. Oder dachte wie besessen darüber nach, was sie gerade geschrieben hatte. Oder, wenn die Reaktion länger als zehn Sekunden auf sich warten ließ, prüfte, ob sie auch wirklich Empfang hatte.

Liz versuchte ihr Handy auf stumm zu schalten. Sie steckte es in den Rucksack. Dann ließ sie es in der Schreibtischschublade verschwinden. Doch jedes Mal fischte sie es nach wenigen Minuten wieder heraus.

Den ganzen Tag kreisten Liz' Gedanken um zwei Fragen. Stand

Daria wirklich noch auf sie, obwohl Liz im Besprechungsraum so schreckliche Sachen zu ihr gesagt hatte? Und, was irgendwie noch beunruhigender war, stand Liz auch auf Daria?

Vielleicht, dachte Liz und lächelte in sich hinein, als ihr Handy zum wiederholten Mal vibrierte. Vielleicht fanden sie das auch gerade zusammen heraus.

Auf jeden Fall wollte Liz nicht, dass es aufhörte. Vielleicht war sie einfach süchtig nach schlechten Entscheidungen, aber das hier fühlte sich … gut an. Ein Lichtblick in einer sonst eher düsteren Zeit.

Der Nachrichtenfluss brach auch am nächsten Tag nicht ab, genauso wenig wie am übernächsten. Am Anfang noch unverfänglich – Daria erzählte, wie gerne sie koche; Liz rang Daria das Versprechen ab, sich eine Ausgabe des Romans *Paul Takes the Form of a Mortal Girl* zu besorgen, den Daria noch nie gelesen hatte –, vertraute Liz ihr schon am Mittwoch an, wie gerne sie selbst einen bedeutungsvollen queeren Roman schreiben würde und wie schlecht es lief, seit sie tatsächlich mit dem Schreiben angefangen hatte.

Daraufhin erzählte Daria ihr von der Trennung von Caroline. Als Kinder waren sie beste Freundinnen gewesen. Sie hatten im selben Viertel gewohnt, und als Caroline in der dritten Klasse auf Darias Schule gewechselt hatte, war Daria davon überzeugt gewesen, dass Caroline ihr die kalte Schulter zeigen würde, sobald sie merkte, wie unbeliebt Daria eigentlich war. Aber anstatt sie links liegen zu lassen, war Caroline die nächsten Jahre damit beschäftigt gewesen, Darias Mobber*innen abzuwehren – sowohl verbal als auch unter Körpereinsatz. Auf der Middleschool wussten schließlich alle, dass man sich besser nicht mit Daria anlegte.

Doch als sie ein paar Jahre nach dem Collegeabschluss angefangen hatten zu daten, hatte Caroline sie auf einmal dazu gedrängt, sich immer noch maskuliner zu geben, und die Augen verdreht, sobald Daria auch nur einen pinkfarbenen Cocktail bestellt hatte oder bei einem Film weinen musste. Das führte so weit, dass Daria irgendwann das Gefühl hatte, Caroline legte mehr Wert darauf, wie ihre Beziehung von außen aussah, als wie es wirklich um sie stand. Als wollte sie allen beweisen, dass sie auch nicht anders waren als Heteropaare. Also zog Daria die Reißleine, aber alle (Caroline, Darias Tante, ihre Freund*innen, sogar Bailey) schienen zu erwarten, dass Daria irgendwann zur Vernunft kommen und wieder mit Caroline zusammenkommen würde.

Auf dem Handydisplay floss das Gespräch mühelos dahin. Liz hatte schon Angst, dass die ganzen Geständnisse zu schwer wiegen könnten, wenn sie sich am Samstag in echt sehen würden. Dass das echte Leben nicht an den geschützten virtuellen Raum heranreichen würde, den sie sich geschaffen hatten.

Freitagabend saß Liz in ihre DMs versunken in ihrem Zimmer, als Jane hereinkam, sich aufs Bett setzte, gegen die Wand sinken ließ und die Knie bis zum Kinn hochzog.

»Was ist los?« Liz sperrte ihren Screen und legte das Handy mit dem Display nach unten auf den Schreibtisch. Sie hätte zu gern Janes Meinung zu Daria eingeholt, doch es fühlte sich falsch an, ihren potenziellen Flirt zu analysieren, während Jane noch immer unter der Trennung litt.

»Bailey hat mir geschrieben«, kam Jane direkt zur Sache.

»Was? Wann? Was hat sie gesagt?«

»Sie will reden. Sie hat sich dafür entschuldigt, dass sie so plötzlich Schluss gemacht hat, und meinte, sie versteht, wenn ich sie nicht sehen will, aber sie würde mir wirklich gerne alles erklären.« Sie hielt ihr Handy hoch, und Liz kletterte neben sie aufs Bett, um die Nachricht zu lesen.

Es war eine ziemlich gute Nachricht – reumütig, ohne zu dick aufzutragen.

»Sie vermisst dich«, stellte Liz fest und gab Jane das Handy zurück. »Was wirst du ihr schreiben?«

»Argh! Ich weiß auch nicht.« Jane vergrub das Gesicht in den Knien. »Ich war doch gerade dabei, über sie hinwegzukommen.«

»Wirklich?«, fragte Liz in, wie sie hoffte, einem einfühlsamen Tonfall. »Weil, na ja … Du warst in letzter Zeit ziemlich traurig.«

»Das lag doch am Magazin«, protestierte Jane.

Liz warf ihr einen Blick zu.

»Na gut, auch an der Trennung«, gab sie zu. »Aber ich weiß nicht, ob ich ihr trauen kann. Nachdem sie mich einfach so in den Wind geschossen hat, ohne überhaupt zu versuchen, der Sache auf den Grund zu gehen? Wer sagt denn, dass sie das nicht noch mal macht?«

»Das kannst du wohl nicht wissen«, räumte Liz ein.

Jane stieß ein unverbindliches Grummeln aus und musterte kritisch den Nagellack an ihren Zehen.

»Vermisst du sie?«

Jane seufzte. »Ich find's kacke, was sie abgezogen hat. Aber ja. Ich vermiss sie. Sehr.«

»Es kann ja nicht schaden, dir anzuhören, was sie zu sagen hat«, meinte Liz. »Aber lass sie zappeln. Sie soll sich so richtig reinhängen müssen. Abgemacht?«

»Worauf du dich verlassen kannst.«

Sie überlegten, wie lange Jane mit ihrer Antwort warten sollte, und entschieden sich für neunzig Minuten. Fast so lange dauerte es dann auch, bis sie einen Text verfasst hatten, der die richtige Mischung aus offen und zurückhaltend war. Bailey reagierte sofort, und sie verabredeten sich Samstagnachmittag in einem Café in ihrem Viertel – denn wenn Bailey Jane wirklich zurückhaben wollte, musste sie ihren Arsch, verdammt noch mal, aus Manhattan rausbewegen.

Als das geklärt war, beschlossen Jane und Liz, sich mit Drinks in einer nahe gelegenen Wildwest-Gaybar zu belohnen. Liz beschlich das Gefühl, dass man am Abend vor einer morgendlichen Laufrunde eigentlich nichts trinken sollte, doch sie konnte sich die Gelegenheit nicht entgehen lassen, Jane mal wieder ganz für sich allein zu haben. In letzter Zeit waren sie entweder zu beschäftigt oder zu traurig oder beides gewesen.

Sie hievten sich auf die Barhocker und schwelgten in Erinnerungen an Switch n' Play, ein Dragkollektiv, das alle zwei Wochen im Hinterzimmer eine grandiose queere Burleskshow zum Besten gab. Als Liz frisch nach New York gezogen war, hatten sie zusammen mit Katie und Lydia kaum eine Show ausgelassen. Jede einzelne sprühte nur so vor Lebensfreude – vor allem wenn die Dragkings auftraten. Dragkings hatten es Liz angetan (mal ehrlich, wem auch nicht?). Doch jetzt wusste sie schon gar nicht mehr, wann sie das letzte Mal dort gewesen waren.

»Tja, in einem Monat haben wir ganz viel Zeit«, sagte Jane.

»Ja, um uns in der Wohnung zu verkriechen und um jeden Preis zu verhindern, Geld auszugeben«, ergänzte Liz. »Hast du schon was von *Autostraddle* gehört?«

Jane rührte mit dem Strohhalm in ihrem Dark and Stormy. »Ich hab am Dienstag mein zweites Gespräch.«

»Jane! Das ist ja krass!«

»Na ja, noch hab ich den Job nicht«, sagte Jane. »Aber wenn ich ihn kriege, wollen sie, dass ich sofort anfange. Was bedeuten würde, beim Magazin aufzuhören, bevor es offiziell eingestellt wird.«

»Macht doch nichts«, sagte Liz. »Du musst nicht mit dem Schiff untergehen, Captain.«

»Was willst du eigentlich machen, wenn es vorbei ist?«, fragte Jane.

Liz fiel ein, was sie vorher zu Jane gesagt hatte. Wenn Jane es wagen konnte, Bailey noch eine Chance zu geben, konnte Liz es ja wohl wagen, sich ihrer engsten Freundin anzuvertrauen.

»Ähm, also, weißt du noch, als wir im April dachten, das Magazin macht dicht?«, fragte Liz. »Ehrlich gesagt hatte ich da schon die Idee, die Abfindung zu benutzen, um mich ein paar Monate lang ganz dem Schreiben zu widmen. Weil, na ja, ich schon immer mal einen Roman schreiben wollte.« Liz suchte Janes Gesicht nach Anzeichen ab, dass sie das für eine totale Schnapsidee hielt.

Doch Jane strahlte sie an. »Klingt echt cool. Ist das immer noch dein Plan?«

»Na jaaaa.« Liz zögerte und zog das Wort in die Länge. Und dann sprudelte alles aus ihr heraus: wie sie endlich den Hintern hochgekriegt und angefangen hatte zu schreiben; wie sie bisher nur Scheiße verzapft hatte; wie festgefahren sie sich fühlte, seit ihr Artikel über Moira Campbell gefloppt war; wie sie keine Ahnung hatte, was sie aus ihrem Leben machen sollte, weil sie außer Autorin nie was anderes hatte werden wollen, wie das aber nun nicht mehr möglich schien, weil sie anscheinend außerstande war, irgendwas zu Papier zu bringen außer Wohlfühlstücke.

Jane hörte nachdenklich zu und nickte verständnisvoll, während Liz ihr das Herz ausschüttete. Als Liz endlich fertig war, nahm Jane einen Schluck von ihrem Drink.

»Versteh das jetzt bitte nicht falsch«, sagte sie schließlich, »aber was, wenn du tatsächlich eine Wohlfühlautorin *bist*?«

»Autsch.«

»Nein, nein. Ich meine … du bist richtig gut darin, lustige, unterhaltsame Texte zu schreiben«, sagte Jane. »Deine Quizze sind immer total kreativ. Deine Ratgeberkolumnen sind zum Schießen. Und deine Listicles werden bis zum Ende durchgeklickt. Denk mal an all die Leute, die dir über die Jahre geschrieben haben, dass ihnen deine Ratgeberkolumne weitergeholfen hat, oder die auf deinem Blog kommentiert haben, wie viel es ihnen bedeutet, einer Figur zu folgen, die mit ihrer Identität hadert.«

Jane legte ihre Hand auf Liz' Arm. »Deine Texte bedeuten den Leuten was. Kunst muss ja nicht immer megaliterarisch sein, um Menschen zu helfen. Ehrlich gesagt kann ich mir gar nicht richtig vorstellen, wie du was total Ernstes und Anspruchsvolles schreibst, denn das wärst einfach nicht du.« Jane zog ihre Hand zurück und hob ihr Glas. »Ob es dir nun gefällt oder nicht, Liz Baker, du bist eine Spaßkanone.«

Liz blickte stirnrunzelnd auf die Bartheke und ließ das erst mal sacken. Was Jane sagte, ergab schon Sinn. Trotzdem wurde sie das Gefühl nicht los, dass es irgendwie … peinlich war, zuzugeben, dass sie vielleicht doch nicht die preiswürdige Autorin war, die sie immer hatte sein wollen.

»Ich hab wieder angefangen zu bloggen«, sagte sie und fuhr mit dem Finger den Rand ihres Glases nach. »Ist irgendwie ganz schön: daran erinnert zu werden, dass Schreiben Spaß machen kann.«

»Wie cool!«, sagte Jane. »Ich wette, wenn du dich voll und ganz darauf konzentrieren würdest, würde deine Followerzahl durch die Decke gehen.«

Vielleicht hatte Jane recht. Vielleicht könnte Liz wirklich was aus dem Blog machen, wenn sie ihm mehr Aufmerksamkeit widmete. Vielleicht hatte Daria all die Monate zuvor richtiggelegen, als sie gesagt hatte, Liz sei bloß eine alberne Wohlfühljournalistin.

Und vielleicht war das gar nicht so übel.

25

Als sie am nächsten Morgen in der U-Bahn zum Central Park saß, war Liz sich nicht sicher, was wahrscheinlicher war – einzuschlafen oder kotzen zu müssen. Aber hey, solange sie damit beschäftigt war, nicht zu krepieren, kam sie zumindest nicht dazu, darüber nachzudenken, ob es mit Daria wohl komisch werden würde.

»Liz, hi!«, rief J fröhlich wie immer, als Liz auf die Gruppe zuging. »Wie geht's dir? Ich hab dich diese Woche im Prospect Park vermisst!«

Dey unterhielt sich gerade mit Daria, die Liz anlächelte und Hallo sagte. Sie trug ein schwarzes Lauftop, das die scharfen Kanten ihres Schlüsselbeins und die sanfte Wölbung ihrer Oberarmmuskeln betonte. Liz bemerkte zu spät, dass sie hinstarrte.

»Hi.« Auf einmal war Liz schüchtern. »Ich, ähm, musste länger arbeiten.« Das klang immer noch besser als die Wahrheit, nämlich dass sie zu Hause geblieben war, um zum x-ten Mal *Saving Face* zu gucken.

Sie machten eine Weile Small Talk. Als es Zeit war, loszujoggen, schlug J das Tempo einer tatsächlich sportlichen Person ein, während Daria und Liz dieselbe Route nahmen wie in der Woche zuvor. Liz hielt weniger als drei Minuten durch, bevor sie zugeben musste, dass sie verkatert war. Daria lachte und wurde langsamer. Liz stolperte so gut es ging neben ihr her und verfluchte sich selbst.

»Oh Gott, ist das ätzend«, keuchte sie. »Kannst du mich irgendwie ablenken oder so?«

Daria lachte wieder. »Hm, also, da drüben wohne ich übrigens.« Sie zeigte auf ein Apartmentgebäude in der Nähe des Parks, über dessen goldener Drehtür in geschwungenen Lettern THE PEMBERLY BUILDING stand. »Und, ähm, mal sehen. Wir haben einen neuen Mandanten in der Arbeit.« Sie erzählte von einem Schnösel von Kerl, der Daria konsequent mit »Schätzchen« anredete, während Liz in Gedanken den Stadtplan durchging und begriff, dass Daria einen Riesenumweg gefahren war, um Liz wegen der Fahrt nach Boston in Brooklyn abzuholen.

Jetzt, da sie lockerer war, fühlte sich das Laufen zwar immer noch nicht gut, aber zumindest geringfügig weniger grässlich an. Liz stellte beruhigt fest, dass es genauso leicht war, sich persönlich mit Daria zu unterhalten, wie online. Es ging hin und her: Kindergeburtstagspannen, Knochenbrüche und das eine Mal, als Charlotte am Abend vor einem wichtigen Meeting mit Heather Media bei einer Demo verhaftet worden war und Liz versucht hatte, sie noch rechtzeitig gegen Kaution rauszuholen. Ehe sie sich's versah, waren sie schon fast wieder da, wo sie angefangen hatten.

Nach dem Dehnen schlossen sie sich der Gruppe zum Frühstück in einem nahe gelegenen Diner an. Diesem Aspekt der Laufgruppe konnte Liz schon deutlich mehr abgewinnen, und sie bestellte eine doppelte Portion Pancakes und kippte literweise Wasser und Kaffee hinunter. Dauernd kam irgendjemand an ihren Tisch, um Hallo zu sagen, und Daria stellte sie allen vor. Nach dem Frühstück bot sie an, Liz noch zur U-Bahn zu bringen.

»Wie geht's Jane?«, fragte Daria, als sie auf den Gehweg traten.

»Ganz gut«, sagte Liz. »Sie ist ... Hast du in letzter Zeit mit Bailey geredet?« Sie hatte Daria gerade erzählen wollen, dass Jane heute Nachmittag mit Bailey in Crown Heights verabredet war, hielt sich aber gerade noch rechtzeitig zurück, weil sie nichts ausplaudern wollte.

Daria lachte leise. »Keine Sorge. Ich weiß, dass sie sich heute mit Jane trifft.«

»Alles klar«, sagte Liz. »Und hattest du irgendwas damit zu tun?«

Daria warf Liz einen Blick zu – keinen flüchtigen, sondern einen langen. Ihn zu erwidern, fühlte sich an, als versuchte sie zwei gegenpolige Magneten aneinanderzudrücken. Liz musste wegschauen und konzentrierte sich stattdessen auf den Gehweg.

»Bailey hat sie vermisst«, sagte Daria. »So richtig. Sie ist seit der Trennung total down. Ich hätte mich nie einmischen sollen. Das weiß ich jetzt. Das hab ich Bailey auch gesagt und mich dafür entschuldigt, dass ich ihr reingequatscht habe.«

Sie hatten den Eingang zur F-Linie erreicht und waren an der Treppe stehen geblieben. Liz zwang sich, Daria anzusehen. In ihrer Brust toste ein Whirlpool, heiß und brodelnd.

»Danke«, sagte Liz. »Dass du das gemacht hast.«

»Gern geschehen.«

Sie standen keinen halben Meter voneinander entfernt, ein bisschen abseits des U-Bahn-Eingangs. Leute eilten vorbei, ohne ihnen Beachtung zu schenken. Der Tag war hell und sonnig und klar. Um sie herum blies der Herbstwind Blätter über den Asphalt.

Daria machte einen kleinen Schritt auf sie zu. Liz stockte der Atem.

»Es war echt schön, dich heute zu sehen«, sagte Daria mit sehr weicher Stimme.

»Es war … Ja. Auch schön. Dich zu sehen, meine ich.« Liz' Gehirn funktionierte nicht. Ihre Zunge machte nicht das, was sie sollte. Wenn sie sich jetzt küssten, wäre es dann ein Totalausfall, weil ihre Zunge streikte? Würden sie sich überhaupt küssen? *Wollte* sie, dass sie sich küssten?

Obwohl sie die ganze Woche an nichts anderes gedacht hatte als an Daria, war sie unentschlossen. Das mit ihnen ergab doch keinen Sinn. Es war eine schreckliche Idee. Daria war der Grund, warum all ihre Freund*innen bald arbeitslos wären. Liz hatte sie so lange nicht ausstehen können. Und doch …

Und doch, und doch, und doch.

Daria beugte sich vor, ein kleines bisschen nur. Sie waren nur noch Zentimeter voneinander entfernt. Ihre Hände berührten sich.

Liz blinzelte erwartungsvoll. Doch Daria blieb, wo sie war. Die Botschaft war klar: Wenn Liz sie küssen wollte, würde sie diese Grenze selbst überschreiten müssen.

»Bis nächste Woche?«, fragte Liz stattdessen. »Beim Laufen?«

Daria machte einen kleinen Schritt zurück. Wenn sie enttäuscht war, zeigte sie es nicht.

»Ich werde da sein.« Ihre warmen grünbraunen Augen ruhten auf Liz. »Jeden Samstag, jede Woche.«

Sie sagte die Worte so dahin, doch sie klangen wie ein Schwur.

»Dann sehen wir uns dort.« Liz hatte es auf einmal furchtbar eilig, zur U-Bahn zu kommen. »Schönes Wochenende noch.«

»Dir auch.«

Als Liz die Treppe zur Hälfte genommen hatte, schaute sie zurück; ein knapper Blick über die Schulter. Daria stand immer noch da und sah ihr nach.

Liz' Hände zitterten, als sie ihre MetroCard durchzog.

Sie hätte fast Daria Fitzgerald geküsst. Schon wieder. Aber eigentlich zählten die Küsse in Boston und im Besprechungsraum nicht. Sie waren im Überschwang des Augenblicks passiert. Wenn sie sich jetzt küssten … hätte es wirklich etwas zu bedeuten.

Die U-Bahn kam, und Liz quetschte sich hinein. Für einen Samstag war es ganz schön voll. Sie schob sich in die Mitte des Waggons und bekam eine Haltestange zu fassen.

In der getönten Scheibe fiel ihr Blick auf ihr Spiegelbild. Sie sah aus wie ein ganz anderer Mensch – in Sportklamotten, vor zwölf auf den Beinen und schon produktiv, in der U-Bahn in sich hineinlächelnd.

Ihr Grinsen wurde noch breiter. Vielleicht, aber auch nur vielleicht, konnte das was werden, das mit Daria und ihr.

26

Am Sonntagabend berief Lydia im Gruppenchat eine WG-Sitzung ein. Liz wollte eigentlich schwänzen, doch Jane bestand darauf, dass sie Lydia nicht für immer aus dem Weg gehen konnte und sie es zumindest irgendwie hinbekommen mussten zusammenzuwohnen, wenn sie schon keine Freund*innen sein konnten.

Also gab Liz murrend nach, allerdings nur unter der Bedingung, dass Jane ihr bis ins kleinste Detail von ihrem Date mit Bailey berichtete. Was diese nur zu gerne tat: Als Jane im Café angekommen war, hatte Bailey schon mit ihrem Lieblingstee und einem frischen Scone auf sie gewartet. Sie hatte sich bedankt, dass Jane überhaupt gekommen war, und dann zu einer langen Entschuldigung ausgeholt. Sie sei ganz und gar in Jane verliebt und völlig am Boden zerstört, seit sie sich getrennt hatten. Sie habe es vergeigt, aber so richtig, und hätte nie einfach so Schluss machen dürfen, ohne vorher mit Jane darüber zu reden. Sie würde alles dafür tun, Janes Vertrauen zurückzugewinnen, falls die ihr noch mal eine Chance geben könne.

Man musste es Jane lassen, dass sie cool geblieben war. Sie hatte Bailey gesagt, wie sehr sie die Trennung verletzt habe und dass sie sich nicht sicher sei, ob sie ihr noch mal vertrauen könne. Diesmal würden sie es langsam angehen müssen und nicht sofort jede Sekunde zusammen verbringen wie beim letzten Mal. Jane brauche Zeit. Doch sie habe immer noch Gefühle für Bailey und sei bereit, es noch mal zu versuchen.

Natürlich war kein Fünkchen dieser Zurückhaltung übrig, als Jane davon erzählte. Im Gegenteil, sie stürzte sich auf Liz und kreischte mehrmals laut auf. Es war aber auch schwer, sich zu beherrschen, wenn jemand dir seine Liebe gestand und zugab, seit Wochen an nichts anderes mehr denken zu können. In Liz' Kopf liefen schließlich auch Darias Worte aus dem Besprechungsraum in Dauerschleife: *Weißt du überhaupt, wie sehr ich auf dich stehe?*

Liz freute sich für Jane. Doch auf die WG-Sitzung freute sie sich nicht. Sie versuchte dieser Einstellung gebührend Ausdruck zu verleihen, indem sie sich so tief wie möglich in die Couch sinken ließ, finster die Wand anstarrte und Lydia keines Blickes würdigte.

Lydia war wie immer ungerührt. Dey stand ihren Mitbewohnerinnen gegenüber, die dunkle Fensterfront des Wohnzimmers im Rücken. Nur Jane erwiderte deren Blick. Neben ihr knibbelte Katie an ihrem abgeblätterten schwarzen Nagellack und vermied es, demm in die Augen zu sehen.

»Worum geht's, Lydia?«, fragte Jane vom Sofa aus.

»Um zwei Sachen.« Lydia verschränkte die Arme. »Erstens, Liz, finde ich es voll unfair, dass du immer noch sauer auf mich bist. Das geht jetzt bestimmt schon einen Monat so. Und ihr wart doch eh nicht mehr zusammen.«

Liz sah demonstrativ weg.

»Ich hätte nicht mit ihr schlafen sollen«, sagte Lydia, als klar wurde, dass von Liz keine Antwort zu erwarten war. »Aber das heißt noch lange nicht, dass du jetzt für immer beleidigt sein kannst!«

»Was wollen wir wetten?«, murmelte Liz. Sie wusste, dass sie überreagierte, aber trotzdem. Es machte sie einfach so wütend, dass Lydia so tat, als wäre *Liz* hier die Unvernünftige.

»Ach, ist ja auch egal«, sagte Lydia. »Darum geht's auch gar nicht. Eigentlich habe ich die Sitzung einberufen, um zu besprechen, wie wir das Magazin noch retten können. Uns bleiben vier Wochen, um ein*e Käufer*in zu finden. Ich hab die Social-Media-Accounts eingerichtet, ich hab die Petition gestartet, und ich poste jeden Tag was dazu. Wir haben fünfhundert Unterschriften, was super ist, aber das reicht nicht.« Sie deutete anklagend mit dem Finger auf Liz.

»Liz, du hast gesagt, du schreibst einen Artikel über die *NF*. Hast du überhaupt schon angefangen?«

Liz dachte schuldbewusst an den Entwurf, den sie vor Wochen in blinder Wut niedergeschrieben und seitdem nicht mehr angeguckt hatte. Sie wusste nicht mehr genau, was drinstand, aber sie wusste, dass es eher ein Rant als eine Hommage an die *Nether Fields* war.

»Ich hab so ungefähr die Hälfte.«

»Und?« Lydia warf die Hände in die Luft. »Schreibst du ihn noch fertig?«

»Nö, ich glaub nicht«, sagte Liz leichthin, nur um Lydia zu ärgern. Lydia atmete geräuschvoll aus.

»Jane, du wolltest deine Kontakte anschreiben und sie dazu bringen, die Petition zu promoten«, sagte dey. »Hast du das gemacht?«

»Ein paar schon.« Jane verzog das Gesicht »Aber Lydia, egal wie viele Unterschriften wir sammeln, die Petition wird das Magazin auch nicht retten.«

»Aber wir können damit beweisen, dass es den Menschen nicht egal ist, was mit uns passiert!«

»Und wem willst du das beweisen?«, fragte Liz abfällig. »Irgendwelchen random Leuten aus dem Internet? Die zahlen ja wohl nicht unsere Rechnungen.«

»Bailey und Daria!«, sagte Lydia. »Wenn wir ihnen mit einem PR-Desaster die Tour vermasseln, können sie uns nicht mehr dichtmachen. Dann müssen uns diese Arschlöcher noch eine Chance geben.«

»Ach, werd mal erwachsen, Lydia.« Liz stand auf. »Ein Tobsuchtsanfall im Internet lässt *uns* schlecht dastehen, nicht die.«

Jane stand auch auf. »Tut mir leid, Lydia«, sagte sie. »Aber ich glaube nicht, dass wir noch irgendwas tun können. Das Magazin wird eingestellt, und auch wenn es mir das Herz bricht, sollten wir es akzeptieren und uns lieber überlegen, was als Nächstes kommt.«

»Fickt euch doch.« Lydia sah Katie an, die sich noch tiefer ins Sofa sacken ließ. »Und du kriegst dein beschissenes Maul auch nicht auf.« Dey stampfte über den Flur in deren Zimmer und warf die Tür hinter sich zu.

»Ich brauch mal frische Luft«, sagte Liz. Ihr dramatischer Abgang wurde zwar etwas davon gebremst, dass sie erst mal fünf Minuten damit zubringen musste, ihre Doc Martens zu schnüren, doch als sie endlich saßen, dampfte sie schnaubend ab. Es fühlte sich gut an, in ihren Stiefeln durch die Stadt zu stolzieren und die launische Lesbe raushängen zu lassen.

Sie marschierte zielstrebig durch Crown Heights, obwohl sie keinen Plan hatte – sie war wie wutgesteuert. Dabei wusste sie eigentlich, dass sie an ihrem Groll gegen Lydia schon zu lange festhielt. Ja, Lydia hatte schreckliche Sachen gesagt, aber es war ja nicht so, als hätten sie sich noch nie gestritten und wieder vertragen. Doch jedes Mal, wenn Liz daran dachte, sich zu versöhnen, schossen ihr Lydias Worte durch den Kopf: *Weil du es nicht auf die Reihe kriegst, richtige Artikel zu schreiben.*

Lydia hatte das nur gesagt, weil dey gewusst hatte, wie sehr es Liz verletzen würde. Oder?

Vielleicht hatte dey es aber auch so gemeint. Vielleicht dachten alle insgeheim das Gleiche.

Und konnte Liz ihnen das wirklich verübeln? Vielleicht bekam sie es ja wirklich nicht auf die Reihe, richtige Artikel zu schreiben, genauso wenig wie sie es auf die Reihe bekam, einen Roman zu schreiben. Vielleicht war Liz einfach nicht dafür gemacht. Sie würde nie ein richtiges Buch zu Papier bringen, nie eine richtige Karriere haben, nie die richtige Person finden, ja, nie so richtig wissen, wie sie sich präsentieren wollte.

Liz irrte über eine Stunde herum in der Hoffnung, sie könnte sich die Wut von der Seele laufen und es schaffen, ihr Gedankenchaos zu entwirren. Doch als sie endlich nach Hause ging, lange nachdem die Straßenlaternen bereits zu leuchten begonnen hatten, fühlte sie sich genauso bedeutungslos und festgefahren wie zuvor.

27

Es war ein Montag der übelsten Sorte. Liz hatte immer noch schlechte Laune von der WG-Sitzung, und die Arbeit machte es auch nicht besser. Der Page-Drucker war verstopft. Der Carlile-Kopierer (benannt nach Brandi Carlile, wem auch sonst) war kaputt. Liz wollte sich zum Lunch ein getoastetes Sandwich gönnen, aber es stellte sich als trocken und lauwarm heraus. An dem Punkt hatte Liz den Tag eigentlich schon abgeschrieben. Die nächste halbe Stunde verbrachte sie damit, *BuzzFeed*-Artikel zu lesen, und stand dann auf, um sich einen Tee zu machen, in der Hoffnung, doch noch die Kurve zu kriegen.

»Hey«, sagte Finn, als Liz in die Küche kam. Dey wusch gerade im Waschbecken eine Tupperschüssel aus. »Ich hab dein Stück gesehen.«

»Welches?« Liz wühlte sich durch ein paar Schachteln und fand einen Beutel mit grünem Tee.

Finn sah überrascht aus. »Das heute live gegangen ist«, sagte dey. »Es war … heftig.« Finn reichte ihr eine Tasse.

»Heute ist kein Stück von mir live gegangen.« Liz nahm die Tasse entgegen.

»Das über das Aus des Magazins?«, hakte Finn nach. »Vor einer halben Stunde oder so?«

Liz stockte, ihr Finger über dem Knopf für heißes Wasser, und Angst flutete ihren Körper. Sie ließ den Tee stehen und hastete im Laufschritt an ihren Computer zurück. Sie klickte verzweifelt und fluchte, als sie sich bei ihrem Passwort vertippte, bevor sie endlich die *Nether Fields*-Hauptseite öffnete.

Da war es, als Aufmacher ganz oben. »Liebe Leser*innen, wir machen dicht – sollten wir aber nicht!« Von Liz Baker.

»Scheiße«, murmelte Liz. »Scheiße, scheiße, scheiße.« Am unteren Rand ihres Bildschirms ploppte eine E-Mail auf mit dem Betreff *Hab deinen Artikel gesehen.* Liz ignorierte sie und überflog den Text. Es war der Rant, den sie vor Wochen geschrieben hatte, als sie gerade herausgefunden hatte, dass sie schließen würden.

Der Artikel begann mit einem Absatz zur Geschichte der *Nether Fields*. Dann verkündete er, dass diese Geschichte in nur wenigen Wochen mit der Einstellung des Magazins jäh abreißen würde. Wie war es dazu gekommen? Im Artikel wurden die Ereignisse des vergangenen Jahres im Detail breitgetreten. Die fehlende Unterstützung durch Heather Media. Der überstürzte Verkauf an unqualifizierte Privatpersonen. Wie Bailey und Daria sich dazu entschieden hatten, das Magazin wieder zum Verkauf anzubieten – just in dem Moment, als es mit den Zahlen aufwärtsging, und im Wissen, dass es keine interessierten Käufer*innen gab.

Und das war noch der harmlose Teil. Liz zwang sich weiterzulesen. *Man fragt sich schon: Warum haben sie das Magazin überhaupt erst gekauft? War an unserem Running Gag vielleicht mehr dran, als wir wahrhaben wollten, und sie erhofften sich dadurch die ein oder andere Bettgeschichte, so wie Bailey dann tatsächlich mit einer Angestellten ins Bett ging? Oder war es noch viel schlimmer? Verspürten sie einfach nur den perversen Drang, in einem winzigen Winkel des Universums das Sagen zu haben? Einen Drang, dem schließlich zwanzig hart arbeitende, ehrliche Queers zum Opfer fielen, die einfach nur versucht haben, ihren Lebensunterhalt zu verdienen und ihren Teil zu dieser Welt beizutragen?*

Denn eins steht außer Frage: Vom allerersten Tag an haben die Eigentümerinnen – oder zumindest Daria – keinen Zweifel daran gelassen, dass sie sich über ein Magazin erhaben fühlten, das sich nicht zu schade für Quizze und Clickbait war. Wenn sie überhaupt mal den Mund aufmachte, dann nur um uns zu kritisieren oder sich über unsere Inhalte lustig zu machen. Niemand konnte sich auch nur im Geringsten einen Reim darauf machen, warum sie überhaupt investiert hatte. Die einzige halbwegs einleuchtende Erklärung ist, dass sie schlichtweg Spaß daran hat, die Kontrolle über ihr Umfeld zu haben. Hätte sie doch nur die ganzen Sexspielzeugrezensionen und Datingkolumnen gelesen, die sie so verabscheut hat, dann wäre sie jetzt vielleicht locker genug, um nicht mal eben so zwanzig Jobs einzustampfen.

Irgendwer hatte den Artikel leicht überarbeitet, Grammatikfehler korrigiert und einzelne Sätze gekürzt. Am Ende waren zwei Absätze hinzugefügt worden, in denen die Leser*innen dazu aufgerufen wurden, sich für den Erhalt eines queeren Urgesteins einzusetzen und die Petition zu unterzeichnen, um das Magazin am Leben zu halten.

Doch ansonsten stammte jedes einzelne Wort von Liz. Es war ihre Stimme, ihr Schreibstil, ihre vernichtende Meinung. Mit objektivem Journalismus hatte das nichts zu tun – das Stück war melodramatisch, voller fieser Vergleiche und spitzer Sticheleien. Es war ein Artikel, wie Liz ihn niemals eingereicht hätte, nicht in einer Million Jahren, ganz egal, wie wütend sie gewesen sein mochte.

Wie war er auf die Website gelangt? Sie hatte ihn mit niemandem geteilt. Er war auf ihrem persönlichen Laptop gespeichert gewesen.

Dahinter musste einfach Lydia stecken. Aber wie hatte dey ihren Laptop gehackt? Lydia kannte Liz' Passwort nicht. Doch Katie kannte es sehr wohl.

Liz schloss die Augen, als die bittere Erkenntnis zu ihr durchsickerte. Katie kannte alle ihre Passwörter. Katie, die sie immer auslachte, weil sie das mit dem Datenschutz nicht so genau nahmen. Katie, die hoffnungslos in Lydia verliebt war.

Liz stand auf und hastete zu Lydias Platz. Er war leer. Genau wie Katies. Fluchend ließ sie den Blick durchs Büro schweifen und entdeckte Lydia in einer Ecke ins Gespräch mit Daniela vertieft.

Keine Sekunde später war Liz neben ihr. »Nimm ihn gefälligst runter.«

Lydia grinste spöttisch. »Was meinst du?«

»Nimm ihn auf der Stelle runter.« Liz hätte Lydia am liebsten am Shirt gepackt und kräftig durchgeschüttelt. »Was zur Hölle fällt dir eigentlich ein? Du hattest kein Recht, das zu posten.«

Lydias Mundwinkel zuckten, als könnte sich dey nur mit Mühe das Lachen verkneifen. »Ich habe keine Ahnung, wovon du redest.«

Liz war noch nie in ihrem Leben so wütend gewesen. Der Artikel musste auf der Stelle runter, bevor ihn noch mehr Leute zu Gesicht bekamen. Bevor Jane ihn las. Bevor Daria ihn las.

»Kannst du ein einziges Mal in deinem Leben kein beschissener Mensch sein und ihn einfach runternehmen?« Sie schrie mittlerweile, machte eine Szene, doch es war ihr egal.

»Liz«, hörte sie in dem Moment eine scharfe Stimme. Liz wirbelte herum. Charlotte stand in der Tür ihres Büros. Der Rest der Redaktion war vom Schreibtisch aufgestanden und glotzte. »Besprechungsraum. Sofort.«

»Ich war das nicht! Dey hat das gepostet!« Liz gestikulierte wild Richtung Lydia. »Dey hat das von meinem Laptop geklaut und gepostet, ohne mich zu fragen.«

»Lydia. Du auch. Besprechungsraum.« Charlotte hatte sich mit verschränkten Armen und blitzenden Augen vor ihnen aufgebaut.

Liz hatte sie noch nie zuvor so erlebt. »Finn, nimm sofort diesen Artikel von unserer Seite. Sieh zu, dass kein Fitzelchen davon zurückbleibt.«

Finn nickte mit geweiteten Augen.

»Jane! Du auch!«, rief Charlotte, und Jane kam angerannt. Charlotte marschierte den Flur hinunter zum Besprechungsraum. Die anderen drei folgten schweigend. Liz grub ihre Fingernägel in die Handflächen. Wie viele Menschen hatten den Artikel wohl in fünfundvierzig Minuten gelesen? Wie viele hatten ihn geteilt? Sie standen doch kurz vorm Aus, weil sie nicht so viele Leser*innen hatten, oder?

Charlotte warf die Tür zum Besprechungsraum auf und hielt sie, damit alle hineingehen konnten. Jane warf Liz einen fragenden Blick zu. Liz verzog zur Antwort das Gesicht und verspürte einen schrecklichen Stich, als ihr klar wurde, dass Jane den Artikel wohl noch nicht gelesen hatte. Wie hatte sie nur so über Janes Beziehung reden können?

»Hinsetzen«, befahl Charlotte und schloss die Tür hinter ihnen. Sie gehorchten.

»Was ist denn los?«, fragte Jane und blickte zwischen ihnen hin und her.

Charlotte presste die Lippen zusammen. Liz hatte sie noch nie so sauer gesehen.

»Ich war gerade in meinem Büro und habe gearbeitet, als ich plötzlich einen Anruf vom Oberchef von Heather Media bekomme.« Charlotte setzte sich ans Kopfende des Tisches. »Der mich fragt, was zur Hölle ich mir eigentlich einbilde. Da ich keine Ahnung habe, wovon er spricht, eröffnet er mir, dass auf unserer Hauptseite ein Artikel steht, verfasst von einem Redaktionsmitglied, in dem seine Firma durch den Dreck gezogen wird. Der gerade massiv auf Twitter geteilt wird, wo er – seine Worte – *in unserer Community* viral geht. Ich öffne also unsere Hauptseite, und tatsächlich, da ist ein Artikel, der unser Aus verkündet und sich darüber auskotzt, wie unfair wir doch behandelt worden seien.«

Janes Augen weiteten sich. Sie schaute zu Liz, die den Blick abwandte.

»Liz«, sagte Charlotte. »Hast du diesen Artikel geschrieben?«

»Lydia hat ihn gepostet! Ohne mich zu fragen. Dey hat ihn von meinem Laptop geklaut.«

»Aber hast du ihn geschrieben?«, wiederholte Charlotte.

»Ich … Ja.« Liz war ganz schlecht vor Scham.

»Warum?«, fragte Charlotte.

Liz wäre am liebsten aus dem Zimmer gerannt, doch sie krallte sich an der Stuhlkante fest und zwang sich zu antworten. Sie wusste, dass sie Charlotte eine Erklärung schuldig war. »Als wir erfahren haben, dass das Magazin eingestellt wird, wollten wir es irgendwie retten. Also hat Lydia die Petition gestartet. Und ich habe gesagt, dass ich einen Artikel beisteuere, um die Leute zu motivieren. Ich habe einen Entwurf geschrieben, als ich wütend war, und ihn dann liegen lassen. Ich wollte nie, dass ihn irgendwer zu Gesicht bekommt. Niemals. Ich hatte keine Ahnung, dass er überhaupt live war, bis Finn es mir gesagt hat.« Liz zögerte. Sie wollte Katie nicht in die Sache hineinziehen – das Letzte, was sie jetzt wollte, war, noch mehr Schaden anzurichten. »Aber Lydia hat ihn ohne Erlaubnis von meinem Laptop genommen.«

»Das kannst du nicht beweisen«, zischte Lydia.

»Wir können nachverfolgen, wer sich wann eingeloggt und von welchem Computer gepostet hat«, sagte Charlotte in eisigem Tonfall. »Ein System, das wir genau aus diesem Grund eingerichtet haben. Ich werde dir jetzt ein paar Fragen stellen, Lydia, und ich möchte, dass du genau nachdenkst, bevor du antwortest. Hast du den Artikel gepostet?«

»Ja«, sagte Lydia trotzig und verschränkte die Arme.

»Hattest du Liz' Erlaubnis?«, fragte Charlotte.

»Nein«, sagte Lydia. »Sie hätte doch eh nie den Arsch in der Hose gehabt, um …«

Charlotte hob die Hand und schnitt demm das Wort ab. »Hast du irgendeine Vorstellung davon, was du getan hast?«, fragte sie. »Du hast nicht nur Darias und Baileys Ruf, Liz' Ruf, meinem Ruf und dem Ruf des ganzen Magazins geschadet, sondern uns auch alle anfällig für Klagen gemacht.«

Jane drehte sich zu Liz um. Entsetzen breitete sich auf ihrem Gesicht aus, als ihr klar zu werden schien, wie schlimm dieser Artikel sein musste. Liz versuchte ihr stumm zu vermitteln, wie leid es ihr tat, doch Jane schien das als Bestätigung zu verstehen. Sie wandte den Blick ab.

»Wir wollten doch bloß das Magazin retten«, protestierte Lydia.

Charlotte holte tief Luft, als müsste sie sich Mühe geben, nicht laut zu werden. »Und ihr dachtet, es sei eine gute Idee, das hinter meinem Rücken zu machen?«, sagte sie schließlich. »Glaubt ihr wirklich, dass, wenn es ein Wundermittel gäbe, um uns über Wasser zu halten, ich es nicht schon längst ausprobiert hätte? Das Magazin wird eingestellt, kapiert? Und dafür können Daria und Bailey genauso wenig wie ich.«

Liz ließ sich noch tiefer in den Stuhl sinken.

»Der Artikel trieft vor Selbstmitleid, ist unprofessionell und unter unserer Würde«, fuhr Charlotte fort und sah Liz dabei an. Liz' Wangen brannten, vor Scham, aber auch vor Anstrengung, weil sie versuchte, die Tränen zurückzuhalten. »Dieses Onlinemagazin ist mein verdammtes Vermächtnis«, sagte Charlotte. »Wie viele Magazine kennt ihr schon, die von einer queeren Person of Color gegründet wurden? Der Teufel soll mich holen, wenn dieser Artikel nun das ist, was in Erinnerung bleibt, anstatt zwei Jahrzehnte guter Arbeit. Und als ob das noch nicht genug wäre«, wandte sich Charlotte wieder an Lydia, »hast du uns auch noch der Möglichkeit beraubt, uns auf respektvolle, einfühlsame Weise von unseren Leser*innen zu verabschieden. Es gibt Menschen, die dieses Magazin seit zwanzig Jahren lesen, die es lieben, und deinetwegen konnten wir ihnen nicht einfach für ihre Unterstützung danken und ihnen sagen, wie sehr wir es genossen haben, für sie zu schreiben. Stattdessen haben sie nun so von unserem endgültigen Aus erfahren – durch unwürdiges, verunglimpfendes Clickbait.«

Daran schien sogar Lydia zu knabbern zu haben. Liz war bisher gar nicht dazu gekommen, sich der ganzen Tragweite bewusst zu werden, bis Charlotte sie nun so drastisch schilderte, und es wirkte fast so, als hätte auch Lydia nicht zu Ende gedacht. Liz konnte die Tränen nicht mehr unterdrücken. Wie hatte sie nur diesen Artikel schreiben können?

Charlottes Mund war eine schmale Linie.

»Lydia«, sagte sie, »du bist entlassen. Mit sofortiger Wirkung.«

»Was?«, schrie Lydia, doch Charlotte ignorierte demm, nahm den Telefonhörer vom Konferenztisch und rief jemanden an. Kurze Zeit später öffnete Finn mit besorgtem Blick die Tür.

»Finn, bitte begleite Lydia zu deren Schreibtisch, wo dey deren persönliche Gegenstände an sich nehmen kann. Dey darf weder einen Computer anrühren noch irgendwas anderes, was Eigentum der *Nether Fields* ist.«

»Das kannst du doch nicht machen!« Lydia stand auf. »Im Gegensatz zu allen anderen wollte ich diesem Laden *helfen*.«

»Muss ich die Security rufen?« Charlottes Stimme war hart. Sie wartete, bis Lydia den Kopf schüttelte. »Zugangskarte.« Charlotte hielt die Hand auf.

Lydia funkelte sie an. »Fick dich«, sagte dey zu Liz, zeigte ihr den Mittelfinger, klatschte ihre Zugangskarte zum Gebäude auf den Tisch und ging. Finn blieb dicht hinter demm.

Charlotte stand auf. »Wir geben ein Statement heraus, in dem wir den Artikel zurücknehmen«, sagte sie. »Jane, komm bitte in mein Büro, wenn Lydia weg ist, damit wir uns was überlegen können. Und du, Liz, wirst eine offizielle Entschuldigung formulieren.«

Liz öffnete den Mund, um zu protestieren, aber Charlotte schüttelte den Kopf.

»Es ist mir völlig egal, dass du ihn nicht gepostet hast. Es waren deine Worte, die unter deinem Namen veröffentlicht wurden. Du musst Verantwortung dafür übernehmen. Nicht nur um der *Nether Fields* willen, sondern auch wenn du jemals wieder in der Branche arbeiten willst. Ich möchte, dass du dir Zeit nimmst – sie soll wohlüberlegt sein. Nimm dir den Rest des Tages frei und schick mir morgen einen Entwurf.«

Charlotte war schon auf dem Weg nach draußen, als sie im Türrahmen stehen blieb. »Ich bin enttäuscht von dir«, sagte sie zu Liz und zog die Tür leise hinter sich zu.

Liz ließ den Kopf auf die Tischplatte sinken. Wie hatte alles so schnell den Bach runtergehen können?

»Liz«, sagte Jane. »Wie schlimm ist er?«

Liz kniff die Augen zusammen. Sie wusste, wie hart Jane arbeitete, und sie hasste den Gedanken, dass ihrer besten Freundin aus diesem Artikel vielleicht ein Strick gedreht werden könnte. »Schlimm«, sagte sie. »Ich … Ich habe dich nicht direkt erwähnt, aber ich … Im Artikel steht was davon, dass die Eigentümerinnen mit ihren Angestellten geschlafen haben. Nichts Genaues, aber … Es tut mir so leid. Ich dachte nicht, dass ihn irgendwer liest.«

Jane atmete genervt aus. »Fuck. Du denkst aber auch nie, oder? Du denkst einfach nie nach, und alle anderen dürfen es dann ausbaden.«

Liz sah erschrocken auf. »Jane, ich …«

»Nicht jetzt.« Jane hob abwehrend die Hand. »Ich muss das erst lesen, bevor ich mit dir rede.« Und damit drehte sie sich um und ging aus dem Zimmer.

Liz wollte nichts lieber, als ihr nachzulaufen und sie anzuflehen, ihr zu verzeihen. Sie wollte nichts lieber als die Möglichkeit, das irgendwie wieder ins Lot zu bringen. Doch Jane brauchte Abstand, und das musste sie respektieren.

Also stand Liz auf und ging zur Tür. Jane wollte gerade nicht reden, aber eine andere Person war hoffentlich bereit dazu. Eine andere Person, der Liz alles erklären musste, um es irgendwie wieder ins Lot zu bringen.

Liz musste Daria finden.

28

Als Liz aus dem Besprechungsraum kam, waren alle Augen auf sie gerichtet. Von Lydia fehlte jede Spur. Liz ging schnurstracks zu den Aufzügen, doch Finn holte sie ein, als sie gerade den Knopf drückte.

»Ich hab den Artikel gelöscht«, sagte Finn. »Aber … er wurde auch auf einem Blog gepostet. Einem persönlichen Blog, den Lydia anscheinend eingerichtet hat, falls wir den Artikel runternehmen.«

»Was zur … Kann man da irgendwas machen?«

»Tut mir leid«, sagte Finn. »Wir haben keinen Zugriff. Ich hab den Blog gemeldet, damit er hoffentlich gesperrt wird. Aber ohne Passwort sind uns die Hände gebunden.«

»Scheiße!« Liz hämmerte wie wild auf den Aufzugknopf. »Sorry, Finn. Danke. Aber … *scheiße.*«

Finn nickte verständnisvoll, bevor dey an deren Schreibtisch zurückging.

Als der Aufzug nach unten fuhr, griff Liz nach ihrem Handy. Ob Daria den Artikel gesehen hatte? Es war ja nicht so, als würde sie herumsitzen und ständig die *NF*-Website oder Twitter aktualisieren. Doch Bailey schon eher. Und wenn Bailey Bescheid wusste … Die Chancen, dass Daria den Artikel noch nicht gelesen hatte, standen bei null.

Liz wollte Daria anrufen, doch dann fiel ihr ein, dass sie immer noch nicht ihre Nummer hatte. Stattdessen schrieb sie ihr auf

Instagram und fragte, ob sie sich treffen und reden könnten. Es fühlte sich nach zu wenig an, aber was sollte sie sonst machen? Ihr eine Mail schicken?

Liz verfluchte sich selbst und ging Richtung Uptown in der vagen Hoffnung, dass sie das Wohnhaus wiedererkennen würde, auf das Daria vor ein paar Tagen bei ihrer Laufrunde gezeigt hatte. Der Arbeitstag war fast zu Ende. Oder wäre es zumindest in ein paar Stunden. Vielleicht sollte sie einfach vor Darias Gebäude herumlungern und hoffen, dass Daria nicht sofort die Polizei rief, wenn sie Liz sah.

Bei fast jedem Schritt vibrierte ihr Handy mit neuen Nachrichten – die meisten von Kolleg*innen, die wissen wollten, ob alles okay und was überhaupt los sei. Keine davon war von Jane. Liz ignorierte sie alle. Am liebsten hätte sie ihr Handy stumm geschaltet, doch sie wollte auf keinen Fall eine Benachrichtigung von Daria verpassen. Wie auf Autopilot lief sie mit Handy in der Hand und Insta auf dem Display durch Midtown, wartete und bemühte sich, in niemanden reinzurennen. Es war fast Halloween, und die fröhlichen Kürbisgesichter und breit grinsenden Gespenster in den Schaufenstern wirkten höhnisch, als amüsierten sie sich köstlich über ihren Kummer.

Irgendwo zwischen einem Duane Reade und einem Coffeeshop änderte sich Darias Status zu »Jetzt aktiv«, und die Nachricht wurde als gelesen markiert. Liz' Herz hüpfte ihr fast in die Kehle. Sie ging einen Block weiter, dann zwei, dann drei, doch Daria antwortete nicht.

Liz lief weiter und versuchte Daria mit Gedankenkraft zum Zurückschreiben zu bewegen. Erst als einzelne Tränen auf ihrem Display landeten, merkte sie, dass sie weinte. Sie musste Daria unbedingt sagen, dass sie nicht gemeint hatte, was sie geschrieben hatte. Wie leid es ihr tat. Dass sie wusste, dass Daria kein kontrollsüchtiger Kotzbrocken war. Dass Daria lieb und witzig und aufmerksam und sensibel war und … dass Liz bis über beide Ohren in sie verliebt war.

Denn so war es, das wurde Liz in dem Moment klar. Sie lief einzig und allein deshalb im Stechschritt durch halb Manhattan, weil sie Gefühle für Daria hatte.

Liz wischte sich über die Augen, konnte aber nicht verhindern, dass immer neue Tränen kamen. Sie war in Daria verliebt – liebte sie vermutlich sogar – und war die ganze Zeit über zu stur gewesen, um es sich einzugestehen.

Als die goldenen Türen von Darias Apartmentgebäude in ihrem Sichtfeld auftauchten, hatte Liz aufgehört zu weinen, doch ihre Wangen waren von getrockneten Tränen verklebt. Sie sah auf die Uhr. Es war erst halb fünf. Sie bog in den Central Park ab und setzte sich auf eine Bank, von der aus sie die Tür zu Darias Gebäude im Blick hatte, und schickte dann noch eine Nachricht: *bitte lass es mich erklären.*

Eine Minute verging. Zwei Minuten. Dann erschienen drei Punkte: Daria tippte. Liz atmete erleichtert auf, doch keine Sekunde später waren die Punkte plötzlich weg. Einen Augenblick später tauchten sie wieder auf, nur um ein zweites Mal zu verschwinden. Endlich, endlich war Daria offenbar zufrieden mit ihrer Nachricht.

OK. Wann?

Liz antwortete sofort. *Ich bin im Central Park in der Nähe von –* sie sah sich nach einem Anhaltspunkt um, weil ihr klar wurde, wie seltsam es rüberkommen würde zuzugeben, dass sie vor Darias Gebäude war. In nicht allzu großer Ferne entdeckte sie das kreisrunde Mosaik, wo die Pride Runners sich immer trafen. *In der Nähe vom John-Lennon-Memorial*, schrieb sie. *Komm vorbei, wann immer du kannst.*

Als sie die Nachricht abgeschickt hatte, sprintete sie zum Memorial, als könnte sich Daria dort aus dem Nichts materialisieren und sie ihre Chance verpassen. Sie spazierte um das Mosaik herum und reckte den Hals in alle Richtungen, wobei ihr Puls jedes Mal in die Höhe schoss, sobald eine Person mit kurzen braunen Haaren und einem perfekt sitzenden Anzug in ihr Sichtfeld kam.

Nach einer Dreiviertelstunde ohne Lebenszeichen von Daria setzte Liz sich auf eine Bank und zog die Knie an die Brust, um sich vor dem frischen Herbstwind zu schützen. Sie war sich nicht sicher, wie weit es bis zu Darias Büro war. Oder ob sie überhaupt vorhatte zu kommen. Wie lange sollte sie hier sitzen und warten?

Und dann, als die Abendsonne sich wie ein orangefarbener Schleier auf die Bäume senkte, entdeckte Liz sie. Daria kam von der Südseite des Parks auf sie zu und ging wie ein Mensch, der New York gewohnt war: Schultern leicht hochgezogen, Hände in den Hosentaschen, Blick stur nach vorne gerichtet, schnell. Liz wurde von einer Woge der Zuneigung erfasst, die so heftig war, dass es fast wehtat. Sie stand auf, strich ihre Klamotten glatt und wappnete sich für das, was da kommen würde.

»Hi«, sagte sie, als Daria in Hörweite war, und ihre Stimme versagte fast an dem einen Wort.

»Hi«, sagte Daria. Ihr Tonfall war ausdruckslos, ihre grünbraunen Augen kalt.

»Können wir ein paar Schritte gehen?« Liz hoffte, dass Bewegung ihr helfen würde, einen klaren Gedanken zu fassen oder zumindest das Zittern ihrer Hände in den Griff zu kriegen.

»Okay.« Daria schlug einen Pfad in der Nähe ein. Liz eilte ihr nach und überlegte, wo sie anfangen sollte. Dieser Ort, offen und ungeschützt, war nicht die richtige Gesprächskulisse. Das hier war kein New-York-City-Gespräch, das man inmitten von Menschenmassen führte. Es war ein Geheimversteckgespräch.

Sie brauchte eine malerische Scheune oder vielleicht einen einsamen Berg am See. Liz malte sich aus, wie sie mit Daria Urlaub machte, irgendwo in New England unweit der Kleinstadt, in der sie aufgewachsen war. Wie sie auf einer Wanderung an eine verlassene Hütte kamen und Daria sie an die Bretterwand drückte und küsste, keine Menschenseele weit und breit …

Sie schüttelte den Kopf und riss sich zusammen. Wenn sie diesen Moment verpatzte, würde es keine weiteren geben.

»Daria«, sagte Liz. Sie war leicht außer Atem, weil Daria so schnell ging. »Es tut mir so leid.«

»Was denn?«, fragte Daria mit frostiger Stimme.

»Der … Hast du den Artikel gelesen?«

»Hmmm, lass mich mal überlegen«, sagte Daria. »Habe ich den Artikel gesehen, der mich mit Vor- und Nachnamen erwähnt und in dem Onlinemagazin erschienen ist, das mir gehört? Zufällig habe ich das. Zum Glück liest niemand aus meinem Büro queere News, sonst hätte ich wohl das ein oder andere ungemütliche Gespräch mit meinem Chef führen müssen.«

Liz hätte nicht gedacht, dass es möglich war, sich noch elender zu fühlen, doch sie wurde eines Besseren belehrt. »Daria.« Liz streckte die Hand nach Darias Rücken aus, ließ sie aber wieder fallen. »Es tut mir so, so leid. Ich habe … Ich wollte nie, dass der Artikel veröffentlicht wird. Ich hab ihn geschrieben, bevor wir … Also, direkt nachdem du und Bailey uns gesagt habt, dass das Magazin zum Verkauf angeboten wird. Ich habe ihn seitdem nicht mal angeguckt. Lydia hat ihn von meinem Laptop geklaut und einfach gepostet. Ich wusste nichts davon. Er sollte nie … Ich wollte nie, dass ihn irgendwer zu Gesicht bekommt, geschweige denn …« Sie verstummte.

»Aber du hast ihn geschrieben, oder?«

»Ich … Nicht alles. Aber. Ja.«

Daria fuhr sich mit der Hand übers Gesicht, durchs Haar.

»Ich wusste ja, dass du mich nicht leiden kannst«, sagte sie. »Aber ich hatte keine Ahnung, wie sehr du mich hasst.«

»Ich hasse dich nicht«, sagte Liz verzweifelt. »Daria, hör mir bitte zu. Das stimmt nicht. Nicht mehr. Da kannte ich dich noch nicht. Und jetzt …«

»Du hast das noch an dem Abend geschrieben, oder?«, fragte Daria. Ihre Hände waren zu beiden Seiten ihres Körpers zu Fäusten geballt. »Als ich dir gesagt hab, was ich für dich empfinde und dass ich seit Monaten an nichts anderes mehr denken kann. Und du gehst nach Hause und schreibst so was.«

»Nicht an dem Abend«, murmelte Liz. »Am nächsten Tag.«

Daria schüttelte den Kopf. »Ich bin so dumm, echt.«

»Nein! Bist du nicht!« Liz griff nach Darias Arm, damit sie stehen blieb und Liz ihr in die Augen sehen und etwas – *irgendetwas* – sagen konnte, was sie dazu bringen würde zu verstehen. Doch Daria schüttelte sie ab.

»Und ich dachte die ganze Zeit noch, vielleicht …« Sie machte eine Geste in Liz' Richtung. »So dumm, echt.«

»Nein«, sagte Liz kläglich. »Wenn hier jemand dumm ist, dann ich. Was ich geschrieben habe, war furchtbar. Gemein. Falsch. Ich war sauer und hab mich in was reingesteigert. Ich weiß doch, dass Bailey das Magazin nicht gekauft hat, weil sie sich …« Sie zuckte zusammen, als ihr die eigenen Worte wieder einfielen. »… Bettgeschichten erhofft hat. Ich weiß, dass du überhaupt nicht so bist, wie ich dich beschrieben habe. Dich näher kennenzulernen war mit Abstand das Beste, was mir in den letzten Wochen passiert ist. Ich hab bei den Pride Runners mitgemacht, damit ich eine Ausrede hab, dich zu sehen. Ich hoffe den ganzen Tag, dass du mir schreibst.« Liz blieb stehen. »Ich denke vor dem Einschlafen an dich«, wiederholte sie Darias Worte von vor Wochen. »Ich denke beim Aufwachen an dich. Ich …« Sie brach ab, weil ihre Stimme zu einem Schluchzen zu werden drohte.

Daria stand keinen Meter von Liz entfernt, die untergehende Sonne im Haar, das Gesicht undurchdringlich. Liz streckte zögerlich die Hand aus und ergriff eine ihrer geballten Fäuste. Als Daria sie nicht zurückzog, presste Liz die Knöchel an ihre Lippen.

Einen Moment lang verharrte Daria schweigend. Ihre Hand war warm. Langsam entspannte sich ihre Faust. Sie verschränkte die Finger mit denen von Liz. Doch dann ließ sie los.

»Dieser Artikel«, setzte Daria an und wartete ab, bis zwei Läufer*innen sie auf dem Pfad überholt hatten, »lässt mich wie ein herzloses, kontrollsüchtiges Monster dastehen. Fremde Menschen tweeten über mich. Wenn ein Mandant meinen Namen googelt, ist er das Erste, was kommt. Du weißt doch, wie viel Mühe ich mir gebe, möglichst … unter dem Radar zu bleiben. Und jetzt …« Sie schüttelte den Kopf. »Du hast mir das Leben nicht gerade leichter gemacht.«

Liz holte noch einmal zu einer Entschuldigung aus, doch Daria kam ihr zuvor.

»Wie auch immer dieser Artikel zustande gekommen oder auf die Website gelangt ist, er … hat alles verkompliziert. Und das hier …« Sie wedelte mit der Hand zwischen sich und Liz hin und her. »… kann ich gerade einfach nicht. Was auch immer das hier ist.«

»Oh«, sagte Liz. »Okay.« Sie biss sich fest auf die Wangeninnenseite, doch es reichte nicht aus, um die Tränen zurückzuhalten. Daria sah genauso traurig aus, wie Liz sich fühlte. Am liebsten hätte sie die Arme um sie gelegt und sie getröstet. Eine Sekunde lang dachte sie, Daria würde sie lassen. Doch dann machte Daria einen Schritt zurück und räusperte sich.

»Ich muss los.«

Liz nickte, brachte aber kein Wort heraus. Daria warf ihr einen letzten langen Blick zu. Dann drehte sie um und lief zurück Richtung Parkausgang. Liz blieb, wo sie war, hielt ihre Ellbogen umklammert und sah ihr nach. Mehr als je zuvor war sie sich jetzt, in diesem Moment, plötzlich sicher, dass es zwischen ihr und Daria einfach gepasst hätte. Nun, da es zu spät war.

Liz schaute Daria hinterher, bis sie außer Sichtweite war. Doch Daria blickte sich kein einziges Mal um.

29

Auf der U-Bahn-Fahrt nach Hause las Liz endlich ihre Nachrichten. Es waren mehr als hundert, die meisten von Kolleg*innen. Anscheinend hatten alle versucht, Lydia zu erreichen, aber dey weigerte sich, den Blogeintrag zu löschen, und ging nicht ans Handy.

Liz öffnete Twitter. Das queere Internet war eine Echokammer, und ihr Artikel war offenbar die Kontroverse des Tages. Der ursprüngliche Link funktionierte zwar nicht mehr, aber genug Leute hatten den Blog verlinkt, wo er weiterhin lebte und gedieh. Liz versuchte das Ausmaß des Schadens abzuschätzen. Das Stück war nicht so abgegangen, wie Lydia gehofft hatte. Einige Tausend Leute hatten es gelikt, geteilt oder kommentiert. Einige Tausend waren immer noch besser als zwanzigtausend oder hunderttausend. Doch es waren trotzdem zu viele.

Die meisten Kommentare ließen sich darüber aus, wie arschig Bailey und Daria seien und dass sie sich schämen sollten, ihre Angestellten so schlecht zu behandeln. Doch es gab auch Leute, die den Artikel als unprofessionell bezeichneten und sich fragten, wer diese Liz Baker eigentlich sei und was sie sich einbilde. Und dann schrieben noch ein paar, dass es kein Wunder sei, dass das Magazin dichtmache, schließlich habe kein Mensch je davon gehört.

Liz stellte ihr Profil auf privat und zwang sich, die App zu löschen. Sie war sich sicher, dass das erst der Anfang war, und mehr

Reaktionen wollte sie sich nicht geben. Dann schrieb sie Lydia. Ihr erster Entwurf war mit wüsten Beschimpfungen gespickt, doch irgendwann landete sie bei: *Lydia, du hattest allen Grund, sauer zu sein, weil ich den Artikel nicht wie versprochen geschrieben habe. Tut mir leid. Das war dir und dem Rest der Redaktion unfair gegenüber. Aber lösch bitte den Artikel, falls dir das Magazin, Charlotte oder unsere Freund*innenschaft jemals etwas bedeutet haben. Ich flehe dich an.*

Den Rest der Fahrt verbrachte sie damit, auf die Nachricht zu starren, ohne dass sich der Status von zugestellt auf gelesen änderte (Lydia war natürlich die Art von Person, die die Lesebestätigung aktiviert hatte, damit man auch ja mitbekam, wenn dey einen ignorierte). Dann wankte Liz nach Hause. Ihr Rücken tat weh, ihre Füße waren wund gelaufen und ihr Gesicht vom vielen Weinen ganz verquollen. Als hätte ihr der Tag ordentlich eins auf die Fresse gegeben.

Als sie die Wohnungstür öffnete, lag Katie im Halbdunkeln im Sessel vor dem Wohnzimmerfenster, ließ die Beine über die Lehne baumeln und starrte auf ihr Handy.

Liz machte die Tür zu und legte den Lichtschalter um. Erschrocken rappelte sich Katie auf.

»Ich wusste nicht, was im Artikel stand«, sagte Katie, bevor Liz ein Wort rausbekam. »Es tut mir so leid, Liz. Lydia hat behauptet, dey könne so das Magazin retten. Ich wollte demm nur helfen. Ich wünschte, ich hätte demm nie dein Passwort gegeben. Ich kann dir gar nicht sagen, wie sehr ich es bereue.«

Liz öffnete den Mund, um sie anzuschreien, merkte aber, dass ihr die Kraft dazu fehlte. Katie hatte angefangen zu weinen. Liz hätte zu gerne jemand anderem die Schuld an dieser ganzen Sache gegeben. Doch konnte sie Katie wirklich vorwerfen, dass sie sich aus Verknalltheit zu einer Verzweiflungstat hatte hinreißen lassen, während sie selbst bei Weston sämtliche Alarmsignale ignoriert hatte? Während sie selbst alles dafür gegeben hätte, in der Zeit zurückzureisen und Daria von Anfang an anders zu behandeln?

»Komm her«, sagte Liz schließlich, streckte die Arme aus, und sie fielen einander um den Hals und dann in sich zusammen.

***

Jane kam um sieben nach Hause. Liz wartete zehn Minuten in ihrem Zimmer, bevor sie zu Janes Tür ging; sie redete sich ein, dass sie ihr einen Moment geben wollte, doch in Wahrheit musste sie erst ihren Mut zusammennehmen. Als sie endlich anklopfte, zögerte Jane kurz und bat sie dann herein.

Liz schloss die Tür hinter sich. Jane saß auf ihrem Schreibtischstuhl und sah erschöpft und antriebslos aus. Liz hätte sie gern umarmt, war sich aber nicht sicher, ob Jane das überhaupt wollte, und ließ sich unsicher auf der Bettkante nieder.

»Hast du mit Bailey geredet?«

Jane schüttelte den Kopf. »Sie wollte nicht reden.«

Liz knetete eine Ecke von Janes Quilt. »Jane«, sagte sie, »es tut mir so leid.«

»Ich weiß, dass Lydia den Artikel ohne deine Erlaubnis gepostet hat«, sagte Jane. »Aber wie konntest du nur so was schreiben? Über Bailey? Über *mich*? Ich weiß, dass du mich nicht namentlich erwähnst, aber alle werden spekulieren, wer es wohl ist.«

Liz machte den Mund auf, um sich zu erklären, doch Jane kam ihr zuvor. »Ich bin eine Schwarze trans* Frau, die im Auge der Öffentlichkeit schreibt, Liz. Da reicht es nicht, gut zu sein. Ich muss besser sein. Damit ja niemand Grund hat, meine Kompetenz anzuzweifeln.«

»Tut mir leid.« Liz fühlte sich elend.

Jane schüttelte den Kopf. »Ich weiß, dass du so einen Artikel nie veröffentlicht hättest«, sagte sie. »Aber manchmal hab ich das Gefühl, du bist so mit deinem eigenen Kram beschäftigt, dass du gar nicht darüber nachdenkst oder es dir egal ist, wen du da mit reinziehst. Zum Beispiel mich.«

Jane klang nicht wütend, was es irgendwie nur noch schlimmer machte. Ihre Stimme war müde und resigniert. Wie lange trug sie diese Gefühle schon mit sich herum? Janes Quilt verschwamm vor Liz' Augen, als sie sich mit Tränen füllten.

»Du hast recht«, sagte sie leise. »Du hast recht, und es tut mir leid.«

»Du bist für mich wie eine Schwester, Liz. Du warst schon so oft für mich da und hast mich in deine Familie aufgenommen, als ich selbst noch gar nicht wusste, wie sehr mir eine gefehlt hat«, sagte Jane. »Aber ich habe Bailey vielleicht für immer verloren. Meine Karriere hängt am seidenen Faden. Der Artikel wirft ein fragwürdiges Licht auf das Magazin, bei dem ich leitende Redakteurin bin, also wer weiß, ob ich den Job bei *Autostraddle* noch kriege. Und das alles wegen etwas, was *du* geschrieben hast. Wir sind schon so lange Freundinnen, und wir werden auch weiterhin Freundinnen sein. Aber heute nicht. Erst mal nicht. Und du wirst echt daran arbeiten müssen, mein Vertrauen wiederzugewinnen.«

»Okay«, sagte Liz. Sie hätte gedacht, dass ihr Tagespensum an Tränen erschöpft sei, aber anscheinend nicht. Sie stand auf. »Du hast recht. Das versteh ich. Ich hab dich lieb.«

Jane antwortete nicht.

Liz zog die Tür sanft hinter sich zu und ging in ihr Zimmer zurück. Es stellte sich heraus, dass sie sich tatsächlich noch ein bisschen schlechter fühlen konnte, denn als sie auf ihr Handy guckte, hatte Lydia zurückgeschrieben: ein Foto von demm und

Weston in einer Bar, die Wangen aneinandergepresst, die Mittelfinger in die Kamera gereckt. Dazu die Nachricht: *fick dich du bitch vielen dank auch dass ich gefeuert wurde.*

Liz hätte am liebsten ihr Handy geworfen, doch das konnte sie sich nicht leisten. Sie steckte es in die Schreibtischschublade und warf stattdessen mit Kissen. Dann setzte sie sich aufs Bett und vergrub das Gesicht in den Händen. Dies war der schlimmste Tag ihres Lebens. Und sie hatte keine Ahnung, wie sie das wiedergutmachen sollte.

30

Als Liz am nächsten Morgen aufwachte, wusste sie den Bruchteil einer Sekunde nicht, warum genau ihr so elend zumute war. Dann brach der gestrige Tag sturzflutartig über sie herein, und sie steckte den Kopf unters Kissen in der Hoffnung, die Welt würde sich verziehen.

Tat sie aber nicht. Die Welt klopfte zwei Minuten später an ihre Zimmertür – in Form von Jane.

»Oh. Guten Morgen.« Liz richtete sich im Bett auf, als Jane die Tür aufschob und an der Schwelle stehen blieb.

»Morgen.« Jane sah nicht so aus, als hätte sie sonderlich viel geschlafen. Ihr Gesicht war zerknautscht und die Augen verquollen. »Ich wollte dir nur sagen, dass der Blogeintrag offline ist.«

Liz schloss erleichtert die Augen. »Gott sei Dank. Was hat Lydia dazu gebracht, ihn runterzunehmen?«

»Hat dey gar nicht«, sagte Jane. »Katie hat deren Passwort erraten und die Seite gelöscht.«

»Oh.« Liz ließ sich wieder in die Kissen sinken.

»Ja«, sagte Jane. »Na ja, ich bin dann mal weg.« Sie zog die Tür hinter sich zu, und Liz ließ sich langsam nach unten rutschen, bis sie wieder auf dem Rücken lag. Nie hatte es ihr mehr widerstrebt, zur Arbeit zu gehen. Doch sie musste eine Entschuldigung schreiben.

Als Liz sich an ihren Arbeitscomputer setzte, hatte sie über hundert E-Mails. Hauptsächlich Zuspruch von anderen Queers, die schrieben, wie schade es sei, dass das Magazin eingestellt werde, und die sich darüber aufregten, wie mit der Redaktion umgesprungen worden war.

Liz kniff die Augen zu. Sie wusste nicht, was sie erwartet hatte. Eine Million Mails, in denen sie als Miststück beschimpft wurde, weil sie ihre beste Freundin verletzt hatte? Eine einstweilige Verfügung mit Kontaktverbot von Daria? Eine Mail von irgendeinem hohen Tier der Associated Press, in der ihr lebenslanges Berufsverbot erteilt wurde? Nichts da. Die Leute glaubten ihrem Artikel. Sie gaben ihr recht. Was unendlich viel schlimmer war, weil es bedeutete, dass da draußen Hunderte von Menschen rumliefen, die jedes gehässige, gedankenlose Wort, das Liz geschrieben hatte, für bare Münze nahmen.

Liz öffnete ein neues Word-Dokument und starrte auf den blinkenden Cursor. Sie dachte an Jane, die ihr glücklich kreischend von ihrem Date mit Bailey erzählt hatte. An Daria, die sich nach der Laufrunde mit geröteten Wangen im Gras gedehnt hatte.

Eine Stunde später mailte Liz einen Entwurf an Charlotte, die ihr Okay gab, ihn zur Prüfung an die Anwältin weiterzuleiten. Liz schickte ihn ab, ging dann zu Charlottes Büro hinüber und klopfte vorsichtig an. Als sie die Tür öffnete, lag Charlottes Stirn auf der Tischplatte. Mit einem Stöhnen nahm sie Liz' Anwesenheit zur Kenntnis.

»Was für ein verschissener Scheißtag.« Charlotte hob den Kopf und rieb sich die Augen.

»Aber echt.« Liz ließ sich auf einen Stuhl gegenüber plumpsen. »Es tut mir so leid, Charlotte. Ich wollte nie, dass irgendwer den Artikel zu Gesicht bekommt. Aber wir hätten ihn gar nicht erst hinter deinem Rücken planen dürfen.«

»Hättet ihr auch nicht«, sagte Charlotte. »Aber ich weiß, dass du nie wolltest, dass ihn jemand liest.« Sie seufzte. »Ich kenne dich, Liz, und ich weiß, dass du das Herz am rechten Fleck hast. Deswegen vergebe ich dir.«

Liz wurde fast schwindelig vor Erleichterung. Sie schenkte Charlotte ein wackeliges Lächeln.

Charlotte machte eine Geste in Richtung des Büros. »Bald ist sowieso alles vorbei. Was spielt es also für eine Rolle?«

»Das meinst du nicht so.«

»Stimmt«, gab Charlotte zu. »Ich hab dieses Magazin neunzehn Jahre lang heiß und innig geliebt. Aber ehrlich gesagt, solange wir uns noch richtig von unseren Leser*innen verabschieden können und eine gute letzte Ausgabe raushauen, bin ich bereit, es ziehen zu lassen.«

»Echt?« Liz war überrascht.

»Echt.« Charlotte lehnte sich in ihrem Stuhl zurück. »Als ich die *Nether Fields* gegründet hab, war ich jünger als du. Ich hab ein paar Freund*innen bequatscht, für mich Artikel zu schreiben, hab das Layout in Word gemacht und das Ganze in Gaybars verteilt. Es war aufregend, mir meine eigene Plattform zu schaffen, als niemand sonst meine Texte veröffentlichen wollte. Ich kannte keine andere chinesische Lesbe, die so was je gemacht hatte. Als das Magazin dann erfolgreicher und professioneller wurde, nahm es neue Bedeutung an. Ich konnte wichtige Themen angehen, Queers of Color einstellen, unsere Community stärken.« Sie zuckte mit den Schultern. »Aber mit der Zeit habe ich es eigentlich mehr für andere gemacht und nicht weil ich selbst Freude daran gehabt hätte.«

Liz starrte sie an. Sie war immer davon ausgegangen, dass Charlotte bis zum bitteren Ende an den *Nether Fields* festhalten würde. Ihr war nie in den Sinn gekommen, dass sie vielleicht genauso magazinmüde war wie Liz.

»Das darfst du jetzt nicht in den falschen Hals kriegen.« Charlotte beugte sich vor. »Ich habe euch alle lieb und bin stolz auf die Arbeit, die wir geleistet haben. Aber ich bin bereit für was Neues.«

»Was willst du denn machen?«

»Langfristig keine Ahnung.« Charlotte klang unbesorgt. »Doch erst mal werde ich die Abfindung nehmen, meine Maschine in Schuss bringen und mit ein paar Leuten von Dykes on Bikes durchs Land fahren. Was sehen, Spaß haben, mir eine Pause davon gönnen, dauernd die Verantwortung zu tragen.«

»Du wirst auf einem *Motorrad* durchs Land reisen?«, fragte Liz. »Das ist ja abgefahren.«

Charlotte zwinkerte ihr zu. »Und du?«

Liz wusste nicht, was sie sagen sollte. Nach einem kurzen Moment streckte Charlotte die Hand über den Schreibtisch und tätschelte ihr den Ellbogen.

»Du machst das schon«, sagte sie. »Du bist klug und fleißig und talentiert. Ich weiß, dass du das hinbekommst. Und ich bin immer da, um zu helfen.«

Liz öffnete den Mund und wollte gerade versuchen, in Worte zu fassen, wie viel ihr das bedeutete, als Charlotte hinzufügte: »Natürlich nur, solange Heather Media uns nicht verklagt. Wenn die uns verklagen, sind wir alle im Arsch.«

Liz lachte. »Na toll. Danke dafür.«

Charlotte wandte sich ihrem Bildschirm zu. »Bist du dir mit dieser Entschuldigung sicher? Du könntest auch einfach zwei Absätze schreiben, dass der Artikel nicht für die Öffentlichkeit gedacht war und du dich für den Schaden entschuldigst, der dadurch entstanden ist.«

»Ja«, sagte Liz. »Hundertprozentig.«

Charlotte sah wieder Liz an. »Aber ich dachte, du kannst Daria nicht ausstehen.«

»Konnte ich auch nicht«, sagte Liz mit leiser Stimme.

»Du musst sie nicht wie eine Heilige hinstellen, nur weil du ein schlechtes Gewissen hast.«

»Ich meine jedes Wort«, sagte Liz. »Ich will das wiedergutmachen. Ich hab wirklich mal gedacht, dass Daria … so ist, wie ich sie in dem Artikel beschrieben habe. Aber da kannte ich sie einfach nicht gut genug. Eigentlich ist sie ziemlich großartig.«

»Echt?« Charlotte hob eine Augenbraue.

»Ja«, sagte Liz. »Echt. Ich … hab sie in letzter Zeit besser kennengelernt.«

»Ach, *wirklich*?« Charlottes Stimme hatte einen eindeutigen Unterton, doch als Liz nicht darauf einstieg, stellte sie keine weiteren Fragen.

»Na dann. Wenn das so ist, die Anwältin hat sich gerade gemeldet. Wir haben das Go.«

***

Eine halbe Stunde später ging Liz' Entschuldigung live.

*Liebe Leser*innen,*

gestern Nachmittag ist unter meinem Namen ein Artikel auf der Nether Fields-*Hauptseite erschienen. Eine inzwischen gekündigte Person hat ihn aus Frust über das Aus des Magazins von meinem Computer entwendet und ohne mein Einverständnis veröffentlicht. Diese Worte waren nie für jemand anderen bestimmt als für mich selbst.*

Ich ärgere mich, dass meine Privatsphäre verletzt wurde. Und doch waren es meine Worte. Ich habe sie in einem Moment der Wut niedergeschrieben, als ich gerade erfahren hatte, dass das

*Magazin wieder zum Verkauf angeboten wird, und mir klar war, dass sich wohl kein*e Käufer*in finden würde. Sie waren mehr Tagebucheintrag als sachlicher Bericht, und es liegt in meiner Verantwortung, klarzustellen, dass der Artikel ein verzerrtes Bild zeichnet.*

Ich arbeite schon vier Jahre bei den Nether Fields. *Ich liebe dieses Magazin, die Leser*innen, meine Kolleg*innen. Als Heather Media uns im Mai einstellen wollte, waren wir todunglücklich. Doch dann haben Bailey Cox und Daria Fitzgerald das Magazin gekauft und uns eine zweite Chance gegeben. Sie haben hart gearbeitet und waren hoch engagiert. Nur dank ihrer Änderungen sind unsere Türen in den letzten sechs Monaten überhaupt offen geblieben. Doch letzten Endes konnten sie es sich nicht leisten, weiterzumachen. Ein Magazin zu führen, und dann auch noch ein queeres Magazin, ist ein brutales Business. Es kann niemand etwas dafür, dass es hier nun zu Ende ist. Wir sind alle untröstlich, das Magazin gehen zu lassen – auch Bailey und Daria.*

Der Artikel, den ich geschrieben habe, war gedankenlos und gemein. Ich habe die schlechte Angewohnheit, vorschnell zu urteilen, vor allem wenn ich wütend bin, und das hat zwei Menschen getroffen, die nur ihr Bestes getan haben, um die Nether Fields *zu retten. Bailey Cox war von Anfang an freundlich und warmherzig und mit Leidenschaft darum bemüht, queeren Frauen eine Community zu geben. Sie ist ein großzügiger und fürsorglicher Mensch. Ich schulde ihr eine Entschuldigung.*

Auch Daria Fitzgerald schulde ich eine Entschuldigung. Ich habe sie in dem Artikel mit wenig schmeichelhaften Wörtern bedacht, von denen sie kein einziges verdient hat. Daria ist nachdenklich und ruhig, was ich anfangs zu Unrecht als abweisend und arrogant interpretiert habe. Mittlerweise weiß ich, wie falsch ich lag. Daria ist klug und warmherzig. Sie ist witzig. Sie steht zu ihrem Wort und *ihren Freund*innen. Egal wen man fragt – alle, die Daria kennen, haben irgendeine Geschichte parat: wie Daria ihnen mal geholfen hat; wie Daria mal für sie da war; wie Daria alles darangesetzt hat, ihnen zu zeigen, dass sie geliebt und geschätzt werden. Sie handelt nie gegen ihre Werte. Sie entschuldigt sich, wenn sie etwas falsch gemacht hat, und versucht daran zu wachsen. Sie ist die Art von Mensch, die ich selbst gerne mal im Ansatz wäre.*

*Ich möchte mich auch bei Charlotte Liu und meinen Kolleg*innen entschuldigen. Ihr habt alles gegeben, um das Magazin am Leben zu halten, und diese Kontroverse war alles andere als ein würdiger Abschluss.*

*Zuletzt möchte ich mich bei euch entschuldigen, den Leser*innen. Ihr hättet nie auf diese Weise erfahren sollen, dass unser Magazin eingestellt wird. Ihr solltet wissen, dass wir euch lieben und es uns eine Ehre war, für euch zu schreiben. Wir arbeiten gerade an der finalen Ausgabe, die sich ganz der Aufgabe widmet, euch und dieses Magazin zu feiern.*

Ich hoffe, ihr könnt mir verzeihen und allen, die in dem Artikel erwähnt werden, die Privatsphäre und Nachsicht gewähren, die sie verdient haben – sogar mir.

Herzlich
Liz Baker

***

Als Jane an dem Abend nach Hause kam, verpasste Liz gerade dem Essen den letzten Schliff. Jane schlüpfte aus ihren Schuhen und stellte sie auf der Fußmatte neben der Tür ab, während sie Liz mit argwöhnischem Blick bedachte. »Du kochst nie.«

»Ich weiß«, sagte Liz, »aber ich wollte dir Abendessen machen.«

»Denk bloß nicht, dass die Sache damit gegessen ist. Ich hab's ernst gemeint, als ich gesagt hab, dass sich an deinem Verhalten was ändern muss.«

»Ich weiß schon«, sagte Liz. »Ich weiß, dass ich meine Hitzköpfigkeit in den Griff kriegen muss. Und dass ich daran arbeiten muss, eine bessere Freundin zu sein.«

»Ja.« Jane verschränkte die Arme. »Du denkst einfach nicht nach, bevor du redest. Und dann haben wir den Salat. Vor allem Leute wie ich, die es sich gar nicht leisten könnten, dauernd irgendwelchen Müll vom Stapel zu lassen. Ich fänd's also echt toll, wenn du das nächste Mal nachdenken könntest, *bevor* du was machst, anstatt dich hinterher dafür zu entschuldigen.«

»Du hast recht«, sagte Liz. »Und ich hoffe, ich kann dir beweisen, dass ich mich wirklich ändern will. Ich hab heute sogar einen Termin bei einer Therapeutin gemacht, um herauszufinden, wie ich das am besten angehe.«

»Gut.« Jane warf ihr einen Seitenblick zu und kam dann näher, um den Topfinhalt kritisch zu beäugen.

»Vegetarisches Chili«, sagte Liz. »Im Ofen ist noch Maisbrot.«

Jane beugte sich über den Topf und schnupperte.

»Mach schon.« Liz trat einen Schritt zurück.

»Was denn?«

»Probier's und gib alle Gewürze hinzu, die deiner Meinung nach fehlen.«

Ein Lächeln huschte über Janes Gesicht, als sie einen Löffel nahm, probierte und zum Gewürzschrank ging. Liz lehnte sich gegen den Küchentresen, während Jane rührte, und wählte ihre nächsten Worte mit Bedacht. »Es tut mir wirklich leid, Jane«, sagte sie. »Ich hätte das alles nie schreiben dürfen. Auch nicht nur für mich. Ich weiß, dass es manchmal nicht gerade leicht ist, mit mir befreundet zu sein. Ich arbeite daran, versprochen. Du bist mein absoluter Lieblingsmensch auf der ganzen Welt, und zu wissen, dass ich dich verletzt oder deine Zukunft aufs Spiel gesetzt hab oder du dich meinetwegen schlecht fühlst – das ist nicht okay.«

Jane drehte sich um und sah Liz an. »Es tut gut, das zu hören. Und versteh mich nicht falsch, ich bin stinksauer auf Lydia«, sagte sie. »Aber es ist schwer, es seiner besten Freundin nicht übel zu nehmen, wenn sie der Grund ist, dass man wieder Single ist.«

»Hat Bailey schon wieder Schluss gemacht?«

»Noch nicht.« Jane schlang beide Arme um die Brust. »Aber sie meldet sich nicht. Wir sind gerade erst wieder zusammengekommen. Ich … Ich glaub einfach nicht, dass wir das packen.«

Liz sah zu Boden und bemerkte ein paar verschrumpelte Erbsen in einer Ecke. »Es tut mir so, so leid, Jane.«

»Mir auch«, sagte Jane leise. »Aber«, fügte sie zaghaft hinzu, »wenn sie wegen etwas Schluss macht, für das ich gar nichts kann … dann kann sie mich mal, oder?«

»Ja«, sagte Liz. »Kreuzweise.«

Eine Pause entstand, als Jane das Chili ein letztes Mal probierte und die Herdplatte ausmachte. »Das war ja mal ein Entschuldigungsbrief«, sagte sie schließlich.

»Hoffentlich war er gut genug.«

»Er war ziemlich gut«, sagte Jane. »Aber … seit wann bist du in Daria verliebt?«

»Ähm, was?«

»Komm schon. Deine Entschuldigung war quasi ein Liebesbrief.«

»Das war kein …« Liz brach ab. »Es ist eine längere Geschichte.«

Jane holte zwei Schüsseln aus dem Oberschrank. »Erzählst du's mir beim Essen?«

Liz grinste und versuchte, nicht zu weinen. Sie wusste, dass sie Janes Vertrauen und ihre Freund*innenschaft nicht über Nacht zurückgewinnen würde, doch sie war bereit, alles dafür zu tun und mehr. Jane war es ihr wert. Und sie sich selbst auch. Sie wollte sich weiterentwickeln, wollte die Art von Mensch werden, die überlegt handelte, Rücksicht nahm und nicht vorschnell über andere urteilte. Die Art von Mensch, die eine Freundin wie Jane verdient hatte.

»Auf jeden Fall.«

31

Am Samstagmorgen erwog Liz kurz, zum Lauftreff in den Central Park zu fahren, doch sie konnte sich nicht überwinden. Daria hatte sich nach der Entschuldigung weder per Instagram noch per Mail bei ihr gemeldet, was Liz aber nicht davon abhielt, beides (und zur Sicherheit auch LinkedIn) wie besessen zu kontrollieren. Außerdem war die queere Welt klein, und bestimmt hatten viele Läufer*innen vom Artikel gehört. Sie war gerade erst dabei gewesen, sich mit J anzufreunden, und beim Gedanken an deren Reaktion wurde ihr leicht übel. Würde dey überhaupt mit ihr laufen wollen nach allem, was sie über Daria geschrieben hatte? Liz wollte es lieber gar nicht erst herausfinden.

Das war auch der Grund, warum sie am Samstag um elf Uhr noch im Bett lag, als es an ihre Zimmertür klopfte. Sie rief die Person herein im Glauben, es sei Jane, doch es war Katie. Seit dem Abend, als sie sich im Wohnzimmer umarmt hatten, hatten sie kaum ein Wort gewechselt. Liz richtete sich nervös auf.

»Können wir reden?« Katie machte die Tür hinter sich zu.

»Klar«, sagte Liz.

»Ich wollte dir sagen, dass es mir leidtut.« Katie setzte sich auf Liz' Bettkante. »Ich hab erst vor Kurzem eine ziemlich grandiose Entschuldigung gelesen, die mich sozusagen inspiriert hat.« Sie warf Liz ein kleines Lächeln zu. »Also … Es tut mir leid. Dass ich deine Privatsphäre verletzt habe. Dass ich Lydia das Passwort zu deinem Laptop gegeben habe, obwohl ich wusste, was dey plant.«

Liz streckte sich nach Katies Hand und drückte sie. »Mir tut es auch leid«, sagte sie. »Ich hätte dich nie in den Streit mit Lydia hineinziehen dürfen. Das war nicht fair. Du hast was Besseres verdient.«

»Stimmt.« Katie nickte. »Und deshalb hab ich Lydia auch gesagt, dass wir fertig miteinander sind. Dass ich nichts mehr mit demm zu tun haben will.«

»Krass«, sagte Liz. »Eine ganz schöne Umstellung.«

»Ich hätte das längst tun sollen.« Katie rieb sich das Handgelenk. »Ich glaube, ich hab einfach nicht gemerkt, wie schlimm es geworden war. Es hat sich angefühlt, als wäre ich selbst schuld daran. Wie dey mich behandelt hat.«

»Du dachtest eben, Lydia liegt was an dir.« Sie hatte den plötzlichen Drang, Katie in Schutz zu nehmen. »Daran ist doch nichts falsch. Wie Lydia mit dir umgesprungen ist, war *deren* Schuld.«

»Ja, schon, aber trotzdem.« Katie zuckte mit den Schultern. »Ich hab's ja mit mir machen lassen.«

»Dagegen kommt man schwer an«, sagte Liz. »Wenn man verknallt ist. Ist mir auch schon passiert.«

»Danke.« Katie warf ihr ein gequältes Lächeln zu. »Ich hab dich lieb.«

»Ich hab dich auch lieb«, sagte Liz. »Es gibt niemanden, mit dem ich lieber den ganzen Tag jagen und fischen und lieben würde.«

Katie lachte und fiel ihr so stürmisch um den Hals, dass schwer zu sagen war, ob Liz gerade umarmt oder zerquetscht wurde. Sie löste sich nur aus der Umklammerung, um ihr Handy zu entsperren und das gemeinsame Lied anzumachen, bevor sie ihre Freundin wieder fest in die Arme schloss.

***

Am nächsten Morgen wurde Liz von der Türklingel geweckt. Sie kniff die Augen zusammen und hoffte, Jane oder Katie würden aufmachen. Doch keine Chance. Es klingelte noch mal. Mit einem Stöhnen schlurfte sie den Flur entlang zur Gegensprechanlage und fragte, wer da sei.

»Lieferdienst«, sagte eine Stimme. Liz drückte den Knopf und lehnte sich mit geschlossenen Augen gegen die Wand, während sie darauf wartete, dass die Person die Treppe hochstieg. Vielleicht hatte ihr jemand ein Frühstückssandwich bestellt. Träumen konnte man ja mal.

Als es endlich oben klingelte, öffnete Liz die Tür und stand einer Explosion aus Blumen gegenüber, die jeder Frühlingswiese Konkurrenz gemacht hätte. Die zwei gigantischen Vasen voller leuchtend rosa, lila, gelber und blauer Blüten verdeckten den Menschen dahinter völlig.

Hoffnung trieb ihren Herzschlag in die Höhe. Waren die etwa von Daria?

»Lieferung für Jane Wilson«, sagte die Person, die sich mutmaßlich hinter der Wand aus Blumen befand.

»Oh.« Liz kam sich lächerlich vor, weil sie enttäuscht war. »Stellen Sie sie einfach ab, wo Platz ist. Hier.« Sie fegte einen Stapel mit Zeitschriften und Werbepost vom Couchtisch. »Danke.«

Liz ließ die florale Flut einen Moment lang auf sich wirken und ging dann, um Jane zu holen, die mit Kopfhörern am Schreibtisch saß und durch ein Jobportal scrollte. Sie zuckte zusammen, als Liz ihr auf die Schulter tippte.

»Lieferung für dich.« Liz war seltsam befangen. Sie hatten zwar gestern Abend wieder zusammen gegessen, aber zwischen ihnen war bei Weitem noch nicht alles beim Alten.

»Was denn?« Jane zog die Kopfhörer herunter.

»Schau's dir lieber selbst an.«

Jane folgte ihr den Flur hinunter. Sie sog scharf Luft ein, als sie die Blumen sah.

»Sind die schön! Von wem sind die?«

»Also ich kann's mir denken«, sagte Liz. »Aber guck doch mal nach.«

Mit einem verträumten Gesichtsausdruck beugte sich Jane über die Blumen und schnupperte. Sie fischte eine winzige Karte hervor, die zwischen einer Tulpe und einer Lilie steckte, warf einen Blick darauf und reichte sie wortlos an Liz weiter. Nur Janes Name, mehr nicht.

»Die *müssen* doch von Bailey sein, oder?« Liz beäugte das Gesteck. »Die sehen jedenfalls ziemlich fancy aus.«

»Ich weiß nicht«, sagte Jane. »Aber wie peinlich wäre es bitte, wenn ich ihr jetzt deswegen schreibe, obwohl sie gesagt hat, dass sie Abstand braucht, und die Blumen sind am Ende gar nicht von ihr?«

»Aber von wem sollen sie denn sonst sein?«, sagte eine Stimme vom anderen Ende des Wohnzimmers. Katie war rausgekommen und sah so aus, als wäre sie gerade erst aufgewacht.

»Charlotte?«, fragte Jane zweifelnd. »Oder vielleicht will Lydia sich so entschuldigen?«

Liz schnaubte. »Als ob. Und warum sollte Charlotte dir *zwei* Blumengestecke schicken?«

»Warum sollte *irgendwer* dir zwei Blumengestecke schicken, der nicht mit dir schlafen will?«, fragte Katie.

»Aber warum ist dann keine Karte dabei?« Jane senkte wieder den Kopf, um daran zu riechen.

Sie diskutierten gerade, ob Jane Bailey nun schreiben sollte oder nicht, als sie von der Türklingel unterbrochen wurden. »Der Lieferdienst hat bestimmt die Karte vergessen und ist noch mal zurückgekommen«, sagte Katie und drückte den Summer. Doch als sie die Tür öffnete, stand da eine ganz andere Person mit einem riesigen Weidenkorb in der Hand.

»Jane Wilson?«, sagte sie und hielt ihnen ein Klemmbrett hin. Jane unterschrieb verdattert. Liz nahm den Korb entgegen und stellte ihn auf den Couchtisch. Darin, eingebettet in dekorative Papierschnipsel, lagen ein in weißes Papier eingeschlagenes Baguette, eine lange, schmale Schachtel Macarons, eine Flasche Rotwein sowie verschiedene Gläschen und Schächtelchen.

»Keine Karte.« Katie untersuchte den Korb. Jane fing an, sich durch den Inhalt zu wühlen, und reichte jedes Teil zur Begutachtung an Liz und Katie weiter. Es war wie ein winziges Weihnachtsfest. Es gab Dijonsenf, ein Glas Gürkchen, rosafarbenes Salz, eine Gebäckbox mit zwei Croissants und eine Packung Räucherschinken.

»Ich check's nicht«, sagte Jane. »Warum Blumen *und* einen Fresskorb? Und dann auch noch ohne Karte?«

»Vielleicht ist sie zur Vernunft gekommen und hat gemerkt, dass sie dich auf keinen Fall verlieren darf«, sagte Katie.

»Sie hat seit einer Woche kein Wort zu mir gesagt«, sagte Jane. »Warum sollte sie mich auf einmal mit Geschenken bombardieren?«

»Du musst ihr schreiben!«, sagte Liz. »Sonst denkt sie noch, du magst ihre komischen Gürkchen nicht.«

»Na gut. Ich hol mein Handy.« Jane stand auf, doch kaum war sie im Flur, klingelte es schon wieder. Sie wirbelte herum und sah Liz und Katie mit großen Augen an.

»Nee, oder?« Liz lachte gefühlt zum ersten Mal seit Tagen. »Das gerät ja außer Kontrolle.«

Ein paar Sekunden später stand eine Person von einem anderen Lieferdienst vor der Tür und hielt ihnen eine große Geschenkschachtel entgegen. Jane nahm sie mit zur Couch und riss sie auf. Sie zog ein schwarz-weiß gestreiftes Langarmshirt hervor.

»Äh.« Katie verzog das Gesicht. »Das ist voll hässlich.«

»Sie hätte es bei den winzigen Gürkchen belassen sollen«, stimmte Liz ihr zu.

Doch Jane antwortete nicht. Ihr Blick war auf etwas anderes gerichtet, das sich noch in der Schachtel befand. Als sie den Kopf hob, hatte sie Tränen in den Augen.

»Es ist Paris«, flüsterte sie.

»Was?«

»Der Kurztrip, den wir geplant hatten.« Jetzt fing Jane tatsächlich an zu weinen. »Wir wollten zusammen nach Paris, aber dann haben wir Schluss gemacht.«

Liz bekam die Ecke der Schachtel zu fassen und kippte sie leicht an. Inmitten von Seidenpapier lag eine schwarze Baskenmütze.

»Oh mein Gott.« Liz packte Katie und Jane an den Händen. Ihr Blick wanderte vom Baguette über die Croissants zu den Lilien. »Es ist Paris.«

Mittlerweile heulte Jane. Katie reichte ihr die Mütze, und sie kriegten sich vor Lachen nicht mehr ein, als Jane versuchte, sie irgendwie auf ihren Braids zu balancieren.

»Du siehst echt bescheuert aus«, brachte Liz noch hervor, und dann fing auch sie an zu weinen.

In dem Moment klingelte es an der Wohnungstür. Sie sahen sich an. »Wehe, das ist jetzt kein riesiger Kuchen in Form eines Eiffelturms«, sagte Liz und wischte sich über die Augen.

Doch als sie die Tür öffnete, stand Bailey davor.

Liz machte einen Schritt zurück und gab den Blick auf Jane frei, die inmitten von Gläschen und Blumen auf der Couch saß. Die Mütze fiel hintenüber, als sie ruckartig aufsprang.

»Jane.« Bailey machte einen Schritt nach drinnen. Sie holte tief Luft. »Ich liebe dich so sehr. Ich liebe es, wie klug du bist. Ich liebe es, wie du ständig versuchst, die Welt zu verbessern. Ich liebe deine beunruhigende Besessenheit von Harry Styles. Ich liebe deinen Sinn für Mode und wie du unermüdlich versuchst, die weltbesten Zimtschnecken zu backen. Ich liebe es, wie viel Spaß wir jeden Tag zusammen haben. Du hast ungefähr eine Million wunderbare Eigenschaften. Und ich liebe jede einzelne. So unfassbar sehr.«

Katie schniefte laut. Jane hatte wieder zu weinen begonnen und war offenbar nicht in der Lage, zu antworten.

»Ich hätte nie mit dir Schluss machen dürfen«, fuhr Bailey fort. »Und ich hätte nie einen dämlichen Artikel zwischen uns kommen lassen sollen. Ich habe noch nie so für jemanden empfunden, und ich will dich wirklich nicht verlieren. Wenn du mir also noch eine dritte Chance gibst, verspreche ich dir, dich nicht noch mal zu enttäuschen.«

Sie ging auf Jane zu. »Also, willst du mit mir nach Paris? Und … willst du wieder mit mir zusammen sein?«

Jane nickte, immer noch schluchzend, und warf die Arme um Bailey.

Hinter ihnen schloss Liz so leise wie möglich die Tür zum Apartment. Sie und Katie tauschten einen triumphierenden Blick aus, bevor sie sich auf Zehenspitzen in ihre jeweiligen Zimmer zurückzogen. Liz hatte ihres gerade erreicht, als Bailey sich streckte und Janes Gesicht in beide Hände nahm, während sie sich küssten.

32

Liz hörte auch in der Woche darauf nichts von Daria.

Am Samstag war sie verzweifelt genug, um zum Lauftreff im Central Park zu fahren, obwohl es arschkalt war. Sie hoffte, eine persönliche Entschuldigung würde Daria vielleicht umstimmen. Doch Daria war nicht da. Sie hörte Geflüster und spürte Blicke auf sich, während sie sich fieberhaft nach ihr umsah. Ihr Gesicht brannte, als J sich demonstrativ wegdrehte, ohne Hallo zu sagen. Sie bekam einen neuen Laufbuddy zugeteilt, einen kleinen, blassen Typ, der so mit Atmen beschäftigt war, dass sie beim Laufen kein Wort miteinander wechselten. Danach schlich sich Liz beschämt davon, ohne auch nur eine einzige Dehnübung zu machen.

An diesem Punkt wäre es vermutlich sinnvoll gewesen, einfach darüber hinwegzukommen. Es war fast Ende November, und das Magazin sollte am ersten Dezember offiziell eingestellt werden. Liz hatte ihre Abfindung erhalten, sie waren in den letzten Zügen der finalen Ausgabe, und abgesehen davon gab es nichts mehr zu tun. Das Aus der *Nether Fields* fühlte sich ein bisschen an wie eine Trennung, die sich schon viel zu lange hinzog. Sie wollte es einfach hinter sich bringen.

Jedes Mal, wenn Liz ans drohende Danach dachte, stieg leichte Panik in ihr auf. Sie hatte sich auf ein paar Stellen bei verschiedenen Magazinen und Zeitungen beworben, war aber zu keinem Bewerbungsgespräch eingeladen worden. Insgeheim war sie ein klein wenig erleichtert – sie hatte dort sowieso nicht arbeiten wollen. Sie war kurz davor, sich irgendwo einen Halbtagsjob zu suchen und das mit dem Blog richtig anzugehen, so wie Jane vorgeschlagen hatte. Doch sie hatte Angst, was eine Lücke im Lebenslauf für ihre Zukunft als Journalistin bedeuten würde. War ihr Blog dieses Risiko wirklich wert?

Als Liz eines Abends in ihrem Zimmer saß und an einem neuen Blogpost schrieb, klopfte Katie an die Tür.

»Hey«, sagte sie und steckte den Kopf herein. »Ich wollte dir nur sagen, dass Lydia auszieht. Dey holt am Donnerstag deren Sachen, während wir im Büro sind.«

»Alles klar«, sagte Liz vorsichtig. »Und wie geht's dir damit?«

»Ich bin erleichtert«, sagte Katie. »Willst du was bestellen? Ich hab überlegt, mir was vom veganen Inder kommen zu lassen.«

»Gerne. Ich mach das hier noch fertig und dann bin ich da.«

Katie bückte sich, um auf Liz' Bildschirm gucken zu können. »Woran arbeitest du denn?«

»Ach, ist vielleicht Zeitverschwendung«, sagte Liz, »aber ich überlege gerade, *Geständnisse einer New Yorker Lesbe* neu aufzuziehen und etwas professioneller anzugehen.«

»Mega!« Katie stupste Liz mit der Schulter an. »Coole Idee! Der hatte damals ganz schön viele Aufrufe, oder?« Ihre Augen begannen gedankenverloren zu glänzen, wie immer, wenn sie sich einen Plan zurechtlegte. »Und das total organisch, ohne Werbung oder so. Jetzt stell dir mal vor, du promotest ihn ein bisschen, baust dir eine Social-Media-Präsenz auf, schaltest ein paar Anzeigen auf Instagram und Goodreads … Uh, ich hab's! Du solltest dir ein Patreon-Konto einrichten! Ich wette, ein Haufen Leute würde dafür zahlen, Blogeinträge vorab zu lesen und Bonusmaterial zu bekommen und all so 'n Zeug!« Sie riss den Mund auf. »Oder wir machen eine Cross-Promotion mit meinem Meme-Account!«

Liz schluckte etwas überfordert. »Ich weiß nicht«, sagte sie. »Das klingt, als würde es sehr viel Zeit kosten. Sollte ich nicht irgendwas machen, um … na ja … Geld zu verdienen?«

»Warum kannst du denn nicht damit Geld verdienen?«

Liz holte tief Luft. »Ich weiß nicht, ob ich dafür gut genug schreiben kann. Du hast Lydia doch gehört. Keine Sau hat sich für mein Stück über die Fotografin interessiert.«

»Liz, das lag doch nicht an deinem Artikel.« Katie verdrehte die Augen. »Unser Magazin wird eingestellt, weil nicht genug Leute es lesen, schon vergessen? Darum hat er nicht mehr Aufmerksamkeit bekommen.«

»Ja, vielleicht.«

»Jeder zweifelt mal an seinen Schreibfähigkeiten«, sagte Katie. »Ich mach mir ständig Sorgen, dass ich schlecht schreibe, und dabei ist Journalismus viel weniger subjektiv als kreatives Schreiben. Aber lass dich nicht von deiner Angst zurückhalten, okay?«

Katies Worte erinnerten Liz daran, was Moira Campbell während des Interviews gesagt hatte. Wie sich manche Leute so darauf versteiften, was sie verlieren könnten, wenn sie ganz und gar sie selbst wären, dass sie vergaßen, was es eigentlich zu gewinnen gab.

Vielleicht waren Katie und Moira da an was dran.

»Danke, Katie«, sagte Liz. »Was ist mit dir? Hast du dich schon auf Jobs beworben?«

»Klar!« Katie grinste. »Ich bin bei ein paar Bewerbungsgesprächen in der nächsten Runde. Vor allem Onlinemagazine, aber es sind auch Zeitungen dabei. Und *¡Pussy Putas!* geht gerade voll ab. Ich darf demnächst ein paar Folgen eines anderen Podcasts moderieren, bei dem junge lateinamerikanische Erwachsene ihre Eltern und Großeltern dazu befragen, wie es war, in die USA auszuwandern. Was meiner Bekanntheit auch nicht schaden wird.« Sie grinste noch mal. »Irgendwie glaube ich sogar, dass mir das letztlich guttun wird. Ich werde die *NF* vermissen, aber ich bin bereit fürs nächste Kapitel.«

»Aber hallo«, sagte Liz. »Du bist eine unglaubliche Journalistin. Du startest jetzt richtig durch, da bin ich mir sicher.«

»Danke, Kumpel.« Katie drückte Liz' Schulter. »Hab dich lieb.«

Liz drehte ihren Stuhl herum und umarmte Katies Mitte. »Ich dich auch.«

»Da bin ich ja froh.« Katie gab Liz ein Küsschen auf den Kopf. »Ich hol mir übrigens Knoblauch-Naan, egal ob du es dann noch mit mir in einem Raum aushältst oder nicht.«

»Bestell zwei«, sagte Liz. »Ich bin doch kein Monster.«

***

Am nächsten Tag saß Liz an ihrem Schreibtisch und feilte an ihrem letzten Artikel (eine Ratgeberkolumne darüber, was zu tun ist, wenn das beste Magazin aller Zeiten eingestellt wird), als ihr Festnetztelefon klingelte. Etwas zögerlich hob Liz ab. Niemand rief sie je unter ihrer Arbeitsnummer an.

Zu ihrer Überraschung war es Jane.

»Warum rufst du mich an? Wo bist du?« Liz warf einen irritierten Blick auf die Rufnummernanzeige.

»Lena Lounge«, sagte Jane mit bedeutungsschwerer Stimme. »Beweg deinen Arsch hierher. Sofort.«

»Warum? Ist alles okay?«

»Komm einfach«, zischte Jane und legte auf.

Verdattert legte Liz den Hörer zurück und ging zur Lounge. Als sie die Tür öffnete, wurde sie von Jane fast umgeworfen.

»Ach du Scheiße!« Liz versuchte ihr Gleichgewicht wiederzuerlangen, als Jane die Arme um sie schlang und wie wild auf und ab zu hüpfen begann.

»Ich hab den Job, ich hab den Job, ich hab den Job!«, brüllte sie.

»Was?«

»Bei *Autostraddle*! Ich hab den Job bei *Autostraddle*!«

Liz kreischte und fing ebenfalls an zu hüpfen.

»Oh mein Gott! Du hast den Job?«

»Ich hab den Job!«

»Du hast den Job!« Liz hörte auf zu springen, weil sie außer Puste war. »Seit wann weißt du's?«

»Seit dreißig Sekunden!«, sagte Jane. »Sie haben gerade angerufen! Sie zahlen ein fettes Gehalt, und er ist bei *Autostraddle*, und alle da sind so nett, und oh mein Gott, ich hab den Job, und meine Karriere ist nicht im Eimer, und alles wird gut!«

»Natürlich wird alles gut«, sagte Liz. »Mehr als gut. Ich geb dir zwei Monate und dann schmeißt du den Laden!« Sie quietschte noch mal. Es war unglaublich schön, sich so mit Jane zu freuen. Sie waren auf einem guten Weg, und zum ersten Mal fühlte es sich zwischen ihnen ansatzweise so unbefangen an wie früher.

»Nach dem Artikel war ich mir echt nicht sicher, ob ich den Job noch bekomme«, sagte Jane. »Seit dem letzten Gespräch waren locker drei Wochen vergangen. Also hab ich am Telefon gesagt, dass ich gar nicht mehr damit gerechnet hatte, von ihnen zu hören.«

Sie packte Liz am Arm und sah ihr bohrend in die Augen. »Und weißt du, was die Antwort war?«

»Was denn?«

»Dass sie zugegebenermaßen etwas unentschlossen waren, als der Artikel erschienen ist. Doch dann kam ein *Anruf*.« Sie hob die Augenbauen, worauf Liz ihre zur Antwort dramatisch zusammenzog.

»Okay …?«

»Ein Anruf von *Daria Fitzgerald*.«

»Wie bitte?« Liz' aufgesetztes Verschwörungsgesicht war wie weggeblasen, und sie packte Jane ebenfalls am Ellbogen.

»Ohne Witz! Anscheinend hat Daria angerufen und mich in den höchsten Tönen gelobt! Sie hat gesagt, ich sei unverschuldet zwischen die Fronten eines Konflikts geraten, den ein Mitglied der Belegschaft aus Verdruss angezettelt habe, und sie sollen den Artikel einfach ignorieren. Als Eigentümerin des Magazins sei sie von meiner Professionalität und Leistung durchweg beeindruckt gewesen, und ich sei eine ausgezeichnete Journalistin.«

»Oh mein Gott«, flüsterte Liz. Sie ließ sich aufs Sofa sinken.

»Ich weiß.« Jane wippte mit den Füßen. »Ich hab nicht mal gedacht, dass sie mich leiden kann, geschweige denn, dass sie denkt, ich sei eine gute Journalistin.«

»Da müsste sie schon Tomaten auf den Augen haben, um das nicht zu erkennen.«

»Aber sie hätte das echt nicht machen müssen«, sagte Jane. »Ist doch irgendwie seltsam. *Außer* …« Sie machte eine bedeutungsvolle Pause.

Liz schüttelte den Kopf. »Mit mir hat das nichts zu tun. Sie redet überhaupt nicht mehr mit mir. Und ich kann's ihr nicht mal verübeln.«

»Aber *vielleicht* …«, setzte Jane wieder in vielsagendem Tonfall an.

»Nein«, unterbrach sie Liz. »Das ist einfach ihre Art. Sie hat das Richtige getan, weil du den Job verdient hast. Außerdem ist sie dir irgendwie auch was schuldig, weil sie dafür gesorgt hat, dass Bailey mit dir Schluss gemacht hatte.«

»Sicher?« Jane setzte sich neben sie. »Bisher kam es mir jedenfalls so vor, als wäre ich ihr ziemlich egal.«

»Sicher«, sagte Liz schwermütig. »Du hast dein Girl, aber ich glaub nicht, dass ich meins bekomme.«

Jane legte die Hand auf ihre und drückte sie. Liz lächelte sie an, dann schüttelte sie sich.

»Genug von mir«, sagte sie. »Reden wir über deine glänzende Zukunft! Hast du's Bailey schon erzählt?«

»Noch nicht! Ich wollte es dir zuerst erzählen.«

»Ruf sie an, ruf sie an!«, sagte Liz. »Und heute Abend feiern wir, okay?«

Jane strahlte sie an. »Abgemacht.«

33

Jane würde ausziehen. Sie eröffnete es Liz am Samstag bei einer Tasse Tee in ihrem Lieblingscafé in der Franklin Avenue.

»Ende des Jahres«, sagte sie entschuldigend. »Es ist einfach an der Zeit.«

Liz versuchte sich ihre Enttäuschung nicht anmerken zu lassen, doch sie wusste, dass ihr das nicht ganz gelang. »Du ziehst aber nicht mit Bailey zusammen, oder?« Sie hoffte, dass ihre Stimme nicht zu entsetzt klang.

»Nein. *So* lesbisch sind wir nun auch wieder nicht«, erwiderte Jane. »Wir wollen nichts überstürzen. Ich brauch einfach meine eigenen vier Wände, verstehst du? Und jetzt kann ich's mir leisten.«

Aber was ist mit mir?, lag Liz auf der Zunge. Was, wenn sie Jane jetzt kaum noch zu Gesicht bekäme? War Jane immer noch sauer auf sie? War das der Grund, warum sie Liz im Stich ließ?

Nein, ermahnte sie sich. Jane hatte für sich richtig entschieden. Es war verständlich, dass sie ihr eigenes Reich wollte, besonders nach allem, was passiert war, und Liz war fest entschlossen, eine gute Freundin zu sein. Jetzt konnte sie mal üben, erst zu denken und dann zu reden.

»Ich freu mich für dich«, sagte Liz. »Klingt echt toll.«

Jane strahlte. »Ich hab ein Studioapartment im Viertel gefunden, also hab ich's ja nicht weit. Wir sehen uns bestimmt andauernd.«

»Wehe, wenn nicht.«

Jane lächelte Liz über den Rand ihrer Tasse hinweg an.

»Du wirkst echt glücklich.« Liz erwiderte das Lächeln.

»Bin ich auch«, sagte Jane. »Ich hab fast ein schlechtes Gewissen, dass ich so glücklich bin, obwohl ja das Magazin eingestellt wird. Aber … vielleicht war es einfach an der Zeit, oder?«

»Ja. Vielleicht.« Liz zupfte ein großes Stück Croissant ab und steckte es sich in den Mund.

»Ich hab gar nicht mehr gefragt, weil ich dich nicht noch mehr stressen wollte«, begann Jane vorsichtig, »aber willst du dich in nächster Zeit wirklich aufs Schreiben konzentrieren?«

Liz zuckte mit den Schultern, während ihr sämtliche Ängste durch den Kopf jagten wie Schlagzeilen eines Newstickers.

Was, wenn das Schreiben zu nichts führte?

Was, wenn niemand irgendeinen lächerlichen Lesbenblog lesen wollte?

Was, wenn sie nicht gut genug schreiben konnte, um das durchzuziehen?

»Du malst dir bestimmt lauter Schreckensszenarien aus«, sagte Jane, als hätte sie ihre Gedanken gelesen. »Aber ich hätte da noch ein paar für die Liste, die du vielleicht noch nicht bedacht hast.«

Liz sah sie irritiert an.

»Was, wenn du nie den Sprung ins kalte Wasser wagst?«, begann Jane. »Was, wenn du dein Leben lang bereust, dass du es gar nicht versucht hast? Was, wenn du *doch* gut genug bist?«

Liz schluckte. Tatsächlich hatte sie sich nie erlaubt, sich solche Szenarien auch nur vorzustellen. Doch sie schüttelte bloß den Kopf. Darüber wollte sie gerade nicht nachdenken. »Vielleicht sollten Katie und ich auch umziehen«, wechselte sie das Thema. »Ohne dich halt ich's in der Wohnung doch gar nicht aus.«

Jane zögerte, bohrte dann aber nicht weiter nach. »Vielleicht findet ihr ja irgendwo eine Dreizimmerwohnung.«

Sie gingen dazu über, in Erinnerungen ans Apartment zu schwelgen. Als Jane beim Versuch, Crème brûlée zu machen, die Zimmerdecke in Brand gesteckt hatte. Als Katie sich nach einer schlimmen Trennung im Bad eingeschlossen hatte und Liz in die Spüle hatte pinkeln müssen. Und sogar als Lydias Sieben-Todsünden-Party dermaßen eskaliert war, dass der Vermieter gedroht hatte, sie rauszuschmeißen.

Als Jane aufstand, um auf die Toilette zu gehen, holte Liz ihr Handy heraus, um nicht ins Grübeln zu geraten. Die einzigen neuen Benachrichtigungen waren drei Arbeitsmails: zwei von Charlotte und eine mit dem Betreff *Herzlichen Glückwunsch*! Vermutlich Spam. Liz öffnete sie trotzdem.

Herzlichen Glückwunsch!, lautete die Mail. *Wir freuen uns sehr, Ihnen mitteilen zu dürfen, dass Sie es in die enge Auswahl unseres Förderprogramms für Nachwuchsautor*innen geschafft haben.*

Liz erstarrte und prüfte, wer die Mail geschickt hatte – irgendeine Organisation namens Literary Arts Council. Mit einem schicken, echt aussehenden Logo. Mit einer E-Mail-Adresse ohne zufällige Zahlenreihe darin. Und in der Anrede stand ihr voller Name.

Sie überflog die Mail mit pochendem Herzen. Da stand, dass sie stolz sein könne, es bei der Vielzahl an Bewerbungen in die letzte Auswahlrunde geschafft zu haben. Die finale Entscheidung werde am fünfzehnten Dezember verkündet, und Auftakt des Förderprogramms sei der erste Januar.

Mit zitternden Händen googelte sie die Organisation. Eine seriös wirkende Website wurde ausgespuckt, außerdem mehrere Artikel verschiedener Nachrichtenseiten, die über ihre Arbeit berichteten. Sie erkannte sogar die Namen einiger Autor*innen wieder, die bereits ein Stipendium erhalten hatten. Jane kam zurück und setzte sich hin, doch Liz bat sie, kurz zu warten, während sie etwas nachguckte.

Sie klickte sich auf der Website zu den Förderprogrammen durch. Da stand es schwarz auf weiß. Förderprogramm für Nachwuchsautor*innen. Jedes Jahr wurden zehn Stipendien an Autor*innen vergeben, die noch nie ein Buch veröffentlicht hatten. Die Stipendiat*innen erhielten einen monatlichen Zuschuss, durften sich über ein persönliches Mentorat freuen und tauschten sich einmal pro Monat in virtuellen Schreibwerkstätten aus. Im Sommer trafen sich alle zu einem einwöchigen Schreibworkshop in Vermont; die Kosten trug die Organisation.

Liz stockte der Atem. Es war alles, was zu wünschen ihr nicht mal eingefallen war. Doch die Bewerbungsfrist war vor drei Monaten abgelaufen.

Es musste eine Verwechslung vorliegen. Liz hatte noch nie etwas von so einem Förderprogramm gehört. Schreibaufenthalte, ja. Weiterführende Studiengänge für kreatives Schreiben, klar. Aber nichts, was es möglich machte, in der eigenen Stadt wohnen zu bleiben, anstatt nach Iowa oder Minnesota umziehen zu müssen.

Sie hätte besser recherchieren sollen. Sie hätte jeden Winkel des Internets nach irgendeiner Möglichkeit durchforsten sollen, die es ihr erlaubt hätte, in Vollzeit zu schreiben. Jetzt war es zu spät, und sie würde bis nächstes Jahr warten müssen.

Außer …

Liz swipte zurück zur Mail. Ihr fiel auf, dass eine Datei angehängt war, und sie öffnete das Dokument. Es war ein Brief eines Mitglieds des Auswahlkomitees, das von *Geständnisse einer New Yorker Lesbe* schwärmte. Als schwuler Mann in seinen Fünfzigern hätte er als junger Mensch so einiges dafür gegeben, Zugang zu so einer Geschichte zu haben, in der eine queere Person ihren Alltag meisterte. Eine witzige, einnehmende Story wie diese hätte ihm gezeigt, dass es nicht nur okay war, schwul zu sein, sondern es ihn sogar an Lebensfreude reicher machen konnte. Er sei sich sicher, dass ihre Texte das Zeug dazu hätten, für viele queere Menschen von Bedeutung zu sein.

Liz starrte auf das Dokument und überflog die Zeilen noch mal. Dann stand sie auf und schnappte sich ihre Jacke.

»Ich muss los.«

»Was?«, fragte Jane verdutzt. »Wohin?«

»Ich muss Daria zurückgewinnen!«

Liz wartete Janes Reaktion nicht ab. Sie joggte fast, als sie Richtung Metro lief, nahm mehrere Treppenstufen auf einmal und erwischte gerade noch so die einfahrende U-Bahn Richtung Stadt. Glück gehabt.

Nur leider hatte ihr Gehirn nun vierzig Minuten Zeit, Zweifel zu säen. Was war eigentlich ihr Plan, wenn sie erst mal vor Darias Apartment stand? Was, wenn der Pförtner sie nicht nach oben ließ? Was, wenn Daria gar nicht zu Hause war?

Was, wenn Daria sie immer noch nicht sehen wollte?

Daria hatte gesagt, dass sie »das hier« einfach nicht könne. Und Liz ging davon aus, dass unangemeldet bei Daria vor der Tür zu stehen, mit ziemlicher Sicherheit unter die Definition von »das hier« fiel.

Doch auch wenn sie es nicht beweisen konnte, wusste sie einfach, dass Daria hinter der Bewerbung um das Förderprogramm steckte. Außerdem hatte Daria bei *Autostraddle* angerufen und Jane in den Himmel gelobt. Das musste doch was heißen. Sie musste Daria einfach noch wichtig sein.

Und falls sie Daria noch wichtig war, wenn auch nur ein kleines bisschen, dann musste sie es einfach versuchen. Sie wollte sich nicht mehr damit aufhalten, was alles schiefgehen könnte, wenn sie ihr Ding durchzog, sondern sich darauf konzentrieren, was alles gut gehen könnte. Janes Worte hallten in ihrem Kopf wider: *Was, wenn du dein Leben lang bereust, dass du es gar nicht versucht hast? Was, wenn du* doch *gut genug bist?*

Denn Liz war verdammt noch mal gut genug! Sie zweifelte ständig an sich: ihren Schreibfähigkeiten, ihrem Aussehen, ihrer Geschlechtspräsentation. Doch Daria mochte Liz so, wie sie war. Und was noch viel wichtiger war: Liz mochte sich *selbst* so, wie sie war. Vielleicht würde es sie irgendwann an das eine oder andere Ende des Genderspektrums verschlagen, doch momentan war Liz sehr zufrieden damit, zwischen beiden hin- und herzupendeln.

Es war an der Zeit, mutig zu sein. Den Blick darauf zu lenken, was gut gehen könnte. Sich auf die Möglichkeiten zu konzentrieren statt auf die Angst.

Als sie schließlich Darias Gebäude erreichte, warf Liz die Schultern zurück und ging schnurstracks auf den Pförtner zu, als gehörte sie hierher. Sie hatte das Gefühl, dass er sie nicht nach oben lassen würde, wenn sie auch nur einen Hauch Zweifel durchblicken ließ.

»Ich besuche Daria Fitzgerald. Sie erwartet mich.« Sie gab sich Mühe, reich und gelangweilt zu klingen, und betete, dass der Pförtner nicht bei Daria anrufen würde, um nachzuhaken.

Der Mann musterte sie, zögerte und sagte dann: »Apartment 12 C.«

Im Aufzug war Liz damit beschäftigt, ihre Haare in der gespiegelten Decke zu richten. Ein wenig zu schnell erreichte sie Apartment 12 C. Vor der Tür blieb sie stehen. Ihr Mund war sehr trocken. Sie schwitzte.

Möglichkeiten statt Angst, redete sie sich ein. *Möglichkeiten statt Angst.*

Sie klopfte.

Stille. Sie klopfte noch mal. Vielleicht war Daria nicht zu Hause. In dem Fall blieb ihr wohl nichts anderes übrig, als wie eine Stalkerin vor dem Gebäude herumzulungern und zu hoffen, dass sie bald auftauchte.

Dann hörte sie Schritte auf der anderen Seite der Tür. Sie strich sich ein letztes Mal die Haare glatt und versuchte einen halbwegs normalen Gesichtsausdruck aufzusetzen. Die Schritte kamen näher. Es war zu spät, noch umzudrehen. Jetzt war sie hier und würde Daria sagen, wie sehr sie in sie verliebt war. Wie sehr sie darum kämpfen wollte, sie nicht zu verlieren. Und dann würde sie Daria küssen, genauso wie sie von ihr im Besprechungsraum geküsst worden war.

Die Tür ging auf.

»Na, das ist ja eine schöne Überraschung«, sagte Caroline Hillier.

34

Liz tat ihr Bestes, Lässigkeit auszustrahlen, als wäre es was total Alltägliches, unangemeldet bei ihrer ehemaligen Arbeitgeberin vor der Tür zu stehen. Dumm nur, dass ihr hochrotes Gesicht und ihre Unfähigkeit, einen geraden Satz herauszubringen, sie möglicherweise verrieten.

Nach mehreren Sekunden zusammenhanglosen Gestotters brachte Liz endlich etwas heraus: »W-was machst du hier?«

Caroline hob eine extrem schmale Augenbraue. »Ich glaube, die viel bessere Frage ist, was machst *du* hier?«

»Ich … bin hier, um Daria zu sehen.«

»Und weiß Daria das auch?«, fragte Caroline.

»Nein. Ich … Ich dachte, ich schau einfach mal vorbei.«

»Wie hinreißend aus der Zeit gefallen.« Caroline verlagerte ihren Stand, um die Tür zu blockieren. »Du musst aber zugeben, dass es doch etwas befremdlich ist, nach so einem Artikel ›einfach mal vorbeizuschauen‹, oder?«

Liz überlegte, die Flucht zu den Aufzügen zu ergreifen. Sie reckte den Hals und versuchte hinter Caroline zu gucken, in der Hoffnung, Daria würde vielleicht kommen, um nachzusehen, wer an der Tür war.

»Der Artikel hätte nie veröffentlicht werden sollen«, sagte sie schließlich.

»Ach ja. Ich habe deine Entschuldigung gelesen. Sie war …« Caroline hielt inne und suchte offensichtlich nach einem in angemessener Weise vor Sarkasmus triefenden Wort. »Rührend.«

»Kann ich bitte einfach mit Daria reden?«

»Und worüber?«

»Einfach … Sachen halt«, sagte Liz. Sie wollte im Boden versinken. War das wirklich die beste Antwort, die ihr einfiel?

»Also ich persönlich finde es ziemlich unangebracht, dass du hier bist.« Caroline lehnte sich gegen den Türrahmen. »Mal ehrlich. Du bringst Daria dazu, sich dir zu öffnen, dich herumzukutschieren und ihrer Familie und ihren Freund*innen vorzustellen. Dann ruinierst du ihren Ruf und beleidigst sie auf übelste Weise. Und trotzdem hast du noch den Nerv, im Apartment meiner Freundin aufzukreuzen, obwohl sie dich offensichtlich nicht sehen will.«

Freundin? Liz' Magen zog sich zusammen. »Ich würde lieber von Daria selbst hören, dass sie mich nicht sehen will.«

»Sie ist nicht da.« Caroline grinste höhnisch. »Aber so habe ich zumindest Gelegenheit, dir persönlich zu danken. Dein abscheulicher Artikel hat uns wieder zusammengebracht. Denn als Daria eine Schulter zum Anlehnen gebraucht hat, war ich da. Daran ändert auch dein als Entschuldigung getarnter Liebesbrief nichts.«

Liz starrte Caroline an. Sie war viel zu bestürzt, um es sich nicht anmerken zu lassen. Daria und Caroline waren wieder zusammen?

»Sie ist also nicht da?«, war alles, was sie hervorbrachte.

»Nein«, sagte Caroline. »Und ich finde, du solltest es auch nicht sein. Ich werde den Pförtner anrufen und ihm sagen, dass er dich das nächste Mal gar nicht erst nach oben lassen soll.«

Liz machte sich nicht die Mühe, sich eine schlagfertige Antwort einfallen zu lassen. Jetzt war es auch schon egal.

Sie drehte sich um und stieg in den Fahrstuhl. Ihr Spiegelbild wirkte auf sie einsam und erbärmlich. In der Lobby eilte sie mit gesenktem Blick am Pförtner vorbei. Dann hastete sie Richtung Park, um ja nicht in der Nähe des Gebäudes zu sein. Das Einzige, was ihre Lage jetzt noch verschlimmern würde, wäre, wenn Daria nach Hause käme und Liz heulend vor ihrer Wohnung vorfände.

Als Liz etwas abseits eine Bank entdeckte, setzte sie sich hin und ließ ihren Tränen freien Lauf. Was hatte sie denn erwartet? Dass Daria das alles gemacht hatte, weil sie immer noch mit Liz zusammen sein wollte? Das mit dem Förderprogramm vielleicht. Aber die Deadline war ja auch vor dem Artikel gewesen. Alles andere hatte sie bloß aus Nettigkeit gemacht. Liz war auf ihrem Herzen herumgetrampelt. Natürlich wollte Daria nichts mehr von ihr wissen.

Und jetzt waren sie und Caroline wieder ein Paar. Liz hatte ihr Daria geradewegs in die Arme getrieben. Sie glaubte zwar nicht, dass Daria mit Caroline glücklich werden würde, aber was wusste sie schon?

Liz legte das Gesicht in die Hände und schluchzte ungehemmt. Wegen des Magazins, wegen Janes Auszug, wegen ihrer ungewissen Zukunft. Aber vor allem wegen Daria.

Daria, die Liz vorschnell verurteilt hatte. Daria, die zu lieben sie sich zu lange nicht hatte eingestehen wollen. Daria, die entschieden hatte, mit der Sache abzuschließen.

Liz weinte, bis sich ihr Gesicht ganz wund anfühlte, und schleppte sich dann zur U-Bahn, um die wohl deprimierendste Fahrt ihres Lebens anzutreten. Als sie endlich nach Hause kam, war das Apartment leer. Sie duschte lange und heiß, bevor sie sich ins Bett verzog. Ihre einzige Bewältigungsstrategie bestand darin, eine abartige Menge thailändischen Essens zu bestellen und *Por-*

trät einer jungen Frau in Flammen in Dauerschleife zu gucken, bis sie am Montag zur Arbeit musste.

Es war Zeit, loszulassen, redete Liz sich beim Vorspann ein. Ihr Timing war immer etwas daneben gewesen, und jetzt war es endgültig zu spät. Am besten dachte sie einfach gar nicht mehr an Daria.

Dreißig Minuten später war Liz völlig in Insta vertieft und las jede Nachricht, die sie sich jemals geschickt hatten. Die ersten waren zaghaft und vorsichtig. Dann wurden sie länger und häufiger. Jede einzelne war wie ein Klavier, das Liz auf den Schädel donnerte. Oh! Wie einfühlsam und wortgewandt Daria doch war! Wie klug und interessant! Und Liz hatte alles vermasselt.

Es dauerte ein paar Minuten, bis sie bemerkte, dass um Darias Profilbild ein Kreis war. Als es ihr endlich auffiel, fiel ihr vor Schreck das Smartphone ins Gesicht.

Während sie sich die potenziell gebrochene Nase rieb, krallte sie sich schnell wieder ihr Handy. Daria hatte ein Foto vom Eingang zum Prospect Park in ihre Story gepostet, zum Bersten voll mit Fahrradfahrer*innen und Läufer*innen, und dazu den Text *Perfektes Spazierwetter*. Danach folgte ein weiteres Bild, diesmal ohne Schrift, von der großen Wiese in der Nähe des Eingangs.

Liz richtete sich kerzengerade im Bett auf. Daria war in Brooklyn. Daria war im Prospect Park, nur eine Meile von Liz' Apartment entfernt. Und Daria hatte eine neue Story hochgeladen.

Das war eine Botschaft für Liz, da war sie sich sicher.

Sie guckte die Story noch mal. Daria hatte sie vor fünfzehn Minuten hochgeladen. Bis zum Prospect Park waren es zu Fuß zwanzig Minuten, und es würde noch länger dauern, bis sie Daria gefunden hatte. Sie könnte es mit dem Taxi versuchen, aber durch den Verkehr würde das vermutlich noch länger dauern. Wie lange würde Daria warten?

Sie musste wohl oder übel rennen.

Liz zog sich T-Shirt und Leggings über, schlüpfte rasch in ihre Sneaker und stolperte den Flur hinunter. Sie nahm die Treppe, so schnell, wie sie konnte, und dann sprintete sie los.

Am Anfang fühlte sie sich super, zielsicher und adrenalingeladen. Doch schon nach drei Häuserblocks merkte sie, wie ihr schlecht wurde. Sie würde es nie im Leben schaffen, eine ganze Meile zu sprinten. Sie wurde etwas langsamer. Ihr Körper bettelte darum, gehen zu dürfen, doch sie dachte an Daria und zwang sich weiterzulaufen.

Keuchend rannte Liz über den Gehweg. Ihre Lungen brannten. Es wäre so typisch, wenn sie Daria tatsächlich finden würde, nur um ihr dann sofort auf die Schuhe zu kotzen.

Endlich, nach einer gefühlten Ewigkeit, erreichte sie den Grand Army Plaza. Sie überquerte illegalerweise die Straße zur Brooklyn Public Library, musste dort aber auf die Ampel warten. Sie nutzte den Moment, um vornübergebeugt nach Luft zu schnappen. Als die Ampel umschaltete, sprintete sie auf die andere Seite und in den Park, wo sie den Weg bis zur Wiese nahm.

Sie blieb stehen und wusste nicht so recht, was sie als Nächstes tun sollte. Der Park war voll mit Menschen, die auf Picknickdecken saßen, einen Football hin und her warfen oder ihre Hunde spazieren führten. Sie holte ihr Handy raus. Inzwischen hatte Daria noch ein Foto des Parks in ihre Story gepostet. Es war von vor fünf Minuten. Sie war immer noch da.

Liz drehte sich im Kreis, hielt ihr Handy hoch und versuchte herauszufinden, in welche Richtung Daria blickte. Sie entdeckte die Bibliothek, die hinter Bäumen hervorlugte – Daria musste auf der anderen Seite der Wiese stehen und dahin zurückschauen, wo Liz gerade stand.

Liz stöhnte. War ja klar, dass sie auf der falschen Seite war. Sie fing wieder an zu rennen, wich Kindern und Hunden aus und bemühte sich, das fiese Stechen unterhalb ihrer Rippe zu ignorieren. Ihr linker Schnürsenkel löste sich, doch sie blieb nicht stehen, um ihn zu binden. Wenn sie jetzt aufhörte zu laufen, würde sie mit ziemlicher Sicherheit nicht wieder damit anfangen. Sie konnte nicht fassen, dass sie sich das jemals freiwillig angetan hatte. Laufen war furchtbar, und alle, die das zum Spaß machten, waren nicht ganz bei Trost.

Als sie die Wiese überquert hatte, holte sie wieder ihr Handy hervor, um sich zu vergewissern, dass ihr Ausblick Darias Foto entsprach. Fast, aber nicht ganz – sie war zu weit am Rand.

Sie lief mit Handy in der Hand Richtung Osten, bis sie glaubte, an der richtigen Stelle zu stehen. Ihr Blick wanderte über jede Picknickdecke und jede Bank. Wenn Daria nicht schon weitergegangen war, musste sie ganz in der Nähe sein.

Liz drehte sich suchend im Kreis. Da waren eine langhaarige Person auf einer Picknickdecke, ein Mensch mit Golden Retriever, zwei Frisbee spielende Kinder … und da war Daria, die mit verschränkten Armen an einem Baum lehnte und Liz beobachtete.

Bis dahin war ihr Atem schwer gewesen, doch jetzt blieb er ihr komplett weg. Sie überlegte, ob sie sich etwas von dem Schweiß aus dem Gesicht wischen sollte, doch angesichts der schieren Menge machte es wohl keinen Unterschied. Sie ging ein paar Schritte auf Daria zu.

»Oh, hi!«, rief Liz, als sie in Hörweite war. Noch nie zuvor hatte ihre Stimme eine so hohe Tonlage erreicht. »Ich war gerade … eine Runde laufen. Was machst du denn hier?«

Daria warf ihr einen Blick zu, der keinen Zweifel daran ließ, dass sie Liz gerade dabei beobachtet hatte, wie sie mit hochgehaltenem Handy über die gesamte Wiese gerannt war. Liz blieb am

Rand des Baumschattens stehen, sodass etwa ein Meter zwischen ihnen war. Sie presste eine Hand auf das unnachgiebige Stechen in ihrer Seite und versuchte so zu tun, als wäre sie nicht kurz vorm Abnippeln.

»Ich hab gehört, dass du bei mir vorbeigeschaut hast«, sagte Daria. Liz konnte ihren Tonfall nicht deuten. War sie den ganzen Weg hierhergekommen, nur um ihr zu sagen, dass Caroline und sie in Ruhe gelassen werden wollten?

»Ich, ähm, ja. Hab ich«, sagte Liz. »Wie's halt so ist. Ich dachte, ich schnei mal rein! Sag meiner lieben Freundin Caroline Hallo.«

Daria zog die Lippen kraus. Liz benahm sich lächerlich. Das wusste sie selbst.

»Also, ehrlich gesagt …«, Liz atmete einmal tief ein, »… bin ich vorbeigekommen, um zu fragen, ob … du hinter der Bewerbung für das Förderprogramm steckst.«

»Ja, das war ich«, sagte Daria. Liz wusste immer noch nicht, was sie von ihrem Tonfall halten sollte. »Vor einer Weile schon. Ich hoffe, das war okay.«

»Warum?«

Daria zuckte mit den Schultern und folgte mit dem Blick zwei Kindern, die auf dem Rasen Fahrrad fuhren. »Ich weiß, dass du eigentlich schreiben willst, aber das ist nicht so leicht, wenn man auch noch arbeitet. Außerdem dachte ich, du könntest mal Bestätigung von außen gebrauchen, dass deine Texte unterhaltsam und trotzdem bedeutungsvoll sein können. Als ich Stipendien fürs Magazin recherchiert hab, bin ich auf das Förderprogramm gestoßen und habe einfach mal deinen Blog eingereicht. Ich hatte das Gefühl, wenn ich es dir vorschlage, bewirbst du dich vielleicht nur aus Trotz nicht.«

»Ich hätte nie …« Liz brach ab. »Gut, kann sein. Danke jedenfalls.«

»Wie hast du's herausgefunden?« Daria war mit ihren Augen immer noch bei den Kindern, die jetzt von ihren Eltern gejagt wurden.

»Ich hab eine Mail bekommen. Ich bin Finalistin. Nächsten Monat erfahre ich, ob ich's kriege.«

»Echt?« Jetzt schaute Daria sie an. »Das ist ja der Wahnsinn. Herzlichen Glückwunsch.«

»Noch hab ich's ja nicht bekommen«, sagte Liz. »Aber wenn doch, würde das … mein Leben verändern. Also danke.«

»Es ist ja dein Text, dem du es zu verdanken hast.« Daria wandte wieder den Blick ab.

»Aber du hast es erst möglich gemacht.«

»Hm. Dann gern geschehen.«

Einen Moment lang standen sie schweigend da. Dann fragte Daria: »Was machst du, wenn du's kriegst?«

»Na ja, es annehmen, so viel ist klar.« Liz holte tief Luft. »Und selbst wenn nicht, hab ich meine Bestätigung, wie du schon gesagt hast. Die ich dringend gebraucht habe. Ich denke also, dass ich es so oder so einfach mal wagen werde. Mich an einen Redaktionsplan halten, mich bei Patreon anmelden, mir eine Plattform aufbauen. Mich richtig reinhängen. Und wenn's nicht klappt, weiß ich wenigstens, dass ich's versucht habe, stimmt's?«

»Stimmt.« Daria nickte. Einen Augenblick herrschte wieder Schweigen, dann: »War das der einzige Grund, warum du mich sehen wolltest?«

»Ich wollte mich bedanken«, sagte Liz. So hatte sie sich diesen Moment nicht vorgestellt, als sie die Meile von ihrem Apartment gesprintet war. Sie hatte gedacht, sie würde in Darias offene Arme rennen und nicht hier stehen und peinlich berührt herumdrucksen. »Dafür, aber auch für alles andere. Dass du bei *Autostraddle* angerufen hast und dass du Bailey und Jane geholfen hast, wieder zusammenzukommen. Für alles. Du hast in letzter Zeit so viel gemacht für …« Sie machte eine Pause. »Für Menschen, die mir wichtig sind.«

Liz machte einen Schritt auf sie zu, doch Daria schaute nicht hoch. Sie hatte die Hände in den Jackentaschen vergraben und die Schultern hochgezogen.

Was machte Liz eigentlich hier? Was hatte sie denn erwartet? Daria war vergeben und hatte Liz vor nicht mal drei Wochen ausdrücklich darum gebeten, sie in Ruhe zu lassen. Warum glaubte Liz, dass sie Daria umstimmen konnte?

Vielleicht war wirklich alles verloren. Doch wenn Liz sich jetzt hier das Herz brechen lassen würde, dann zumindest durch und durch.

»Ich liebe dich immer noch«, sagte Liz überstürzt. »Ich weiß, dass du immer noch sauer auf mich bist wegen des Artikels und dass du wieder mit Caroline zusammen bist. Aber ich bin ganz und gar, mit Haut und Haar, in dich verliebt. Ich hab dir so unrecht getan. Von Anfang an war ich beleidigt, weil du so über meine Artikel hergezogen hast, und hab deshalb schlecht über dich gedacht, wann immer ich konnte. Aber jetzt merke ich erst, wie lieb du bist. Wie fürsorglich. Ich weiß, dass das mit uns vielleicht nicht ganz Sinn ergibt. Du bist immer noch voll eingebildet, also manchmal zumindest, und unhöflich. Und ängstlich. Du hast echt so eine Scheißangst vor allem. Vor Zurückweisung, vor anderen Menschen, davor, du selbst zu sein. Aber ich hab auch Angst. Angst, dass ich es den Rest meines Lebens bereue, dass ich dich fast hatte und es dann vermasselt habe. Denn ich bin mir ziemlich sicher …«, Liz holte tief Luft, »… dass ich mir das nie verzeihen könnte.«

Daria musterte eine Baumwurzel zu ihren Füßen und sagte nichts.

Oh Gott. Liz musste hier weg, bevor sie zum zweiten Mal an diesem Tag einen Heulkrampf in einem öffentlichen Stadtpark bekam. Zumindest hatte sie nun alles gesagt, dachte sie verbittert. Zumindest würde Daria sie nach bestem Wissen zurückweisen können.

Daria warf ihr einen flüchtigen Blick zu und sah dann wieder zu Boden. »Ich bin nicht mit Caroline zusammen«, sagte sie. »Hat sie das behauptet?«

»Ähm, ja«, sagte Liz. »Und sie war in deiner Wohnung.«

»Ich hab einfach ... Sie hat angeboten, nach New York zu kommen, als der Artikel erschienen ist, um mich aufzumuntern. Ich war einsam, also hab ich Ja gesagt. Aber wir haben nicht ... Wir sind nicht ... Das ist alles.«

»Oh. Okay.«

Daria stupste die Baumwurzel mit ihrem Halbschuh an. Liz' Herzschlag, der sich nach dem Herumgerenne endlich beruhigt hatte, wurde wieder schneller. Daria war nicht mit Caroline zusammen. Vielleicht bestand doch noch Hoffnung.

»Hör mal«, sagte Daria und machte eine Pause. »Ich weiß das alles wirklich zu schätzen.« Dann schwieg sie wieder.

Es war, als wäre ein Glas Eiswasser in Liz' Kehle zersprungen. Kalte Angst schwappte durch ihren Brustkorb bis in den Magen. Eine Welle bleierne Schwere, eine Welle War-doch-klar und dann ein Schmerz, von dem sie spürte, dass er mit der Zeit nur noch größer werden würde.

»Verstehe«, sagte Liz. »Wirklich. Und ... ich kann es dich einfach nicht noch mal sagen hören. Also. Okay. Sorry. Tschüs.«

Sie drehte sich um und rannte über die Wiese davon. Schnell. Daria rief erschrocken ihren Namen, doch Liz drehte sich nicht um. Sie würde ihnen beiden die peinliche Abfuhr ersparen. Sie würde das Pflaster einfach abreißen.

Es hätte ihr das Rennen um einiges leichter gemacht, wenn ihre Kehle nicht plötzlich wie zugeschnürt gewesen wäre. Bis zu den Bäumen musste sie es noch schaffen, dann konnte sie weinen. Liz versuchte das Tempo anzuziehen. Tränen verschleierten ihr die Sicht, und sie konnte bloß hoffen, dass auf ihrem Weg keine größeren Steine oder Löcher waren.

»Liz!«, rief Daria hinter ihr, und ihre Stimme klang jetzt näher als vorher – sie folgte ihr. »Bleib stehen!«

Liz rannte weiter. Warum zog Daria es unnötig in die Länge? Merkte sie nicht, dass es so einfacher für sie beide war?

»Herrgott noch mal, Liz!«, schrie Daria. »Ich habe fucking Halbschuhe an!«

»Lass mich einfach in Ruhe!«, schrie Liz zurück. Sie winkelte die Arme im rechten Winkel an wie eine Olympialäuferin und versuchte durchzupowern. Nach diesem Tag würde sie nie wieder rennen.

»Liz, bitte!«

Ein Schluchzen entwich Liz' Kehle und zwang sie, langsamer zu werden. Daria holte sie ein. Sie hatte einen Halbschuh verloren und humpelte, damit ihr der andere nicht auch noch vom Fuß fiel. Ihr Gesicht war rot, ihre Haare verstrubbelt, und sie sah sehr, sehr genervt aus.

»Wann bist du so scheißschnell geworden?«, keuchte sie.

»Lass mich, ich will's nicht hören.« Liz stolperte weiter voran.

»Liz, kannst du *bitte* einfach stehen bleiben?«

»Warum?«, schluchzte Liz.

»Damit ich dich küssen kann, verdammt!«

Liz blieb stehen. Daria wäre fast in sie reingeknallt, fing sich aber in letzter Sekunde. Sie beugte sich vornüber, stützte die Hände auf die Knie und stöhnte. Ihre Socke und ihr verbleibender Halbschuh waren voller Schlamm.

»Du«, sagte sie und sah zu Liz auf, die sich Tränen und Schweiß aus dem Gesicht wischte, »bist echt eine Nummer für sich.« Und dann packte sie Liz am T-Shirt, zog sie zu sich heran und küsste sie.

Sie waren beide außer Atem. Sie waren beide verschwitzt und zerzaust und abgehetzt. Liz weinte immer noch. Doch als sie sich küssten, war es, als wären Liz' Finger Wunderkerzen, ihr Magen prallvoll mit Konfetti und ihr Blut vollständig durch Champagner ersetzt. Ihr ganzer Körper war hellwach, und Liz presste sich an Daria, egal wie sehr sie schwitzte; alles war egal außer dem Gefühl von Darias Haar unter ihren Fingern und der beruhigenden Wärme von Darias Hand, die fest gegen ihren unteren Rücken drückte. Ihre Münder öffneten sich, und Daria umschloss ihre Wange, sodass sie sich noch näher waren. Ihre Zungen berührten sich, berührten sich noch mal. Liz biss ganz sanft auf Darias Unterlippe, und Daria stöhnte ihr in den Mund.

Sie küssten sich, bis Liz wieder einfiel, dass sie sich in einem öffentlichen Park befanden, umgeben von Familien. Doch auch als sie voneinander abließen, hielt sie Darias Taille fest umklammert. Falls das hier eine Halluzination war oder ein Fehler oder ein einmaliges Experiment, wäre sie nicht diejenige, die loslassen würde.

»Elizabeth Baker«, sagte Daria und ließ ihre Stirn gegen die von Liz sinken. »Du bist vollkommen durchgeknallt. Und ich liebe dich so sehr.«

»Wirklich?«, fragte Liz.

Daria nickte.

»Bist du … Kannst du mir noch mal verzeihen? Wegen des Artikels?«

»Ja«, sagte Daria. »Wenn du mir verzeihst, dass ich so arschig zu dir war, als wir uns kennengelernt haben.«

Liz lachte. »Abgemacht.«

Sie beugte sich vor und küsste Daria noch mal. Es war nur ein kurzer Kuss, aber der Boden schien unter ihren Füßen zu wanken – wobei das vielleicht auch daran lag, dass Daria ihr Gewicht verlagerte, um auf dem beschuhten Bein zu balancieren. Dann schlang Liz die Arme noch fester um Daria und vergrub den Kopf an ihrem Hals. Daria umarmte sie. Sie sahen sich an und lachten beide voller Verwunderung.

»Was jetzt?«, fragte Liz.

»Na jaaaa«, sagte Daria und zog das Wort verführerisch in die Länge. »Du wohnst doch hier irgendwo, oder?«

»Ja.« Liz nahm Darias Hand und küsste sanft ihre Knöchel. Dann verschränkte sie ihre Finger mit Darias und zog sie in Richtung des verlorenen Schuhs.

»Komm, ich zeig's dir.«

Danksagung

Ohne die Hilfe und Unterstützung vieler, vieler Menschen hätte es dieses Buch nie über meinen Computerbildschirm hinausgeschafft.

Erstens, danke an Katy Nishimoto. Du bist meine Traumlektorin! Danke für all die Liebe, Sorgfalt und Hingabe, die du in dieses Manuskript gesteckt hast. Dank deiner redaktionellen Anmerkungen ist dieses Buch um einiges stärker (und enthält um einiges weniger Blicke und Seufzer!).

Danke an meine unglaubliche Agentin, Jessica Alvarez, dass du an diese Geschichte geglaubt und mir geholfen hast, diesen Traum wahr werden zu lassen. Danke an das gesamte Team bei BookEnds für die Freundlichkeit und Unterstützung. Ein riesengroßes Danke an Phoebe Schmidt, dass du Liz und Daria so ins Herz geschlossen hast. Danke auch an Veronica Vega für deine Begeisterung und Beratung.

Danke an das gesamte Team bei Dial Press, im Besonderen Whitney Frick – von Anfang an hat mir dein Enthusiasmus das Gefühl gegeben, das perfekte Zuhause für Liz gefunden zu haben. Danke an Emma Caruso für deine genialen redaktionellen Eingebungen. Ein riesiges Dankeschön an Sandra Chiu für das umwerfend schöne Cover! Danke außerdem an Cara DuBois, Avideh Bashirrad, Debbie Aroff, Jordan Forney, Melissa Folds, Maria Braeckel, Rebecca Berlant, Kevin Garcia, Jo Anne Metsch, Leah Sims, Donna Cheng, Jordan Pace und Michelle Jasmine für all die Mühe, die ihr euch gemacht habt, damit dieses Buch seinen Weg ins Regal finden konnte.

Ganz besonderer Dank gebührt Hannah Koerner, die eine Fassung des Manuskripts gelesen hat, die fünfzigtausend Wörter länger war, und trotzdem noch ermutigende Worte gefunden hat. Besonderen Dank auch an Stuart Yandell, der mir aus der Ferne per Videospielchat redaktionelle Hinweise und Zuspruch geschickt hat.

Das allergrößte Dankeschön geht wohl an meine Familie: Mom, Dad, Baird, Cole und Asher. Ich liebe euch alle so sehr. Ich habe so ein Glück, eine Familie wie euch zu haben. Danke für eure ganze Unterstützung. Tut mir leid wegen der Sexszene.

Eine Million Mal danke an Maia Sacca-Schaeffer und (noch mal!) Hannah Koerner. Unsere Freund*innenschaft macht mein Leben um so viel Liebe, Unterstützung und Freude reicher. Eine Million Mal danke an Rachael Morris: Du bist eine Seelenverwandte von Freundin, und dich kennengelernt zu haben, hat mein Leben so viel besser gemacht. Eine Million Mal danke an Elizabeth Keto, weil du zu meiner unendlichen Besessenheit von *Stolz und Vorurteil* beigetragen hast und für jeden Quatsch zu haben bist. Danke an Alyssa Miele, Carolina Ortiz, Laura Harshberger, Rose Pleuler, Shannon Cox und Stephanie Guerdan für all die Abende im Cubbyhole – ihr seid der queere Freund*innenkreis, von dem ich immer geträumt habe. Danke an Emily Hewitt, dass du mir beigebracht hast, New York zu lieben. Danke an Brenna Christensen für all die Abenteuer. Danke an Maria Messick, Sarah Manhardt und Kinza Baad für die lebenslange Freund*innenschaft. Und Grüße gehen raus an Crescendo – ich liebe es, Teil eures Teams zu sein.

Ein besonderes Dankeschön gebührt außerdem allen Autor*innen, die Bücher übers Queersein geschrieben haben:

Eure Geschichten haben mir geholfen, mich weniger einsam zu fühlen, als ich noch keine Ahnung hatte, wie meine Zukunft mal aussehen wird und ob ich überhaupt eine habe. Zuletzt noch ein riesengroßes Dankeschön an all diejenigen, die dieses Buch lesen – ich liebe euch alle, so, wie ihr seid.